推理謎

100%純血 日本推理

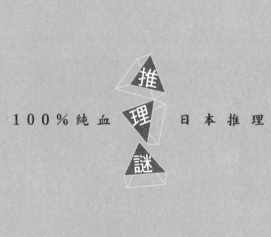

推理謎 17

法月綸太郎

郭清華、王蘊潔／譯

二的悲劇

二の悲劇

〈導讀〉

故事，從「你」開始……

【台灣推理作家協會執行祕書】冬陽

你站在書店，看到了《二的悲劇》這本書。

其實你不確定今天是不是要買本書回家打發時間，甚至不確定有個明確的動機便走入書店，可能只是天氣熱想吹個涼自然走了進來，也可能是進書店這個舉動本身就是在打發時間，而且出自最基本的反應，走進新書陳列的區域，低頭看看最近出了什麼書。

你心想，或許小說是個不錯的選擇，因為類型很多，而且精采的故事一看就無法放手，這感覺挺美好。只不過，你知道自己閱讀上沒有什麼特殊的取捨，更稱不上養成習慣，生活中諸多瑣事已經夠惱人了，閱讀不過是忙裡偷閒而已。

你左顧右盼，很多資訊進入眼裡：該選排行榜上名列前茅、跟隨大眾口味一讀的書呢？還是花點時間找找你真正感興趣的一本？

你的目光停留在《二的悲劇》這本書上。

封面美感還不賴，這是你選書的依據之一，至少透露出某種用心；但主要吸引你的，是書腰上的那句話——這是一本以第二人稱為視點的小說。

你忘了之前看過哪本，同樣是以第二人稱為視點的小說，印象中整個人都被拉進了故事一般，挺新鮮有趣。咦？難道書名《二的悲劇》中的「二」字，指的就是第二人稱的書寫方式嗎？還是表示有某個連貫順序，得先看過《一的悲劇》才行？

你想更進一步確認，於是拿起了一疊書中最上面的那本，想找尋多一點資訊。翻開書頁，前頭有一篇導讀，是一個名叫冬陽的人所寫。你不認識他，或是她？參考一下好了，無妨。

> ……小說開端，以初春的京都街頭為背景，採第二人稱「你」敘述一場巧遇。這個「你」顯然是位男性，聽到對街某個女子的呼喚，這時「你」回頭，看到了那張再熟悉不過的臉龐——這看似幸運又美麗的相遇，竟是無可挽回的悲劇開始……

導讀的一開頭稍稍簡介了小說開端，似乎是個愛情故事，而且還是個悲劇。不過你思索了一下，翻回書籍封面，上頭標示著「推理謎」這個書系名，你心想：這不是本推理小說嗎？

你翻回書內頁，想做個確認。

> ……《二的悲劇》稱得上是一部高水準的致敬之作，致敬的對象理所當然是美國推理大師艾勒里．昆恩。何以說是「理所當然」？打從作者法月綸太郎塑造出與作者同名的名偵探角色、還讓名偵探的父親以日本警視廳搜查一課警視的身分登場（與艾勒里．昆恩的設定如出一轍，艾勒里的父親理查．昆恩正是紐約警局的探長），並享有「日本的艾勒里．昆恩」美名時，喜愛古典推理小說的讀者們莫不睜大眼睛看，法月的小說能否呈現大師級的說故事功力？

果然是本推理小說，艾勒里．昆恩這個名字有些耳熟，但你一部都沒看過，心底暗想這會不會影響閱讀樂趣？

你往下讀去。

……雖然法月的小說中常常可讓喜愛昆恩的讀者發現，借用了昆恩某部小說的情節或架構，但這一點都不妨礙不熟悉昆恩的讀者閱讀，因為在法月的精巧設計下，或融入新的謎團詭計，或揉合不同的寫作技巧，寫成脫離既有原型的獨立作品。例如在《二的悲劇》一書中，其中一條故事線以第二人稱的視點來鋪陳，就相當讓人耳目一新。

這樣的寫法不但新鮮，而且在整部小說中起了很重要的作用，藉由與另一條以第三人稱、敘述偵探法月綸太郎行動的故事線纏繞，營造出詭譎的氣氛外，並產生了層層包裹的神祕感和虛實交錯的迷離感，開創出與前人迥異之路。

然而，法月綸太郎向艾勒里．昆恩致敬之處不僅止於人物的身分設定，還包括了人物的性格，這點尤其重要。熟悉法月作品的讀者一定常聽見以下這個說法：「……在法月綸太郎的作品中，常反映了身為作者內心的苦惱；而擔任『偵探』角色的法月綸太郎亦常融入事件中，與當事人同喜同悲，因此獲得了『煩惱作家』的稱號。」這一點，昆恩對法月的影響尤深。

這不是無謂的模仿，而是兩位橫跨不同時空與地域的作家近似的遭遇（昆恩活躍於一九三〇～七〇年代的美國）。昆恩與法月不僅同為小說創作者，同時也都是出色的評論研究者，當兩者的創作與研究都以「古典解謎」為標的時，他們很快就遭遇到兩個難題：一是解謎推理小說核心詭計的原創性枯竭，幾乎被開發殆盡；一是具浪漫主義性格的名偵探在寫實主義創作中無可避免的衝突與限制。

前者較容易理解，現今解謎推理小說中所運用的詭計，十有八九早已被前人使用過（一百六十多年發展下來的結果），多只是重新包裝、變形或組合而已，魅力或意外性早已大不如前。後者則可從生活經驗中得悉，現實生活中怎麼可能還有那種非正式調查員身分的業餘人士出入刑案現場、追捕凶惡的犯人豈能只在辦公室裡動動腦就好？法月在《二的悲劇》中自嘲「拐彎抹角地談論讀者不關心的主題，經常中斷故事進展的惡習，造成了法月作品結構上的缺陷」，正是過去古典解謎小說全盛時期的特徵之一。

煩惱歸煩惱，作家仍得找尋出新的寫作之路才行，所以昆恩中晚期作品裡浮現更多社會議題與犯罪意識這項特徵，同樣在法月的作品中找到呼應之處，只不過在現今的時空背景下，《二的悲劇》展現的不只是一個機巧的鬥智解謎故事，更是一個帶有特殊美學的純愛故事……

看完導讀，你大概對作品背景有了初步瞭解，忍不住找個地方坐下來，繼續往下翻讀，映入眼簾的字眼是「第一部　再會」——故事，從「你一個人走在繁華市街的雜沓人群中」開始……

目錄

第一部

再會

每當遇到悲傷的事，
就會翻開皮革的封面，
畢業照裡的那個人，
眼神總是那麼溫柔。

1

你一個人走在繁華市街的雜沓人群中，沿著人行步道往南走。雙手插進夾克口袋中的你，微微低著頭踽踽獨行，毫無目標地茫然向前走。

天氣晴朗的星期日午後，三月上旬的京都難得有這樣的好天氣。燦爛的春日陽光柔和地籠罩著市街。你現在所走的街道，人潮比平日還多，形成如此熱鬧光景的原因，就是因為這個好天氣吧！手裡拿著摺疊的傳單，抱著外套從散場的電影院裡走出來的人群；聚集在電子遊樂場前面，帶著羨慕的表情側目看著正在玩幽浮遊戲的大學生情侶的，那些臉上長著青春痘的高中生們；面對架子上色彩繽紛的九一年春季新款口紅，煩惱著不知要選擇哪一個顏色的愛美女孩們；站在餐廳門口研究菜單，討論著要吃什麼的家族們。在小鋼珠店前被外國觀光客圍住，用怪腔怪調的英文比手畫腳地為觀光客做臨時導遊的，是正在執行任務、取締違規停車的交通警察。面對著馬路的精品店櫥窗裡，已經換上充滿了春天氣息的粉彩色新品，舉目望去，可以看見大樓到處都掛滿了促銷過季商品的巨幅標語。因為正好是畢業、開學與就業的季節，販賣照相機、AV器材的店員們正賣力地吆喝著折扣活動。載滿假日乘客的公共汽車在馬路中間來回穿梭著，當汽車靠站讓乘客下車後，就會搖晃著車身，繞過停在路邊的車子，再慢慢地離去。看看馬路的對面的步道，行人們提著紅、白、藍等等各種顏色的購物袋行走著，簡直就像拿著萬國旗的化妝遊行隊伍。

在漢堡店的櫃台打工的女子高中生大方地贈送她們臉上的免費笑容；CD唱片行的立體音

響，大聲地播放最新的暢銷歌曲，音量完全不輸給靠在路邊的右翼政治團體宣傳車。兩個頭髮染成栗子色的男生，在前面的路上一邊努力散發印著地下錢莊廣告的面紙，一邊向女孩們搭訕。旅行社的宣傳海報上，女模特兒被驕陽曬得黑得發亮的水嫩皮膚，吸引了路人的眼光，引誘人們的心飛往祖母綠的南國海洋。穿著皮衣的青年把摩托車停在路邊，隔著欄杆和夥伴談話。藍眼的攤販坐在有點髒的地上，面前的黑色絨毯上排著閃閃發亮的便宜飾品。穿得鼓鼓的流浪漢，利用厚紙箱佔地為王，在自己的地盤上非常舒服地享受春日的假寐。知名的女算命師攤位前，有著大排長龍的女生顧客。穿著制服站在十字路口，手裡拿著地圖東指西指地討論、不知道何去何從的，是參加畢業旅行的中學生。穿著情人裝毛衣的情侶與你擦身而過，一個陌生的名字從你的耳邊掠過。早已脫掉厚重外套的十幾歲青少年從你的身旁歡聲飛奔而過，快步地跑過十字路口，他們的步伐像躲在日曆的角落，偷偷地抬頭窺視外面的羞怯春天，輕巧而愉悅。在掛著粉紅色招牌的巷口四處拉客的老人也弓著背、瞇著眼睛，在明朗的陽光下，很難為情似的低聲哼唱著走調的歌曲。

陽光的碎片像在彩排迎接春天的舞蹈般，發出沙沙的聲響，有如融化般地灑落在街上的每一個角落，今天的午後就是這麼的耀眼。讓人的皮膚緊繃的冬天寒冷空氣，此時也變得暖和起來。不知道在什麼時候融化入空氣中的各種香氣，隨著甘甜的風飄送而來。漫長的冬天終於要落幕了，被灰色空氣包圍的路樹，再度迎回年輕的活力。

可是，你的眼睛完全看不到街上的光彩，就連閃爍著光芒灑落下來的陽光碎片，在碰到你視線的那一剎那就凍結了。對你來說，春天還很稚嫩，像被囚禁在固執不肯離去的冬之牢籠裡的脆弱嫩芽，儘管想從門縫裡窺看藍色的天空，然而看到的卻是像乾掉的臍帶般暗淡的灰雲。

難得晴朗的星期日，與其悶在家裡，不如把身上的沉鬱氣息稍微拍散開來。可是，抱著這種想法來到街上的你，好像失望了。你好像選錯了可以讓你的情緒變開朗的散步路線。因為在雜沓的人群中，四周的開朗活力反而凸顯了你的憂鬱。你早已對融入活潑的人群中這種事死了心，就像一個透明人，誰也沒有注意到你。你像突然闖入了意料之外的陌生土地、走進完全陌生人群裡的亡命之徒，一邊咀嚼著乾澀的孤獨感，一邊放任自己的身體隨波逐流，漫無目的地跟著前方的人向前走。彷彿要斬斷感傷的心情一樣，你聳聳肩，加快了腳步向前走，明明沒和任何人有約，卻像是趕著要去赴約般急急忙忙地、默默地快速向前行，像沉默的修行僧侶一樣，心無旁騖地專心走著。說起來，從今天早上到現在，你還沒有和任何人說過一句話。藏在衣服口袋裡的手隨時都是冰涼的，不知何時才會暖和起來。

……但是，現在這一瞬間，在人群中垂下眼走著的傢伙，還不是具有真實意義的你。雖然身體完好，可是心卻離得遠遠的。或許只有曾經是你的纖細記憶之絲，還勉強地纏繞在這個身體深處的某個地方。你不是活生生的人，你是如文字所說的「死人」。真正的你不在這個空洞的軀體之中，是失去與現世真實接點的虛幻回憶、飄蕩在這個市街上的幽靈。現在只知道跟在前方行人背後行走的傢伙，是你的軀殼。不，這樣的說法也不正確，毋寧說那是以前的你，像出生前還沒有被命名的胎兒一樣，是一個次存在的個體。在一個獨特的人格進入這個空洞的軀體之前，你只不過是一個不知道有沒有呼吸、如同背景般走在街上的一個行人。所以，寫在這裡的空洞代名詞「你」代表了兩種意義，一種是不可替代的你，一種是還不是真正的你的某人。為什麼這麼說呢？因為關於你的故事還沒有開始。

可是，你的故事馬上就要展開了，序曲已經響起。你應該也感覺到這一點了吧？把現在不認識的某人稱呼為「你」，是因為借住在像「行人A」的傢伙體內，在即將展開的故事中成為主人翁的你，好像終於要覺醒了。就在現在這一瞬間，就在這個地方，投身於來來往往的人群之中，在沒有名字的空洞軀體裡像睡著一樣緩慢呼吸著的你，已經發現屬於你的故事就要展開了。曾經消失的其他故事的模糊記憶，重新開始呼吸了。就這樣，當你的故事開始的時候，你將取回被你遺忘的過去和名字。你會從昏暗的忘川河河底甦醒，開始呼吸，血液將流過肉體，也能感覺到皮膚的溫度和心臟的跳動。那個時候，你就不再是沒有名字、徒具空洞軀體的「行人A」。你就是你，不是其他的任何人，很快的，冠上你的名字的故事就要開始了。

沒錯，從現在開始的故事主人翁就是你。不是「我」，更不是「他」或「她」，而是唯一的「你」……

你混在一群等待紅綠燈的人之間，站在四條河原町的十字路口。電子看板的時鐘顯示即將兩點了。馬路對面的百貨公司正面入口處，豎立著寫著「三月十四日　愛的白色情人節」大字的看板。綠燈了！所有人同時邁開腳步，行人穿越道立刻被兩邊來往的人潮淹沒了。一踏到拱廊的陰影庇護不到的車道上，微熱的陽光便直接灑落下來，撫摸你的肩膀。但是，你毫不在意微熱的陽光，仍然急急忙忙地踏上行人穿越道。有人站在穿越道前方，迅速地擋住了你的去路，開始對你說：「請你幫忙簽名，抗議布希出兵中東和九十億美金的軍費援助。」你的嘴唇微微動了，但是沒有回答對方。你不敢斷然拒絕，但又覺得沒有道理在這樣的地方簽名，所以你假裝沒聽到，生硬地移開視線，勉勉強強地避開對方的身體。你不關心波斯灣戰爭，也不知道美國的科技武器到底有多厲害、飛機轟炸伊拉克或科威特的場面有多慘烈、波斯灣又如何被原油污染。你對政治漠不關心，雖然已經有選舉權，卻從來沒有投過票。沒有去投票的理由並不是你有什麼特別的顧忌，只是因為你已經忙不過來了，所以不想再碰觸任何麻煩事。你不只對國際情勢與國內政治不關心，對其他事情也是抱持著敬而遠之的態度，你是一個旁觀者，和所有的事情都保持距離。至於和他人的交往，你也是極力避免。你沒有想過何謂快樂的生活方式，因為除了這樣的生活之外，你沒有其他想法。你和別人合不來，並且深深知道和別人交往時，不管對方是誰，一旦有了交情，失去的東西永遠比得到的多。你知道「失去」的痛苦是難以忍受的，所以你刻意保持距離。這是你經常告訴自己的理由。就像現在，身在繁華熱鬧市街之中的你，也是這樣告訴自己。

可是，你真的知道嗎？你可以抬頭挺胸地說你知道嗎？你帶著內疚的情緒，看著馬路對面TERMINAL百貨公司入口前的寬敞步道。那個步道的空間現在已經被相約在那裡見面的人給佔領了，其中有不少是和你同世代的人，他們各以不同的樣子聚集在那裡：有人靠著牆壁站立，有人好像沉不住氣似地來回走動，有人彼此熱絡地交談，有人什麼話也不說地握手微笑，有人在慌張地東張西望，背後被人拍打了一下，有人坐在路肩的石頭上，有人在向馬路對面的人揮手，有人正用腳踩熄菸蒂，有人莫名地笑著，有人因為碰面而露出欣喜的表情，有人一直在看手錶，有人無視四周的群眾，高談闊論，還有人在打電話。雖然他們的年齡、身分、身上的穿著和行為舉止都不一樣，但是，他們也有共通點，那就是他們都有資格佔用那個場所，他們都有等待的對象。他們等待的對象可能是朋友、情人、同事或家人，你卻沒有。他們的皮膚已經感覺到春天的氣息，敏感地嗅到攙雜在汽車廢氣與悶熱空氣中的甜味，沉溺在季節即將變化的期待感中，你卻不知道這種感覺，因為你不會沉溺於任何事物。在宣告冬天即將結束的溫暖星期日午後，只有你被人群孤立，你沒有資格加入他們。你彆扭了起來，以疏離、冷漠的眼神看著他們，並且想著：他們所期待的東西，應該無法全都如願。沒錯，就在現在的這一瞬間，他們也在不知不覺中陸陸續續失去了一些東西。可是，你的視線太過脆弱，欠缺強度，所以被無形的疏離之牆阻隔，反彈回自己的身上。他們至少擁有一件現在的你所沒有的東西，所以他們能耐心地等待、在街頭上與他人交往，這一點是你必須承認的。在這個熱鬧的市街裡，你是唯一被排擠的人，你無法直視他們。你覺得好像只有自己抽到的是下下籤，感到無地自容，於是你向後轉，逃也似地往相反方向走去。你是個如此孤獨的個體。但是，不是誰讓你變成這樣的，而是你自己造成的問題。

……之前的你不是真正的你，你一直是一個孤獨的人，但是你並不愛孤獨，也不想要孤獨。沒有人一開始就喜歡孤獨、想要孤獨。你只是比別人吃了更多有關孤獨的苦，所以練就了忍耐孤獨的本事。有一種人因為受到了極深的傷害，為了治療那樣的傷害，多年來不得不過著孤單一人的生活，到了最後，甚至忘了自己從前也有過真心往來的朋友。你現在正處於風雨過去了，風突然停止所形成的風平浪靜狀態。你被世人遺棄，不知道自己能往哪個方向前進，但你對這種情形不以為意，因為你不得不安於現狀，而且這種情況也已經持續很久了。你自我安慰地沉溺於這樣的風平浪靜中，生活在均勻、透明的靜止風景裡，誰也阻止不了你孤獨地漂流。人面臨能力抵擋不了的衝擊時，就好像被投入狂風暴雨中的大海，任由波濤蹂躪脆弱的軀體，在這個時候，必須反動似地學習保護自己身體的方法，即便風停雨歇也一樣。當身體將被無情的波濤拍擊、撕裂時，一定要找到可以保護自己的方法，就像現在的你。人的眼淚有乾枯的時候，心裡的風雨也有風平浪靜的時候。

你一直漂泊在那樣的風平浪靜之中，那是寒夜裡的風平浪靜。你被封閉在黑夜裡，孤獨的你找不到自己的位置，也被時間的河流遺忘，所有感官的感覺漸漸地迷失了。你無法靠自己的力量停止這一切，知道掙扎也沒有用。你的眼睛所看到的，是有如鏡面般平靜無波的海面，因此，在地平線對面所發生的種種事情都不會影響到你。你一直是這樣活過來的，今後你應該也可以這樣活下去。

但是，平穩只是表象。為什麼這麼說呢？因為你並沒有完全忘記春風會帶來甜美的香氣。就是這一點點的記憶誘惑你走到街上，跟著人群行動，安慰著總是覺得痛苦而失望的你。你一定不肯承認這一點吧！你也因此生氣了，因為你一點也不覺得自己寂寞。可是，那還不是真正的你。

真正的你從現在起才要開始呼吸。

你的故事正要開啟。故事的種子已經發芽，在隔著車道的那一邊，等待你經過，只要豎起耳朵，應該就可以聽到那顆種子的呼吸聲。你不會錯過你的故事，因為它將以強有力的手臂，緊緊地抓住你，把你拉到向陽而明亮的地方。

現在，你和你的故事就要呱呱落地……

❖

落在車道上的影子突然變淡了。被風吹散的雲朵碎片從太陽面前掠過，像一縷薄紗般使陽光變得朦朧，街景則像拉長了身影般變得扁平。可是，這只是一瞬間的事情。同樣的風驅走了雲，路面上的影子恢復了原先的濃度，眼前的景色輪廓變得清楚，色彩也鮮明了起來。

「……宮？」

在車子來來往往的喧囂聲和陌生人的腳步聲裡，好像傳出了那樣的呼喚聲，那時你正好走過星期日鐵捲門拉下來的證券公司前面。你體內某個東西對這個聲音產生了感覺。在那個空洞的軀體裡，對曾經死去的遙遠記憶的餘音產生了反應。你反射性地停下腳步，抬起頭，頂著一臉好像被強迫的表情張望著四周，但是在你的視線所及之處，並沒有看見發出那聲呼喚的主人。

你以為那是錯覺，所以連忙低下頭，眼睛看著腳下。因為太過在意周圍的目光，所以你裝出若無其事的樣子邁出腳步，此時你的心裡已經有難為情的感覺。在這個街道上，應該沒有因為認識你而出聲叫住你的人。你明明感受到獨行於人群中的痛苦，卻不願意承認自己走進這溫暖陽光下的熱鬧人群，為的就是自己還有依戀他人的感覺，甚至強烈到把剛才的聲音誤認為是呼喚自己的聲音。你突然覺得呼吸困難，好像潛在水裡憋著氣一樣，不由自主地發抖、嘆息，開始想要讓混亂的腦子冷靜下來。老實說，把剛才的聲音認為是在呼喚自己名字的聲音，基本上就是不合理的事，那原本就不是對正在走路的你所發出來的呼喚。就算確實有某個人在叫喚另一個人，叫的也絕對不會是你，不是嗎？因為現在的你不僅沒有名字，而且是群眾裡的一個透明人。所以說，剛才讓你產生反應的聲音，並不是在叫喚你的名字。

可是，剛才那個聲音是女人的聲音，你半自嘲地這麼判斷。你沒有認識那種熟悉到在街上相遇時會和你打招呼的女性，一個也沒有。所以，你果然是搞錯了。或許是充滿春天氣息的街道空氣欺騙了你，迷惑了你的耳朵，讓你產生幻聽。這是春天的騙局，對，一定是這樣的。你不分青紅皂白地這麼斷定，然後加快腳步，打算遠離這個地方。

「二宮——」

可是，事實偏偏和你想的相反，才走不到十步，你又聽到那個叫聲，而且聲音比剛才更清楚。那個毫無疑問是年輕女性的聲音，正朝你現在正在行走的地點呼喊著。儘管街上的聲音嘈雜，那個呼喚的聲音仍然清楚地鑽進你的耳朵裡，絕對不是幻覺。你更加困惑了，好像為了想起自己是哪裡的哪個人似的，在心裡喃喃唸著「二宮」這個名字，可是因為心裡仍然懷著疑慮，一來覺得難為情，一來擔心這是春天的幻術，所以並不想再一次停下腳步，也不想回頭看聲音的方向。

「請問，你是二宮良明嗎？」

幾乎連一點遲疑的時間也沒有，你彷彿認命般地發出了低鳴聲，即便是對面傳來的汽車噪音也遮掩不了那樣的低鳴聲。你完全不在乎他人的眼光，就那樣叫著。聽到全名的那一剎那，全身就像濕濕的手碰到裸露的電極一樣，身體的內側正想自我保護地蜷縮起來時，莫名的感覺就已經潰堤般地狂奔而出，吞沒了全身；你的雙腳也好像變成石頭似的，無法移動。沒錯，你終於注意到了——二宮良明，這就是你的名字。

這是真正的你的「名字」。

來來往往的行人中，你不認識任何人，也不知道他們的名字。對你來說，他們每一個人都一樣，但是，就是那些人當中的某個人叫了你的名字。孤獨地生活在殼裡的你、真正的你，好像被人從殼裡拉出來一樣，突然恢復了呼吸。你的名字是唯一能帶出你人格的鑰匙，你終於想起自己是誰了。一直躲藏在你體內那活著的感覺終於湧現，並且迅速地擴散到全身。就像剛出生的嬰兒被命名了之後，才真正被認定是「一個人」一樣，你終於是你了。你是活著的，你已經不是街道的背景「行人A」了，也不是誰也看不到的透明人；你不是沒有名字的存在者，而是被賦予固定姓名、確實活著的某一個人。你的兩隻腳站在這裡，有人叫了你的名字，包圍著你的世界已經不是水平線彼方的異國風景。「現在、這裡」，就是你的故事的起點。而且，現在的你不是隨便的某一個人，你就是你，是獨一無二的一個人。

你的名字是二宮良明——NI・NO・MI・YA・YO・SI・A・KI。二宮良明，回答吧！

事出突然雖然讓你驚慌，但是一旦確定被叫喚的人是自己之後，難為情與警戒的情緒一下子就消失無蹤。你不假思索地回頭看向車道那邊，身體探出路旁的護欄，視線投向聲音傳來的那一帶。經過對面人行道的陌生臉龐一張又一張，但是那些臉已經不再像剛才那樣讓你感到強烈的疏離感了。你很快便從那些臉龐中找到了聲音的主人，那是一個穿著米黃色外套的女人，站在拱廊下。為了不被人群擋住身影，她正努力拉長身體，並且不斷揮著手。當她發現到你的視線，知道你已經看到她時，露出放心的笑容。車道上的車子來來往往，但是你們之間的距離卻縮短了。

——葛見百合子。

你的腦海裡瞬間浮出這個名字，記憶中的臉與現在看到的臉重疊在一起。雖然車道相當寬，但那個令人懷念的笑容沒有改變，仍然和昔日一樣，那是稍微垂著眼角、竭力壓抑著笑意、嘴角微微上揚的靦腆微笑，是像剛烤好的棉花糖般用手指輕輕一碰就會凹陷、光滑而柔順的笑容。儘管光陰流逝，已經是成熟的大人的臉上仍然留有當時的影子。你應該沒有忘記那個笑容，因為那是不管看了幾百次也不會看膩的笑臉，是深藏在內心、嚴密保存著的回憶。

你回過神，連忙回應她，於是她指著下一個十字路口，張著嘴巴開始說話。可是，她的聲音被摩托車排氣管的聲音掩蓋，讓你無法聽見。在車道中流動的車子突然不動了，市公車正好停在你們的中間，擋住了你的視線，你突然看不到她。等到紅綠燈的號誌改變，車流再度移動，市公車跟著開走，你眼前的視線變開闊之後，她的身影已然消失不見。

「啊，嗨！你好。」

急促的叫聲讓你不由自主地回頭，眼前的她手撫著胸口，氣喘吁吁地站在那裡。在你以為你已經失去她的身影時，她已跑過行人穿越道，從馬路的對面來到這邊了。她的外套鈕釦鬆開，裡面穿的是藍色羊毛衫，領口圍著民族風圖案的圍巾，下半身穿著灰色格子長褲，皮包牢牢地掛在肩膀上。她的身高只到你的胸口左右，在伸手可及的距離，露出棉花糖般的笑容，抬頭看著你。啊！這個女生有這麼嬌小嗎？你再次注意到這點，心裡有種不可思議的感覺。

「那個、那個，好久不見了。」她說。

「嗯，真的很久不見了——」

你在慌亂的心情下開口，因此有些口吃了，而且不知道怎麼接下去。你們站在人行道上，不知道要說什麼話，不斷有人從你們的身邊走過。

「畢業已經六年了吧！」她突然冒出這句話，看來她也和你一樣覺得不安與沒把握。

「嗯，因為現在是三月，所以正好六年了。」

「已經這麼久了啊！畢業後，我們就沒有再見過面了。」

「是呀！我一直在這裡，同學會的時候也沒有看到妳。」

「我只收到第一年夏天的同學會通知，後來就再也沒有收到了。二宮，你一直過得很好吧？」

「嗯。妳呢？怎麼樣？」

「我也不錯，就是過著很普通的日子。」

「這樣嗎？那太好了。」

「——有精神地過著普通的日子是好事。」她說著又露出微笑，但是這次的表情顯得有點不安與生硬。

你覺得你好像察覺到對方的心情了。她和你一樣，也是內向而保守的人，你所認識的七年前的她，就是那樣的一個人。她奮力鼓起勇氣開口叫你後，卻馬上就被自己的行為嚇到而不知所措，只會用不自然的言語來和你說話。但是，偏偏你也是這樣的人。不可以這樣的，你應該好好地回應鼓起勇氣來和你說話的她，不該用這種對待陌生人的不嚴謹態度，讓你們之間的話題愈來愈窄。好不容易再見面，應該有很多別的話可以說的。你對自己這麼說，然後慢慢地開口：

「雖然六年不見了，可是我剛才一看到妳，就認出妳了。」

「我也是。」

「是嗎？」你稍微聳了一下肩膀，又說：「是葛見小姐先看到我的。剛才如果不是妳出聲叫我，我大概就這樣走過去了。妳竟然可以在馬路的那邊看到我。」

「那時我正好回頭，偶然看到你，所以才會叫你的。只要是我見過的人，就不會忘記，這是我的優點。」接著她轉變話題，很不好意思追加了一句：「可是，在人來人往的大馬路上叫住正要經過的你，會不會讓你很難堪？」

「怎麼會？一點也不會，而且我還很高興妳叫了我。」

「真的嗎？」

「當然是真的。」

「太好了。」她鬆了一口氣，又說：「不過，真的是太巧了。」

「真的是很巧。」

「分手好幾年的情侶竟然在意想不到的地方重逢了，我以為這種事情只有電視劇裡才有，也一直以為那絕對是假的，現實裡不會有那麼巧的事。啊，那個……不對，我和二宮並不是情侶——」

你們看著彼此，她以手掩著嘴巴，和你一樣露出難為情的微笑。你們的談話再度開始。你暗自想著：已經有幾個月沒有這樣看著對方的臉，並且露出自然的笑容了呢？

「妳來京都做什麼？旅行嗎？」你看著她鼓鼓的皮包，問：「觀光？」

「不是、不是，我是來工作的。」

「喔？妳的工作是？」

「我在東京當雜誌編輯。聽過《VISAGE》嗎？我雖然還是新人，但是常常被派到京都拿稿子。二宮一直都住在這裡嗎？」

「嗯。」

「現在在做什麼？」

「——我還是學生。」

「那麼，在讀研究所嗎？我記得你讀的是文學院。」

「對。我剛修完德文碩士班第一年的課程。」

「真了不起。可是，你還沒有畢業嗎？時間好像不太對。」

「——第一年沒有考上研究所，所以晚了一年。」

「原來是這樣。真羨慕你還是學生，專攻的是德文的哪一項？」

「德國近代文學史。預定要寫的論文題目是十九世紀前期的浪漫主義運動。」

「諾瓦力斯❶的《藍色的花》？」

「嗯，諾瓦力斯是浪漫派作家，不過，我的重點是施萊格爾（Schlegel）這個批評家，他是耶拿派時期❷《雅典娜神殿》雜誌的作者——」你本要一一說明，但是這時卻放慢了速度，「這

❶諾瓦力斯（Novalis），有「藍花詩人」之稱，是德國早期浪漫派的著名詩人哲學家。
❷早期的浪漫主義以耶拿這個地方為中心，所以稱為耶拿派（Jena）。

個一時也說不完，而且站在馬路上說話也很奇怪。不是嗎？葛見小姐。」

「唔？」她愣住了，露出不知所措的表情。

「等一下還有事嗎？」

「啊，我的工作已經結束了，等一下要回去。」她看了一下時間，然後接著說：「只要今天回去東京就可以了，離我搭的新幹線還有一段時間。」

「那麼，如果可以的話，我們找個地方坐下來喝杯茶吧？難得碰到面了，很想聊一聊。」

「好啊！」

她輕輕地點了頭，重新調好肩膀上的皮包背帶。這個動作好像是一種信號，你們兩個人開始並肩向前走。你踩著比平常緩慢的步伐向前走，不止一次地悄悄轉頭看身旁的她的側臉。像濕髮一樣發出光澤的頭髮束在腦後，纏繞著這束頭髮的，是一條打了蝴蝶結的深藍色髮帶，髮帶隨著她的走動而搖晃著。你突然嗅到空氣中有不一樣的氣味，那個氣味香香甜甜的，微微地鑽進你的鼻孔裡。那是她的髮香嗎？抑或是飄蕩在陽光中的春風味道？你覺得輕飄飄地，腳好像沒有著地似的。直到現在，你才看到沐浴在春天陽光下的閃亮街道風景。好像在作夢似的！你如此想著。光是想到自己正在百合子的身旁走著，你就覺得自己好像身處夢幻之中。平常的你是絕對不會這樣約女生喝茶的，不，就連十五分鐘前的你也想像不到會發生這種事。這真的是現實嗎？

可是，她真的在這裡，就在離你的手肘不到十公分的地方，一邊搖晃著彷彿穗子般的深藍色髮帶，一邊用相同的速度和你並肩行走。你對多變的世事感到驚訝，因為能夠這樣巧遇，機率簡直是微乎其微！不過，驚訝歸驚訝，你還是非常坦然地接受了這個自然的巧遇，或許這正是你下意識裡期盼的事情。莫非這是春天甜美的風所帶來的魔法？

葛見百合子是你高中畢業那一年，坐在你旁邊的同班同學，那是七年前的事了，當時你們才十八歲。不過，那個時候你們並不算熟稔，是你自己暗自愛慕著她，不管你心中有多麼熾熱的感情、多麼想念她，現實上她都只是你的同班同學，在你的心中留下無奈的回憶。就是因為這樣，所以畢業後，你們沒有再見過彼此。

可是，那個時候的思慕並沒有因此而褪色，十八歲時的記憶一直活生生地保留在你的心中，跟著你的肉體一起生活。這個深深的思慕讓現在的你與七年前的你連結在一起，復甦的思慕之心所帶來的甜美預感，讓你覺得迎接你們的宿命故事，就要降臨到你們的身上了。

「很久很久以前，某個地方有一對名叫二宮良明和葛見百合子的男女，他們曾經是同一所高中的同班同學。六年後，他們偶然地在另一塊土地上重逢——」

就這樣，屬於你和你們的故事要開始了。這是以二宮良明和葛見百合子的名字所展開的故事。然而，這會是一個怎麼樣的故事？會有怎麼樣的結局呢？現在的你當然還不知道。而且，你也沒有發現，曾經是同班同學、現在和你並肩走在一起的她，在剛才的某一瞬間，眼裡曾閃過一絲不安的陰影。

第二部

搜查 I

在街頭遇見的時候，
什麼話都說不出口，
只因畢業照裡的容顏，
仍然一如以往。

2

東西新聞十月十四日（星期一）的早報。

世田谷區住宅大樓　上班族女性慘遭殺害

同住的女性失蹤

十三日下午三點左右，世田谷區松原二丁目住宅大樓「陽光露台雙海」，發現了一具女性屍體。發現屍體的人是一位上班族男性，他前往該住宅大樓尋找女同事清原奈津美（二十五歲）時，發現清原小姐陳屍室內，便立即通報警方。

根據北澤署的調查，清原小姐於十二日深夜在室內被人勒斃，臉部被系統廚具的瓦斯爐燒毀。現場並無打鬥痕跡，而和清原小姐同住的A小姐（二十五歲，上班族），也自十三日起就消失蹤影。警方認為A小姐與這起案件有關，目前北澤署已把A小姐視為重要關係人，全面追查A小姐的行蹤。

3

「應該開派對的。」久保寺容子雙手靈活地用餃子皮包住自製的內餡，一邊把包好的餃子從托盤的邊邊排起，一邊說道：「去六本木或青山，租一家可以讓大約二十個人站著吃東西的乾淨店家就可以了。閃閃發亮的銀盤裡，擺著山珍海味和切得厚厚的牛肉片，當然還有冰涼的上等香檳酒。店裡的天花板佈置著金銀雙色的緞帶，來參加派對的人抱著花束和禮物，看起來都是高尚又有學問的朋友。桌子的中央放著生日蛋糕，蛋糕上插著和歲數一樣多的蠟燭，燭火燦爛搖晃著。蛋糕的形狀是以海中孤島的形狀特別訂製的，蠟燭當然也是特製的，每一支蠟燭都是一個印地安人的樣子。然後，燈熄了，在二十九支蠟燭的朦朧燭光中，當天的主角——穿著無尾晚禮服的法月飄然出現了。在大家唱著『祝你生日快樂，祝你生日快樂的』的歌聲中，你靠近蛋糕，鼓起臉頰，用力吹熄蠟燭。此時大家同時拉響拉炮，開心地開著香檳。在炮聲、香檳塞彈出的聲音與大家的鼓掌聲中，氣氛達到了最高潮。可是，當燈光再度亮起時，你的頭竟然埋在蛋糕裡。啊！神啊！已經沒有氣了。這個發出哀嚎接著昏倒的淑女角色，當然由我來扮演就可以了。晚禮服的背上有槍痕，發生命案了。有人乘機以拉炮的聲音為掩飾開槍了。所有來賓都因為這個意外的殺人事件而臉色蒼白，面面相覷，就在這個時候，有人以清楚的聲音喝令道：『各位請小心了。可恨的連續殺人魔〈仙后座Ψ星〉就藏匿在我們之中。』於是大家把目光投注到這個驚人聲音的主人身上。本以為他是繼承了父親血統的俄裔店主，可是他卻脫下了變裝用的裝扮和廚師帽，露出了真正的面目——也就是真正的你。應該被槍擊中的你，趁著黑暗與替身交換了位置。當然，你穿著防彈背心，所以沒有生命危險。這個生日派對其實是為了讓殘忍而狡猾的殺人魔『仙后座Ψ星』現形，而特別舉辦的。」

「不知道妳是從哪裡學到這些知識的。」綸太郎停下用濕潤的手指包餃子的動作說：「不過，那是半個世紀以前就被捨棄的情節，現在已經完全不流行這一套了。」

「你的手停下來了喲！」容子說著又拿起一張餃子皮，用湯匙舀起大碗公裡的內餡。餡太多的話，餃子皮就不好包，容易散掉。為什麼自己的生日還得自己包餃子呢？綸太郎從剛才就有這個疑問，卻不敢在容子的面前這麼說。

久保寺容子是綸太郎高中時代的同學，以前綸太郎曾經想追求她，和她約會，結果卻在約會當天被容子狠狠地拒絕了。容子現在是一個名叫「窈窕淑女」的女子搖滾樂團的鍵盤手，「地藏容子」是她的暱稱。去年二月，他們在東京電台的錄音室重逢，因為那次多年後的重逢，讓還是單身的兩人成為無話不談的朋友，雖然不是戀人，但是平常如果沒事，會用電話聊天聊到天亮。

「那麼，現在流行的情節是什麼？」

「九〇年代的推理已經不是以男性為中心的名偵探時代，那樣的推理太陳舊，而且太反動了。現在流行的主角是有離婚經驗，並且是跆拳道高手、擅長包餃子、會煮水煮蛋、開著中古車、專門處理幼兒受虐事件，而且還從事社會福利工作的女性。還有，有嫌疑的人聚集一堂的解謎性推理也落伍了。現在流行的故事高潮，一定是女主角與四重人格的精神病殺人兇手進行一對一的肉搏戰。」

「肉搏戰？像這樣嗎？」容子笑著，作勢要丟出手中包好的餃子。「那樣的低俗鬧劇雖然有趣，不過，難得你的生日，偶爾來點有美感的復古風情境不是也很不錯嗎？最近六〇年代的音樂再度流行起來了呢！」

「多謝妳的好意。老實說，我根本不期待二十九歲的生日，也不覺得高興，更不想慶祝。

總覺得已經進入讀秒的階段，馬上就要跨入三十歲的大關了。」

「三十歲的大關？你說什麼呀！照你這樣說的話，我不就只剩下八個月的生命嗎？生日的日子一到，我就是三十歲了，到時候我可能必須掩飾著臉上的小皺紋，穿著亮晶晶的舞台裝，在台上唱歌跳舞，同時還必須為了CD版稅的應得部分跑到事務所爭論。我不想變成斤斤計較的大人，也不想繼續裝成天真可愛的十幾歲小女生。你知道這種壓力嗎？真的是兩難啊！或者我應該像馬克．波蘭❸一樣，在三十歲生日的前兩個星期出車禍死掉？」

「妳死了就麻煩了。」

綸太郎不痛不癢地說，然後把手中包好的餃子排在托盤裡。他包的餃子不論形狀還是大小，都比容子包的差，合起來的部分也不好看。

「就算三十歲也沒有問題。因為時代變了，不管到了幾歲，都可以在舞台上高唱『搖滾樂永遠不死』呀！雖然現在這個年紀唱最帥。可是，從六〇年代開始演唱的搖滾樂歌手們現在也還幹勁十足地活躍在舞台上，不是嗎？我和妳正好相反……」

「正好相反？」

「我明年就三十歲了，年紀都這麼大了還講什麼名偵探啊！以奇怪的開始為開端，故事中段充滿懸疑性，再以雖然讓人覺得意外、卻也覺得合理的方式查出兇手的小說，是最接近二十一世紀的本格推理小說，這種話我可不好意思說出口。萬一不小心說出口的話，一定會不好意思，

❸馬克．波蘭（Marc Bolan），英國搖滾樂巨星。

恨不得有地洞可以鑽進去。那樣的話是二十幾歲有著年輕人的天真理想時，才說得出口的，已經踏進三十歲關卡的人，還有誰敢大言不慚地那麼說呢？不管好壞，一味地憧憬什麼名偵探、什麼本格推理，這是青年時期的人才會有的熱情。可是，那樣的熱情會在某天的早上突然消退，照照鏡子，會發現自己臉頰憔悴、雙眼凹陷。我只要一想到這裡，就覺得難堪得睡不著。」

「好像是那樣。」

「就是那樣。」

「可是我看你的表情，好像希望我反駁你似的。」

「是嗎？」彷彿心裡的秘密被看穿似的，綸太郎的聲音聽起來有點洩氣。容子則乘勝追擊般接著說：

「我覺得現在想這些事情只是在浪費時間。姑且不說人從懂事開始只有五十年的時光可以浪費，一個人好像從三十歲開始，就應該思考做什麼事可以改變自己，尋找可以讓自己更好的目標吧？可是，我看看我周圍的人，都是過了三十歲以後仍然活得渾渾噩噩。現在很難找到那麼認真思考未來的人了。」

「嗯，是那樣沒錯。我也知道妳說得很有道理，可是只要一想到自己只能算是半個大人，根本不算是完全成熟的青年，那感覺就像沒有根的草一樣，心裡很不舒服。」

「哎呀！看不出法月竟然是思想古板、想法拘謹的人。」

「因為我寫的是本格的推理小說。」綸太郎自嘲地說。「對了，妳認為現在的日本社會認為『青年』年紀的上限在哪裡？」

「啊，上限很寬鬆呀！」容子滿不在乎地說：「最近有一條新聞，說是四十三歲的『青年實業家』和一位女演員結婚了。」

「四十三歲的青年實業家嗎？」綸太郎把大碗公裡剩下的餡包進餃子皮裡，嘆了一口氣。「我告訴妳一件事。前陣子我在電視上播放的午夜場看到一部電影，叫作『粉紅與藍色的繩子』，那部電影的原著是艾勒里．昆恩的《多尾貓》（Cat of Many Tails）。對我來說，那是像聖經般的一本書。雖然說是電影，但是原本好像是電視影集的樣片，所以顯得很粗糙。電影裡，名偵探艾勒里．昆恩的角色變成一個有點嬉皮、不太正經的大叔。電影剛開始的時候，我還以為會出現一個年輕的昆恩。還有，這個不良中年偵探，與其說他熱心在辦案，還不如說他更熱中於教訓年輕女孩，真的是一部慘不忍睹的電影。看完電影之後，我只想到千萬不要變成那樣的偵探。那部電影我錄下來了，妳要不要看看精采的部分？」

「謝謝，不用了。不過，那應該單純只是選角錯誤的問題吧？」

「沒錯。但是，也還有別的想法。《多尾貓》是昆恩四十三、四歲時寫的書，因此選了一個和作者年齡相當的人來當主角，是可以理解的事情，況且昆恩本人一定多少也帶著點不良中年人的味道。看書的時候，不會有那麼明顯的感覺。可能因為這個緣故吧？我不想想像年過四十歲以後的艾勒里。不過，雖然名偵探的形象讓我感到失望，但真實的名偵探應該就是那樣沒錯。所以，一把那個名偵探的形象與自己的將來重疊在一起，我就感到心情沉重，明日的自己只怕也會變成那個樣子。誰都想永遠保持年輕，但現實是殘酷、醜陋的。」

容子突然停下正在排餃子的手，用力地雙手抱胸，以不想再說下去的眼神看著綸太郎。綸太郎不知所措地看著排在桌子上的餃子。

「——包了這麼多，一個晚上吃不完吧？」

「你放心。」容子回答。「剩下來的用保鮮膜包起來，放在冷凍庫裡就可以了。放三、四天再拿出來解凍，用煎的或用水煮都很好吃。」

綸太郎心不在焉地順著容子說的話點頭，還抬眼偷看她。容子依舊雙手抱胸，稍微彎著脖子，看也不看餃子，以一點也不幽默的口氣說：

「既然那麼不喜歡，何不乾脆就放棄了？把你的聖經啦、名偵探的招牌啦，一起用保鮮膜包起來，放在冷凍庫裡就好了。」

「嗯。」綸太郎深深吸了一口氣，表情嚴肅地點了頭。「我覺得那樣做確實是最聰明的解決之道。照妳說的，把自己冷凍起來，洗手不幹了，應該也沒有什麼問題。可是——我這樣說好像顯得很狂妄，但我就是無法照妳說的那麼做，這好像是我生來就有、無藥可救的天性。」

「既然如此，抱怨形象不好看或時代錯誤也沒有用。不要在意眼睛看到的東西，下定決心走自己想走的路吧！」容子斷然地說：「怎麼搞的？我覺得最近和你說話時，老是聽到你在抱怨。我不是不能了解你的心情，只是，我不是你的個人生活指導員呀！好不容易有時間可以聊天，我當然希望可以聽到愉快的話題。我這樣說有錯嗎？既然那麼不想多一歲、不想過生日，那我回去好了。你儘管把自己關在黑暗的房間裡，一邊看難看的影片，一邊傷心自己的未來好了。但是，你真的寧願那樣嗎？」

容子一住嘴，餐廳立刻陷入寂靜。綸太郎看著容子生氣的表情，可以知道她一半是真的生氣，一半是帶著挑釁的意味，故意想讓他著急。

「ＯＫ，我知道了。」綸太郎改變態度，說不上是開玩笑還是認真，只是以率直的口氣說：「我收回剛才說的話，希望妳不要回去。不管怎麼說，我對我自己選擇的路仍然感覺很驕傲。作為二十世紀末的名偵探，我很努力地製造刺激，有時雖然感到洩氣，可是那就像把帶著苦味的香料加到料理中一樣，有提味的效果。總之，我是故意講那些話的，目的是想引起妳的注意，希望妳多關心我。如果我的話讓妳生氣了，那麼我向妳道歉。其實我現在快樂得心臟好像要裂開，像才剛滿十七歲的少年，想跳到桌子上面跳舞。謝謝妳幫我過生日。不過，是不是生日不重要，妳來這裡才是我最高興的事。什麼穿著知性的朋友，還是有四重人格的精神病殺人兇手，統統讓他們在門口等到明天再說。今天正好是妳們巡迴演唱會中的一天，妳還來為我包餃子。這樣的餃子是生日宴會中最好的食物。今天是我二十九年的人生當中最最快樂的一天。我的人生太美好了！來，為妳的眼睛乾杯！」

容子愣住了，帶著懷疑的眼神認真地看著綸太郎說：

「這是你的真心話？還是你不得不這麼說？」

「大概——兩者皆是吧！」

「無藥可救。」容子抓起舀餃子餡的湯匙柄，無奈地把湯匙丟進大碗公裡。「你大概當不成不良中年人。看來你只會變成半個大人，一個不算完全成熟的青年，或許這樣比較適合你。」

綸太郎一臉正經地笑了。

「我就喜歡妳這種直言不諱的個性。」

「真像個傻瓜。」容子像是接受綸太郎的言語挑戰似的，喃喃說道，然後突然像是再也忍不住一樣竊笑出聲，說：「反正你也不是現在才這樣的。不過無論如何，法月仍然是一個難得的人才。」

「我接受妳的誇獎。」綸太郎在流理台洗過手後，從冰箱裡拿出兩罐啤酒。一罐給容子，一罐拉開拉環後，對著嘴將啤酒灌入口中。「辛苦之後的啤酒最美味了。」

「不要偷懶，還沒有結束呢！請你準備熱平底鍋。時間差不多了，法月警視快回來了吧？等我們三個人都到齊之後，就可以馬上開動了。」

「這個時間應該要回來了。」綸太郎看著時鐘說。「早上要出門前還說今天會早點回來。會不會發生了什麼案子？」

「我看了六點的新聞，沒有這方面的報導呀！」

「那麼，他可能順道去哪裡了吧！我父親沒有回來也沒關係呀！反正我每天都看得到他。他大概晚點才會回來，我們先開始也無妨吧？」

「不行。」容子一口回絕。「告訴你為什麼我今天會來的理由吧！我是為了接近心裡仰慕的法月警視才來的喲！這是千載難逢的機會。」

「仰慕的法月警視？」

「對。」容子以陶醉的口氣說道：「令尊非常了不起，他有成熟男人的嚴謹與可靠，又有寬大的胸懷，平日雖然沉默寡言，但是應該開口說話的時候，一定會把事情說清楚。他對待女性的態度非常紳士，是個堅強的男子漢，但又有顆關懷別人的溫柔之心，是一個面對困難時也不會說出洩氣話，擁有不屈不撓精神的警官。他一直單身嗎？不想再婚嗎？我想試著主動出擊。」

「別說了，這個玩笑一點也不好笑。」

「哎呀！我沒有開玩笑喔！」容子毫不客氣地說：「我現在要說的話是以前從來沒有說過的。老實說，我喜歡比我大十歲以上的男人，還不到三十歲的男人太稚嫩，行為輕佻又喜歡裝可憐，不知道什麼時候才會長大。一個不想長大的青年，我打從心眼裡瞧不起。我並沒有暗指某人喔！我只是覺得那種人和法月警視比起來，簡直有如天壤之別。」

「我也不知道妳在說誰，但是我想代替那個人說話，讓妳有這種感覺真的很抱歉。」綸太郎毫不畏懼，正面迎戰。「不過，妳不是還沒有見過我父親嗎？怎麼敢判斷我父親是妳口中形容的那種人？還是妳在來這裡以前，雇請徵信社的人對我家做了調查？」

容子一邊收拾桌面，一邊像享受了一場遊戲般，露出嫵媚的笑容說：

「法月先生，請聽我一個忠告好嗎？請你不要用太誇大的口氣，對你為數不多的讀者說話。因為我對令尊的了解，完全來自你書中的描述。」

「聽妳這麼說，我才發現原來我在小說中太過美化父親的形象了。難怪最近有不少讀者投書，抱怨法月警視出現的次數太少，而無視我的存在。嗯，這樣就合理了。配角搶走了主角的光芒，這是系列小說常發生的宿命。不過，為了不讓妳的想像幻滅，我還是老實告訴妳吧！我父親真正的樣子，和妳想像中的理想男性距離差了大約一光年。妳仰慕的法月警視的真面目，是一個粗野、遲鈍，頑固、魯莽、尼古丁中毒的傢伙，而且還是『以父為尊制』的封建思想的支持者。此外，他還有面對女人時就會說不出話的毛病。」

「你說的這些話很酸，很像嫉妒時說的話。」容子這麼說著的時候，突然脖子一偏，好像在對眼睛看不到的第三者徵求同意般，動作有些奇怪。

「妳懂什麼？」綸太郎愈發覺得被嘲笑了，不禁提高了音量。「從出生到現在這二十九年來，我一直和我父親生活在一起，最清楚他是什麼樣的人了。我知道了，關於我父親的形象，我以後不會在小說裡作特別的潤飾，要貫徹嚴格的寫實主義，寫出父親的真面貌。」

容子沒有說話，但是以一臉忍俊不禁的表情指著綸太郎的後面，也就是客廳另一頭的大門那邊。那裡有什麼東西嗎？綸太郎轉頭看，接著連忙閉上嘴。不知道什麼時候，門已經被打開了，那位要被貫徹寫實主義的人就站在門口。看到露出得意的微笑看著自己的父親，綸太郎知道現在說什麼都太遲了。

「我都聽到了。」法月警視以貫徹「嚴格的寫實主義」的口氣說。

❖

「我認為最後一個是我的，因為是我的生日。」綸太郎伸出筷子，夾起平底鍋裡的最後一粒餃子，整粒塞進嘴巴裡。

「見風轉舵的傢伙！」容子愉快地說著。因為喝了點啤酒的關係，她的臉頰微微泛紅。「剛才還在發牢騷，說不喜歡過生日，還說吃不完要怎麼辦。」

法月警視像在漱口一樣喝光了罐子裡的啤酒，痛快地吐了一口氣後，開心地對容子說：

「謝謝妳的招待。本來還覺得很不好意思麻煩妳了，但是，我真的很久沒有這麼痛快地吃到這麼好吃的東西了。沒想到妳不僅擅長音樂，對料理也很有天分。」

「我只會這些。」容子柔順地老實說：「這是樂團集訓時用來增強體力的菜單。以前樂團的音樂還賣不出去的時候，有時一整個星期都得吃這個。冬天的時候就做關東煮。」

「我覺得妳太謙虛了。什麼只會這些？懂得這些就很足夠了。你說是不是呀？綸太郎。」

「不要忘了，我也有幫忙包餃子。」綸太郎強調。

「真不巧，你包的餃子全部都吃下肚了。我一眼就可以看出哪一個是你包的餃子，因為形狀太難看了。而且，只是用餃子皮把餡料包起來，還算不上是幫忙。」警視搖搖空的啤酒罐，說：「再給我一罐啤酒。」

「我來。」

容子立刻站起來。在她背對他們打開冰箱時，警視用手遮著嘴巴，打了一個飽嗝。容子拿著啤酒過來時，看見綸太郎笑嘻嘻的模樣，便問：

「怎麼了？」

「沒有，沒事。」

「謝謝。」警視一臉若無其事的接過容子遞來的啤酒，一邊瞪了綸太郎一眼，一邊拉開拉環，像小鳥喝水一樣小口地喝著啤酒。「我以前就是這麼想的，我想要的不是你這種個性彆扭的放蕩兒子，而是乖巧溫順的女兒。」

容子面帶害羞地微笑著。

「家父說過正好相反的話，他想要的是兒子。我家是三個女兒，我下面的兩個妹妹都嫁人了。」

「如果他有兒子，就不會這麼說了。」警視含糊不清地說。「例如剛才你們說的——」

「已經說過的事情，請不要再提了。」

綸太郎提出抗議，可是警視根本充耳不聞。

「什麼這個年紀還叫什麼名偵探、本格推理小說是時代的錯誤！容子小姐，妳用不著理他小家子氣的牢騷。又沒有人拜託他，是他逼自己背負不必要的壓力，卻說自己的負荷太重，不能放下身上的重擔。他說的什麼話？根本不合情理，完全是自以為是的大話。我幾乎每天都聽他說相同的話，耳朵都要長繭了。由此可以證明他根本是在為自己的怠惰找藉口。每天都擺出一副面臨人生大問題的樣子，他到底以為自己是誰呀？都已經二十九歲了，還像個愛撒嬌的中學生。這種沒出息的男人，一定討不到老婆。」

「爸爸，這是兩回事。」

「不、不，是同一件事。」

警視豪邁地大口喝了啤酒，固執地說。容子有點左右為難，不知道該幫誰比較好。

「你真的認真對待自己的事情了嗎？」警視像在演戲一樣，以戲劇化的語氣說：「打起精神吧！在你把自己關在書房裡，就像一個逐漸腐爛的垃圾一樣，以悲觀的理論來粉飾自己的無能時，你知道我解決了多少問題嗎？你以為我會放任可怕的犯罪事件不管，整天優哉游哉的嗎？如果你有我千分之一的努力，有為了工作流一滴汗水，我就不會這樣對你說教了。但是，看看你最近的慘狀吧！上個星期你交了幾張稿子？不，應該問上個星期你寫了幾行？你的全新長篇小說什麼時候才會完成？有幾本書已經拖過截稿日期了？這個月和幾個編輯吵過架？又被多少人下最後通牒？」

因為容子在場，所以綸太郎只是擺出一張撲克臉，沒有回答警視的問題。現在的主角是父親。

「一年到頭都在諷刺自己的工作，說什麼自己的工作是舊時代的遺物、像是史前時代的化石，一副唯有自己明白、自己最累的模樣，其實緊緊抱住舊時代遺物不放的人，不正是你自己嗎？這和年齡與出生的時代根本沒有關係。不管名偵探的招牌是否褪色、本格推理小說的理念是否從根本崩潰、柏林圍牆是不是還存在、蘇維埃政權是否解體，這個世界上都少不了犯罪事件，到處都可以看到成為小說題材的事件。你為什麼不把你的目光投注到那些方向？」

容子聽著聽著，眼睛愈睜愈大，漸漸有些坐立不安，因為她所仰慕的法月警視的動怒模樣，讓她慌張了。可是，她又覺得能化解這種可怕場面的人，好像只有自己，於是她戰戰兢兢地試著勸警視：

「那個……或許是我多嘴吧！我覺得您所說的事，他本人一定有所察覺了。而且今天是他的生日，您這樣一直責備他，我覺得他有點可憐。」

綸太郎露出淡淡的微笑。

「不會、不會，一點也不可憐。」

他打斷容子的話，並且看著父親的臉。現在輪到法月警視擺出撲克臉的模樣了。容子完全想不通，便問：

「什麼意思？」

「因為這是為了慶祝我生日，家父的特別表演。」綸太郎說明：「和妳胡編瞎掰的故事是一樣的，這是為了招待佳賓的賣力演出。」

「哼！是嗎？」警視說。

「不得了！爸爸，您表演得真精采。一開始就開快速狂飆，可惜後半段的步驟有點亂了。途中我也差點信以為真了，那麼漫長的前段表演，就是要讓我上當吧？可惜重要的主戲讓人失望了。根據我的觀察，您今天晚回來的原因，一定是在回來的路上聽到什麼新聞，並且認為新聞中的事件可以成為我的小說題材。對吧？」

正中要害。警視重新露出微笑，用手撐著桌面，手指彈著啤酒的鋁罐。「你當然不是那麼沒有出息的兒子。因為今天是你的生日，所以送你的生日禮物必須借用一下你的智慧。不過，對名偵探來說，我的問題大概不是什麼特別傷腦筋的難題才對，你就當作打發無聊的時間，想想這個殺人事件是怎麼一回事。」

「可以寫成五十張稿紙的短篇小說嗎？」

「你這傢伙！馬上就擺出作家的嘴臉了。」警視好像責備綸太郎似的說了這句話之後，便把視線投注在容子的臉上，說：「對不起，硬讓妳陪我演了一齣戲。我兒子雖然把這件事當作他的生日禮物，但是這個問題本來應該由我自己解決才對，因為不知道要怎麼開口要求他解決這個難題，所以我在拋出釣魚線之前，先慎重地撒了魚餌。如果讓妳覺得很無趣，我向妳道歉。」

「不會，一點也不會覺得無趣……」容子回答。但是她還是覺得迷惑，一臉不甚明白的表情，於是綸太郎在她的耳邊悄悄說道：

「明白了嗎？我非常了解我的父親，所以剛才才會那麼說。」

「啊，我好像有點頭暈了。」

❖

包括客人容子在內，三個人一起轉移陣地到客廳裡。法月警視裝模作樣地像個黑手黨的老大一樣，一屁股坐在沙發上，嘴上問容子：「不介意我抽個菸吧？」沒多久就大口大口地開始抽菸了。

「綸太郎，你知道前天世田谷區的某棟住宅大樓裡，發現了一具二十五歲上班族女屍的事吧？」

「知道。我白天看了電視的談話節目，說兩人是住在一起的同性戀人，因為感情的問題還是什麼原因，所以兇手殺了同居的情人，用瓦斯爐燒毀死者的容貌之後逃跑了。是這個事件嗎？這個事件蓋過了演藝界的八卦新聞，談論了相當久。」

「我也看到那個報導了。」容子說：「我們看的電視頻道大概是一樣的吧！」

法月警視皺著眉頭偷看了一下容子的表情，然後好像在責備綸太郎用語不當一樣，輕咳了一聲後才說：

「就是你說的那個事件沒錯。但是，所謂的同性戀根本是無稽之談，那是媒體自以為是的猜測，根本沒有事實根據。節目播出後，被害人的家屬好像還到北澤署抗議。然而這對北澤署來說根本是無妄之災，因為北澤署完全沒有在記者會上提到這一點。應該是冒失的電視節目主持人採用了同一棟大樓住戶的隨口揣測，所造成的誤會。」

「或者是電視台為了拚收視率，故意危言聳聽的吧？」綸太郎得意洋洋地說。「怪不得哪裡怪怪的，那些記者也太瞧不起人了吧！所以說，媒體這種醜聞式報導的修辭法是絕對不能照單收的。作為一個名偵探，一定要明白這一點。」

「一定是那樣沒錯。」容子點頭說：「電視台的想法就是那樣的。而且那種談話節目的觀眾大多是中年以上的婦女，對那種新聞總是特別好奇。我們幾年前在某一個地方的活動中心辦演唱會的時候，當地的婦女就來抗議，要我們停止演唱活動。當地的婦女協會成員們認為我們樂團是女同性戀者，等演唱會結束後，會把來聽演唱會的女性樂迷們帶到後台辦不純的同性派對。因為有人對她們那麼說，所以她們就相信了。像我們這種純女子的表演團體確實不多，就算像寶塚歌舞劇團❹那樣的團體，也常被傳說是同性戀團體。我們平日雖然會開玩笑，卻沒想到真的會被其他人那樣看待。不過，後來我們還是照常演出，而且因為經歷了那樣的風波，大家都更加賣力表演，觀眾的熱情也被帶動起來，獲得了相當大的回響。但是，那種奇怪的傳言確實為我們帶來了好一陣子的困擾。」

「那種事真的很麻煩。」綸太郎說，然後又正色說：「或許我最好也要多注意一點。」

「你要注意什麼？」

「剛才妳也說過的事情呀！我好像太美化父親大人了，而最近的讀者又特別偏激，搞不好會把我們想成同性亂倫什麼的，我可無法接受那樣的誤解。」

「不要開這種噁心的玩笑，再胡說八道就把你趕出家門！」警視生氣地提高音量警告。

「還有，容子小姐，請妳也不要順勢講出太離題的話。我們現在的話題是世田谷的女性上班族命案，不是在討論同性戀。」

「對不起。」

「啊！妳不用道歉。不管怎麼說，目前還看不到這個案件與女同性戀有任何關連。電視台必須為無的放矢的報導負責，這和我們現在要解決的問題沒有任何關係。」

「現在的問題是被害人的臉部被燒毀了吧？」綸太郎搶先發問。「如果電視台的報導可信的話，兇手和被害人應該是同年齡的女性。而因為臉部被燒毀了，所以被害人的身分成謎，是嗎？」

「不，不是這樣……」警視正要回答，但是視線突然轉移到容子的身上說：「應該先問一下妳的。妳可以接受這種話題嗎？這個事件和殺人有關，內容免不了血淋淋的，某些情節對妳來說或許太刺激了。」

「沒問題的。」容子滿不在乎地說：「我也會看血腥暴力片。」

「那就好。話說回來，我們現在所說到的都是枝節的細微部分，也就是說剛才綸太郎問的問題，答案是否定的。我想借用綸太郎智慧的並不是那個問題。死者的臉確實是被燒毀了，但是，已經沒有人重視這一點了。我這樣說似乎有語病。總之，經過第一階段的調查後，包括我在

❹為日本知名的大型劇團，成員皆為未婚女性。

內，警方已經大致了解這件命案的類型及兇手的古怪行為，並且也找到了可以鎖定特定兇嫌的物證，所以明天應該就可以拿到逮捕狀了吧！目前失蹤的女性室友就是被鎖定的兇嫌。像這樣簡單明瞭的案件，根本不需要借用你的智慧。問題是死者在臨死之前，留下了讓人無法理解的信息，就是這個像謎一樣的信息讓我們感到困惑。如果能使用你個人風格的陳腐表現——」

警視別有深意地抿嘴笑了一下，才又接著說：

「解決這個案件的『鑰匙』，就藏在不會說話的死者肚子裡。如果能夠立刻逮到兇手、讓兇手說出真相，這個案件就解決了，但是那樣就借用不到你這小子的智慧了。我剛才說過了，這個問題是我送給你的禮物，請你不要作多餘的探索和過度的解讀，因為那樣只是在浪費時間。」

「知道了、知道了。」綸太郎故意鬧彆扭似的說。「既然如此，那就請把這個簡單明瞭的事件從頭到尾說一次吧！」

於是警視重新點燃一支菸，吹了一口煙後，開始敘述：

「被殺害的女子叫作清原奈津美，是銀座某家化妝品公司的職員，二十五歲，未婚。她和高中同學合住在世田谷區，她們住的２ＤＫ❺位於松原的住宅大樓「陽光露台雙海」內。那位女性的名字叫葛見百合子，是神田地區某學術出版社的編輯。奈津美和葛見❻兩人都來自福井市，在當地的公立高中就讀時，三年都是同班同學，也參加相同的社團，從那個時候開始，她們就一直是很要好的朋友，兩人幾乎形影不離，連上廁所都要結伴同行。」

「我們班上也有那樣的情形，不是嗎？」容子好像在提醒綸太郎一樣，小聲地說著：「像美津子和蕗繪，還有飯島同學她們。高中女生往往缺乏自信，做什麼事都希望成群結隊。」

「只有妳是特立獨行的，好像浮在半空中一樣。」

「所以我現在參與樂團的團體活動，彌補以前的孤獨。啊！對不起，我把伯父的話題岔開了。」

「她們兩個人高中畢業後，因為讀大學的關係，都來到了東京。」警視繼續說：「雖然讀的是不同的學校，但是為了節省房租和彼此照應，感情一直很好的兩個人便同租房子住在一起。不難想像，對自己的女兒到東京生活的雙方父母來說，這種聰明的分攤費用方式是最令人放心的好方法。她們開始工作以後，仍然繼續這種生活方式，兩個人也都不是奢侈、愛玩的人，而且又互相幫助，日子一直過得很平順。在周圍的人眼中，她們並沒有談話性節目說的同性戀關係，而是非常要好的朋友。能夠在一起順利地過了六年半的生活，不是因為什麼利益上的原因，而是因為她們確實是知心好友。」

「可是，禁不住命運的作弄，長達十年的友誼竟然在一夜之間毀滅。」綸太郎以朗讀的語調打岔說道：「因為一個男人的介入，讓兩個女人的友情變得比玻璃還脆弱。」

「抗議！」容子打斷綸太郎的話，說：「庭上，對方剛才的發言充滿了男尊女卑的誤解與偏見。我方要求在議事紀錄裡消除對方剛才的那段話。」

警視一副想接受容子的抗議，又無法照辦的表情。他搖搖頭說：

❺就是有兩間臥室，一個廚房及飯廳的格局。

❻奈津美的日語發音NATSUMI和葛見的日語發音KATSUMI只差一個音。

「很遺憾，關於這個話題，妳的抗議被駁回了，因為事實正如那傢伙推測的，確實和一個男人有關。」

綸太郎不理會容子的抗議，追問法月警視：

「怎麼說？」

「葛見百合子有個未婚夫，原本預定明年就要結婚了。她的未婚夫是清原奈津美的同事，兩年前奈津美介紹兩人認識後，他們便開始交往了。發現奈津美的屍體並且報警的人，就是葛見百合子的未婚夫。」

「叫什麼名字？」

「三木達也，二十八歲。根據警方的詢問紀錄，三木和未婚妻約好前天——也就是星期天的下午要在池袋見面，但是過了約定的時間，未婚妻仍然沒有現身。三木便利用公共電話打到未婚妻百合子的房間，可是沒有人接電話。於是他又打電話給和未婚妻同住的同事奈津美——她們兩個人有各自的電話，結果還是沒人接聽。三木知道，如果沒有人在家時，電話一定會開啟語音答錄系統，這是她們兩個人的習慣。於是三木才會覺得奇怪，決定到『陽光露台雙海』看看究竟。

「三木到達松原二丁目的『陽光露台雙海』住宅大樓時，是下午三點。他按了三樓二號室的電鈴，仍然沒有人回答，於是他握住門把試著開門，沒想到門竟然沒有鎖。因為並不是第一次到她們兩個人住的地方，所以三木沒有多猶豫，他推開門，走進屋子裡。

「在脫鞋子的時候，三木就注意到屋內有異味。那股異味來自廚房。清原奈津美就跪在系統廚具前的地板上，頭則倒在瓦斯爐上，下巴卡在爐架上。三木想把她的身體抱起來時，發現她的身體已經冰冷了。當時瓦斯爐的爐火雖然已經熄了，但是她的臉有三分之二都被瓦斯的火焰灼傷了，變得像你做的餃子一樣，讓人不敢正視——啊，抱歉呀！我只是實話實說。三木在廁所裡吐了一陣子後，好不容易才回到房間裡打一一〇報警，說是公司的同事慘遭殺害了。至於葛見百合子則不在自己的房間裡，整個人消失不見蹤影。警方前往調查後發現，清原奈津美的死因是窒息死亡，臉部的灼傷是死後不久才發生的。死亡的時間推測是前一天——也就是星期六的深夜。」

「等一下。」綸太郎打斷父親的敘述，急迫地問道：「三木報警的時候，很清楚地說是公司的同事死了嗎？」

「是的，紀錄上是這麼寫的。」

「但是，既然死者臉部被燒到讓人不敢正視，不是應該無法馬上判斷死者到底是誰嗎？三木為什麼能夠立刻知道死的人不是自己的未婚妻葛見百合子，而是同事清原奈津美呢？」

在警視回答之前，容子把自己的手肘靠在綸太郎的肩膀上，好像在說秘密似的說著：

「既然是那麼親近的人，就算沒有看到臉，只要憑背影就可以知道了。因為髮型就不一樣了吧？你看電視時沒有注意到嗎？電視上不是有播出她們兩個人的照片嗎？那是她們一起合拍的快照，其中一個人的眼睛被遮住了。我忘記誰是誰了，但是兩人的其中一個留著半長的頭髮，一個剪了俐落的短髮。如果她們現在的髮型和拍那張照片時一樣，那麼三木絕對不會認錯人。」

「沒錯。」警視對著容子點點頭，說：「三木在被詢問時，也作了相同的回答。」

「可是，反過來說的話，或許這正是兇手認為可以利用的弱點。」綸太郎不認輸地反駁。

「剛才妳不是有提到我們以前的同班同學美津子和蕗繪嗎？她們的長相雖然不同，但我覺得她們的身高與氣質是非常接近的。飯島同學她們也是。說得難聽一點，她們是半斤八兩、不相上下的朋友，可以說是物以類聚。像那樣做什麼事情都要在一起的女性同伴，通常會很自然地選擇和自己類似的人做朋友——想要找配角來襯托自己，善於計較利害關係的人除外。大家不是都會說嗎？長時間生活在一起的夫妻，樣子會愈來愈像。清原奈津美和葛見百合子兩個人的情形也一樣。儘管可以利用長相和髮型來區別她們，可是她們的三圍和背影的樣子說不定非常相似呢！」

「你想說什麼？」

「在爸爸說出重要的關鍵問題之前，我好像挖到被忽略掉的礦脈了。」

綸太郎緩緩地靠回椅背上，視線從容子移到父親的臉上，一副「你還沒有說，我就已經知道」的樣子，得意洋洋地抽著菸。但他的姿態與其說是對父親的挑戰，還不如說是故意做給客人看的。

「我也分不清她們誰是誰。不過，清原奈津美好像是短頭髮的那一個，而葛見百合子則是半長髮。確實如容子所說，如果死在『陽光露台雙海』的女性是短髮造型，那麼當然就是三木達也的同事清原奈津美。但是，半長的頭髮不是可以當場剪成短頭髮嗎？」

「你說什麼？」

「我的意思是，短頭髮的清原奈津美殺死了半長髮的葛見百合子，並且把她的頭髮剪成像自己的一樣短，然後又把她的臉毀容了。發現屍體的三木在情緒激動的情況下，誤以為身材相似的短髮死者就是自己的同事，這也並不奇怪。怎麼樣呀？父親大人，您認為我這個簡潔明瞭的推理有道理嗎？北澤署忽視了屍體的臉被毀容這一點，就莽撞地下結論認定死者就是清原奈津美，會不會下得太快了呢？」

4

遠處的金屬舌頭滴鈴滴鈴地痙攣著，尖銳刺耳的聲響在有意識與無意識的邊緣激烈地搖晃著。啊！這是在哪裡聽過的聲音——是電話的鈴聲。鈴聲一直在響，已經響很久了。是這個聲響把你從睡夢的泥淖中拉出來的。你伸出手，在黑暗的房間中摸索電話的聽筒。因為枕著手臂睡覺的關係，你的手發麻，感覺不到握著聽筒的真實感。

「喂、喂。」透過線路傳過來的聲音模糊不清地說：「是二宮家嗎？」

「是。」你回答。喉嚨乾乾的，好像嗆到了一樣，感覺好像不是自己的聲音。

「二宮嗎？請問——你是二宮良明嗎？」

「是的。」

你的回答讓對方的聲音一瞬間消失，四周陷入了沉默。黑暗之中，看不清楚房間內的樣子，蓋著你耳朵的聽筒深處非常地安靜，你努力想從那個深處裡聽取一點聲音，所以豎直了耳朵。最後你終於耐不住那樣的寂靜，問道：

「是哪一位？」

「是我。」這聲音聽起來像虛幻的回音。「葛見百合子。」

「啊！原來是百合子小姐，我還以為是誰呢！」

「你在睡覺嗎？」她的聲音裡有一絲不滿。「你的聲音聽起來像在睡覺。」

「沒有，已經起來了。」

你撒了一個無傷大雅的謊言，用空出來的手搓搓眼睛之後，看到時鐘的指針在黑暗中發出一點光芒。假寐了一個小時左右的腦袋，還不是很清醒。你站起來，想去開燈。

「你去哪裡了？從前天開始，我就打了好幾通電話給你，你都沒有接。」

「對不起。因為家中有親人做法事，所以我回老家三天。」

「噢——我……現在在京都。」

「嗯，又是來出差的嗎？」

「不是。」

你突然覺得百合子的聲音顯得有點冷漠。她的聲音好像和平常不一樣，聽起來缺乏生命力，像是來自沒有著地的幽靈口中。對了，簡直就像在夢中出現的幽靈一樣。

「怎麼了？妳是不是感冒了？聲音聽起來——」

「你能馬上出來嗎？」她打斷你的話，很快地接著說：「我想和你見面，有些話一定要告訴你。我現在就去之前的那個地方等你。」

「好啊！但是，妳說『之前的那個地方』是哪裡？」

「接吻的地方。」

「知道了，我會去的。」你一邊說，一邊掩飾不了害羞與猶豫的情緒說著：「到底發生什麼事了？這麼晚了突然想和我見面？」

對方稍微猶豫後，像變了一個人似的說：

「你不知道前天發生的事嗎？」

「前天？是星期天嗎？」

「你果然還不知道。」百合子的聲音聽起來很遙遠。「請你先去看昨天的報紙，看完之後應該就會明白了。對了，不要告訴任何人我打電話給你的事。絕對不可以告訴警方。」

雖然被這樣告知了，你還是什麼話也回答不出來。百合子到底在說什麼？你一點也不明白。什麼昨天的報紙？警方又怎麼了？你開始懷疑起自己是否還沒有清醒。手臂的麻痺感已經消失了，可是，正因為沒有麻痺感，所以更加懷疑自己是不是還在睡夢中？是不是在睡夢中接了電話？百合子的聲音聽起來好遙遠，所說的事情又讓人摸不著邊，像是夢境裡的對話。

「我想和你見面，因為有些事情無論如何都要告訴你。我想把事情的真相說給你聽。所以，我會等你的。在你來之前，我會一直等下去。」

她慌張地補充說著，讓你根本沒有插嘴提問的餘地。電話咔嚓一聲掛斷了，你的耳朵只聽到反覆響起的單調信號。你把聽筒放回電話上，站起來，打開電燈。房間的樣子在燈下清楚地顯露出來，但卻讓人有如置身在幻境中的感覺。

昨天的報紙……你喃喃唸著。

回老家參加法事的那三天，完全沒有接觸到報紙和新聞。自從上次一個胖胖的中年推銷員固執地推銷給你之後，你就一直持續訂著全國性的報紙——《東西新聞》的早報與晚報。你不在家的時候，報紙仍然每天都會送來，所以昨天的報紙應該也還在。於是你走到玄關的信箱處，從塞得滿滿的信箱裡拿出十月十四日的早報和晚報。你先打開早報。一打開報紙，夾在裡面的廣告傳單就掉了出來。第一版的頭條是西方先進國家支援蘇聯金融的聲明報導，再打開裡面的版面，十八歲偶像明星全裸的廣告照片吸引了你的目光。百合子雖然沒有說要看哪一版的新聞，但是你想應該是社會版吧！於是你逐一看著標題，「廣島杯　睽違五年的優勝」、「颱風二十一號　不會直撲關東」、「日本教職員組織前委員長　莫斯科車禍死亡」，這些都不是她要你看的新聞。你要看的是更常見的，市井小民的新聞。

世田谷區住宅大樓　上班族女性慘遭殺害

同住的女性失蹤

你的視線停留在被裁切成圓形的女人照片上。是她！那個曾經和你同班，最近才開啟你的心扉的女人；那個你從半年前開始交往，剛才還在電話裡對你說話，可以說是你的情人的女人。照片的下面有一行想像不到的說明——

慘遭殺害的清原奈津美小姐（二十五歲）

慘遭殺害？

慘遭殺害！這四個鉛字瞬間進入你的眼中，抓住你所有的神經，胡亂地擾動起來。你的腦子裡好像出現了一個黑洞，在那一剎那裡，把你體內的宇宙消滅得不留一點痕跡。印刷在報紙上的那個名字對你一點意義也沒有……葛見百合子……慘遭殺害了……百合子死了嗎？……你聽到有人在你的耳邊反覆地唸著，但是回頭看，卻一個人也沒有。你終於注意到那個反覆出現的聲音是從自己的嘴巴裡吐出來的。因為震驚過度，所以你無法好好呼吸，覺得血氣好像被抽走，心臟好像警鐘一樣狂亂地敲打起來。暈眩、耳鳴，混亂與驚慌一起來到，麻痺了你的感官，蹂躪你的理性。你茫然地張大眼睛，看著報紙上的報導文字。

十三日下午三點左右，世田谷區松原二丁目住宅大樓「陽光露台雙海」，發現了一具女性屍體。發現屍體的人是一位上班族男性，他前往該住宅大樓尋找女同事清原奈津美（二十五歲）時，發現清原小姐陳屍室內，便立即通報警方。

根據北澤署的調查，清原小姐於十二日深夜在室內被人勒斃，臉部被系統廚具的瓦斯爐燒毀。清原小姐死時室內並無打鬥痕跡，而和清原小姐同住的A小姐（二十五歲，上班族），也自十三日起就消失蹤影。警方認為A小姐與這起案件有關，目前北澤署已把A小姐視為重要關係人，全面追查A小姐的行蹤。

「——不是。」

你一邊看報紙上的文字，一邊自言自語地說。

「不對！」

但是，是什麼事不對呢？是因為你不想接受百合子已經死亡的事實，所以才會認為葛見百合子死亡的報導是錯誤的嗎？

不，不是那樣。妳再看一眼被殺死的女人照片。那是從護照或是什麼證件翻拍下來的大頭照，所以臉上的表情僵硬，可是像棉花糖一樣，用手指一壓就會凹下去的柔和臉頰，毫無疑問地是「她」沒有錯。那確實是半年前的三月上旬，在某一個溫暖的星期日午後，你在街頭遇到的高中同學——葛見百合子。因為之後你們還見了好幾次面，上個星期也還談過話，所以，儘管是粒子粗糙的照片，你也不可能認錯那張臉。那不是別人的照片。難道是發生了什麼特別的情況——因為雙親離婚而個別長大的雙胞胎姊妹？不，不會，百合子親口說過，她是獨生女。

這麼說來，這篇報導一定是把清原奈津美這個名字，錯放在百合子——有著和百合子相同臉蛋的女人身上了。清原奈津美？自己從來沒有見過，也沒有聽過這個名字。看來，一定是這樣沒錯，肯定就是這樣了。可是，為什麼會出現這樣的錯誤呢？

剛才你看到的報紙報導裡，不是寫著死者的臉被燒毀了嗎？沒錯，報導上確實這麼寫的！所以一定是警方認錯人了。警方沒有仔細確認死者的身分，就這麼一錯再錯，把百合子的照片給了媒體。所以說，被殺死的女性名叫清原奈津美，是和你一點關係也沒有的女人，她不是百合子。百合子還活著！

可是，慢著慢著——就像存心不讓你安心似的，另一個聲音提醒著你——那麼，百合子的照片為什麼會被刊登在報紙上呢？雖然說用錯照片的可能性是存在的，但是毫無關係的第三者的照片，會被這樣胡亂地拿出來使用嗎？你的心裡有了新的疑慮，於是再讀一次報導的文字。「和清原小姐住在一起的Ａ小姐（二十五歲，上班族）」。Ａ小姐？這個Ａ不是名字的縮寫，而是單純的代替記號而已吧？莫非報導上提到的Ａ小姐，指的就是葛見百合子？百合子確實住在世田谷的松原，不過自己沒有聽她提起住宅大樓的名字，她也沒有提過室友的名字。但是，如果百合子就是住在那裡，室友的名字就叫作清原奈津美，那麼住在同一間房子裡的百合子的照片，因此被誤植的可能性就很高了。一定是那樣，她的年齡也吻合。看來報紙上所說的Ａ小姐，八九不離十指的就是百合子了。

你繼續思考著。那麼，為什麼百合子的名字要以Ａ小姐代替呢？「世田谷署已把Ａ小姐視為重要關係人，全面追查Ａ小姐的行蹤。」重要關係人？你懷疑自己是否看錯了。「重要關係人」的意思就是說那個人具有重大嫌疑，不是嗎？百合子是殺人事件的兇手？怎麼可能啊？那個溫柔內向、而且是你的情人的百合子，怎麼會是殺人兇手呢？不可能，一定是這則新聞報導弄錯了。百合子不可能殺人，所以死的人應該是百合子。也就是說，照片沒有登錯，錯的是名字的部分。被殺死的Ａ小姐其實是葛見百合子。百合子被殺死，並且被毀容了。失蹤的室友其實是印在照片下面那個名字的真正主人，也就是新聞報導誤以為的被害人——清原奈津美。對，這才是事實。剛才百合子在電話裡不是那麼說了嗎？

——我想把事情的真相說給你聽。

此時，你突然愣住了。剛才打電話給你的人到底是誰呢？那個聲音的主人是誰？葛見百合子不是被殺死了嗎？已經死了的人，是不可能在電話裡和你說話的。那麼，是有人假藉百合子的名字打電話給你嗎？你不這麼認為。因為「接吻的地方」是只有你和她兩個人知道的秘密。

所以說，百合子還活著囉？不，不可能是那樣。被害人的照片的確是百合子的臉，而且如果百合子還活著的話，那她就會變成報上所說的，殺害清原奈津美的重要關係人。你無法接受這樣的指控。把你的情人當作兇手的報導絕對是錯誤的。事實絕不可能是那樣。

你突然想起電話交談時的情形。莫非那是在半夢半醒的情況下所產生的幻覺？那只是夢境裡的對話？或者是被殺死的百合子的靈魂，想透過你的夢，傳達什麼重要的信息和真實的情況給你？你不是迷信的人，但是因為關係到百合子，所以即便是不合理的神秘現象，你也願意欣然接受吧！可是，即使如此，你還是想不通。百合子說絕對不可以告訴警方，這句話還清楚地停留在你的耳朵裡。如果是死者的靈魂，會在意這種事嗎？不，如果真的要表明真相，找出兇手，不是更應該要讓警方知道才對嗎？

你的思緒反反覆覆的，一下子肯定，一下子又否定，不斷在百合子是生還是死的問題之間徘徊。你的腦子裡持續湧現雜亂的妄想，光是要排除掉那些妄想，就讓你感到精疲力盡，頭蓋骨裡好像燃燒起來一樣，你似乎聞到了焦掉的味道，眼睛也產生了幻覺，好像看到了海市蜃樓。你房間的三度空間裡，出現了映照在水面般搖搖晃晃的景色，接著，你和周圍的東西開始混合在一起，並且以你為中心像漩渦般轉動起來，然後漩渦又變成有意識的紅色嘴唇……葛見百合子死了……葛見百合子還活著……葛見百合子被殺死了……葛見百合子殺人了……像三個魔女的預言一樣，不住地在你的耳旁反覆耳語。

像對抗強烈的暈船所帶來的噁心感一樣，你一邊用雙手掩住耳朵，緊閉著雙眼蹲了下來，一邊對自己說：一定要去，一定要去電話裡說的那個地方，一定要去見她，問清楚事情的真相。就算在那裡等待你的，不是真實存在這世界上的幻影，你也一定要去。

5

「你的解釋確實簡潔明瞭，我不否認這一點。」

和預料中的不一樣，警視不怎麼感興趣地回答。

「其實半長髮的是清原奈津美，短髮的葛見百合子髮長大概到脖子，也就是說，事實和你的前提正好相反，所以你的假設無法成立。在『陽光露台雙海』的廚房裡所發現的屍體，髮長在肩膀下面一點的地方。兇手殺人後，把長髮剪成短髮確實是可能的；但是，反過來的話就不可能了。因為短髮不可能在一瞬間變長。如果是假髮的話，那就另當別論，不過除非北澤署所有參與調查的人，沒有任何一個人發覺被害人戴的是假髮，這種情況才有可能成立。」

見綸太郎無話反駁，警視毫不留情地繼續說：

「因此，就算你有再怎麼與眾不同的想法，所謂沒有臉的屍體、兇手與被害人身分互調的這種公式，並無法套用在這個案件上。那純粹只是紙上談兵而已。不用你說，我們也知道，我們不會只憑三木的證詞和頭髮的長度，就斷定被害人是清原奈津美。我們還請她的父母從福井來認屍，並且根據死者身上的衣物與身體上的特徵、對照了指紋之後，發現一切都符合清原奈津美的條件，才確定死者確實是清原奈津美。你最好不要小看警方的搜查能力。為了謹慎起見，警方還到她工作的地點採了指紋。會認錯人的可能性，可以說是百分之零。所以我開始的時候就說過了，請你不要作多餘的探索和過度的解讀，否則只是在浪費時間。我確實說過想借用你的智慧，但是並沒有要求你幫警方擬定搜查方針。」

「原來如此。您的見解很正確。」綸太郎好像在掩飾自己的失望般，口氣變得格外恭敬。「可是，正因為這個見解正確，所以我不能像爸爸那樣滿不在乎地接受警方的調查結果。如您所說，兇手和死者調換身分的可能性並不存在，可是，殺害了多年在一起生活的好友，還燒毀了死者的臉，這絕對不是尋常的行為。面對這麼不尋常的事實還能等閒視之的北澤署精明能幹的員警們，對葛見百合子的奇怪行為，一定有一套特別有說服力的說法吧？」

「關於這個案子，你們要聽聽我的推理嗎？」在一旁的容子突然插嘴說：「但是，雖然說是我的推理，對你們來說或許是班門弄斧的想法。」

「沒關係，請說、請說。」警視說。綸太郎也滿不在乎地說：「我洗耳恭聽。」

容子瞪了綸太郎一眼，但是和眼神相反，她的嘴角浮出笑意，說：

「葛見百合子的未婚夫三木到『陽光露台雙海』時，她們家的門沒有上鎖吧？這表示兇手逃離現場的時候，沒有把門鎖上。可是用常識想想，一般人在殺人之後，都不會希望屍體太快被發現，不是嗎？為了爭取時間，兇手通常會把現場的門鎖起來，對兇手來說，鎖門這個行為應該是一種很自然的動作。但是，她為什麼不鎖門呢？關於這一點，你有何想法？」

「殺了人後，情緒的波動一定很大。」綸太郎自以為了不起地說：「因此失去冷靜而忘了鎖門。」

「不是那樣吧？因為她殺死了好友後，還特地開了瓦斯爐的火，把好友的臉燒毀。從這種異常的行動看來，她一點也不像是失去冷靜的人。還有，三木到現場的時候，瓦斯爐的火已經熄了，這表示她在離開現場前，還很冷靜地注意到要把爐火關掉這種事。所以，她不把屋內有屍體的門鎖上，並不是單純忘了鎖，而是有其他理由。她是故意不鎖門的。應該這樣想才對吧？頭腦不清的名偵探。」

「那麼，她不鎖門的真正理由是什麼呢？妮基。」

「妮基是誰呀？星期天那一天，清原奈津美原本要和男友約會吧？但是到了約會的時間卻沒有現身，三木聯絡不到她，一定會擔心地跑去家裡找人。這種事情是事先就可以想像到的。不只如此，如果門沒有鎖的話，他就可以直接進入屋內，也能很快地發現葛見百合子的屍體，這也是可以預想到的情形。也就是說，奈津美想讓自己的未婚夫看到被毀容的好友的臉。」

「妳把兇手和被害人的名字說反了。」法月警視用夾著香菸的手指著容子，要她注意。

「被殺死、而且臉被毀容的人是NATSUMI，也就是清原奈津美；而殺死好朋友，現在正在逃亡的兇手是KATSUMI，也就是葛見百合子。還有，三木達也是百合子的未婚夫。」

「啊，是這樣啊！所以說——」

「好了，我知道妳想說什麼了。綸太郎，是不是你廢話太多，才會讓她搞混的？」

「爸爸，菸灰掉下來了。可是，為什麼葛見百合子要讓三木看到清原奈津美被毀容的臉呢？妮基。」

「那還用說嗎？因為三木達也移情別戀，想　棄百合子，跟奈津美在一起。」容子肯定地說。「或許一開始的時候，這個男人就腳踏兩條船。百合子知道了這件事後很生氣。就像剛才法月說的，三木卑鄙的背叛讓兩個女人的友情產生了裂痕，於是百合子在盛怒之下殺死了好友。而且，為了譏諷背叛自己的未婚夫，還故意燒毀清原奈津美的臉。被燒毀的臉醜到讓人不敢正視，讓三木親眼看到那樣的臉，是一種報復的行為。所以，按照我的想法，這件命案的元兇是三木。殺死好友的葛見百合子是值得同情的，她和清原奈津美都是被壞男人欺騙的犧牲者——對了，到底誰是妮基？」

「妮基．波特，是艾勒里．昆恩的秘書。她是一個擁有一張可愛的娃娃臉，總愛用羅曼史的想法來看世界的人，她號稱有女人的直覺，卻總愛把案子的方向引導到奇怪的方向。妳的推理和她很像，不是嗎？」

「請你不要這麼說，我對我自己的想法有絕對的信心。」

「是、是，妳當然是正確的，錯的是我的兒子。」法月警視拍著容子的肩膀說：「北澤署的結論和妳的推理差不多。三木達也的供述裡也有若干曖昧之處，圍繞著他的兩個女人似乎發生過爭風吃醋的事。」

「好吧、好吧。」綸太郎聳聳肩說。

「三木確實因為同事的死而感到震驚，在警方詢問時，他雖然在言詞中保護了未婚妻百合子，但也說了相當嚴厲的話。由於三木只是這個案件的關係人，我們無法強迫他說明這一點，而且三木本人也沒有承認這種事情，所以警方只能從一些蛛絲馬跡，感覺到他的感情似乎從葛見百合子身上轉移到清原奈津美了。現階段的看法就是這樣。至於兇手的犯罪行為或是死者被毀容的原因，剛才容子的說明和警方的想法相去不遠。所以我已經說過好幾次了，這是一個單純的事件，沒有什麼特別的謎團，除了一個小小的疑點——」

「終於進入主題了吧？」綸太郎恨恨地說：「因為爸爸的說明太拖泥帶水了，我才會以為已經說明完畢了。請說吧！那個小小的疑點到底是什麼？」

警視說了：

「鑰匙。」

「鑰匙？」

「不知道鑰匙是什麼嗎？就是插進鎖裡、轉動之後就可以打開鎖的東西。那個小小的疑點就是：警方在一個令人想像不到的地方，發現了一支鑰匙。」

「令人想像不到的地方？」

「在死者的胃裡，解剖時發現的。」警視的臉上再度露出和剛才一樣別有深意的笑容。

「關於這一點，我在一開始的時候就說了。我說了『用你個人風格的陳腐表現——』。」

「伯父的綜合技巧得分。」容子馬上作出評判。「從剛才開始，名偵探的招牌就一點作用也沒有。」

綸太郎洩氣得不想說了，便嘆了一口氣。這算是什麼生日禮物呀？警視對著容子露出贊同的表情，點點頭之後，才又一臉正經地繼續往下說：

「根據負責解剖的醫大教授的看法，死者是在被殺害之前，主動吞下鑰匙的。」

「死者在被殺害之前吞下鑰匙。」綸太郎重新打起精神，說：「這也可以說是一種臨死留言。」

「你要怎麼形容都可以。清原奈津美想在死前留下什麼線索的可能性是很高的。問題是那個線索的用意何在?我們完全無法理解,北澤署的人個個想破了頭,也想不出所以然。發現那支鑰匙後,警方又去搜查了一次『陽光露台雙海』,我也被叫去了。可是搜查過後,並沒有在那個房間內發現符合那支鑰匙的鎖。」

「那是什麼樣的鑰匙?」

「很普通的一支鑰匙。」警視淡淡地說,卻又加了一句讓人難以相信的話:「鑰匙上有一條長約九十公分的鑰匙鍊。」

「九十公分?」

❖

「你等一下,鑑識時拍了照片。」

法月警視若無其事地說,然後把放在桌子上的公事包拉到眼前,接著打開公事包。他從包裡拿出資料夾,在桌面上攤開來。在一張黑白照片裡,映出一支和香菸並排在一起的不鏽鋼鑰匙。鑰匙還不到半根香菸長,樣子很簡單,好像是小孩子的玩具。一條細細的鍊子穿過蛋形鑰匙柄上的小洞,鍊子上連接著一塊塑膠牌子,烙印在牌子上的字樣是:

1 YARD

綸太郎瞪著父親看。這就是所謂長約九十公分的鑰匙鍊嗎?他覺得又被父親捉弄一次了。

綸太郎不發一語地從自己的書房裡拿出百科全書,開始翻找「碼」的相關頁數。

碼　YARD　碼、磅度量衡制的長度基本單位，以yd為代號，為〇．九一四四公尺。起源於古代東方的雙腕尺（DOUBLE CUBIT），但是名稱的由來好像是女用腹帶（GIRDLE）。一碼是三英尺（三十六英寸），其起源眾說紛紜，有人說是亨利一世的鼻尖到伸出去的手指長度，也有人說是盎格魯．撒克遜人的腰圍。伊莉莎白一世的時候，為了統一標準長度，以最新的高標準度量衡器，於一八五五年制定了大英帝國標準碼。但是，美國和英國聯邦諸國之間還是有或多或少的差距，所以在一九五八年時，決定以各國的科學用協定值〇．九一四四公尺為一碼，一九六三年，英國規格協會也採用了這個標準。

「然後呢？」綸太郎唸完後，警視有點焦急似的問了。

「沒有了。」綸太郎合上百科全書，轉而問容子：「妮基，妳的意見呢？」

「這條鑰匙鍊很像原宿那一帶的路邊攤賣的東西。那是以女生為主要顧客群的紀念性商品，買了以後就可以立刻在牌子上烙印名字的縮寫，或『惠美和弘司　LOVE』之類的文字。」

「與一碼有關的紀念指的會是什麼？這麼說的話，鑰匙和鑰匙鍊應該是各別的東西吧？」

「應該是的。」

「所以，我們應該把重點放在鑰匙上面。可以不用理會什麼九十公分吧？爸爸。這支鑰匙的主人是清原奈津美嗎？還是葛見百合子？」

「我們已經確認那是死者的物品了。北澤署也讓三木看過這張照片了，他說他對那塊牌子有印象。從今年春天開始，他就看過奈津美好幾次帶著那塊牌子到公司，那好像是護身符之類的東西。三木也對牌子上的「一碼」感到興趣，曾經問奈津美那是什麼意思，但是奈津美什麼也沒有說，所以三木也是一團迷霧。關於這一點，三木說得相當清楚。」

「原來如此，是像護身符一樣的東西呀！」綸太郎以冷靜的語氣說著：「那麼，是不是可以這麼想呢？也就是說，那支鑰匙並不是實際上使用的東西，而是像六芒星吊飾或增強金錢運的蛇皮之類，可以帶來幸運的符咒商品。雖然那是西方人的傳說，但是自古以來，鑰匙具有除魔的能力，也是權威的象徵，西方人相信鑰匙是有魔力的。如果那支鑰匙只是單純想要求心安的商品，警方當然找不到可以和它搭配的鎖；而清原奈津美死前吞下鑰匙的行為，並不是要留下什麼臨死留言，而是被逼到死亡的絕境時，為了保護自己而吞下鑰匙，希望能夠得到虛幻魔法的庇護，不是嗎？」

「你仔細看照片。」警視冷冷地說：「鑰匙前端有很多細微的痕跡，那是插了許多次鑰匙孔，轉動鑰匙之後所造成的。還有，鑰匙上的刻痕也因為經常磨損，讓尖銳的地方變得柔和了。如果像你說的，那只是一件單純求心安的商品的話，上面應該不會有這種痕跡。所以，這支鑰匙一定有具體的用途，而且還相當頻繁地被使用。」

「不。」綸太郎裝模作樣地歪著頭說：「或許它不是鑰匙，而是轉動音樂盒發條的轉動器。這麼一來，鑰匙的前端有刻痕就一點都不奇怪了。或許死者想暗示的是音樂盒的曲子。」

「不要胡說八道了。如果是音樂盒的轉動器，那麼前端的刻痕應該是以軸為中心，呈現出左右對稱的紋路。更何況，不管是誰來看，都會認為那是鑰匙。舉這種不可能的例子來解釋，根本是浪費時間。」

「我只是隨便說一個可能性，這樣才不會被先入為主的觀念影響。」綸太郎有點心虛地說。「不過，爸爸，如果說那是實際上拿來使用的鑰匙，您不覺得那支鑰匙有點粗糙嗎？這點讓我想到一件事。我記得小時候曾經百般要求您，要您買一個像玩具一樣、上面有鎖的鉛筆盒給我，我覺得這支鑰匙和那個鉛筆盒的鑰匙就很像。雖然我不是開鎖專家，但是像那種程度的鎖，只要給我一根鐵絲和五分鐘左右的時間，我就能打開了。」

「沒錯。」警視點頭說道：「我記得那個鉛筆盒的事。你說鑰匙不見了，哭哭啼啼地吵個不停，所以我只好用小鑷子打開那個鉛筆盒。考慮到鎖的安全性這一點，北澤署的人的看法和你一樣，都不認為那是房子或銀行金庫等重要地方的鑰匙。」

「哭哭啼啼的愛哭鬼。」容子開玩笑似的取笑，但是綸太郎不理會她的奚落，自顧自地說：

「沒錯，由這支鑰匙鎖住的物品一定不是什麼重要或昂貴的東西。不過，雖然不是什麼高價的物品，卻是死者不想讓人看到、生前常常開開關關、日常生活裡會使用的物品。從鑰匙的大小看來，那個東西應該不會太大。」

「例如呢？」

「目前想到的是桌子的抽屜、手提皮箱或行李箱之類的東西。」

「哼！」警視嗤之以鼻地說：「如果是這些的話，誰也想得到。不過，清原奈津美的房裡並沒有符合那支鑰匙的抽屜或皮箱。警方試過書桌的抽屜，也試過衣櫥、化妝台等等收納家具的抽屜，沒有一個吻合的。人大小小的皮包、所有有鎖的物品也都試過了，就是沒有一個可以用那支鑰匙打開。」

「放存摺或印鑑的小型金庫呢？」

「沒有那種東西。」

「收藏私人信件的信箱或飾物的收納盒呢？」

「有專門放信件的箱子，但是那個箱子上面沒有鎖。」

「那還有什麼呢？——有像保存從前回憶的時空膠囊之類的東西嗎？」

「倒是有很多紙箱。」

「鋼琴呢？鋼琴蓋上面的鎖？」

「那個房子裡沒有放鋼琴的空間。」

「那麼，其他的樂器呢？吉他或小提琴，或是管樂器的盒子呢？」

「沒有那些東西。在清原奈津美的遺物中，最接近樂器的東西就是CD音響。」

「那麼，寵物籠呢？」

「陽光露台雙海禁止養寵物。」

「藥箱呢？」

「喂喂！」警視不耐煩地說：「又沒有在施打毒品，藥箱需要上鎖嗎？」

「是不需要上鎖。不過，那支鑰匙能開啟的鎖說不定不是死者的東西，調查過葛見百合子的房間嗎？」

「當然調查過，她的房間裡也沒有可以讓那支鑰匙開啟的物品。總之是一無所獲。」

「警方太拘泥於箱子的形狀了。兩個女人合租一間２ＤＫ的房子，為保有各人的隱私，不是都會在自己的房門上鎖嗎？」

「她們兩個人的房門並沒有裝鎖。不過，浴室另當別論，浴室是有鎖的，只不過那是門閂式的鎖，不需要鑰匙。」

「所以說，不能只調查陽光露台雙海，不是嗎？清原奈津美上班的地方也應該去調查一下吧？她的辦公桌應該有需要上鎖的抽屜吧？或者還有其他有鎖的物品。辦公室或許比家裡更有希望找到可以用那支鑰匙打開的鎖。」

警視冷漠地吐出一口煙，說：

「不，你用不著對清原奈津美的辦公室抱持任何希望。你以為北澤署的警察和我是笨蛋嗎？不用你說，我們早就調查過清原奈津美的辦公室了，可是仍然一無所獲。為了謹慎起見，我們連公司更衣室裡的寄物櫃都調查了，也不是寄物櫃的鎖。」

「抱歉，是我失禮了。」綸太郎嘆了一口氣，慢慢地站起來說：「從形狀來看，這支鑰匙也不是機車或腳踏車的鑰匙，更不是汽車引擎的鑰匙……」

「喂！怎麼樣？要投降了嗎？」

「我怎麼可能投降呢？我現在才要開始認真思考這個問題。」綸太郎低下頭，右手摸著下巴，環繞沙發大步走著。「陽光露台雙海的信箱呢？為了避免郵件被人隨便拿走，信箱上不是都會有鑰匙嗎？還有，現代人為了不在家時也能收取宅配的物品，都會租一個簡易的寄物櫃，這種櫃子是住在住宅大樓的女性上班族和雙薪家庭的熱門商品。會不會是那種東西的鑰匙?」

「她沒有那種簡易寄物櫃。還有，大樓的住戶信箱雖然需要鑰匙，卻不是這支鑰匙。」

「清原奈津美可不可能有私人信箱?」

警視動了動眉毛，但是很快就板起臉說:

「不可能，私人信箱的鑰匙會更堅固一些。這支鑰匙看起來太粗糙了，不像是能保護隱私的物品。要試一下當然也可以，只是不必抱希望。」

「對了!」綸太郎用力拍了一下自己的膝蓋，很得意地對父親說:「清原奈津美會不會是一個喜歡魔術的人?說不定她去魔術用品店，買了變魔術用的鑰匙與鎖——」

「夠了夠了，我知道了。」警視打斷綸太郎的話，說:「你不必再說了。死者不是魔術的愛好者，也沒有收藏鑰匙和鎖的嗜好。這支鑰匙也不是音樂盒的轉動器。」

「嗯——」綸太郎不再來回走動，他來到沙發前，坐在容子的旁邊。「我沒有靈感了。這個時候，或許女人的直覺可以派上用場。妮基，妳有什麼靈感嗎?」

「這個嘛——我認識一個正在減肥的朋友。為了避免自己在晚上肚子餓的時候吃東西，她在自己房間的冰箱上鎖了一個這麼大的鎖，還把寫著目標體重的紙條貼在那個鎖的鑰匙上，每次想打開冰箱拿食物的時候，就會看到那張紙條。說不定被殺死的清原奈津美也有類似的習慣。」

「唔。」警視有點感興趣的樣子:「死者沒有在減肥。至於類似的習慣……例如什麼呢?妳說說看。」

「因為鑰匙鍊的牌子上有『一碼』的字樣，所以——」

「要豐胸？讓胸部有九十公分大嗎？」綸太郎開玩笑地說：「這個靈感很妙！妮基，這就對了，再多說一點吧！」

「你安靜點！」警視以責備的語氣說：「有時間擾亂別人的意見，還不如認真思考這個問題——容子小姐，請妳繼續說。」

容子張大嘴巴，瞪大眼睛看著綸太郎。綸太有點膽顫心驚地說：

「不要生氣嘛！還是我的臉上有什麼東西嗎？」

「那個！」容子說。

「什麼？」

「就是法月剛才說的。」

「我？」綸太郎不解地問：「妳是說『我的臉上有什麼東西』？」

「不是，是更前面說的。」

「九十公分的胸圍嗎？還是『這個靈感很妙』？還是『妮基』❼？」

「就是這個！」容子眼睛發亮，搖著綸太郎的肩膀說：「是日記的鑰匙。」

「日記？」警視一臉百思不解的表情。

容子點點頭，說：

「有附鎖的日記本。雖然不是貴重的物品，但是裡面卻有不想讓他人知道的內容。有鎖的

❼「妮基」和「日記」的日語發音相同，都是NIKKI。

日記本通常做成精裝本，上面有皮製的腰帶和金屬釦子，用來打開釦子上的鎖的鑰匙，就是這種小小的鑰匙。」

「可是清原奈津美的房間裡，並沒有上鎖的日記本。」

「爸爸，您能斷言一定沒有嗎？」綸太郎這回站在容子這邊。「北澤署那些食古不化的刑警，因為先入為主的觀念，導致腦子裡只想得到箱形物的容器，根本不知道日記本也會有鎖這種事吧？日記本看起來和一般的書籍沒有兩樣，隨便塞在書架裡時，說不定就因此被忽略了。」

「或許你說得對。但是，你會不會太快下結論了？到目前為止，並沒有任何證據可以證明這支鑰匙是日記本的鑰匙。」

綸太郎笑了，並且搖了搖頭說：

「有證據，就是塑膠牌上的文字。」

「怎麼說？」警視訝異地瞇著眼睛問：「一碼和日記有什麼關係？」

「您錯了，爸爸，那個牌子上的文字不是一碼的意思。阿拉伯數字的1用羅馬數字來表示的話是這樣的。」

綸太郎用手指在桌子上面寫了一個「I」。

「不用解釋您也知道吧？這個文字等於羅馬字母的『i』。所以說『1 yard』也可以說是『i yard』，也就是日記——diary的字母，只是被調換了而已。以上，證明完畢。」

6

重力像無情的鐵鉤一樣，垂直地劃破了寧靜的夜。突然產生的空氣裂縫，像要證明自己虛無的存在似的顫抖著。

你伸出雙手，在半空中像游泳一樣地舞動著，邊撥開宛如隱諱的冰冷女性陰部一樣的黑夜皺摺，邊在殘留的裂縫中亂抓。可是，裂縫像被鐵鎚重擊而墜落的物體，被吸入地獄深處，在此同時，街燈的柔和光線吞下了黑暗，然後很滿足地合上嘴巴。你的手只能劃過虛無的空氣——

突然回神的那一剎那，彷彿要引起地鳴一樣的流水聲，震耳欲聾地鑽進你的耳膜裡。京都街道的燈光從漆黑、重疊在一起的樹葉縫隙，映入你的眼中。從這裡看去，那一點一點的街道燈光，和抬頭仰望所看到的星光一樣遙遠。聳立在你背後的，是被街燈照耀得好像莊嚴城門的發電所制水門。你的身體探出狹窄通道旁的欄杆，全神貫注地看著女人掉下去的地方。

左右兩側被略高的懸崖圍住的地方，是個呈現楔形的昏暗峽谷，谷底有兩根粗大的鐵管。鐵管像滑雪板劃出的痕跡一樣，呈弓形爬在谷底的傾斜路面上。你的視線凝聚在鐵管之間，模模糊糊地看著女人的身影像四分休止符一樣，倒臥在由混凝土凝固的基石地面上，一動也不動。你透過虛幻的殘像，看著投影在黑暗銀幕上的影像……她從你現在站立的通道上越過欄杆，就這麼頭朝下地垂直落下，最後用力地撞到鐵管後，反彈落在基石地面上……街燈的光線照不到谷底，所以你只能看到女人那模模糊糊的白色腿部，無法區別影子或形狀。因為模糊，所以顯得更加渺小，就好像把望遠鏡倒過來看一樣。為什麼會那麼小呢？完全不像等身大的人類，你覺得很不可思議。是你的遠近感錯亂了嗎？還是昏暗的環境侵蝕了女人的身體，讓女人的身體變小了？總之，你現在的感想根本與眼前嚴重的情況連不起來。

然而此時最不協調的，應該是平靜地看著眼前這幅情景的你吧？現在的你並沒有呈現呆滯的狀態。此時，連你都對自己的鎮定感到吃驚。你的心跳沒有加速，皮膚也沒有出汗，各種感覺也正常運作著。你充分了解剛剛發生了什麼事，然而，卻沒有對眼前的事實感到震驚，這是為什麼呢？你就像被綁在這裡一樣，緊緊握著塗了防鏽漆的鐵欄杆。你明明看到那驚人的一幕了，卻缺乏當事人的感覺，心情還像風平浪靜的大海般，平靜地聽著遠處的波濤。緊貼在地面上的黑色物體動也不動，你看不到她臉上痛苦扭曲的表情，也聽不到她臨終前的呻吟，更聞不到血的味道。因為這個通道太高了，以至於谷底的種種情形無法傳達到上面，所以你感覺不到那種活生生的刺激。想必是這個原因剝奪了你對現實應該有的反應吧？

停止了，你的時間停止了。一定是從你的手沒有抓到那個裂縫的瞬間開始，便整個人跳出了「現在」，離開了流動的時間。你獨自佇立在靜止的「時間」化石標本的陳列台旁邊——彷彿把這個無法挽回的事實、絕對不是夢境的現實，封印在自己的夢裡一樣。你一邊很清楚地認知眼前的事實，一邊又像在想像別人的事一樣，想著那個女人一定已經死了吧！

她一定死了吧！從這裡到谷底的地面因為距離遙遠，環境又暗，所以眼睛根本派不上用場。只是，女人的身體撞到鐵管再反彈起來的金屬聲音，那像幻覺一樣的回聲，確實進入了你的耳朵裡。那樣的撞擊即使是壯碩的男人肉體也承受不了，況且是一個柔弱的女人呢？但是，這樣的情形並不是你造成的，你沒有被責備的理由。因為你根本來不及阻止，她早就越過欄杆，擅自往下跳了。

是她自己選擇死亡的，你並沒有要她作那樣的選擇。

是她自己選擇死亡的。

是她自己——

不，真的是那樣嗎？她真的是自己跳下去的嗎？你又像看待別人的事情一樣自問自答著，並且張開握著欄杆的雙手，手掌向上舉起。這雙手就像是你從來沒有見過似的，有如別人的手一樣。或許就是這雙手幫助她往死裡跳的。你盯著手掌看，想像著那樣的情形。雖然自己並沒有那樣的感覺，可是不能排除那樣的可能性。你像要關起兩扇門一樣轉動手腕，再對著她的背後，這樣動了起來……不管是想像中的，還是現實記憶的重現……你的手就是這樣往前推……再一次用力往欄杆的方向推……於是女人的身體便往前墜……配合水不斷落下的轟隆轟隆聲音……女人就那樣越過欄杆往下掉……

但是，即便產生這樣的想像，也沒有動搖你的心智。雖然有了「剛才的自己或許害死了一條人命」的想法，但是你並沒有因此而產生自責的念頭。對於女人，你沒有憐憫與悲哀的感覺，也沒有後悔或自責的意念，因為這樣的結果是她應得的報應。需要感到悲哀嘆息與犯罪意識的人，不是你，是她自己的心靈與身體。就算你阻擋了她往下墜落的身體，那也只是一時的安慰，無情的毀滅之手，遲早會把她抓往黑暗的地底。你沒有出手將她往下推，或者說你沒有出手拉她，默默地看著她尋死的原因，是因為你認為她的死是一種自作自受的結果。所以說，你沒有理由成為這個沉重壓力的連帶保證人，更沒有理由代替她承受罪惡感。

嘴唇上還有一點點潮濕的黏膜感。你舉起手，用襯衫的袖口擦拭嘴巴。淡淡的紅色痕跡代替女人的體溫，模糊地留在布面上。這是她唯一留下來的東西，可是在你的眼中，這個痕跡只是一抹污痕……當她的嘴唇靠過來的時候，你並沒有拒絕。她好像想透過嘴唇重疊的行為喚醒你心中的某種感情，那種感情或許是憐憫，或許是更多的渴望。那是失去所有的人的最後一把賭注，把最後僅存的一點東西投進無底深淵，想要在一瞬間獲得起死回生的活路。但是，在同一瞬間，你的心就像一個清澈冰冷的水晶，短暫地發出閃光。你連拒絕的動作也不肯給，那是一種絕對的拒絕。很快地，她的嘴唇離開你的唇，身體往後退，眼神哆嗦地注視著你。從她的眼睛投射出來的視線虛幻而灰暗，像死人的眼神，發抖的表情也像被水泥凝固了般。你被緊緊抱住的手獲得解脫，放鬆下來，不再有任何拘束的感覺。

「假的。」這是她最後的一句話。你不知道那是什麼意思——然後，她慢慢轉身，把手放在欄杆上……那是你最後一次看到她的臉。

你已經不想再想起那個死去的女人的臉了。就好像她和你一點關係也沒有，只不過是從身邊經過的陌生人一樣。你不記得她的髮型，也不知道她穿的衣服是什麼顏色，她是一個沒有五官的女人。你發現自己想不起她的長相，也忘了她的名字。她——那個女人，到底是誰呢？不，說不知道她的名字或許並不恰當，因為你至少聽過她冒用的名字。她告訴過你：我是葛見百合子。

可是，你無法用她自稱的名字來稱呼她。你沒有辦法把在你面前自殺的女人和葛見百合子這個名字連結在一起。沒有辦法連結在一起是理所當然的，因為她不是葛見百合子，你這麼想著。

她是別的女人。別的女人冒用了百合子的名字來迷惑你，這是一種詐騙的行為。這種手段騙不了你，你絕對不會上當。那個女人一定以為葛見百合子這個名字就像沒有主人的鑰匙一樣，可以任意地使用。她一定以為只要像原來的主人那樣使用那支鑰匙，使用葛見百合子這個名字，就可以輕易打開你的心房吧！這個想法太天真了，她也應該很快就了解到這一點，可是實在想不出別的辦法，所以還是冒用了葛見百合子的名字，並且認為你的心就會輕易地敞開。可是，這樣是沒有用的，因為你絕對不會用葛見百合子這個名字叫別的女人。

百合子、百合子……只要嘴巴裡唸著這個名字，你就能在腦子裡描繪出鮮明的影像——害羞地垂下眼的眼睛、抿著嘴的溫柔微笑，像剛做好的棉花糖般手指輕輕一按就會凹陷下去的臉頰上，光滑而柔和的表情。你不會忘記那個笑容。就算現在你失去了一切，心也變得冰冷而空洞，你也不會失去那個溫暖的表情——即使那個表情是剛剛死去的人所刻劃出來的甜美殘像，即使那個表情無法再度出現在你的面前。

沒有五官的女人不管在你的面前做出任何表情，也不能和那個無法取代的微笑重疊在一起。其他人就算想學也學不來、學不像。其他人就算以葛見百合子的名字出現在你的面前，即使能讓已經沉封的故事復甦，也取代不了唯一的女主角。

被忘記的女人、陌生的名字——你開始回想自稱是葛見百合子的女人在死亡之前說的另一個名字，NATSUMI，清原奈津美，這是對現在的你一點意義也沒有的名字。就像留在襯衫袖子上淡淡的紅色痕跡一樣，給人陌生而虛幻的感覺。那個名字十分適合已經死亡、對你來說是沒有五官的女人。現在橫臥在鐵管中的黑色軀體，你應該用清原奈津美這個名字來稱呼嗎？不管那個名字正確與否，反正都是和你無關的女人，你愛怎麼稱呼都沒有關係吧？

你想到了，是清原奈津美搶走了百合子的名字。不只搶走了名字，連生命也搶走了，這是她——清原奈津美告訴你的。不，實際上奈津美所說的話，與你的認知有些差異……我是葛見百合子，我殺死了好友清原奈津美，因為她冒用了我的名字……但是，如果讓你說的話，應該是百合子的名字被搶走了；說自己的名字被好友搶走的女人是清原奈津美。因此，奈津美不僅把名字都換掉了，連因果都說得與實際相反。她真正要說的應該是：我殺死了好友葛見百合子。為了和你見面，我搶走了百合子的名字，變成另一個葛見百合子……為了見你。可是，清原奈津美為什麼這麼想見你呢？

清原奈津美說她和百合子是高中同學。如果這句話不是謊言，那麼她也和你同班囉！那麼你當然也知道她的長相……二宮，是我呀！可是……你怎麼想也想不起來說這句話的奈津美的臉，就連名字也不記得。對你而言完全陌生的女人，會為了和你見面而殺死了好友，還搶走好友的名字，一定有什麼理由吧！還是——是你搞錯了？是你忘記她了？對間接引起兩個女人死亡的你來說，二宮良明到底是什麼人呢？直到現在，你還是無法了解女人的話，一點都不了解。

……不，其實你是了解的。你知道自稱是葛見百合子、並且已經死亡的女人所說的話是正確的，你也知道你的想法是錯誤的。雖然知道，卻不想承認那個事實。你只是裝作忘記了。現在的你只是想緊緊抓住你的故事，事實上你已經知道兩個女人之間發生了什麼事。為什麼奈津美／百合子要殺死百合子／奈津美？你知道那個理由，而且你也知道這起死亡事件的責任在你身上。

你已經從她的口中完全地知道這件事情的始末了。

不只如此，女人說的故事是確實存在的。女人想要見你的理由之一，就是要讓你看看那個故事的證據。所有的一切都如實地寫在那裡了，你無法否認那個證據。你不得不承認女人所說的真實情況，徹頭徹尾地顛覆了你的故事。可是必須正面去面對那個意外事件的人，不止你一個；也就是說，女人的想法也有錯誤。女人直到剛才那一瞬間，都還不知道奈津美／百合子其實沒有殺死百合子／奈津美的理由。女人自己投身谷底的理由，並不是因為你拒絕她最後的請求，而是她一直以來深信不疑的另一個故事，在那一瞬間被無情地摧毀了，是無情的事實逼迫她走向絕路……

❖

你滿懷矛盾地佇立在黑暗之中。如果沒有想起那個東西的話，你大概會一直站在原地不動吧？——日記！你想起了她往下跳之前一直緊緊抱著的東西。那本日記應該和女人的身體一起沉到黑暗的地獄了吧？無論如何，你都必須取回那本日記。取回的目的是湮滅證據嗎？不，不是的。那本日記裡確實有你的名字，也描述了你們的故事，二宮良明和葛見百合子的故事。可是，你要取回日記的目的絕對不是為了保身，而是因為那本日記是你愛的女人唯一留下來的有形回憶。

你向右轉，開始走回通道的起點。你的腳順著被左右圍欄包夾住的短短階梯往下走，鐵板發出「咚」、「咚」、「咚」的刺耳聲響。可是，沒有人因為這個刺耳的腳步聲而責備你、阻止你。四周一片寂靜，只聽得到沉砂池的流水聲。除了你以外，沒有人會在這個時間在這裡徘徊了。

往西望去，能看到蹴上淨水場的高地上，豎立著好像正在往下看的人物銅像與紀念碑，那是在明治時代鼓吹將琵琶湖的水引入市區的人物銅像。銅像的周圍有四角形石凳，和像得了關節炎般結著樹瘤、樹葉茂密的闊葉樹。你越過圍欄，想從標示著「禁止進入」的樓梯那邊走到懸崖下面，那裡有通道可以通往鐵管，可是一想到周圍一片漆黑，看不清楚腳底下的情形，就覺得很危險。萬一腳一滑，自己也掉下去，那就完蛋了。現在離天亮的時間還很久，自己有得是時間，還不如繞遠路，從山腳的地方靠近鐵管比較好。你這麼決定後，便快步穿過冷清的廣場，鋪滿了地面的小石子尖端摩擦著鞋底。沿著隔開水路的圍欄旁，停著好幾輛沒有人的車子。分散開來的灌木屏息似的蹲在地面上。

你在廣場的地方右轉，從為了供人散步而設置在山丘斜坡的台階往下走，腐朽的落葉讓地面顯得凹凸不平。階梯狀的斜坡上有一塊像樓梯平台的狹小空間，那裡有一座圓形噴水池，從噴水塔頂端呈放射線狀流下來的水整夜不停地流著。坡道在那裡改變方向和坡度，好像要往懸崖靠近般地向右轉入。台階與台階的間隔變寬了，你的腳不由自主地往前踏，好幾次幾乎就要踩空了。隔著現在已經沒有使用的斜坡軌道，馬路的那邊偶爾傳來車子駛過的聲音。你踩在泥土上的腳步聲被覆蓋著山崖的雜草吸走了，與蟲的鳴叫聲一起消失。斜坡的傾斜度變得平緩，作業車用的通道盡頭是水泥路面，路面下有眼睛看不到的暗渠，水流聲不停地從下方直接傳達到你的腳底。

你走到山丘下。那裡有四根擋車用的黃銅樁從地面凸出來。你深深吸了一口氣，調整好紊亂的呼吸。藉著蹴上隧道入口的街燈光芒，你凝視著黑暗的深處。從那個地點開始，車用道路的支線在繞向山丘的東側，和鐵管平行延伸到制水門的地方。你跨過擋車用的鍊條，直直橫越路面，金屬圍欄的通用門矗立在前面，門的左右兩側都有嚴密的圍欄蜿蜒圍繞著。圍欄隔開了作業車的通路和山丘的斜坡，也防止魯莽的行人闖入。

大門的門閂穩穩地插在門上，門閂的下面垂掛著「閒人勿入」的牌子。可是大門的高度和你的身高差不多，而且沒有纏繞著有刺鐵絲，好像也沒人在這裡監看，似乎只有「如果擅自闖入發生意外，發電所概不負責任」的警告意味而已。於是你毫不猶豫地一手攀在大門的頂端，一手伸進鐵絲網，用力攀上圍欄。你的呼吸變急促了。你躍下圍欄，翻身落到圍欄內的地面上。真像是深夜的障礙賽跑，不過，你的競爭對手已經抄捷徑，抵達終點了。

路面像弓一樣往右彎去，並且緩緩地往上傾斜。道路左邊有深灰色的護欄，護欄的對面是像炮壘一樣的混凝土塊，固定著兩根鐵管的下方。你低著頭，順著黑暗的道路往上走。右手邊懸崖斜面上的樹木枝葉在晚風下發出沙沙聲響。

看到前方像城堡一樣的磚造堤壩了。剛才你站立的通道已經在你的頭部上方，浮在逆光的光亮之中。你的腳踩在護欄上，然後跳到前面的鐵管上。鐵管的直徑應該與你的身高差不多吧！但是表面上沒有扶手，為了避免不小心滑下去，所以你趴在鐵管上。通過粗厚鐵管的水在你的腹部下方發出水流的聲音。你就這樣慢慢地攀爬，然後改變身體的方向，以腳尖碰到鐵管中間的基石地面後，才從鐵管上面下來，微微出汗的手掌上沾了許多剝落的防鏽漆。你站在兩根鐵管中間，雙手扶著兩邊的鐵管，提心吊膽地在傾斜的路面前進。腳下的地方雖然暗到讓人擔心，但是好像沒有明顯的凹凸不平，而且寬度也足夠，所以並不會特別難走。

走到堤壩的前面時，你停下了腳步。女人的身體就趴倒在地面上。她的頭朝著另一邊，腰部扭曲地橫臥著，看樣子是掉下來後就斷氣了。裙子的下襬往上翻捲到膝蓋上，兩條白皙的小腿往前伸，皮膚上的數條血跡清晰可見。有一只鞋子不見了，另一只鞋子則半掛在腳掌上。你小心翼翼地走著，以免踩到她的手臂。你緊貼著鐵管壁走，慢慢繞到她頭部的位置，然後蹲下來。聽不到她呼吸的聲音，可以肯定她已經斷氣了。於是你站起來，俯視眼前的屍體。大概是太暗了的關係，看不出她身上有什麼大傷口。你並不想把她的身體翻過來，查看身上的傷勢。地面上有黑色的斑斑血跡，你也不想去碰觸那些血跡，因為那樣會弄髒手，所以你只是定定地站在原處，注視著屍體。可是，面對屍體時會產生的嚴肅心情，完全沒有發生在你的身上，因為那只是一個和你沒有關係、再陌生不過的陌生人屍體。

必須找到日記！你的眼睛在混凝土地面上巡視著。如果被壓在屍體的下面，就得拉出來，那樣就麻煩了。幸好日記沒有在她的手上，而是在靠近堤壩的地方——在鐵管的底部與地面的隙縫間。大概是她的身體撞到鐵管時，日記從她的手中掉了出來，彈落到那裡的吧！你彎腰撿起日記，拍掉白色格子圖案封面上的灰塵。日記本上有一條皮帶和一個金屬釦子，釦子上面有一個缺手缺腳的人形洞，一看就知道那是鑰匙洞。看來秘密被小小的鎖保護著，不過，那個鎖被撬開了。日記裡藏著秘密的殘骸、被凌辱的故事。

你把日記像珍惜的寶物一樣，緊緊攬在懷中，閉上了眼睛。她的微笑馬上鮮明地浮現在腦海裡。你的臉往上仰，用力閉上眼睛，忍著不讓眼淚流出來。耳鳴了。你產生了錯覺，好像整個峽谷以你為中心旋轉起來。你用力吸氣，彷彿要把肺脹破一樣地用力吸滿空氣。你孤獨了，又變成孤獨一個人了。今後的日子裡，你必須一直忍耐這樣的孤獨。

你張開眼睛，被兩根鐵管夾住的細長基石通道就在你的眼前。你的眼睛不再看屍體一眼，邁開腳步踏上狹窄的通道，開始往回走。你像鬼一樣無聲無息地逕自往前走。

——一個故事結束了。但是，這個漫長的結束不過是另一個故事的開始。

7

生日的翌日，也就是十六日的早上，綸太郎和父親一起前往北澤署的搜查一課拜訪。負責指揮搜查工作的柏木課長年紀大約在四十五到五十歲之間，是一個身材魁梧、擁有柔道五段實力的男子，直到現在，在警界還有著「松原青鬼」的稱號，是一個令人畏懼的人物。當然，他絕對少不了面對兇惡歹徒的英勇事跡，但也有許多身為刑警的優異表現，例如即使再細微的線索也難逃他的法眼，而且能在重要時刻作出正確的判斷。雖然他本人常謙虛地說自己是「沒有大腦的魯莽男子」，可是他的表現完全不負「松原青鬼」這個綽號，被警視廳視為精明能幹的一員。他從以前就和法月警視有不錯的交情，對本廳的搜查一課一向不存門戶之見。非警方人員的綸太郎能夠插手調查這次的陽光露台雙海命案，其實早已得到他的默許了。

「女同性戀的謠言已經解決了嗎？」

法月警視一開口便問這個問題。柏木警部露出厭煩的表情說：

「那和我們一點關係也沒有，根本不是我們的錯。媒體實在太好笑了，沒有根據的東西也講得天花亂墜，我們實在沒有理由替他們收拾善後。只是，因為那個謠言，這個事件已經引起大眾的注意，如果不快點逮到兇嫌的話，署長的臉色恐怕會愈來愈難看。」

「有葛見百合子的線索了嗎？」

「沒有。」柏木臉色不太好看地搖搖頭說。「已經問過她公司的同事和親朋好友了，結果還是一無所獲。我們已經請福井縣的警方在她的老家及車站附近佈署警力了，但是直到現在都還沒有接到她出現的消息。」

「三木達也呢？」

「今天他也和平日一樣照常上班。由於葛見百合子或許會和他聯絡，所以我們一直都在跟蹤他，可是，從昨天和前天的情形看來，那種可能性似乎並不存在。」

「想也是吧！」警視點點頭，接著說：「她會不會利用假名字，躲在飯店裡？」

「我們已經查過幾家可能性較高的飯店了，但是東京都內的飯店這麼多，真的要找的話，即使請警視廳協助，恐怕也要花上三、四天的時間。而且前提是她必須還在東京。」

「有查到她離開東京的線索嗎？」

綸太郎問柏木警部。柏木轉頭看綸太郎，用不同的語氣說：

「葛見百合子在星期一早上銀行開門後，就在丸之內的東京都銀行的自動提款機，提走了她戶頭裡的現金，金額是二十萬。應該是拿來逃亡用的吧！」

「丸之內的東京都銀行。」綸太郎重複唸了一次。「也就是說，星期天晚上，她人還在東京，等到第二天天亮後才從銀行提領逃亡所需的經費，然後從東京車站搭ＪＲ線列車離開東京嗎？」

「應該是那樣吧！不管怎麼說，已經過了兩天，百合子還是沒有在她的老家出現，所以我們只能認為她去了別的地方。她不是殺人慣犯，是一個非常普通的女性上班族，所以一定很快就會現身了。當她花完手邊的錢後，一定會再到銀行的提款機提錢，到時候應該就可以透過銀行的網絡找到她的蹤跡了。」

「可是，她沒有回去福井的老家，到底去了哪裡呢？」警視不解地說著。他並不是在問別人，而是在自言自語。「葛見百合子自從離開老家之後，就一直在東京過生活，別的地方應該沒有熟悉的朋友或親人才對。」

「爸爸，那可不一定。雖然沒有回老家，但她還是會有可以照顧她的親戚或朋友吧？例如說中學時代的同學後來到關西工作了，或者在工作上認識的某個朋友……她可以去的地方應該很多呀！」

「說不定她想去陌生的地方自殺。」警視落寞地說：「唉！或許已經來不及了。」

「光說這些假設性的事，一點幫助也沒有吧？」柏木認真地說。「關於葛見百合子在星期天的行蹤，我們得到了一個新消息，正想告訴警視呢！這個消息是昨天才得知的。她在案發後的第二天早上，也就是她失蹤那天的星期天早上，好像去了她工作的出版社。」

「她工作的地方？」

「對。葛見百合子是在北洋社上班，只要不是接近截稿的日期，辦公室在星期天總是空無一人。但是那天很湊巧的，同一棟大樓的速記事務所的工讀生正好送一份緊急資料去那裡，他說他在大樓的樓梯間，和極似百合子的女性擦身而過。當時那個女人正在下樓。目擊者是男性，不是正式的職員，所以並不認識百合子，可是他所描述的女人特徵和百合子是一致的。那個女人穿著格子裙、深藍色或紫色的外套，好像還提了一個裝得滿滿的旅行袋。」

「時間呢？」

「上午八點多。天亮以前，她待在犯罪現場的自家裡，整理身邊的物品，等待人潮開始變多之後，才搭乘電車離開。有了這種想法後，我們便派人到松原附近的車站，尋問車站的工作人員。」

「這麼說的話，百合子是在離開辦公室時被看到的了？」

「是的。」

「可是，她為什麼要去辦公室呢？去拿私人物品嗎？」

「或許吧！不過，我們問過她的同事了，據說她桌面上的東西好像沒有減少的跡象。」

「也就是說，不知道她到底去辦公室做了什麼事嗎？」警視想不透似的皺著眉頭：「總覺得怪怪的。綸太郎，你的意見呢？」

「我沒有什麼意見。不過，星期天的北洋社能夠那麼容易出入嗎？」

「對她來說是容易的。」柏木說。「打開辦公室的門需要鑰匙與密碼。只要是公司的職員，都知道那個密碼，而這個星期又正好輪到百合子開門，所以鑰匙就在她的手中。」

「原來如此——如果不是剛好輪到她保管辦公室的鑰匙，她應該就不會在殺死室友之後，還特地跑去辦公室吧……」

「說到鑰匙，」綸太郎還沒有講完，警視就改變話題，說：「我們今天早上就是為了鑰匙的問題來的。你記得解剖屍體時發現的那支鑰匙吧？」

「記得，『一碼』的鑰匙。」

「關於那支鑰匙的謎或許解開了。那是小犬的看法，雖然證據薄弱，不過卻相當值得參考。」

「怎麼樣的看法？」

柏木很感興趣地看著綸太郎的臉。於是綸太郎便把昨天晚上討論鑰匙的內容，再說一次給柏木聽。不過，他沒有說出最早注意到這件事情的人是容子。這是誰都會有的虛榮心。

聽了綸太郎的說明後，柏木聳聳肩露出驚訝的表情，卻沒有馬上發表意見，而是立刻招來負責搜索現場的搜查一課刑警，詢問被害人的房間裡是否有附鎖的日記本。被叫來的刑警說沒有注意到，還說或許是疏忽了，然後又提出自己的看法，認為死者房間的桌上有電腦，所以沒有必要買日記本吧？說完就離開了。

「他說得也有道理。只靠幾個字母來解釋那是一把日記的鑰匙，說服力實在不夠大。」

柏木不帶勁地喃喃說道。綸太郎雖然對自己的看法相當有信心，表面上卻只是聳聳肩表示不以為然。法月警視著急地說了：

「是否有日記存在的機率是一半一半吧？如果能找到日記本的話，可以說是意外的收穫，就算沒有找到，也不會對正在進行的搜查工作造成妨礙。不管怎麼說，只要去陽光露台雙海看看，馬上就可以知道答案了。至於搜索屋內這種麻煩事，交由我和小犬負責就可以了。如果你認為犬子的推理不可靠的話，那麼，只要派人帶我們去現場就行了。」

「既然你都要求了，就由我陪你們去吧！」柏木站起來，拿起披在椅背上的外套，一邊把手伸進袖子裡，一邊說：「我並不認為不可靠呀！我也正好可以藉著這個機會，見識一下令郎的過人之處。」

❖

陽光露台雙海是一棟三層樓高的鋼筋建築物，外牆以灰漿裝飾，用現在的流行語是稱為「住宅大樓」，其實從樸實的外表看來，說它是一棟公寓還更適合。雖然不是嶄新的建築物，但是外觀維持得很整潔。建築物坐落在街道井然有序的住宅區內，周圍有獨門獨院的住戶，也有社區型的住宅。陽光露台雙海以公寓的樣貌坐落在這個住宅區內，除了名字和實質上的用途不搭調外，倒是非常適合這個步調保守的住宅區。這裡的住戶因為早上都會出門上班，所以大都熟悉彼此的長相，並且遵守垃圾分類。社區的治安良好，就算是深夜也能輕鬆走路去便利商店，來回只要五分鐘，對從鄉下地方來到都會工作的老實女性而言，確實是一個理想的生活地區。發現命案的星期日下午，街道上出現了警車與警方的人員，附近的住戶都以好奇的眼光看著他們。

他們三人從空盪盪的樓梯爬上三樓，經過二樓時，還隔著牆壁聽到小孩與電視的聲音。鋪著薄荷綠的亞麻油地毯（linoleum）走廊包圍住樓梯的三個方向，那裡有四扇門排成了馬蹄形。二號室的房門上並排著清原和葛見的姓氏，可以接收ＮＨＫ電訊的貼紙規規矩矩地貼在名字的下面。柏木警部去管理員室借了備份鑰匙，打開房門後，法月警視和綸太郎便依序進入，不太寬敞的玄關地面上因為三雙鞋子而顯得十分擁擠。

一踏上鋪著墊子的木板，就可以看到一扇貼著木紋壁紙的拉門，門上有一條用圖釘釘著的繩子，繩子的下面掛著一塊軟木板，板子上有YURIKO KATSUMI（葛見百合子）的字樣。右邊的走廊可以通到浴室，左邊的廚房旁邊還有一扇門。

「清原奈津美的房間呢？」

「這邊。」警視指著廚房那邊說。柏木警部已經走在前面了。

廚房大約有三坪大，地面上鋪著印刷成磁磚圖案的亞麻油地毯。餐桌的旁邊有三張椅子，桌面收拾得很乾淨。離椅子伸手可及的位置上，有一個共用的大型冰箱。東邊有採光窗和通風電扇，還排放著餐具架與微波爐。系統廚具沿著北側的牆壁排列，不鏽鋼的水槽相當乾爽。雙口瓦斯爐的底下還留著淡淡的粉筆痕跡。那是星期日下午三木達也來這裡時，臉部被燒毀的清原奈津美的屍體倒臥的位置。

水槽對面是同樣貼著木紋壁紙的隔間拉門，門上掛著和百合子的房門一樣的軟木板，板子上的字樣是NATSUMI KIYOHARA（清原奈津美）。文字有些脫落，所以名字的最後一個字母I傾斜了。歪掉的I，DIARY的I，我的I，愛的I。這個字母或許也是一個線索。

柏木好像在等待綸太郎確認名牌似的，一直開著隔間拉門。清原奈津美的房間是一個三坪大的樸素日式房間。門的內側貼著薄紙，地上的榻榻米接縫處被磨平了。南側窗戶上有褐色的窗簾，柏木拉開窗簾，用帶子把窗簾左右固定好。被害人在知名化妝品公司工作，但是這個房間給人的第一印象，卻和在化妝品公司工作給人的感覺——簡單地說就是虛偽矯飾的印象，並不相同。即使光線從窗外射進來，照亮了室內，那種感覺還是不變。

進入右手邊，西側的壁面也有隔間拉門，入口處一樣貼著薄紙，原來這裡是壁櫥。以住宅大樓而言，這個房間相當大，最上方還有可以左右對開的櫥櫃，整個房間就是一個很好的收納空間。靠近窗戶的地方，有一個箱形的木製書桌，和一張用布撐開的凳子。如同在北澤署聽到的，桌子上有一台十分普遍的電腦，和大概是工作資料——和化妝品有關，堆積如山的書或雜誌。一具電話被埋在那座山裡，附有電話答錄機，但不是無線的。

房間中央放了一個兼當暖被桌的桌子，旁邊的榻榻米上，有兩個印著不同顏色沙漏圖樣的坐墊。靠著東側牆壁的是衣櫥和橫長的抽屜矮櫃，矮櫃上有十四吋的電視、一面反向的穿衣鏡，和上面浮著綠球藻的小水槽。綠球藻的直徑不到兩公分。穿衣鏡不大，只能看到上半身，這個穿衣鏡只有在使用的時候才會翻到正面吧？牆壁的上方掛著因為年節而硬掛上去，圖案非常不起眼的月曆。

不過，支配著這個房間氣氛的，並不是這些最低限度的樸素家具，而是讓人覺得好像是用來填補多餘空間、佔去大部分牆壁面積的書架。包括桌子旁邊的餐具櫥，這個房間裡有五座書架。除了也拿來當書架的餐具櫥外，其他四座書架的高度都和綸太郎的身高差不多，厚度則相當於門的一半。堅固的角鋼書架上塞滿了書，幾乎看不到空隙。從榻榻米都下陷的情況看來，書架上的書本數量絕對不少。沒有看到女性漫畫或實用類的書，從並排在一起的書背文字看來，可以知道她愛看書的程度，已經超過相親時個人資料所寫的「興趣／愛看書」了。不過，她看書不太有系統，書籍的排列也很隨性，讓人感覺到一種女性的天真。或許是這個緣故，這麼多的書並沒有讓人產生壓迫感，反而讓這個房間顯得很有文學氣質，而且是會令人放鬆心情的房間。不過，這樣的印象或許是受到了性別偏見的影響。

綸太郎的視線離開書架，打開衣櫥探看。吊在裡面的衣服都是成衣，沒有華麗的名牌服飾或搶眼的宴會禮服。衣櫥裡的情形和還沒有看之前的想像是一樣的。綸太郎一邊關上衣櫥，一邊好像同時問他的父親與柏木一樣：

「這個房間一點也不像是在化妝品公司工作的上班族女性的房間。」

「沒錯。」警視說：「從鄉下到東京工作的二十五歲女性，只靠一份普通的薪水，也只能住這樣的房子了。除非從事聲色場合的工作，否則怎麼住得起電視劇裡那種不符合現實的房間呢？」

警視似乎誤解綸太郎的問題了，所以綸太郎趕緊把問題拉回來：

「不，我不是那個意思。我的意思是，這裡真的是清原奈津美的房間嗎？我不這麼認為。」

「這是什麼意思？」換柏木提出疑問了。

「這個房間裡的藏書太驚人了。與其說這裡是化妝品公司職員的房間，還不如說是出版社編輯的房間。爸爸，我們回想一下昨天晚上的話題吧！你覺得有沒有兇手和被害人的房間互換的可能性？說不定房間門口的名牌被對調了。」

「你在說什麼啊？」柏木歪著頭，一副摸不著邊際的樣子。「你不知道清原奈津美在『茹貝兒』化妝品的出版文化事業部工作嗎？所以說，她雖然是化妝品公司的職員，可是實際上做的工作卻和出版社編輯一樣，所以她的書當然也很多。」

「出版文化事業部？」綸太郎好像受到了打擊，忍不住瞪著自己的父親。「之前完全沒有聽說過這件事。」

警視抱歉似的抓抓耳後，說：

「昨天忘記講了。」

「那麼，清原奈津美和葛見百合子兩個人做的都是編輯工作嗎？」

柏木點點頭，拿起堆在桌子上的某一本雜誌給綸太郎看。那本雜誌的名稱是《VISAGE》，以女性讀者為主的流行情報雜誌，是每個月都會發行的月刊，封底的部分印有「發行／茹貝兒化妝品／出版文化事業部」字樣。VISAGE是法文「臉」的意思，如字面所表示的，這本雜誌代表了公司的顏面，意思就是公司的文宣刊物。不過，雖然是公司的文宣刊物，卻也是對外販賣的商品之一，所以內容一點也不會敷衍了事。這不是外包給別人做的社刊，而是公司內部成立專門的編輯部門，認真做出來的雜誌。

「了解了嗎？」綸太郎把雜誌還給柏木時，柏木裝腔作勢地說。「被害人就是這本雜誌的編輯。對雜誌編輯來說，或許這個房間不夠華麗，不過，房間給人的印象主要還是要看房間主人的個性吧！如果你對她工作的內容有興趣，可以去找她的同事三木達也，他也是出版文化事業部的編輯。」

「嗯，當然會去找他。」

「不過，找三木的事以後再說吧！今天我們來這裡的目的，是為了解決被吞進肚子裡的鑰匙問題，不是來討論房間的室內裝潢，不用我多說，你也應該能了解吧？這個房間裡的所有東西，我們全部確認過了，都是清原奈津美的個人物品。如果說房間被調換過的話，那麼調換的不只是名牌，連房裡的家具、物品，也一定都要調換才行吧？我想應該是不可能的，所以我們可以按照預定計畫，搜查這個房間就可以了。如果你的推理是正確的，那麼這個房間裡一定有附鎖的日記本。我們快點分頭找吧！要從哪裡找起呢？」

❖

沒有找到日記。

三個人分工合作，為了尋找清原奈津美的日記本，搬動了整個房間的家具，還把手伸進家具與牆壁的縫隙裡摸索，也翻遍了所有的抽屜、壁櫥和櫃子，還撕開黏在紙箱外的封箱膠帶，查看箱子裡的內容物，連書架上的書也全部拿出來看了，就是沒有找到類似日記的東西。她把房間打掃得非常乾淨，所以他們三人唯一的收穫，就是沒有被灰塵弄髒全身。

基於對死者的尊重，他們最後才搜查衣櫥裡收納內、衣褲的抽屜，搜查結束後，還像摸到燙手山芋般地把胸罩和內褲放回原位。柏木板起臉看著綸太郎，以失望的口氣說：

「這裡好像沒有你說的東西。」

「好像是。」

「怎麼辦呢？」警視問。

「到隔壁的房間找吧！」

綸太郎看也不看旁邊一眼，便堅定地走向旁邊的房間。警視半哄半催地叫柏木一起走。柏木一副看不看都一樣的表情，無奈地站起來。

葛見百合子的房間也是三坪大的日式房間，和隔著一面牆的清原房間是相對稱的結構，但是室內的氣氛卻相當不同。由於房裡擺了一張床，所以感覺上好像房間比較小。地板上鋪著以奶油色為主調的幾何圖案地毯，色調相當統一，但卻讓人覺得少了一點真實的生活感。入口處的拉門和隔間拉門上都貼著格子圖案的壁紙，所以感覺到百合子努力想讓房間散發出具有流行感的套房風格。這個房間的窗戶不是用窗簾，而是用百葉窗，牆壁上還有HIRO YAMAGATA❽的複製畫。房間裡有角鋼的桌子和三面鏡，也有電視機，但是比清原奈津美房間裡的大。這裡還有錄放影機和立體音響的喇叭。奈津美的房間裡沒有錄放影機，只有手提CD音響。

做相同的工作，而且年齡相當的兩個人，收入應該不會差太多，但兩個人的房間給人的印象卻有相當大的差距。這種差距會不會是她們共同創造出來的呢？一間走日式風格，一間走西式風格，錄放影機和CD音響應該是一起出錢買的吧！綸太郎這麼想著。既然有兩個房間，就應該各自佈置成不同的風格，如此一來，兩個人都可以享受到不同風格的空間，是很聰明的作法。秋天的長夜裡，可以把床當成躺椅，在矮櫃上擺著紅酒，坐在躺椅上看租來的愛情片一起掉眼淚；冬天的時候可以一邊把腳伸進暖被桌下，一邊喝著熱茶、吃著橘子，兩個知心的朋友促膝長談到天亮。想必她們兩人偶爾也會交換睡衣穿，一起躺在百合子的床上睡覺吧？這並不表示她們有談話性節目裡說的那種戀人關係，而是兩個人的共同生活裡，偶爾也會有像社團在夏天集訓時的合宿情況，或者是沒有目的地的漫步旅行一樣。

不過，如果事實不是如自己所想的那樣，而是在共同租屋的情況下，兩人各自擁有私人的空間，那麼，不可否認的，奈津美看起來似乎比較吃虧。就像剛才柏木說的，兩個房間的氣氛不太相同，這就意味著百合子和奈津美的生活習性是有差異的。兩個房間微妙地反映出她們的個性差別。

「還呆呆站著幹什麼？」警視催促綸太郎說：「趕快動手找你說的東西吧！」

綸太郎負責找書架。葛見百合子和清原奈津美一樣，做的都是編輯的工作，所以書也很多。從外觀看，這個房間裡只有兩個書架，但是一打開壁櫥，就會發現壁櫥幾乎就是一座書庫。這個房間裡的藏書量不亞於奈津美的房間。綸太郎大致地看了一下書名，發現百合子房裡的書和奈津美房裡的書，幾乎沒有一本是重複的。不過，這並不是說她們兩個人看書的取向完全不同，因為她們各自擁有系列作品的一部分。也就是說，這些書是她們一起買的，看完之後再互相交換，這樣不僅可以省錢，也可以空出更多的書架放書。對生活在書堆裡的她們來說，這樣的作法是再聰明不過的，或許就是因為這種種的好處，成為她們之間的羈絆，讓她們可以繼續共同生活下去。

不管怎麼說，因為兩個房間的印象不同所引發的想像，證明了之前的假設未必是錯誤的。百合子的東西比較多，搜索起來比較費事，但是誰也沒有因此鬆散。然而最後還是沒有找

❽為一知名的日本藝術家，創作類型極為廣泛，近幾年多以雷射光創作藝術作品。

到奈津美的日記。正如柏木所想的，這種結果早在預料之中。

「接下來要找廚房嗎？」

柏木先開口問綸太郎。綸太郎默默地點了頭，警視則是嘆了一口氣。這種徒勞無功的搜索工作，讓他們三個人開始覺得累了。

一一搜索了廚房、洗臉台、浴室後，仍然沒有發現日記本。不管在哪裡都沒有日記本的蹤跡。

❖

「令郎這次的推理好像落空了。」柏木從廁所出來，一邊用手帕擦手，一邊不自然地說道。

「是呀！白費力氣了。」

法月警視打開奈津美房間的窗戶，面對窗外，抽了一支菸。時間已經超過中午了，不知道從哪一個房間的窗戶傳出來的電視廣告歌曲，正隨風飄送過來。警視把菸灰彈落到窗下，轉身回頭說：

「喂！綸太郎，怎麼樣？今天你就乾脆地認輸了吧？」

綸太郎沒有立刻回答。他盤坐在矮桌前，用手掌貼著額頭，認真思考著。綸太郎不覺得自己想錯了，這絕對不是固執己見的關係。柏木沒有說錯，他提出來的證據確實薄弱，可是，他就是有一種微妙的自信，認為牌子上的1 yard字樣證明日記本是確實存在的。然而關鍵的日記本到底哪裡去了呢？如果沒有被人拿走的話，就應該在這個房子裡才對呀——

「沒錯！」綸太郎用中指和無名指拍了拍自己的額頭，說：「就是那樣沒錯！」

「就是哪樣？」

「日記是確實存在的。」綸太郎站起來說：「被害人吞到肚子裡的鑰匙，一定就是日記的鑰匙。」

「可是我們三個人已經翻遍了這間屋子，還是沒有找到什麼日記呀！還是我們漏找了什麼地方嗎？」

綸太郎搖搖頭說：

「我們當然找不到那本日記，因為日記被兇手拿走了。」

柏木走過來靠近他們兩個人，好像要引起綸太郎注意似的咳了一聲。

「費了這麼多的力氣，我們總算在這一點有共識了。不過，我所說的共識並不一定是有鎖的日記本。」

「是日記。」綸太郎微笑地說著。

「你很頑固。」柏木也不甘示弱地露出微笑，注視著綸太郎，說：「不過，這種個性或許是來自令尊的遺傳吧！不管怎麼說，兇手從這個房子裡拿走證物這一點是錯不了的。只是，你怎麼能斷言一定是日記呢？除了你剛才所說的字母的薄弱證明外，還有什麼線索可以證明被兇手帶走的一定是日記呢？願聞其詳。」

「影印。」

「影印？」

「對。星期日的早上，葛見百合子曾經出現在北洋社的辦公室。她為什麼要回公司呢？剛才你說過想不通她為什麼要這麼做的理由。我想過了，我認為她應該是打算把從殺人現場拿走的清原奈津美的日記，拿去那裡影印。」

柏木的眼神半信半疑。

「她為什麼要那麼做？」

「不知道。」綸太郎聳聳肩，說：「只有問百合子，才能知道這個問題的答案。不過，她去影印日記可以說明一件事，那就是她果真是一位編輯。拿到原稿後立刻影印一分複本，這是編輯的職業習慣，不是嗎？」

「我沒有說不是。」警視好像心情不太好似的撇撇嘴，朝柏木動了動下巴，問：

「你覺得呢？」

「我什麼感想也沒有，也不想花時間在沒有意義的抬槓上。」柏木說著走到桌子邊，從奈津美堆積如山的書堆裡翻出電話。「我只知道遇到疑問時，就要查證是否屬實。」

柏木打電話到北澤署的搜查一課，指示部下到北洋社查證，了解星期日早上葛見百合子是否有去公司使用影印機。柏木講電話的時候，綸太郎閒來無事，便把注意力再度集中到奈津美的書架上，從書架裡抽出從一開始就吸引他的一本書，慢慢地開始翻閱著。法月警視的視線越過他的肩膀，想要窺視他手上的書。

「你在看什麼書？」

綸太郎轉身合起書，讓父親看書的封面。那是一本精裝書，裝訂處有溝槽，人造皮做成的封面上印著大理石花紋，而且還有燙金的「福井縣立朝倉高中第四十一期畢業生」字樣和校徽的設計。

「高中的畢業紀念冊嗎？」警視說。「對了，隔壁的房間裡好像也有相同的東西。怎麼了？畢業紀念冊有什麼問題嗎？」

「不，沒有問題。因為我只在電視的談話性節目裡看過她們一眼，對她們的長相沒有印象，所以想好好地看清楚她們的相貌。」

「可是，紀念冊裡的照片至少是六年前拍的，而且還是穿著制服的照片。人說女大十八變，從鄉下來到東京，她們洗去了鄉村味，或許已經完全變了一個樣。拿來，給我看看。」警視強行拿走紀念冊，轉身背對綸太郎，獨佔了紀念冊。他翻到不同班別的頁面開始瀏覽。綸太郎有點失望地看著父親，父親本人一點也不覺得自己有錯，綸太郎只好無可奈何地別開臉。

「有了！」

綸太郎聽到父親的聲音，很快便奪回紀念冊，攤開在矮桌上。警視慢慢地坐下來，非常感慨似的說：

「最近的女孩子即使是在鄉下長大的，到了高中的時候就變成很成熟的模樣。我們從前可不是這樣的。那個時候的女孩子都有紅紅的臉頰，那樣比較可愛。」

「那是什麼時代的事了？」綸太郎苦笑地說，接著一邊蹲下來，一邊問：「在哪裡？」

「這裡，她們兩個人的照片排在一起。」警視指著大頭照說：「這個是清原奈津美，旁邊的是葛見百合子。」

被翻開來的那個跨頁是當時三年E班全體學生的照片，雖然是一吋、兩吋的大頭照照片，還是各有各的表情。這一班的男生和女生合起來有四十人，因為版面配置的關係，左頁的中央放了一張在教室裡全班合照的照片。大頭照排列採男女混合式，清原奈津美和葛見百合子的大頭照在右頁第二排，從左數過來的第二個和第三個。她們身上的制服是常見的深藍色西裝外套。兩個人的皮膚都很白，五官端正的臉上帶著沒有矯飾的純樸笑容，只可惜髮型都很土。她們都不是第一眼就會吸引人注意的女生，和班上的其他女生比較起來，兩個人更像還沒有被雕琢的璞玉，感覺不出她們的特性。

綸太郎的視線移到這一頁的右下角。那裡列出與照片對照的名字，與各人參加的社團名稱。警視看著照片，唸出她們兩個人的名字。綸太郎覺得有些困惑。

齊木雅則（排球社）

近藤聰

清原奈津美（圖書社）

葛見百合子（圖書社）

樫村欣司（足球社）

「爸爸。」

「什麼事？」

「您能夠再唸一次她們兩個人的名字嗎？」

「你沒有聽清楚嗎？好呀！唸幾次都可以，你看清楚啊！」警視指著左邊的照片，說：「這個是清原奈津美——」然後指著那張照片右邊的照片，說：「這是葛見百合子。」

綸太郎搖搖頭，說：

「名字唸顛倒了。」

「你在說什麼！」警視生氣地說。「我看過檔案資料裡的照片。雖然現在的髮型和紀念冊裡的不一樣，可是她們的臉並沒有改變。因為我知道她們的長相，所以才能夠立刻從紀念冊裡找到她們的照片。相信我的眼睛吧！」

「可是，這裡是這樣寫的呀！你看，從左邊數來的第二個是葛見百合子，然後是清原奈津美，和爸爸說的順序相反。」

「借我看看。」

警視不敢置信地抓著紀念冊，仔細地看照片，甚至還拿出老花眼鏡確認列在下面的那排名字。看過了之後，還是帶著懷疑的語氣喃喃地說：

「真的耶！太奇怪了，難道是我記錯了嗎？」

「怎麼了？警視。」柏木已經講完電話，正好在這個時候走過來。

警視面有難色地說：

「喂！你們會不會把被害人與兇手的照片弄錯了？」

「怎麼可能？」

「那你看看這個。這是她們兩個人高中畢業紀念冊裡的照片，你看得出誰是誰嗎？」

警視讓柏木看紀念冊，但是用手遮住名字的部分。柏木很快看了照片一眼，毫不猶豫地指出兩個人的照片，並且和警視一樣，分別唸出她們的名字。

「一目了然嘛！我還記得她們的長相。」柏木的說法和警視剛才的說法一樣。

「我也和你一樣，可是名字相反了。」法月警視以不安的眼神看著柏木，然後放開遮著名字的手。

「真的耶——」柏木皺起眉頭。「會不會是紀念冊上的名字印錯了？」

「不，我不那麼想。」綸太郎插嘴說。「請仔細看看名字的排列方式。這是依姓氏來排列的，按照日文的五十音，從左邊開始的姓氏，第一個字發音分別是樫（KASHI）、葛（KATSU）、清（KI）、近（KO）、齊（SA）。不止這一頁如此，這本紀念冊的照片排列順序不是用男女區分，而是以姓名的發音。也就是說，她們兩個人的照片會擺在一起的原因，並不是她們的感情特別好，而是名字的發音接近的關係。KA在KI的前面，這本畢業紀念冊既然是做成左翻的，所以葛見百合子的照片理所當然會在左邊，也就是在清原奈津美的前面。所以說，印在這裡的名字順序應該是正確無誤的。」

「沒錯！」柏木同意地說。「確實是那樣。」

警視突然站起來，走出清原的房間。過沒多久，他從百合子的房間拿出一本同樣的畢業紀念冊走回來。翻到三年E班的那一頁，與奈津美的畢業紀念冊對照之後，果然兩本是一模一樣的。

「綸太郎。」警視打破令人不舒服的沉默。「這要作何解釋呢？請你說明一下。」

綸太郎一邊思考，一邊回答：

「有一種可能性，不過會顛覆之前的想法——被殺死的人不是清原奈津美，而是葛見百合子。我們視為殺人犯，現在正在逃亡中的葛見百合子，其實是清原奈津美。又或者說，刊登在畢業紀念冊上的照片，在印刷之前就被放反了——也有這樣的可能性。」

「好，我知道了。」警視打起精神，用急促的語氣說：「我收回昨天晚上對你說的話，這個事件似乎不像外表那樣的單純。屍體被毀容的原因，或許就如你說的，是兇手企圖掩人耳目的手法。葛見百合子和清原奈津美在東京共同生活六年半的某一個時候——現在還沒有辦法了解是什麼時候，她們彼此互換名字，我現在不否認有這種可能性了。兇手因為擔心這件事被發現，所以燒毀了被害人的臉。這是合理的想法，怎麼樣？這個推理還合理嗎？」

綸太郎連忙點頭。柏木雙手抱胸，低頭苦思著，一副不願意承認錯誤的樣子。警視好像在提醒什麼似的問他：

「我看到的她們兩個人的照片，是從哪裡來的？」

「從她們任職的公司員工資料簿借來的。因為是分別拿到的，所以應該不會弄錯，而且還分別詢問過她們公司的同事——包括三木達也，也請他們確認過照片上的照片。死者的家屬也——」

「死者的家屬雖然確認過遺體了，但是因為死者的臉部被毀容了，所以認屍時只是形式上敷衍了事而已，在這當中存在著誤認的可能性。為了避免搞錯死者的身分，最好還是再確認一下比較好。還有，除了發佈葛見百合子的照片給各個單位外，最好也加上清原奈津美的照片比較好吧？——不，或許照片是對的，只是把名字換過來就可以了呢？啊，哪一種都可以啦！總之，為了萬無一失，還是把兩個人的名字和照片都發佈出去吧！另外，調查一下三木達也是否做了偽證，或許他是她們兩個人當中某一個人的幫兇也說不定。」

「我覺得沒有這個可能性。不過，查一下也無妨。」

「要不要讓他看看這本畢業紀念冊？」綸太郎提議，「雖然不知道他會有什麼反應，可是我們或許可以從他的反應中，得到釐清目前這種混沌情況的線索。」

「你說得也有道理。那麼，三木那邊就由我和小犬負責，我剛才說的事就請你安排行動吧！還有，也請你聯絡一下她們兩個人的母校，確認製作畢業紀念冊時是否有放錯照片的事情。」

「關於影印日記的事呢？」

「這點當然也要問。千萬不要有任何遺漏。」

8

在起伏平緩的鹿之谷路一角，你化為電線杆的陰影，無聲無息地佇立在那裡。現在是太陽還未升起的早晨，是黑漆漆的東山山巒稜線將在黎明前的天際露出外形的時刻。墨色的空氣包裹著潮濕的冷空氣，徘徊在仍然沉睡中的住宅區，像步哨一樣整齊排列的街燈照亮了冷冷清清的柏油路面。現在唯一在動的東西，就是在帶著蒼白光芒的黑暗天際，飛翔而過的烏鴉群。牠們叼起垃圾收集日時集中在路旁的塑膠袋，扯開袋子，袋裡的腐臭食物和殘渣散落一地。橘色的車頭燈一閃即逝，軀體龐大的貨櫃車佔據了馬路，從你的面前飛馳而過。被車嚇走的烏鴉又飛回來了，還大搖大擺地吃起地上的食物。你覺得最近好像才看過眼前的這種景象。除了你之外，這裡沒有別的人影。尖銳的鳥叫聲從山的那邊傳過來，就像緩緩擴散開來的漣漪一樣，喚醒擁有一百五十萬人口的都市的聲音，從街道的那邊傳了過來。

你隔著馬路，監視著斜對面的民宅大門，那是一棟獨門獨院的和風建築。這棟房子被沿著馬路砌成的石牆圍繞，只露出院子裡高大的松樹和二樓的部分。在石牆的斷裂處設了一道門，上面裝飾著某種仿飾圖案的鐵鑄門緊緊關閉著，門外的燈早就熄了。你的監視行動應該已經超過三十分鐘了，然而你所監視的那扇門一直文風不動。你很有耐性地繼續監視著。

一輛送報紙的摩托車進入你的視線範圍內，但是摩托車沒有停在你監視的房子前面。接著出現的是嘎吱嘎吱的聲音，送另一家報紙的腳踏車出現了，送報生把對摺的報紙塞進信箱裡，他完全沒有望向你的方向，就到下一家去了。你看看手腕上的錶，時間是五點四十分。昨晚雖然一夜沒睡，但你體內的腎上腺素發揮了作用，你的眼神仍然十分清晰，一點睏意也沒有。不久之後，你聽到玄關的門開了又關的聲音，然後你看到人影與門重疊在一起。你屏住呼吸，稍微轉動了身體的方向好轉進死角，讓自己完全緊貼著電線杆。

你用一隻眼睛窺視斜對面。打開鐵門的中年男子來到路上。包括鞋子在內，他全身的衣物都以銀色與黑色統一，瘦瘦高高的身材維持得相當好。不過，仔細一看，就會發現他的小腹微凸；接近完美的明顯五官上，卻隱藏著可以說是放縱、也可以說是軟弱的缺點。起床後梳過的頭髮，現在看起來還是有一點點的不服帖。親眼所見的他與雜誌上的照片或電視螢幕裡的他，表情與神態竟然可以一模一樣，這或許可以說是這個男人的一種才能吧！你嘲諷似的想著。

男人在路上反覆地做了一陣子教科書上的抬腿運動後，發出鞋底摩擦路面的聲音，緩緩開始跑上哲學之道。藏身在電線杆後面的你露出臉來，目送男人的背影消失之後，才靠近男人走出來的房子前面，仔細地看了一下門上的名牌。名牌上刻著：龍膽直巳。你用手指撫摸那個名字，把石頭的粗糙感和冰冷的觸感記憶在腦子裡。接著，你跟隨龍膽，也爬上相同的坡道。

❖

黑夜已經完全結束，疏水道彌漫著早晨的薄霧，透明的陽光射進其邊的散步道。踢著小石子路的聲音相當有節奏地傳進你的耳朵裡。那腳步聲不止一個人，所以不是龍膽的腳步聲。你又躲藏起來了。三個像體育系學生的年輕男子從你的前方跑了過來，等他們經過之後，你才再度露出臉。你討厭踩在小石子上的聲音，所以選擇走鋪著石板的散步道來追趕龍膽。很快地，你看到他的背影了。

龍膽往南禪寺的方向走去。他的速度不快，有心的話很快就可以追上他。但是，你稍微壓抑了這種想法，只是很謹慎地和他保持一定的距離，讓他隨時在你的視線內，此時只有你和他兩個人。龍膽只注意自己的步調，並沒有發現你的存在，也完全沒有回頭。隨著你和他之間的距離接近，你的心跳加速了，衣服下的皮膚因為汗水而變得潮濕起來。這純粹是因為走路的關係嗎？還是情緒即將沸騰的前兆？你自己也無法分辨。只是，隱藏在你心中的那股兇暴之火正在燃燒著，這是十分明確的事。從你口中吐出來的熱氣裡，可以看到一道白色的光。

來到若王子附近後，龍膽的速度減慢，已經完全是平常走路的速度了。哲學之道的終點在南禪寺附近，沿著疏水道的堤防邊有簡易的遊戲器材和石凳子，看起來就像一個小公園。龍膽到了那裡，便坐在石椅子上，呼了一口氣後，拿起毛巾擦拭臉上的汗水。從他的動作看來，可以明白這是他習慣性的休息。龍膽很輕鬆，完全是沒有防備的狀態。你看了看四周，確定附近沒有別人後，便慢慢地、若無其事地靠近他坐的石凳子。你一邊按捺不斷在腹內翻滾、無處宣洩的憤怒，一邊問道：

「你是小說家龍膽老師嗎？」

「是。」龍膽對被人認出之事，似乎有點得意。他點點頭，以愉快的口氣反問：「你是學生嗎？」

「嗯。」你裝出對他很感興趣的樣子，一步步靠近他。「我常看你寫的散文和短篇小說。」

「謝謝，謝謝捧場。」

「每一期的《VISAGE》上，都有你的連載短篇小說。」

「啊？對啊！那本雜誌原本好像是化妝品公司的宣傳刊物，容我不客氣地說，那本雜誌根本和文藝扯不上關係。但是他們編輯部的人非常誠懇地來邀稿，說一定要刊登我的作品。不過，那算是女性雜誌，想不到你也會看。」

「因為我認識那本雜誌的編輯。」

「你認識清原小姐？」這句話說出口的同時，他好像想到什麼不愉快的事情似的，臉上立刻浮現遺憾的神情。「那個——真的不知道該怎麼說，她實在很可憐。事情發生得太突然了，一個好好的人就這樣走了。我覺得很遺憾。」

你搖搖頭，站在龍膽的正前方，然後從上俯瞰著他，劈頭就說：

「不對。她的名字是葛見百合子，她說承蒙你照顧了。」

龍膽一臉錯愕，搖著頭問：

「——你剛才說的是誰？」

你沒有回答。不斷湧現的激動情緒再也控制不住。你揪住他身上慢跑服的衣領，把他拉向自己，然後舉起右拳，不假思索地揮向他的臉。

「啊！你要做什麼？」

對方說了什麼你完全聽不到。拳頭落下的沉重聲響讓憤怒的火焰燃燒得更旺盛，你的第二拳、第三拳接續打在他的臉上。龍膽因為拳擊的衝擊力而左右搖擺著，他的腦袋呈現一片空白，只是呆呆地看著你。他雙手下垂，沒有採取任何防禦的姿勢。你在心裡吶喊：就算你這傢伙到現在還不明白是怎麼一回事，也別想隱瞞自己的罪惡；現在加諸在你這傢伙身上的，是你對她做的事的應得報應。龍膽的臉頰已經腫脹、腰已抬不起來，你抬起膝蓋撞向他的心窩。他發出苦悶的呻吟聲，雙手按著腹部，想要蹲下去，可是你一腳踢出，讓他的身體整個倒在地面上。你自己也不知道何時身手變得如此敏捷了。

「——饒了我、饒了我。你一定誤會什麼了！」

龍膽用雙手護頭，臉朝地面，淚流不止地哀求著你。他流鼻血了，多麼醜陋的姿態呀！這種男人！一定要讓他知道你的厲害！你的鞋底踩著他的頭，讓他的臉貼在地面上，讓他的嘴巴裡塞滿泥土，哭不出聲音。露出像蛆一樣的醜陋姿態的人，就是龍膽直巳，這是最適合這個傢伙的姿態。你的腳尖踢著龍膽露在外的腹部和胸部。這時龍膽才好像終於想要保護自己似的，弓起了身體，讓自己縮成一團，像馬陸一樣。可是你不管他是何種姿勢，仍然繼續踢他的側腹、腳、背。你毫不留情地用腳尖踢他，用腳跟踩他。龍膽胡亂地掙扎著，他倒在泥土地上痛苦地呻吟，慢跑服上已經滿是泥沙。

你的身體一直在發熱，並且愈燒愈旺，好像要把體內的火焰燃燒殆盡才甘心似的。被燒焦的心只能以暴力的形式來尋找發洩熱度的出口。只有看到龍膽掙扎與痛苦扭動的樣子，才能讓你獲得短暫的慰藉。雖然汗水流入了你的眼中，你也毫不在意地繼續踢，一點也不留情地踢。龍膽已經動也不動了，也不再發出痛苦的呻吟聲了。他失去意識了嗎？就算他已經失去意識了，你也不想停下來。單方面一味施加暴力的你的醜陋模樣，老實說並沒有比龍膽好看。可是，除了這麼做之外，你不知道你還能做什麼。

終於，你心中的火焰似乎快要燃燒完畢了。你冷靜下來，心中的怒火退潮了。你就像退潮後被獨自留在沙灘上的沙子，站著不動。你聳動著肩膀喘氣，好像被異物附身的身體仍然在發燙。你以手臂擦拭臉上的汗水，眼睛往下看著地面。龍膽失去意識，他的臉腫了，全身到處是瘀青，某些部位偶爾還會痙攣地抽動幾下。你對這樣的他一點悲憐之情也沒有，只是想著：還沒有死吧？誰會想要你這種人的命呢？等你恢復意識時，好好想一下為什麼會遭到這種對待吧！

你用手帕擦掉沾在手上的鼻血，再一次做了深呼吸，然後突然覺得累了。樹梢上小鳥的叫聲傳進你的耳朵裡。從疏水道那一邊吹過來的晨風，刺激了你微微出汗的皮膚，你覺得冷了，身體不自覺地開始顫抖。不能一直留在這裡，因為你聽到坡道那邊傳來腳步聲。你裝作若無其事的樣子，朝著腳步聲的反方向，慢慢地走著。現在的感覺只有疲累和睏倦。你想忘掉一切，想好好地睡一覺。

9

茹貝兒化妝品的總部位於銀座六丁目熱鬧的並木大街上，即使在這條擁擠的大街上，仍然是一棟外觀十分豪華的建築。它是業界排名前五名的知名公司，正面看起來很壯觀，一踏入建築物的內部，馬上就可以看到挑高的會客大廳。大廳以螺旋與曼陀羅花為主要設計，牆壁和柱子是由色彩鮮豔的條紋石打造而成，每個角落都細心地表現出後現代的優雅趣味。從數年前開始，玩弄這種裝模作樣的裝飾、把屬性不同的事物混搭使用的折衷主義，變得很受歡迎。

沒錯，一九八〇年代，正是化妝品公司宣傳部的黃金年代，為了展示新產品而千挑萬選出來的宣傳部職員們，可以說個個都是走在炫麗時代尖端的人。市面上的口紅、粉餅、化妝水不斷推陳出新，他們的腦子也時時刻刻都在進化，利用種種戰略與人的潛意識，撩撥消費者的幻想模式，將生產＝勞動中心社會，轉移成生產＝消費中心社會。就像布希亞❾早已看穿的社會現象一樣：高度資本主義已經進入了新的局面。八〇年代後半，化妝品公司的年營業額曾經高達一兆日圓。可是，那不是什麼可喜可賀的事情，因為一兆日圓只是在玩數字遊戲。日本的國內市場已經成熟，消費者的需求也達到飽和的狀態，無法再有高度經濟成長期時，「東西製作出來，就可以銷售」的期待。消費者的意識改變了，在價值觀多樣化與個性化的成熟市場裡，以小眾購買層為目標的市場競爭變得愈來愈激烈。在石油危機後的低經濟成長時期裡，首先反應出這種變化的，就是靠著虛榮心成長的化妝品行業，這種情況一點也不足為奇。另外，從化妝品與廣告無法切割的關係看來，會有這種情況也是理所當然的事。

成本神話結束了，「附加價值」成為最重要的字眼。在白熱化的研究開發競爭下，化妝品業界也引用了最先進的生物科技、高精密陶瓷等等令人瞠目結舌的技術，發明了生物透明質酸、鈦白的薄片板狀化、高純度絹絲粉粒子、多重乳霜、微膠囊技術、中空多孔球狀粉末、多機能性新蛋白質・ＰＭ……等等最新的高科技產品。然而，消費者對這些新產品到底了解多少？恐怕是一點也不明白吧！新素材、新技術不斷開發進步的結果，造成各家廠商的商品本身的效果愈來愈不明顯，看不出有什麼太大的區別，最後只能靠色彩的些微差距來左右業績。即使是集合了尖端科技精華的生物新素材，一旦離開了研究室，也只能靠新奇的宣傳文句來吸引大眾的注意，而那些新商品的名字，則像是一連串莫名其妙的魔法咒語。根本沒有人在意白天和夜晚分開使用的粉底成分比率如何，或保濕能力有什麼的不同。

❾布希亞（Jean Baudrillard），法國哲學家、社會學家。

新商品最重要的事就是命名，因為商品的名字通常可以決定市場的佔有率。最佳的名字是聽起來響亮，其中包含某種意思，雖然聽不太習慣，但會給人新鮮感、容易記憶的名字。總之商品名的好壞，關係著銷售的結果。於是，撰寫文案的高手們便把聽不習慣的外國用語，拼拼湊湊地創造出一個又一個讓人迷惑的橫行文字，變成了商品的名稱。就像賦予我們名字的就是我們的父母一樣，撰寫文案的高手們賦予沒有靈魂的商品名字，讓消費者對商品有概念，讓商品擁有生命，他們可以說是商品的父母。被賦予概念製造出來的商品，以大眾的潛在欲望為糧食，逐漸成長。可是，它是比小孩子更貪吃的「生物」，永遠也沒有飽腹的感覺，而且發育速度快得驚人，才學會了走路，馬上就變成一個大人。就像潤絲精才發明出來，馬上就可以與洗髮精合而為一，讓消費者在匆忙的早晨，也可以快速地整理好頭髮出門。

化妝品業界每年都會開發出三千到四千種新產品、新顏色，這些商品都會被送到市面上。春天有口紅，夏天有粉底，秋天有重點化妝，冬天是基礎保養品。每個季節都以新的產品為中心，賦予一個新的促銷活動主題，再為商品找到一個最適合的角色，然後展開轟轟烈烈的推銷活動。廣告的製作費用沒有上限，在起用人氣偶像明星做廣告代言人的同時，演藝經紀公司也會乘機暗中佈局，讓默默無名的新人在十五秒的廣告裡成為明星，同時配合廣告推出歌曲，讓廣告歌一躍成為排行榜上的熱門歌曲。利用多種媒體，讓一件商品在全國各地同時造勢，這種宣傳造勢的成果，可以從線上的市場調查數字看出來。腦筋靈活的宣傳團隊就會依據調查出來的數字，利用電腦開始構思下一個年度的宣傳戰略，一刻也不容遲緩地創造出新的感性仙境。只要大家都用相同的速度在競爭，你的相對速度就等於零。各位！停止不動不等於維持現狀，而是馬上被拋到後方。流行的趨勢不可能自己從天上掉下來，必須靠我們的雙手去開創出來。男人為什麼不能化妝？不，對男性而言，化妝不正表示對自我的最後解放嗎？商品是否賣得出去，和是否能夠準確地洞察市場未來的走向息息相關。如果能夠潛意識地以市場動態為前提，那麼即便只是一件複製的商品，也有行銷整個世界的可能性。商品賣不賣不在商品本身，而是你創造出來的未來能否打動消費者的心。商品是否能在市場上存活的前提，就是盛大的推銷活動。隨著情報科技的超級進化，不久之後，比實物更加精巧的虛擬物品就會打敗所有的東西吧！到那個時候，廣告業就可以擺脫實物商品的束縛，確立「為了宣傳而宣傳」的宣傳模式了！

不良價值相對主義的蔓延，是虛無主義在世紀末併發的自閉性貧血症？不，不是那樣的。那是完全的自由感性王國，不管價值體系如何地面目全非，也不能詆毀廣告的價值。廣告本身雖然不具任何價值性的任務，但當它被賦予了流通情報的任務後，就擁有了操作各種價值的權力。請名位相信自己的感性吧！在未來的新世紀裡、在超級資本主義的黃金時代裡，浮游在媒體網路上的情報，將會成為世界經濟的唯一的貨幣。全方位溝通的千年王國因為多媒體的出現而誕生了，而我們之中的某一個人，將是真正的趨勢領導者。這個人會支配、領導著等待神諭的大眾——不，是全世界。

或許有人會說這是毫無根據的誇大妄想。可是，沒多久以前，人們不是還爭先恐後地參加這個感性王國的建設，並且囫圇吞棗地全盤接受那種理論嗎？不過是個人某一種屬性的「感性」，卻被過度評價為可以左右時代的要件；廣告等於「文化」的謬誤，被當作是一般常識來散佈。「走在時代尖端」的樂天幻想，讓人好像患了舞蹈症一樣不自覺地手舞足蹈。八〇年代就是那樣的時代。

但是，現在是不能只靠廣告賣東西的時代。不只化妝品如此，這種情形不管在哪裡都一樣，這已經是一種常識了。泡沫經濟崩潰的時候，人們勒緊自己的荷包的原因，是因為未來的景氣混沌不明的關係？還是因為大家已經發現到小人國的格列佛，其實就是「國王的新衣」裡沒有穿衣服的國王？不管媒體變得多麼先進、多麼具有煽動力，也難以吸引體驗過所有事、經驗豐富的大眾了。可以讓大眾隨著笛子的聲音起舞，然後再創潮流的事情，已經找不到了，而且今後也不會存在著那樣的文化。大眾已經沒有新的要求或需要了。推出商品的一方與其使用媒體創造話題，還不如好好反省商品的本質與真實性，而購買的一方也要從緊繃的時代感中放鬆心情，名牌不再是名牌，一切的消費行為將回歸到基本面。曾經那樣紛擾不安的波斯灣戰爭也已經過去了，這個時代處於一切都停滯了的狀態。再這樣繼續下去，九〇年代不會發生什麼事，也不需要發生什麼事，半舊不新的事物將在世界最大、最富饒的時代裡復甦，讓這個時代變成無趣的時代。真的會變成那樣嗎？宣傳部的人們只能嘆氣低喃著：「找不到出口——」

❖

因為花了不少時間在外面停車，所以進入大樓時已經是下午兩點了。由於一樓的層面是開放式的活動場所兼展覽室，所以人來人往相當熱鬧，但也因此顯得嘈雜，四周的氣氛有些浮躁。綸太郎和父親並肩走上位於大廳中央的電扶梯時，聽到不知從哪裡傳來的水流聲，水流聲中還夾雜著啁啾的鳥啼。他本以為自己產生幻聽，於是轉頭環視整座挑高的大廳，終於理解自己為什麼會聽到那樣的聲音。好像象徵這個業界突然湧現的生態熱潮般，不知錄自南美洲還是某個密林的自然界聲音，透過擴音器傳遍了整個大廳。可是，氯氟烴❿不是被禁止使用了嗎？把防紫外線當作賣點的營利企業和現在以保護環境為主題的言論，不是互相矛盾嗎？算了，與其討論這個，還不如留意這股生態熱潮到底能夠持續多久。

沿著二樓的牆壁，設置了一張很像飯店寄物處的接待桌。接待小姐的臉上掛著微笑，她的皮膚白皙透明，似乎無法對自己公司的產品作出貢獻。這樣的女性擺在這樣的地方，可以說是適才適用吧！這裡的人事部長想必也很喜歡她的酒窩。她的領口打著藍色蝴蝶結，制服的腰帶凸顯了胸部的線條，看起來更顯豐滿。法月警視讓抱著公事包的綸太郎跟在他的後面，走到接待桌前，說出想要找的人的單位與名字。

「請幫我找出版文化事業部的三木。」接待小姐看了看隱藏在接待桌下的內線電話表，然後以口齒清晰的女低音回答：「對不起，請問您是哪位？和三木先生約好了嗎？」

警視斜視旁邊一下，然後以非常熟練的手勢露出自己的警察手冊。不過，看不出接待小姐有因此而吃驚的表情。她好像非常了解似的點點頭，沒有再問多餘的問題。

「我是警視廳搜查一課的法月。」警視報了自己的名號。「剛才我和他本人通過電話了。」

「知道了，煩請稍候。」

❿ Chlorofluorocarbon (CFC)，即破壞臭氧層的主要元兇。

接待小姐打開內部對講機的開關，按了出版文化事業部的號碼。綸太郎對接待小姐的應對感到十分佩服，他的視線越過父親的肩膀，目不轉睛地看著接待桌的後面，拿著聽筒的手指線條非常優美。簡潔地對答之後，她按掉內部對講機，視線又回到警視的身上。

「請稍候。三木馬上就會下來了，請到那邊等一下。」她說話的時候不僅臉上仍然維持著笑容，還以優雅的手勢指著同一個樓層的電梯前面。那邊的大理石地板上，對稱地排放著接待客人用的沙發。

警視道謝之後，便離開接待桌前。可是綸太郎見沒有其他的訪客，就依舊站在接待桌的前面。接待小姐好像終於發現他的存在般，再一次露出笑容。不過，這次的笑容好像比之前的稍微草率了些。綸太郎知道自己被輕視了，但他還是用手肘支著桌面，直率地笑著說：

「嗨！」

「還有什麼事嗎？刑警先生。」

「也沒有什麼事。妳可以在三木先生下來之前的這段時間裡，稍微陪我聊聊天嗎？」

「很抱歉，公司規定上班時間不可以有私人的聊天行為。」

看起來她好像很習慣被人這樣搭訕，所以一臉正經地說著。綸太郎雖然露出苦笑，可是並不退縮，還貫徹了假刑警的身分說：

「太遺憾了。既然如此，那我就問一下和案情有關的事情吧！這可不是私人的閒聊，是職務上的談話。關於那件命案，我想問妳幾件事。」

「問我？」

「對，問妳。」

接待小姐好像吃了一驚似的，臉上露出不知所以然的表情，那是既警戒又好奇的表情，結果好像是後者獲勝了。或許是她此刻的心情很好，也或許是接待小姐這個工作雖然外表看似光鮮亮麗，其實做的淨是些無聊的例行性工作。當她再度開口時，話語裡已經不見八股的敬語詞態。

「你所說的那件命案，是指出版文化事業部的清原小姐被殺死的事吧？從這個星期一開始，北澤署已經來問過很多次話了，每次我都在場，可是今天是我第一次被問話。我想我不至於被懷疑是兇手吧？你到底想問什麼？」

「公司內部的謠言。」綸太郎笑嘻嘻地，好像要說悄悄話似的湊近她的臉。「聽說大公司的接待小姐是全公司消息最靈通的人，公司所有員工的流言蜚語幾乎都會傳到接待小姐那裡。這次的命案連媒體都非常注意，想必妳一定聽到和這件命案有關的什麼閒言閒語吧？」

「原來是這樣呀！不過，刑警先生，你這麼靠近我，我覺得不太舒服。你的臉能不能離開一點？因為有大蒜味。」

綸太郎想起昨天的晚餐菜單，於是立刻後退了五十公分左右。接待小姐卸下笑嘻嘻的面具，壓低了聲音，以充滿懷疑的口氣說：

「兇手不就是和死者住在一起的女人嗎？電視上也是這麼說的。既然如此，就和公司沒有關係，為什麼現在還要來抓三木？」

「不是抓，只是來確認之前沒有問清楚的事情。」

「噢。」接待小姐稍微偏了偏頭，繼續說：「聽說好像發生了三角關係，感覺好像很複雜呢！清原小姐和三木先生的未婚妻好像從高中時代就有曖昧關係，而三木先生又同時對她們腳踏兩條船——」

「為了維護死者的名譽，我要先說明一下，她們兩人並沒有『曖昧關係』，那是電視台捕風捉影的謠傳。倒是三木腳踏兩條船這件事值得注意。他真的瞞著未婚妻，和清原小姐交往嗎？」

「不知道。雖然大家那麼說，但是我跟他們兩人並不熟，我也是聽說的。」接待小姐說。

這是進入主題之前的開場白。

「意思就是真的有那樣的謠傳。」

「謠傳是從命案發生前不久開始的。」

「嗯。那麼，謠傳的具體內容是什麼？」

「據說最近公司裡有很多人看到三本去找清原說話。這種事情傳來傳去之後，就演變成他們兩個人在交往，聽說有同事看到他們在茶水間或是下班時間裡談到『以前發生過什麼事』之類的話。不過，就算有人看到他們在一起講話，也不能斷定他們兩個人在交往。畢竟自己的同事是情人的好朋友，關係難免會比一般同事好一點，如果這種情形又被第三者看到，便難免會傳出那種流言，搞不好他們本人根本沒有那種關係呢！謠言本身的可信度本來就不高，可是，一旦聽過謠言之後，又看到了他們在一起講話，可信度就變高了。女生就是這樣，會特別注意可疑的地方。」

她好像忘了自己也是女生似的。

「目擊者說那是事實，但是清原小姐對這種說法的反應如何？和辦公室的同事們相處在一起的時間，原本就比和情人相處在一起的時間長。如果好朋友的男友突然對自己表示好感，應該不會被打動吧？」

「關於這一點有兩種說法。」從她的口氣聽起來，她好像很享受現在這個身分似的。「有一種說法是：其實清原小姐的內心裡也有那種感覺，所以一下就被三木先生說服，馬上就同意和他交往了。可是，這種情形很快就會被好朋友發現，所以才會演變成殺人案件。不過，這種說法是對內情不甚了解的人說的，他們在發生命案後隨口如此猜測，所以不太能夠相信。另一種說法是：不管三木先生如何追求，清原小姐都很乾脆地拒絕了。清原小姐拒絕三木先生的理由當然是因為他是好朋友的男友。除了這個理由外，還有一個三木完全不知道的理由——對了，女生們一致認為三木是一個很遲鈍的人——因為事實上，清原小姐已經有交往中的人了，而且和那個男人還是『那種關係』。」

「哪種關係？」

接待小姐裝模作樣地消音，只用嘴唇的形狀表示：不．倫．戀．情。

「不倫戀情？對方是公司內的人嗎？」

「不是，不是，因為如果是在公司內發生不倫戀情的話，就不難知道那個人是誰了。刑警先生，不要小看辦公室裡女性職員的特殊網絡喔！」

「但是，不倫戀情是所有謠傳中最曖昧的吧？如果連對手是誰都不知道的話，怎麼能肯定是不倫戀情呢？」

「哎呀！刑警先生，是你自己說想聽謠傳的。」她以稍微焦急的態度暗示著。「所謂無風不起浪，不是嗎？雖然不明顯，但是一點一點累積起來後，就會變成重要的根據呢！」

「到底是怎樣的不倫戀情？」

接待小姐露出「耳朵借一下」的手勢。這是要說到問題核心的儀式，綸太郎屏息把臉靠過去。散發出淡淡薄荷香的她悄聲說道：

「這件事和三木先生完全無關，是屬於清原小姐的最高機密。聽說和清原小姐發生不倫戀情的人並不是住在東京，而是住在她經常出差的京都。有一種說法是：那個人的知名度相當高——」

話說到這裡，接待小姐突然住嘴了。她挺直背脊，恢復成工作中的模式。於是綸太郎也退後一步，不再靠著桌子，然後說：

「怎麼了？」

綸太郎問了，但是她並沒有回答，頭也沒有動，只是以眼睛示意著電梯的方向。有兩個男人從電梯裡出來，電梯門正好在這個時候關起來。兩個男人中，有一個似乎和綸太郎同年齡，看起來很平凡；另外一個男人大約是四十歲左右，有點斜視，好像是難纏的管理級人物。他們兩人停下腳步，斜視的四十歲男人環視著大廳裡的情況，確認了法月警視後，又把目光移到綸太郎這邊，好像在詢問身分似的看著接待小姐。接待小姐點了點頭。看到那兩個人走向前，綸太郎小聲發問：

「年輕的那個就是謠傳中的劈腿男吧！另外一個人是誰？」

「峰岸先生，他是《VISAGE》的副總編輯。」

綸太郎離開接待桌，若無其事地往父親的位置走去。大概認為下來後會花相當多的時間，而且不知道還會問什麼事情，所以才會由上司陪著下來吧！綸太郎和警視會合，與三木、峰岸打過官樣招呼後，就像以往一樣，扮演法月警視的無名部下。

峰岸認為大廳的人太多了，所以提議換個地方說話，說附近有一家經常和客人討論工作的咖啡廳。他的語氣很謙虛，好像是在拜託、請求，其實態度卻強硬得讓人無法拒絕，果然是一個厲害的人物。綸太郎父子依從他的提議，離開大廳，兩兩乘著電扶梯下樓。警視壓低音量，以不讓在前面那兩個人聽到的音量問：

「你剛才和接待小姐說什麼？」

「我在蒐集謠言。」綸太郎說著，還眨了一隻眼睛。他突然想到沒有問那位接待小姐的名字，急忙回頭時，只能看到電扶梯的頂部了。

10

……最寂寞的時刻，就是天將亮之前，一個人獨處的數小時。不過，那個時間裡除了寂寞的感覺外，你還被一個更強烈的情感俘虜了。你感到自己被孤立於世界之外，身邊沒有一個可以信賴的談話對象，無法理解的恐懼感和難以忍受的罪惡感折磨著你，可是你一點辦法也沒有，就是不知道怎麼從這樣的桎梏中解脫。你很想乾脆地阻絕這個惡性循環的源頭，讓二宮良明從這個世界上消失，但是你並不認為那樣是最快速的解決之道，似乎也不是唯一的合理手段。

當然，對於今天以前所作出的結論，你已數次嘗試著想要抵抗了。可是，現在回想起來，那些抵抗都是無謂的掙扎。你是醒著的，不，正因為是醒著的，所以逃避不了相同的惡夢。到昨天為止，已經度過幾次這樣漫長的夜了。像被召集去參與沒有退路的無止盡戰爭的士兵一樣，被剝奪了睡眠的你所發出的求救悲鳴聲，也因為距離遙遠而消失在空氣之中。疲憊讓你失去求援的力量，你連手、腳也舉不起來，只能在迎接早晨來臨時，詛咒自己的懦弱。為什麼別人可以無動於衷地過日子呢？不過，這樣的煩悶到今天就要結束了，因為你再也不會迎接黎明的到來了。

你孤零零地坐在看不到外物形體的黑暗之中。在連一盞燈也沒有的漆黑中，你抱著膝蓋，聽著自己的呼吸聲。時間一分一秒地過去，你維持這個姿勢很久了。你不怨恨誰，也不責備自己，只是無事可做地等待時間流逝。這裡已經沒有任何事物可以挽留你了，可以不必再過著悲嘆的日子了。想到這一點，你就覺得安心，再也沒有一種想法更能撫慰受傷的心靈。

到底經過多久了呢？天空開始泛出白光，白光的亮度逐漸在增強，房間裡的物件形體在黑暗中浮現出來了。白色藥袋凹凹凸凸的，像被掏出內臟的魚一樣被放在桌子上。拂曉的微光透過窗簾射入室內，但是室內依然是昏暗的，你的輪廓模模糊糊的，看不清全貌。你好像要從深淵裡爬出來一樣地直立起身體，赤足走到水槽前。水槽裡放著已經好幾天沒有洗的玻璃杯。你從水槽裡拿起一只杯子，打開自來水的水龍頭裝滿一杯水，然後轉身走回原來的位置，把水杯放在桌角。接著，你打開藥袋，拿出藥丸。

一天吃一顆藥，不可以超過，這是醫生對你說的話。這裡的藥有剛拿到的兩個星期份的藥，和從上個星期開始就故意不吃而留下來的藥。你用手指把三星期份的藥丸從包裝裡一一剝出來，放進杯中的水裡。把藥丸剝出來的動作，很像在捏防震的塑膠泡泡紙上的泡泡。雖然水溢出來了，你仍然把所有的藥都放進水杯裡，然後拿起杯子，毫不猶豫地喝下去。只要忍耐住藥丸卡在喉嚨裡的痛苦，不要把藥丸吐出來，以後就什麼事也沒有了。

什麼事也沒有了。

沒有遺憾的事了。

你把已經空了的杯子放回桌上後，便直接仰躺在地板上。你的兩隻手相疊在腹部上面，然後好像要把滲入房裡的晨光從自己的眼中拔出去一樣，慢慢閉上眼睛。

安靜。

你專注傾聽著自己深呼吸的聲音，沒有感覺到恐懼，也沒有感覺到幻滅，只是靜靜地等待睡意漲滿的時刻……

——不對。

你因為自己的叫聲而醒來。那是夢。在睡眠中醒著的人不是你。可是，你仍然在黑暗的深處。物體的形態黑黝黝地看不清楚輪廓，一坨坨的沉在彷彿深海的黑暗中。和夢中一樣的是，你仰躺在地板上；和夢中不一樣的是，你覺得呼吸困難，全身冒汗，像病人一樣全身發抖。

你很惶恐。剛才作的夢並不是第一次夢到的。你總是從同樣的場面開始，在同樣的地方醒來。你非常清楚地記得以前反覆作過的夢。那時幾乎每天晚上都會陷入相同的夢魘，但是已經有一段時間沒有再作那個夢了。你被不安追趕著，雖然已經醒來了，卻覺得好像還在夢中，心臟劇烈地跳動著。只是，那樣的不安和夢是不一樣的，這也是你還活著的證明。你站起來，好像在玩抓鬼遊戲似的，手在空中摸索著，然後終於打開了電燈。光芒瞬間充滿了室內，你有點暈眩地揉揉眼睛。

看看時鐘，你明白現在不是黎明前的時間，而是接近黑夜的時刻。你是在白天睡著的，並且睡得很熟。整整半天，你像死了一樣地沉睡著。不安像鬼魅一樣緊纏著你，你在房間裡來來回回走著。不對、不對、不對。你一次又一次地喃喃說著相同的話。但是，到底是什麼不對呢？「不對」這兩個字的後面，還跟著「為什麼」三個字的問句。為什麼？為什麼？為什麼？你像口吃一樣，毫無意義地反覆唸著咒語般的幾個字，也不知道到底在問誰。

你把手伸向書架，但並不是想拿哪一本特定的書，只想隨意抽出一本書來看就可以了。你隨意打開書，站著就開始閱讀。你就像飢渴的海洋般，急著隱藏荒涼的虛無感。好幾年前，你也曾陷過自殺的夢魘，經常在深夜裡驚醒，那個時候你就是使用這種方式，來熬過波濤洶湧的不安。

……在反覆的思考之中，如果「所有的一切都在我們之中」是不能否定的，那麼，沒有比假設「我們不過是我們自己的一部分」這個方法，更能說明一直與活著的我們共同存在的「限定感」了。這樣就能把在直線彼方的你的信仰引導出來了吧！只是，在這裡的「你」把「純粹的」自我放在對立的位置上了，這種對立不是指人類與人類對立，或人類不能與動物或石頭對立，而是一種「對自我」（Gegen-Ich）的對立。更進一步地說，這是對「原自我」（Ur-Ich）信仰的密切連結。正是這個「原自我」為哲學奠定了基礎。哲學的所有弧度全交會在這一點上。因此，從哲學觀點來看的話，在我們的自我對「原自我」的關係裡，也包含著「對自我」的關係。自我這種東西，同時是你、是他，也是我們。

變成這樣的話，自我外部的「非我」（Nicht-Ich）就完全不存在了。因為和上述的事情完全不相容，所以這裡不討論非我……

難懂的哲學用語與艱澀的翻譯文體，好不容易讓你的心情平靜了。這是菲德烈．施萊格爾（Friedrich von Schlegel）的《哲學的發展　作為意識理論的心理學》，第一章「直觀的理論」的內容，是他在一八〇四年到一八〇五年於科隆大學授課時的文學講義的一部分。

菲德烈．施萊格爾是跨越德國浪漫派和以歌德或席勒的「狂飆運動」⓫的德國文學史裡的時代理論指導者。在所謂「初期浪漫派」的耶拿時代（一七九七年到一八〇四年），他所建立的「浪漫性的反諷」理論，很明顯地受到菲希特（J. G. Fichte）的知識學影響。你正在大學的研究所裡作論文，正準備詳細地討論這個影響的過程。

費希特是建構出極致的德國觀念論的哲學家，他把康德的認識論中最後無法達成的「物自體」變化，放在認識主體的「自我」的絕對性上。根據費希特的主張：把自我、理想與無限的努

⓫十八世紀晚期德國的文學運動，提倡自然、感情和個人主義，力圖推翻啟蒙運動所崇尚的理性主義。

力，放在純粹自我的絕對性上後，可以理論上地結合在一起。這些要素結合在一起，並且在無限性與有限性之間往來作交替運動，就是「構想力的能力」。

當然，在現實經驗的所有情況裡，有限的自我受到現實世界的制約，無法在短時間內與無限的絕對自我合而為一。因為這樣的限制，朝向理想的自我努力——只能像康德說的那樣，除了無限的義務外，沒有別的了。可是，所有的現實經驗都源自於絕對自我的事先自我規定，每次有限自我的活動，都會有創造自我的作用，就算自己實際上沒有注意到那樣的作用，那個作用毫無疑問還是存在的——哲學家藉著那樣的知性直覺，認識、自覺到自己在那個自我中的絕對自我。因此對有限的自我來說，在那個無限努力的盡頭是手碰觸不到的終點，但卻是源自那個出發點而來的結果，而每個瞬間的「漂浮在兩個相互衝擊的方向之間」，也就是在「構想力的能力」之交替運動中，所有的一切都被達成了。

施格萊爾提倡的浪漫性反諷，就是這種交替運動的另一種說法。對哲學家來說，那是知性的直覺；但是對藝術家來說，反諷是詩人創造文學世界時的美好構想能力，也可以說是「幻想曲」。對施格萊爾來說，浪漫主義文學不是幻想每次帶來的片段作品，而是超越片段，朝向一個完整作品的「發展性的文語體文學」：「不要拘泥於它到底是實際的關心還是理念的關心，只要乘著文學的反省之翼，在被描寫的對象與描寫者的主體之間徘徊，反省就能像面對面的兩面鏡子互照一樣，一次又一次地互乘出無限的影像。」（出自『雅典娜殘片』）。因此，那是「超越體裁的體裁，是所謂的文學能夠達到的唯一文學體裁」。

而且，即使是反諷的作品，也只不過是被拘束的東西。藉著這種遊戲，否定「自我模仿的滑稽作品」和「被反覆思考的偽裝」，以這樣的姿態來嘲弄一切，「感覺高高在上」地把自身置於一切之上。所謂「超越論的喜歌劇⑫」，就是這樣做出來的東西——

兩個相爭不下的思考，不斷產生相互的交替運動。然後，你不得不翻開她的日記。

為什麼？為什麼？為什麼？你一邊看日記，一邊漫無目標地反覆自問。這樣的發問來得太晚了。故事的最後，最後的最後，你又活下來了。像付出代價一樣，你必須每天漂浮在無眠的黑夜深淵，接受惡夢的夢魘。你這麼想著。

——只是，你總有一天會習慣這種生活，就像以前一樣。

11

一到外面，從前面的步道往北走，隔著兩棟樓的出租大樓二樓掛著「梅西」的招牌。峰岸進入店內，以下巴指示出來迎接的女服務生。女服務生會意地帶著他們四人走到以牆壁區隔出來的包廂。峰岸點了四杯咖啡後，服務生便離開了。比起來，三木似乎更在意坐在身旁的上司，而不是那麼在意法月警視和綸太郎，感覺三木似乎顯得很渺小。

「三木先生，我們就直話直說吧！」警視好像要在峰岸掌握主導權前先發制人似的。「我想借用你的眼睛確認一件事。」

⑫喜歌劇指的是前古典主義時期在義大利出現的一種新型歌劇。劇本的故事多以現實題材改編，常對劇中人物進行諷刺。

「是。」三木含糊地低聲回答，不安地扭動身體。

警視打開公事包，拿出從陽光露台雙海的被害人（清原奈津美？）的房間裡借來的福井高中畢業紀念冊，他翻到三年E班那一頁，再遞到三木的面前。

「這是清原小姐的高中畢業紀念冊。」警視說明道。「失蹤的葛見百合子房裡，也有相同的畢業紀念冊。你以前看過嗎？」

「沒有。這個畢業紀念冊怎麼了嗎？」

「你知道她們兩個人是同班同學吧！你能從這裡面的照片分辨出她們嗎？我想請你確認一下她們的照片與名字。」

三木雖然露出不明所以的表情，卻還是點了點頭，然後猶豫地看著畢業紀念冊。不過，那位斜視的上司卻不甘寂寞，不請自來地從旁湊近過來，比三木早一步找到被殺死的部屬臉孔。他伸出手指，指著葛見百合子的名字，然後一臉訝異地抬頭對警視說：

「和旁邊的人的名字弄錯了。這應該是校對時的疏忽吧！清原的照片應該放在這邊才對。她和學生時代長得一模一樣。」

「名字沒有弄錯。」警視淡淡地說。「請你看看前後的名字，從左到右，名字是按照日文的五十音來排列的。」

峰岸嘴裡唸唸有詞地唸出好幾個名字後，臉上滿是不解的神色。

「真的耶！這是怎麼一回事？按照這本紀念冊上面的名字排列，『葛見百合子』才是清原這張照片的名字，這表示清原沒有使用真實的名字，是嗎？」

「現在還不能斷言。不過，如果把死者被毀容也考慮進去的話——」

「不可能！因為我們公司採用新人時，人事部都會作身分確認，所以不可能弄錯。只是，怎麼會這樣呢？三木，你知道這是怎麼一回事嗎？」

三木心不在焉地依舊垂著頭，沒有馬上回答。發現兩個人的名字和照片放反的時候，最初他確實有驚訝的反應，但是似乎心裡有底似的，皺著眉頭想了一會兒後，才「啊」了一聲。

「不，名字沒有錯，只是照片放錯了。」三木很有自信地說。「我曾經聽清原說過。之前我們的雜誌也發生過跨頁的照片放錯位置的情況，因為來不及改，所以那一期的雜誌只好就那樣上市了。清原在那個時候發過牢騷，說自己很倒楣，高中的畢業紀念冊也發生類似的情形。」

「照片放錯位置？」綸太郎和父親面面相覷，並且和峰岸異口同聲地說：「怎麼會有這種事？」

「是真的嗎？」警視說。「高中的畢業紀念冊代表青春時期的記憶，是一個人一輩子的紀念品，誰也沒想到偏偏會在紀念冊裡發生放錯照片的失誤。」

三木搖搖頭，他似乎完完全全地想起來了。過了不久，他很篤定地點了點頭，把桌子上的紀念冊轉向綸太郎和警視，一本正經地說：

「根據清原的說明，好像是當地印刷廠的員工弄錯了『葛見』這個姓的讀法，他把KATSUMI讀成了KUTSUMI，因為吉野葛⑬就讀成YOSINO KUTSU。按照五十音排列的話，

⑬吉野葛是日本奈良縣吉野地方所生產的上等葛粉。

葛見和清原這兩個姓氏正好在一前一後，所以印刷廠的員工才會把葛見的名字排在清原的後面。不過，印刷前都會再次確認有沒有錯誤，如果當時有認真校對，應該就不難發現那樣的錯誤。但是，大概運氣不好吧！校對時只修改了名字的部分，卻沒有把照片也調換過來，最後畢業紀念冊就在這種情況下印製完成了。由於紀念冊的成本很高，在預算有限的情況下，根本不可能重印，校方也只好就那樣發給全體畢業生。不過為了彌補過失，校方好像有附勘誤聲明，也表示了歉意，可是她們還是很生氣，還把勘誤聲明丟掉了。這些都是我聽她說的。所以，這只是紀念冊上的照片放錯了，絕對不是她們兩個人互調姓名。」

法月警視沒有出聲，只是動了動下巴，綸太郎則冒出冷汗。三木的說明非常清楚，也相當合理。「葛」這個字的讀音確實是「KATSU」，但是也可以讀成「KUTSU」，所以把葛見這個姓讀成「KUTSUMI」，並不奇怪。事實上，把葛見這個姓讀成「KATSUMI」的人一定不在少數吧？況且，只要仔細一看，就會發現以紀念冊上的照片排列方法來說，確實有漏看她們兩個人照片排錯的可能。

齊木雅則（排球社）

近藤聰

清原奈津美（圖書社）

葛見百合子（圖書社）

樫村欣司（足球社）

第一個可能與她們兩個的姓氏有關。葛見（KATSUMI）、清原（KIYOHARA）、葛見（KUTSUMI），如果按照五十音的順序，剛好只差一個音，排列得剛剛好。第二個可能是就算她們的名字或照片擺錯了，也不會影響到其他的學生。如果排在她們前後的男學生姓龜山（KAMEYAMA）或是木村（KIMURA），那麼名字的排列順序很明顯就會整個都亂了，校對的時候就不會只訂正到名字，而疏忽照片。加上她們兩個人原本就是好朋友，而且同樣又是圖書社的社員，只是看照片的話，很難分辨出兩人個性上的差異，而她們給人的印象也都很模糊。將這幾個原因結合在一起之後，便導致畢業紀念冊上兩人的照片被錯放的情況了。

就某個意義來說，綸太郎本身也同樣陷入了粗心的陷阱。他只注意到名字的五十音排列順序，卻明顯地疏忽了照片放錯的問題，而犯下了愚蠢的失誤。不過，將這種不合格的畢業紀念冊發給學生的學校，也真的太隨便了。畢業紀念冊裡可是收藏了三年來無法取代的珍貴記憶呢！怎麼能出現這種馬虎的失誤呢？相較之下，沒有注意到照片放錯的可能性就妄下結論，這種笨偵探所犯的錯應該比較輕微吧！

說不定，根據這個說明所編造出來的故事，還是無法完全解釋紀念冊內照片與名字不符的問題呢！是這樣的嗎？綸太郎慎重地自問著。至少三木並不像在說謊。但是，他雖然沒有說謊，也不表示他說的話就是事實——如果那是自稱為清原奈津美的人，為了解釋照片與名字不一致而杜撰出來的故事呢？

不，應該不是。因為理論上雖然無法完全排除這種可能性，但是現實上那是百分之九十九點九不可能發生的事情。奈津美告訴三木的理由確實相當合理。因為如果是在事後編撰出來的故事，在經過他們這番討論之後，一定會讓人覺得事情湊巧到讓人覺得那是一種圈套。太過湊巧的情節容易讓人產生懷疑，最後難免會被認為那是人為操作的故事，進而回頭追溯這個似是而非的故事源頭，結果一樣會陷入不被相信的困境。

還有更具體的可能性。根據三木說的話，清原奈津美是「主動」說出那段經過的，可是三木是今天才第一次看到這本畢業紀念冊。就算她們兩個人因為某種理由交換了名字，在沒有人追問畢業紀念冊上的照片與名字為什麼不一致的情況下，應該沒有必要自己主動說出那樣的故事吧！很明顯地，她沒有那麼做的理由。與其說是想嚴密地求證而懷疑三木說的那段話，還不如說是基於不服輸的狗屁心態而在吹毛求疵。不必多作無用的猜測了。不管怎麼說，這種事以後再向學校求證就真相大白了。

❖

女服務生送來咖啡，空氣裡立刻彌漫著白色煙霧。峰岸大口地喝著黑咖啡，以誇大的語氣說：

「根據剛才三木的說明，她的身分已經很清楚了，清原果然就是清原。你們要問的就是這件事吧？如果是這樣，因為我們是從企劃會議中途跑出來的，所以必須馬上回去繼續開會，要先走一步——」

椅子都還沒有坐熱，峰岸就催促著三木站起來。法月警視伸手阻擋說：

「我知道你們很忙，但是，要麻煩你們再多留一點時間。如果真的非回去開會不可，那麼是不是可以請三木先生留下來，你回去開會呢？」

峰岸立刻擺出親切的笑容，但是斜視的眼神卻變得有些可怕。警視收起放在桌子上的畢業紀念冊，然後故弄玄虛似的拿出手冊。第一回合雖然意外落敗，但是真正的比賽現在才要開始。

警視一邊翻著手冊，一邊語氣流暢地問三木：

「葛見百合子之後有和你聯絡嗎？」

「沒有，完全失去消息。」

「你知道她可能會去什麼地方嗎？」

「這個問題，我已經回答過北澤署的刑警好幾次了。除了她福井的老家，我想不出她還會去哪裡。」

「這麼說來，你完全不知道殺死清原的兇手目前的行蹤囉？」

峰岸插嘴提出問題。警視沒有看他，只是搖搖頭擋住他的話，並且繼續問：

「根據北澤署的說法，星期日那天下午，你原本好像和葛見百合子有約。你們那天約會的目的是什麼？」

「那只是一般的約會，沒有什麼大不了的目的，大概就是吃吃飯，去看場電影或陪她逛街買東西——」

「會去旅館嗎？」

三木沒有回答，峰岸則有點不以為然地輕咳出聲。警視就好像沒有問過剛才的問題似的，很自然地繼續問：

「那天完全沒有和平常不一樣的預定行程嗎？」

「沒有。」

「你和她常常約會嗎？」

「假日都會約會，平常的日子也會盡量找空閒的時間碰面。」

「約會的時候只有你們兩個人嗎？清原小姐沒有和你們在一起嗎？」

「我們常常三個人一起吃飯。她們會邀請我去她們家，親自下廚招待我；結束特別辛苦的工作時，也會邀請清原一起慶祝。平均大概每三次約會，清原就會出現一次。在我和百合子剛開始交往的時候，清原出現的次數或許更多，因為我和百合子原本就是清原介紹認識的。」

「你最後一次見到百合子是什麼時候？」

三木的臉上出現陰鬱，舔舔嘴唇說：

「我想是半個月前的星期日吧！好像是上個月的二十九日。」

「喔？隔了相當久嘛！」

「最近正好工作特別忙，彼此都找不出時間見面。」聽得出三木的聲音裡有種解釋的語氣。「不過，那段時間裡我們還是常常互通電話。」

「除了找不出時間約會外，最近和未婚妻之間的感情有沒有什麼問題？」

三木的表情變僵硬了，他的肩膀也上下抖動了一下。他張大眼睛看著警視，吞了一口口水才說：

「為什麼會這麼問？」

「我看過北澤署的案件紀錄了。從字裡行間裡，我感覺到你對未婚妻有相當強烈的不滿，完全感受不到你對她的體貼之情。」

「那是——」三木的眼神閃爍，顯示他的情緒開始動搖了。「我不太記得了。但是，大概是看到清原的屍體時，我嚇壞了，所以說話的時候就變得欠缺考慮。」

「那時你對刑警表示兇手就是葛見百合子，也就是死者的室友。那個時候你為什麼會有那種想法呢？」

「因為從現場的情況看來，只有這種可能性。」

「或者你知道葛見百合子殺死好朋友的動機？」

警視接二連三地發問。三木像做錯事情的小孩一樣垂下眼說：

「我不知道。」

「你知道她為什麼要燒毀清原小姐的臉嗎？」

「我不知道。」三木這麼回答。他的聲音聽起來有些顫抖，那是因為掩飾不了內心迷惑的關係吧！峰岸似乎想從旁暗助三木，但是他才張開嘴巴想說話，警視馬上換一個角度發問：

「對了，你會和葛見百合子解除婚約嗎？」

「事情變成這樣，大概不解除婚約也不行了吧？」三木調整姿勢，想從容不迫地回答，無奈語氣明顯變得很急促。「她的父母也有這個意思。」

「這樣的安排來得正是時候吶！」警視語帶挖苦地說。「不過，偏偏發生了這樣的事情，不作那樣的決定也不行吧？」

「她的父母確實很可憐，可是，殺人就是殺人，他們不早點表態的話，我也有我的立場——」

「發生了這樣的事情，早點解除婚約也是為了雙方好吧？」峰岸好像在替部屬辯護般地插嘴說道。警視好像同意這個說法似的點了點頭，然後接著問：

「如果沒有發生這件事的話，你會依照預定計畫在明年和她結婚嗎？」

「嗯，會的。」

「聘禮和結婚會場的事情準備得怎麼樣了？」

「還沒有開始準備。正打算要開始準備的時候——」

三木又結巴了，含含糊糊地回答著。綸太郎見此時正是好時機，立刻探身問三木：

「貴公司內最近有一個流言，說你常常去找清原。那個流言是真的嗎？」

三木倒吸了一口氣，眼睛眨也不眨地注視著綸太郎。他的臉色相當蒼白，一副精神恍惚的模樣，完全說不出話來。警視馬上就觀察到了，他動動下巴，對綸太郎使了一個眼色，表示要打鐵趁熱地追問下去。

「你知道清原小姐一直都有寫日記的習慣嗎？」

「日記？」三木面帶懷疑的表情，反射性地回應警視的問題。「不，我不知道。」

於是綸太郎便簡要地說出關於印有「一碼」字樣名牌的推理。「谷崎呀！」峰岸好像要展示自己的博學多聞似的說：「谷崎潤一郎在《鑰匙》一書中，提到的不是日記本的鑰匙，而是書房裡小桌子的抽屜鑰匙——」現在不是說題外話的適當時機，所以沒有人理會峰岸。三木幾近惶恐，無力地問：

「她在日記裡說了我什麼事嗎？」

「沒有。我們還沒有找到日記，可能被葛見百合子帶離命案的現場了。她殺死清原小姐的動機應該和日記裡的內容有關。」綸太郎好像在陳述事實一樣地說著自己推測的事情。「葛見百合子因為某種情況而擅自偷看了清原小姐的日記，知道了記載在日記裡的秘密，所以一時衝動殺死了清原小姐。三木先生，那個秘密應該和你有關係吧？」

三木頹然低著頭，用手肘支撐桌面，雙手抱著額頭，沉默不語。真是一個沒有出息的男人。他這種赤裸裸的反應，等於承認了公司裡的傳言都是事實。

峰岸又大聲地咳了一下，好像終於等到自己出場似的開口說：

「我好像有點多管閒事，可是，你們一味地指責三木，會不會弄錯對象了？確實發生了如你們所想像的事情，命案也或許是因此發生的。那的確不是值得誇獎的事，而且三木也有思慮不夠周詳的地方。可是，他所犯的錯並不是犯罪行為，像他們那樣的感情問題，在這個世界上並不稀奇。從某個角度來說，葛見百合子確實是可憐的犧牲者，可是，她不能因為自己可憐，就可以殺人。檢視道德問題並不是警察的工作，警察的工作是取締非法的犯罪。兩位與其在這裡追究不負責任的流言，還不如專心去尋找嫌犯。不是嗎？」

「我們非常努力地在尋找嫌犯。」警視毫不含糊地回答。「為了尋找葛見百合子的行蹤，我們必須準確地掌握這個案件的原由和她的心理狀態。我們絕不是來這裡打混、殺時間的。」

峰岸還在思索要怎麼反駁時，綸太郎再度問三木：

「關於你和清原小姐走得很近的流言，是真的嗎？」

三木好像連辯駁的力氣也沒有，只是無力地垂著頭。法月警視接著問：

「看來是確有其事了。你和葛見百合子的感情變淡了嗎？」

「嗯。」

「因為你的注意力已經轉移到同事清原小姐的身上了？」

「不能說不是。」三木低聲地解釋著：「但是，先不說這個。我在和百合子交往的過程中漸漸發現了她的缺點，這才是重點。平常的她總是不露聲色，可是一旦情緒放鬆，就會露出傲慢的樣子，我很無法接受這一點。對了，就拿她對清原的態度來說好了。」

「怎麼樣？」

「如果只有我們兩個人獨處的時候，她就會在清原的背後說她的壞話。說什麼：要是沒有我呀，奈津美一個人根本什麼事也做不到，對服裝一點品味也沒有，總是穿得老氣橫秋的。她還說：有些話我只跟你說喔！她還是一個處女呢！真搞不懂她是怎麼了，一點警覺心也沒有——」

三木愈說愈帶勁，他開始為自己辯護，支持搖晃不安的自尊心的迴轉儀開始轉動了。

「或許清原小姐確實如她說的，是那樣的人。但是，她畢竟是百合子多年的好朋友，百合子怎麼可以作出那麼惡毒的批評呢？當我對她說：不管怎麼樣，都不應該那樣說奈津美吧！她就說：你為什麼要偏袒奈津美？雖然我也想過百合子對清原的批評想必是出自女人之間的競爭心理，但是清原小姐是真心認為百合子是她的好朋友，總是說沒有百合子的話，自己就什麼也做不了。我看什麼也做不了的人應該是我才對。」

警視一邊表示能夠理解三木的心情，一邊又對他的解釋持保留的態度，同時插嘴表達看法：

「可是，年輕女性之間的友情，就是因為有這種不平衡的地方才會更深刻，不是嗎？葛見百合子對好朋友的貶抑之詞，不見得是一種惡意呀！」

「或許你說得也有道理，但我就是無法接受百合子的這一面。剛開始的時候我很迷戀她，最後卻變成了厭惡，我想這是一種類似反作用力的結果吧！漸漸地，每次只要和她見面，我就會覺得很悶，反而是做什麼事都很低調的清原讓我覺得很安心。她剛進公司分配到我們這個部門時，因為工作的態度很認真，所以我一直很欣賞她。百合子說我偏袒清原，確實有一半是事實，但她因此而產生嫉妒心，激發了她令人討厭的優越感，反而使我的心離她愈來愈遠，開始往清原靠近。不是我在找藉口，或許我的行為確實不對，但是我會移情別戀，百合子也有責任。」

「剛才三木的說明中和清原有關的部分，我可以證明他說的是真的。」峰岸不甘寂寞地插嘴說。「以一個上司的身分來說，我認為三木和清原真的很合。所以說，如果三木喜歡清原，我認為是很自然的事情。」

警視裝作沒有聽到的樣子，只動了動下巴。綸太郎接著提出問題：

「你是什麼時候對清原小姐告白的？」

「前一陣子開始，我就對她暗示了好幾次，明白對她說出口則是在這個月的月初。那一天正好要加班，我們兩個人都在公司裡待到很晚。」

「你說了之後，她有何反應？」

三木露出不願回想的痛苦表情，搖搖頭說：

「被冷冷地拒絕了。她說她只能把我當作值得信賴的前輩，希望以後也還可以繼續在一起工作，她完全沒有把我當成戀人的想法。」三木說到此，嘆了一口氣後才不服氣似的補充說明：「總之，她的意思就是這樣。」

「她拒絕你的理由是什麼？」

「她說不想背叛重要的好朋友。」

「只有那樣嗎？」

「她還說她已經有喜歡的對象了，也很認真地交往當中——不過，她叫我絕對不能讓百合子知道這件事，她也說她絕對不會告訴百合子我對她說的事情，還希望我能發誓。那時她的表情非常認真。」

「你沒有問她喜歡的人是誰嗎？」

「我問了，但是她不告訴我。我覺得那個人應該不是公司裡的人。」

警視露出意外的表情，以疑問的眼神看著綸太郎。向父親說明的事可以等一會兒再說，綸太郎這回要問的對象是峰岸。

「清原小姐好像定期會去京都出差。她去京都的工作內容是什麼？」

眼睛有點斜視的上司猶豫了一下，但是很快就掩飾了那樣的眼神，以若無其事的語氣說：

「清原小姐是龍膽直巳老師的責任編輯。你知道龍膽老師吧？幾年前他得到N氏賞的大獎，是很受歡迎的人氣作家，住在京都的鹿之谷。今年一月開始，龍膽老師開始在我們《VISAGE》雜誌上進行連載，每一期都會刊載三十頁的短篇作品。清原負責與龍膽老師聯絡，平均每半個月都要去鹿之谷的龍膽老師家取稿子。如果只是三十頁文章的話，一般用傳真的就可以了。但是，龍膽直巳老師是當紅的作家，在很多報章雜誌上連載文章，是名副其實的多產作家。而出版文化事業部算是在公司的贊助之下，從總公司的宣傳企業部門獨立出來的，成立的時間還很短，知名度也不高。有人認為《VISAGE》是為了節稅才做的雜誌，充其量只能算是社內宣傳雜誌的擴充版。為了擺脫這種誤解，所以我們才會向龍膽老師那樣的作家邀稿。我們的稿費不高，想要刊登他的作品，就必須比大出版社付出更大的誠意才能得到他的同意。最近《VISAGE》的銷售量提升了，印量也不亞於大出版社。」

「總之，清原小姐出差的目的就是要討好當紅的作家嗎？」

「不，不是那樣的。」峰岸完全沒有發現自己被套話了，連忙否認。「清原去京都出差的目的並不是為了給龍膽老師使喚，而是去提供龍膽老師寫作的概念。我這樣說或許有點在自我吹噓，但這可是一種全新的概念，總之就是一種類似置入性行銷的小說。也就是說，我們會請龍膽老師以本公司的產品為主題，發揮他的想像力，創作出一個故事。電影或電視連續劇也會有類似的企劃案，但是他們頂多把贊助廠商的名稱用一個鏡頭就交代了事。我們想要的小說內容不可以太抒情，也不會太枯燥。不是拿眼前現成的東西來搪塞，要發揮高度的創作力，將商品不留痕跡地融入故事之中，讓人讀後留有餘韻。這就是我們要求的品質。當然，這樣的企劃還是以小說為主，而不以宣傳商品為主要目的，所以我們不會在那樣的單元裡放商品廣告，我們不會做那種破壞小說情境的愚蠢行為。龍膽老師是非常適合幫助我們完成這個目的的作家。當今能深刻描述女性心理微妙起伏的作家，大概非龍膽老師莫屬了吧！這種事用說的容易，但是做起來可不容易。對於還要應付別家出版社的邀稿，經常要使用想像力創作的龍膽老師來說，這是一件相當吃力的工作，所以需要經常和責任編輯討論。清原每隔半個月就會到京都出差，為的就是和龍膽老師進行討論。幸好龍膽老師很喜歡這個企劃案，清原對自己的工作也很負責，所以每一期都刊登了很好的作品。這個企劃相當受到讀者的歡迎，現在已經成為《VISAGE》的賣點之一。原本這個企劃只打算連載一年的，現在因為大獲好評，前些日子已經決定要延長，並且決定集結出單行本。沒想到為了這個企劃付出最多心血的清原卻慘遭那樣的不幸，離開了人世。我們失去了寶貴的人才，接替清原的人選現階段還沒有辦法決定。這次的事件不管對清原而言，還是對我們編輯部來說，都是非常令人遺憾的無奈事情。」

「原來如此，我明白了。」綸太郎看看父親，以眼神表示自己沒有其他問題。警視點點頭，但是他好像對綸太郎特地針對這點發問無法釋懷，因此還不想馬上結束這次的詢問行動。

「但是，刑警先生，」峰岸好像也很疑惑，咬住這個話題問道：「你為什麼要問清原到京都出差的工作內容呢？我不覺得這和逮捕兇嫌的線索有關。」

綸太郎雙手抱胸。他並不覺得此時有談論這一點的必要，但是因為法月警視也露出同樣疑問的表情，所以就說了：

「剛才三木先生說清原小姐的心裡另有所屬，而且還要求三木先生保密，不要讓好朋友葛見百合子知道——為什麼這件事情必須保密呢？清原小姐或許有什麼特別的理由。如果清原小姐交往的對象是去京都出差時認識的人士，葛見百合子看到她的日記後，很可能會去京都求證這件事。」

三木和斜視的上司聽到綸太郎這麼說後，雖然沒有互望，卻很有默契地沉默著思考起來。不過，他們想的內容似乎不一樣。綸太郎好像猜到他們在想什麼事情似的。因為他們兩個人都不說話了，警視便站起來，表示今天的談話到此結束。

「百忙之中打擾兩位，真的很抱歉，我們要告辭了。多謝兩位今天的幫忙，這番話讓我們更清楚案情的輪廓。如果調查有什麼新的進展時，我們會再和你們聯絡，到時還要請你們幫忙。」

綸太郎也站起來，兩人依次離席。但是，警視好像想到什麼似的突然回頭，走到目送他們離去的三木旁邊，在他的耳朵旁邊說了悄悄話，說完後便以一臉平靜的表情轉身催促綸太郎。綸太郎臨去時再一次回顧包廂，只見三木一臉愕然，一句話也說不出來，像木樁般呆呆站著。

❖

在走回停車的地方時，綸太郎把剛才和接待小姐的對話說給父親聽。法月警視似乎已經從剛才的那番談話大致察覺內容了，不過，當他聽到清原奈津美發生了「不倫戀情」時，還是露出了驚訝的神色。

「那麼，那位接待小姐到底在暗示什麼？莫非她暗指清原奈津美的對象就是那位得到Ｎ氏賞的作家？」

「她沒有提到對方的姓名，不過我想八九不離十了，」綸太郎說著，「還好我沒有表明我的身分，看來這是正確的。如果讓他們知道我是同一個業界的人，大概就會對我提高警戒，峰岸也就不會說那麼多話了。」

警視咬著香菸，眉尾往上挑，說：

「聽你的口氣，好像龍膽惡名在外似的？」

「我曾在某一個宴會裡見過龍膽一次，當時只是遠遠地看到他，並沒有直接和他交談。不過，關於他的傳言，我倒是聽了不少。有人說他是平成的『無賴派』⓮，雖然沒有傳出他嗑藥、施打毒品的流言，但是聽說他很好女色，經常買春。不過，成為他對象的女人，卻未必都是用錢買的。」

他們一走到車子旁邊，就發現車子的雨刷下夾著一張違規停車的罰單。警視一言不發地把罰單揉成一團，再把剛才在路上抽完的菸蒂一起塞進儀表板下的菸灰缸。車子往櫻田門⓯的方向前進。警視一邊開著車，一邊斜眼看了一眼坐在旁邊的綸太郎，說：

「你的意思是他的女性關係很隨便？」

綸太郎點點頭說：

「他已經結婚了，還生了兩個孩子。不過，從幾年前開始，他就沒有和家人住在一起了。表面上的理由是不想把住家當作工作室，所以他自己住在京都的鹿之谷，他的太太和小孩則住在杉並區的住宅大樓。其實事實並非如此，因為他們的夫妻關係早已名存實亡，和他一起住在鹿之谷的女人名義上是照顧他生活起居的人，其實是他的年輕情人。不過，聽說那樣的女人每幾個月就換一個，而且不同的日子還會有不同的女人出入他家。關於這方面的傳聞，在編輯們之間傳來傳去，一整年都沒有停止過。剛才說的還只是一部分而已，他還有更多不為人知的、風評很差的男女關係，傳聞和他有關係的女人有知名的女演員、祇園的藝伎、酒廊的媽媽桑、演藝界的新人、AV模特兒、兼職賽馬女郎的女大學生，總之是多不勝數。聽說他還會利用自己是選考委員的身分，以新人賞為餌，騙年輕的女作家上床，也會把寄信給他的書迷約出來見面，而且一見面就帶人上賓館開房間。那些事情對他來說，好像都是家常便飯。不過，或許因為他是受歡迎的作家，所以可以利用自己的身分來要求出版社，每當有不好的醜聞要曝光時，他就會和出版單位交涉，請對方不要登載他的醜聞，難怪不曾在女性週刊或八卦雜誌上看到他這方面的醜聞。」

「那傢伙真會享福呀！」警視帶點恨意地說。「我以為現在的小說家也像白領階級一樣，沒什麼了不起了的，沒想到得到N氏賞的作家還可以有那樣的特權。什麼叫平成的無賴派，什麼叫文學不死啊！」

綸太郎略帶諷刺地回答：

「不過，也有人說那些事情都是他個人的吹噓之詞，事實上他的風流韻事還不到傳說中的一半。現今的文壇就是這樣，需要一個可以讓人產生幻想的象徵性人物，或許他就是那樣的人

⑭這是日本文學的一種風格，著重偏向毀滅美學的展現。
⑮東京警視廳位於皇居的櫻田門正面，所以一般也以「櫻田門」來稱呼警視廳。

物。還有，我聽說龍膽老師已經年屆五十了，最近為了加強大不如前的體力，開始每天早上去慢跑。早上都去慢跑這種健康活動，大概會讓支持他是平成無賴派的人掉眼淚吧！不管怎麼說，雖然傳說中的愛人名單裡，並不見得每一個都是真的，不過從龍膽自誇他絕不會拒絕自動求愛的女人的說詞看來，他應該滿風流的，特別是對那些十分崇拜N氏賞得獎作家的人更有吸引力。有良知的出版社編輯部不會派年輕貌美的女編輯和他聯絡，應該是大家心照不宣的共識。沒想到《VISAGE》的編輯部破壞了這個共識。」

「為了得到大作家的連載作品，而以清原奈津美當作貢品嗎？」

「爸爸，您剛才也看到峰岸的反應了吧？從他的反應看來，就可以感覺到他的心裡有數。」

「你這麼說，確實好像有那麼一點——」

警視歪著頭，在數寄屋橋前的紅綠燈前踩了煞車。他的話只說了一半，作了相當中立的判斷。晴海通上的車子總是那麼多，所以車子的速度自然就慢了。警視從剛才起就一副很不爽的樣子，是東京的壅塞交通讓他不開心？還是另有原因呢？綸太郎猜不出來。

「我認為像龍膽直巳那樣的知名暢銷作家，基本上應該不會接受《VISAGE》那種後起雜誌的邀稿。峰岸雖然以新的企劃來邀請龍膽為他們的雜誌創作小說，但是類似那種廣告小說，通常都是由廣告公司的文案創作者寫的。龍膽為什麼不忌諱同行輕視的眼光，答應了有損N氏賞頭銜的邀稿，其中一定有什麼特別的原因。可能是高出一般行情很多的稿費，也可能是不想錯過與負責的編輯接觸的機會——我覺得兩種都有。」

「你的想法不會太直接了嗎？」警視踩了油門，彷彿不同意綸太郎的說法，低聲說著：「不管有沒有損及N氏賞的頭銜，只要可以賺錢就應該接。我不懂什麼無賴派不無賴派的。還有，最重要的是，那個接待小姐講的話只是謠言，又沒有任何證據可以顯示清原奈津美在京都有不倫戀情。那種謠傳通常都是經過加油添醋的東西。你把謠傳的事情完全當真，是非常危險的行為。」

「可是，三木也說了類似的話呀！他說清原奈津美確實和某一個人交往。從他們兩個人的說話內容看來，那個人住在京都的可能性相當高，不是嗎？」

「這點我可以認同，所以剛才你提到葛見百合子有可能為了見奈津美的男人而到京都去時，我覺得這個想法還不錯。可是，我認為百合子去京都找的人，不是龍膽直巳。為什麼呢？因為即使清原奈津美和龍膽真的發生不倫戀情，百合子和龍膽是一點關係也沒有的人，她去找龍膽做什麼呢？見到龍膽後，又有什麼話好說的？」

「不能這樣斷言吧！」綸太郎有點畏怯，聲音略帶乾澀地說：「別忘了葛見百合子和奈津美一樣，同樣是做編輯工作的人。她也有可能因為工作的關係和龍膽交涉過，至於是何種交涉，現在當然不清楚。現階段什麼證據也沒有，所以不能斷言說百合子和龍膽絕對不認識吧？」

「你說的不也是什麼證據都沒有的推理嗎？」警視打斷綸太郎的話。「把謠傳和猜測的事情硬湊在一起，怎麼能找到事實的真相呢？還有，奈津美和龍膽有不倫戀情的說法，有其不合常理之處。三木不是說了嗎？他說清原奈津美的心裡另有所屬，而且是認真交往的對象。不管二十五歲的年輕女性會不會愛上龍膽那樣聲名狼藉的男人，我都不認為奈津美會把在工作上認識，而且已經有家庭的男人視為認真交往的對象。」

「那是推託之詞吧！」綸太郎固執地強辯。「清原奈津美那麼說的原因，是為了想婉拒三木吧！在那種時候，也只有那麼說才能委婉地拒絕，不是嗎？所以我認為不必太執著於那段話的字面意思。三木或許接受了那樣的說詞，但是我覺得他很笨。他那個人只在意自己的事情，完全沒有注意到同事身上發生的變化。就這個層面來說，我認為他所說的話不能照單全收。」

「這一點我也有同感。」警視冒出這句話。「三木達也一副不知人間疾苦的模樣，感覺真的是一個笨蛋。都已經那個年紀了，卻什麼也不懂，一副自以為是的樣子。話說回來，這樣的男人才可以說是她們兩個人不幸的元兇。」

父親這番話說得比自己還惡毒。綸太郎感到有點驚訝，然後他問父親：

「剛才從『梅西』出來時，您對三木說了什麼？他好像受到相當大的打擊呢！」

「我把我看到的死者解剖結果告訴他。」警視一邊怒瞪前面車輛的車尾，一邊以更惡毒的語氣說道：「我告訴他，清原奈津美不是處女，三木露出無法置信的表情。大概他相信葛見百合子說的話，也一直認為清原奈津美是處女。我認為這也是他想甩掉葛見百合子，轉而接近清原奈津美的原因之一——」警視一臉失望的表情，再一次喃喃地說：「那傢伙是百分之百的笨蛋！」

❖

回到警視廳的辦公室後，等著他們的是京都府警察單位剛剛送達的最新情報：世田谷住宅大樓上班族女性命案的重要關係人——通緝中的葛見百合子，被發現死在京都市內。

第三部

搜查Ⅱ～京都～

你不時在遠處，
斥責我在人群中隨波逐流的改變。

12

東西新聞十月十七日（星期四）的早報。

京都　失蹤女子摔死於發電所

十六日上午九點左右，負責巡邏的電力公司職員，在京都市左京區粟田口的蹴上水力發電所裡的鐵管旁邊，發現了一具女性屍體，該名員工發現屍體後立刻向警方通報。

根據京都府警的調查，死者是住在東京都世田谷區的上班族女性葛見百合子（二十五歲）。十五日深夜，葛見小姐從發電所的制水門掉落到二十公尺下的鐵管上，全身受到強力的撞擊，判斷應該是當場死亡。

本月十二日，東京世田谷區松原的住宅大樓，發生了一起女性上班族命案，葛見百合子是該案的重要關係人，她於命案發生後的翌日就下落不明，警方一直在搜尋她的行蹤。京都府警正針對葛見百合子是死於意外還是他殺進行調查。

❖

龍膽直巳遇襲　受到重傷

十六日上午六點半左右，路人發現人氣作家龍膽直巳先生（本名近藤直巳，四十八歲）倒臥在京都市左京區若王子町的哲學之道上，立即報警處理。遭受無情毆打的龍膽先生迅速被送到醫院，由於傷勢相當嚴重，醫生認為至少需要住院一個月。

根據京都府警的了解，得知龍膽先生是在早晨進行慢跑時，遇到一個陌生男子前來搭訕，在談話的過程中，男子突然動手施暴。根據龍膽先生的形容，該男子身高約一百七十公分，年紀在二十五歲上下，自稱是學生，也是龍膽先生的讀者。龍膽先生完全不明白自己被襲擊的理由。

龍膽先生目前住在京都市鹿之谷，以《無法忘懷》一書榮獲第九十五屆N氏賞，擅長描寫女性的戀愛心理，深獲讀者喜愛，著有《分手十二章》、《灰色的雨傘》等書。

13

「『騙人！』真知子看著那個男人的臉，呼吸急促到只說得出這句話。」

十月十七日的早上，綸太郎飛快地看著作家中上健次在報紙上連載的小說完結篇。他在東京車站與搜查一課的久能警部會合後，兩人一起搭乘九點發車的「光２１３」號列車前往京都。

前一天接獲葛見百合子在京都死亡的消息後，警視廳決定派久能代表搜查本部前往京都，一來是為了確認屍體的身分，二來是去調查百合子在十三日以後的行蹤。久能原本就是父親的手下，曾經數次和綸太郎一起調查案件，和綸太郎可以說是交情匪淺的朋友。因為想進一步了解這次事件的真相，綸太郎決定自費和久能一起去京都進行調查。

說起來，綸太郎已經有半年左右沒有離開東京了。在一連下了幾天的雨之後，放晴還不到三天，今天早上的天空又開始變陰，氣象預報說關西地方會下雨。綸太郎的頭靠著躺椅，耳朵聽到了發車的刺耳信號聲，窗外的月台景色像滑走一樣，慢慢地從他的視線裡消失。他開始重新思考與這次事件有關的事情。前一天晚上在家裡整理行李時與父親的對話浮上腦海——

「你很積極嘛！這個事件和你一點關係也沒有，而且幾乎已經結案了，你沒有必要大老遠跑去京都吧？」

「您說得沒錯。」綸太郎停下正在摺衣服的動作，回答法月警視的問題。「或許是我的好奇心在作祟吧！我真的非常在意這個事件的真相，而且很想弄清楚這兩個女人之間到底發生了什麼事。要我輕鬆地坐在家裡等待京都傳來的報告，我做不到。」

警視不以為然地哼了幾聲，才帶著諷刺的口氣說：

「你是以一個偵探的身分在關心案情呢？還是以一個作家的身分，想利用這個事件當作小說題材？」

「兩者都有吧！不過，若要嚴格說的話，其實兩者也都沒有。」

「你在說什麼？我又沒有在問禪理。」

綸太郎笑了。

「我不否認我喜歡解謎，也不敢說我完全不是以作家的身分在關心這個事件。挑起我對這個事件興趣的起點，就是爸爸您帶回來的『一碼』鑰匙之謎。不過，這是兩回事，我對這個事件逐漸產生一種低俗的興趣，這個興趣已經凌駕解謎的趣味與作家的身分，所以才說兩者都不是。」

「你所謂的低俗興趣，是像談話性節目主持人那樣的使命感嗎？把八卦新聞炒熱起來？」

「追根究柢來說的話，的確是相似的東西。」關於自己在工作上的悲劇性性格，綸太郎平日就經常作誇大的描述，昨天晚上也是一邊誇張地想像，一邊努力地作說明：「今天我們去位於陽光露台雙海的葛見百合子的房間調查，後來又去找三木達也談葛見百合子的事情，請想想看當時心中曾經產生的疑慮吧！我們只聽其中一方的說詞，卻完全聽不到葛見百合子的辯解，這對葛見百合子來說不是很不公平嗎？回到警視廳得知她死亡的消息時，我更加坐立難安。事到如今，這個事件可能會以葛見百合子殺人之後，因為內疚而自殺的論調來結案吧！可是，事實真相真的是如此嗎？這樣就結案的話，不覺得她很可憐嗎？問題應該不全在百合子，被殺死的清原奈津美也一樣有問題吧？我不是對警方的作法有什麼不滿，可是一旦嫌犯死亡，警方的調查方式，大概就像已分出前三強的比賽一樣，充其量只是一種不得不比的比賽，重點只在走完流程，不會再去追查什麼新的證據或聽取新的證言；三木那樣的人也會很快就忘記她們兩個人。用俗氣一點的說法來形容，她們兩個人的人生根本不值一提。我確實是和她們兩個人一點關係也沒有的窮酸作家，開始的時候也半帶著好玩的心態，插手了這個事件的調查，可是，我現在可以說是一頭栽進這個事件的故事裡了。如果沒有別人可以為她們兩個人的故事劃下休止符的話，那麼就讓我這個無聊的好事者來擔起這個任務吧！這不是也很好嗎？還有，奈津美的日記本到現在都還沒找到。不根據京都府警的調查，好像沒有找到有鎖的日記本，也沒有發現應該在百合子身邊的影印本。不過，我非常相信日記是確實存在的東西。如果不找到奈津美的日記本，就無法了解百合子真正的動機。所以我要去京都找那本日記或影印本，找到了以後才能對這個事件下結論。我認為這一點關係到我的面子，所以不能假手他人。」

「難得你說得這麼有條有理。」警視覺得有趣似的，微笑地說：「雖然繞了一個圈子之後的結果仍然是一樣的，但這種堅持是你唯一的可取之處，就算我怎麼勸你也沒有用。反正你就是有名偵探情結，有著不親自把事情弄清楚就不罷休的個性。你的這種個性經常讓我很著急、看不下去，但是，這次我就睜人眼睛，等著看你的成果吧！老實說，不只你想去京都，如果我有時間的話，我也很想去現場親眼確認葛見百合子死時的樣子。很奇怪地，不知道為什麼，我也和你一樣，腦子裡一直在想這個事件。大概是這個事件外表看起來單純，其實有很多讓人想不透的地方吧！你說警方接下來的調查行動會像不得不比的比賽一樣，我可不這麼認為，也不會那樣做，否則就不會特地派久能去京都了，不是嗎？」

警視再度徵求同意般地抬起下巴。綸太郎瞇著眼睛看父親，說：

「那邊如果有新的消息，我會馬上和您聯絡的。」

「嗯。」

然後綸太郎便繼續把行李放進旅行袋中，警視卻站在房門口，嘴裡唸唸有詞地不知道在自言自語什麼。當綸太郎正要把清原奈津美的畢業紀念冊收進旅行袋時，警視又開口了：

「那個也要帶去嗎？」

「不能帶去嗎？」

「不是。帶那麼重的東西，只會增加旅行袋的重量吧？那本畢業紀念冊是不會有什麼作用的。」

「我知道，可是我總覺得帶去比較好。」

「為什麼？」

「因為長相呀！」綸太郎稍微想了一下才回答。「在看到她們的長相之前，不管是奈津美也好、百合子也好，都只是名字，就像是數學方程式裡的X或Y一樣。因為是像記號一樣可以互相交換的東西，充其量不過是桌上做圖表時用的數字性符號而已。」

「你什麼時候學會使用這種語言了？搬弄奇怪的假設、把死亡案件當作記號、歡喜地暴露他人的罪行——我對那些事情沒興趣。」

「可是，昨天晚上我做的事，就是在重複『那些事情』啊！」綸太郎以自嘲的口吻說。「哎呀！我也對自己這種無藥可救的浮躁個性感到受不了。不過，這或許就是附著在偵探身上的宿命吧！所以無法不做『那些事情』。話說回來，既然是形式上的事，就無法避免，這是前提。以為去掉這種前提，還可以談論真理的人根本就是傻瓜。不過，只依照形式上的流程做事，那也是大錯特錯的，因為形式本身是非常平淡無奇的。」

「平淡無奇？」

「是的，但我並不是說葛見百合子和清原奈津美平淡無奇，她們是有『長相』的特定個人，不是符號。這個感覺很難解釋清楚。總之，我想說的是：我之所以這麼在意這個案件，一定是因為看過她們畢業紀念冊上的照片的關係。畢業紀念冊是非常私人的物品，原本就具有喚起人們感傷情緒的要素，而那麼重要的畢業照，卻因為作業上的失誤而被放反了，這是多麼無情而不合理的事。或許就因為這樣，讓我更同情已過世的奈津美與百合子。所以，對毫無關係的我而言，這本畢業紀念冊就像無聲的委託人一樣，希望我去了解這個事件的始末。因此，我會和這個事件連結在一起的契機，可以說就是這本紀念冊了。」

有關三木達也所描述的，奈津美與百合子畢業照的順序放錯的理由，已經在當天取得確實的證明了。同一天，也就是十六日的下午，北澤署的兩位警員和她們在福井的母校取得聯絡，還請求校方對照紀念冊裡的照片與人名，結果校方很快傳來消息，確實照片的確被放反了。後來柏木警部還和校方作了詳細的核對，了解校方的說明與三木從清原奈津美那裡聽來的話，幾乎是一致的。唯一不一樣的地方，就是最初讀錯葛見百合子姓氏的人，是去學校拍攝畢業照的照相館攝影師，而不是印刷廠的工作人員。不過，後來印刷廠與學校對於這個錯誤的處理方式，和奈津美生前對三木所說的大致相同。

『——對了，綸太郎。』警視以有點隨便的口氣慢慢地說：「你的高中畢業紀念冊呢？到哪裡去了？」

「我的？不知道耶！已經很久沒有拿出來看了，大概塞在某個地方吧！我的畢業紀念冊怎麼了嗎？」

「沒有，沒什麼。我只是突然想到昨天的餃子，然後想到包餃子的女生。她的名字是——」

「久保寺容子？」

「對。那個久保寺容子不是你的高中同學嗎？想到這個事件的性質，你不覺得很巧嗎？」

「是嗎？」

「我是那麼認為的，或許是因為昨天你才介紹我認識她的關係。沒什麼大不了的事啦！我只是有點擔心你的畢業紀念冊會不會也有相同的情形而已。」警視聳聳肩，沒頭沒腦地說：「還有——」

「又怎麼了？」

「昨天我忘了問你，去年二月不是發生過中山美和子的事件嗎？她企圖在這個房子裡自殺，你正在煩惱要怎麼辦的時候，收到了一整頁文章的影印傳真。傳真上的署名是地藏容子，就是這個容子嗎？」

「是的。」綸太郎對父親這種慢條斯理的說故事方式感到很不解，便說：「那天的白天時，我和她剛好在東京電台見過面，那真的很巧呢！我以前沒有對你說過這件事嗎？」

「有嗎？沒有啊！」

「怎麼了嗎？爸爸，我覺得您怪怪的。」綸太郎目不轉睛地注視著父親的臉。「該不會您想告訴我，您對她一見鍾情吧？請不要這樣，年紀差太多了。她和我是同學，可以當您的女兒了。如果您那麼做的話，不是和龍膽直巳一樣嗎？請好好考慮一下自己的立場吧！雖然我們是父子兩人的單親家庭，生活裡缺乏女性的溫暖，但是也不至於——」

「你給我閉嘴。」

警視打斷綸太郎的話。他半厭煩、半生氣地瞪著綸太郎，然後以上對下的口氣說：

「再怎麼傻也要有個分寸，你以為你的父親是怎麼樣的人？竟然用這種眼光看你的父親！你仔細聽著：我呀！是認為你想去京都，一定是因為——」話說到此，警視突然好像感到很洩氣般地嘆了一口氣說：「算了，多說無益，你趕快收拾東西，早點休息吧！明天早上不是要早起嗎？不要睡過頭了，我是不會叫你起床的。」

警視嘮嘮叨叨地說著，然後粗暴地關上門，離開房間，把覺得莫名其妙的綸太郎獨自留在收拾到一半的旅行袋前面。

——就這樣，今天早上的早報好像在呼應葛見百合子的死亡似的，出現了龍膽直巳被惡徒毆打的新聞，也趕跑了昨晚父子兩人的話題，所以現在坐在車內的綸太郎，還是搞不清楚父親昨天晚上到底想暗示什麼。父親說「一定是因為——」他到底在想什麼呢？去京都和久保寺容子之間，到底有什麼關連？這是必須好好思考的問題。

「有什麼問題嗎？」

坐在鄰座的久能警部問。莫非自己在不知不覺間自言自語，讓久能聽到了？綸太郎回過神來，連忙把投向窗外的視線移回車中，然後對久能搖搖手說：「沒什麼。」

「對了，我來車站的途中去北澤署打過招呼了。」久能帶著興奮的語氣說：「一課的柏木警部給我一個東西，要我轉交給你。你猜猜看是什麼東西？」

「猜不出來。」

久能得意地微笑了，然後從深咖啡色的西裝內袋裡拿出一個褐色信封，帶著過年時長輩給晚輩紅包的神情，遞給綸太郎。信封裡有一張摺起來的紙，那是一張A４大小的影印紙，紙張上有好幾行的橫線與手寫的字跡。字體雖然相當大，無奈墨色非常淡，而且紙面上呈現出好幾條細橫線，幾乎無法判讀上面的文字。有很多地方根本是白白的一片，看不到任何文字；而可以看到的文字，則像是把被裁碎的數十張細紙條再重新黏起來似的，感覺相當支離破碎。這一定是把碎紙機裁碎過的紙張重新黏起來，再放大影印的。綸太郎如此想著。

總之，先把看得懂的文字整理下來。

一……一年……日（日）

……不……今天……重……日……

（空白？）

……白的……

……紅了臉……像十八……

那……的……地……

（空白？）

這……電腦。

信？……想……

……個人。

……勇……寫……記……吧！

怎麼看，這都像是日記的內容。綸太郎覺得自己的心跳似乎加速了，1yard＝diary的假設，果然是正確的。他抬起頭，向久能確認。

「是清原奈津美的日記片段，沒錯吧？」

久能點點頭，接著說：

「這大概是日記的開頭部分吧！雖然還沒有做筆跡鑑定，不過應該是被害人的東西沒錯。柏木警部也同意這一點，還說要脫帽向你致敬。」

「在哪裡找到的？」

「在你注意到的地方找到的。」久能說：「北洋社的辦公室。正如你所想的，葛見百合子在星期天早上還去辦公室的目的，就是為了影印清原奈津美的日記。被害人的日記確實存在。北澤署的人看到這個證據後應該就了解了吧！去京都搜查的首要課題，應該就是尋找奈津美的日記，或者是日記的影印本。」

❖

根據久能的說明，找到這項證據的來龍去脈如下：

為了確認綸太郎模稜兩可的推測，或者說是為了推翻綸太郎所說的可能性，北澤署的年輕熱血刑警橋場接受柏木課長的指示，前往北洋社進行調查。可是，百合子的同事在回答橋場刑警的查問時，態度非常冷漠，異口同聲地說他們不知道星期天早上，百合子有沒有使用辦公室的影印機，原因是無法一一確認影印紙的數量，而且就算紙張真的有變少，在經過三天之後，也查不出什麼所以然來了。如果警方早點來查問的話，或許還能找到什麼線索；過了三天後再來查問，早就找不到什麼痕跡了。

幸好橋場刑警沒有馬上放棄，還是繼續他的調查工作。他問道：假使葛見百合影印了日記，其中有一張印壞了，會不會把印壞的紙張丟到手邊的垃圾桶裡？可是編輯部人員的反應仍然非常冷淡，回答：那台影印機是公司才新買不久的新機種，供紙的裝置非常精確，幾乎不會有卡紙、印壞的情形發生；而且百合子平時就常常影印東西，非常熟悉影印機，不會發生印壞東西、浪費紙的情形。

於是橋場刑警又問：任何事都會有偶發狀況，請再確認一下吧！如果不是印錯的東西，而是寫壞的稿子或要丟棄的紙類，你們會怎麼處理呢？編輯部的人便說：我們會用碎紙機裁碎，等到有收垃圾的日子再一起丟掉。於是橋場便去查看碎紙機，找到了一大袋的碎紙條。他還問了負責人，得知那些垃圾要等到這個星期結束時才會丟掉。

然後，橋場便當場沒收了那袋碎紙屑，並且整袋帶回北澤署。袋裡的碎紙屑裡有很多不同的文章片段，而且已經被碎紙機裁切到難以辨認的地步。他把混合在一起的碎紙屑細心地攤在會議室的地板上，進行難以想像的分類作業。綸太郎非常感興趣地聽久能敘述這一段，同時聯想到了博爾赫斯⑯的著作《巴別圖書館》。

「——經過徹夜的分類之後，終於拼湊出這一張。」聽得出久能在強調橋場的努力，他說：「你現在看到的這一張，是為了容易辨識而放大後的影本，拼湊後黏合起來的正本被當成證據，目前由北澤署保管。原本印出來的墨色濃度比較重，但是這麼一來，黏合處的痕跡會變得很明顯，反而看不清楚紙上的字。影印紙上雖然有很多空白處，但是已經可以證明被害人的日記確實存在。我們很幸運地證明了這一點。不過，最幸運的人應該是橋場吧！因為他的努力沒有白費。葛見百合子去影印的時候，似乎非常匆忙，沒有調整影印的濃度就開始印，導致第一張的顏色太淡了，看不清楚，於是她就把第一張丟進垃圾桶，調整了濃度後再重新開始影印，之後似乎順利地把整本日記都影印下來了，沒有再出錯。」

「變成碎紙屑的那一張影印紙，或許是百合子自己拿到碎紙機裁碎的。不過，她大概沒想到有人會把碎紙屑重新拿出來拼湊。反正已經找到日記的片段了，是不是她拿去碎紙機裁碎的，已經不重要了。」綸太郎再次看著影印紙上斷斷續續的文章，說：「有什麼證據可以證明這一張是日記本開始的第一頁？」

看久能的表情，好像早就想到綸太郎會提出這個問題似的。久能說明道：

「你看到的這張紙是放大成A４大小之後才影印的，連無法辨認字跡的空白部分也一起影印上去了。原本印壞的紙張也是一張A４紙，不過，橋場所復原出來的是橫的A４紙，而且左半邊是完全空白的。也就是說，你現在看到的A４內容，其實是A５大小的右半邊放大出來的東西。」

綸太郎舉起右手打斷久能的話，他動起腦筋，替久能接著往下說：

「也就是說，清原奈津美的日記只有Ａ５大小。換言之，葛見百合子是一次印兩頁，所以印壞的那一張，左半邊原本就是白紙，上面連分隔線也沒有。因為那是橫寫的日記本，如果翻開的第一頁旁邊是白紙的話，就代表左半邊是封面裡，才會什麼印刷也沒有，右邊那一頁才是日記內頁的開始，因為有分隔線。是這個意思嗎？」

「沒錯。」久能好像學校老師一樣地點頭同意，並且說：「橋場刑警的看法就是這樣，我也同意。」

這個刑警不僅毅力夠，腦筋也不錯，綸太郎如此想著。果真如父親說的：不要小看警方的搜查能力。

「橋場刑警對於這張日記的片段，還說了什麼可供參考的話嗎？」

「這我就不知道了。我去北澤署的時候，他剛好在署內的休息室裡睡覺，我不忍心把他叫醒，所以我剛才說的那些其實是柏木警部轉告我的。柏木警部似乎相當照顧橋場刑警，他年輕時的個性好像也跟他很像。如果硬要說橋場有什麼缺點的話——這是柏木警部說的——就是他看太多推理小說了。」久能露出有點開玩笑的表情說：「他好像也看過你寫的書。」

「我的？」

「所以才會這麼幹勁十足啊！我是這樣揣測的啦！因為最早指出被害人有日記的，就是你

⑯博爾赫斯（Jorge Luis Borges），當代最有名望的阿根廷小說家、詩人。

呀！或許橋場刑警是在無意間聽見了這件事吧！最後也果然讓他找到了好東西。這件事真的有意思，看來名偵探還可以提高警察的士氣呢！」

「怎麼可能？」綸太郎張大雙眼，誇大地聳聳肩膀說：「一定是你想太多了。」

久能一定是在開玩笑，綸太郎把手肘放在窗台上，托著腮，沉默地看著窗外的風景。真是的，不管是父親、久保寺容子或其他人，最近大家都這個樣子，好像把我當成瀕臨絕種的稀有動物在保護一樣，難道我是「紅色名單偵探」⑰嗎？可是自己會被人這樣看待，其實是因為平日自己老愛抱怨的緣故，怪不得別人。因為自己有名偵探情結，所以經常任性、鬧彆扭，總愛以冷漠的眼光看待周圍的反應。列車進入隧道，玻璃窗上映出自己的臉。「在沒有真正的偵探小說的情況下，名偵探只是一種反動性的安排，是用來延續在二十世紀末邁入尾聲的故事策略。這種策略真的可以被允許存在嗎？」問題是，會這樣自問的原因，其實是因為心懷危機感，所以想藉著這樣的問題來提高自己虛幻的高度；從倒置的反諷開始，以過度的評價達到自我肯定和自我滿足的欲望。然而，這才是真正慘不忍睹的鬧劇，也是最差勁的思考模式。就像前天晚上無法回答容子提出的問題一樣，因為那是無法撼動基礎的問題；也像是昨天晚上對父親的說明一樣，都只是為了想從這樣的陷阱裡解脫出來而已吧？

可是，此時此刻，這個問題變得更加深刻了。但這是一種觀念上的惡性循環，只是在浪費時間——就像某位評論家說的：「拐彎抹角地談論讀者不關心的主題，經常中斷故事進展的惡習，造成了法月作品結構上的缺陷。」所以綸太郎決定在列車抵達京都之前的兩個小時，要先解決眼前的問題——清原奈津美的日記片段、裁碎成紙屑的影印紙、經過拼湊而回復的清原奈津美日記的第一頁。不，不對，在綸太郎手上的，只是那一頁日記影印再影印之後的放大版本；是正在等待解讀的故事中，某一個不完全的複製品。這是清原奈津美寫下的私密獨白，是幾乎聽不到、不成聲的微弱回音。列車愈往西，雲層就愈厚，天空也愈低，不久便開始聽到雨滴打在車窗上的聲音。雨水斜斜地飛過車窗，在窗戶上劃出一道道透明的線條。像踏腳石般的單字，構不成有連貫性的文句。快速的列車不斷把窗外的風景往後抛。打在窗戶上的雨滴變大、變急了，綸太郎的視線從影印紙上抬起來，用手觸摸著沒有被雨水打到的窗戶內側。從車內看出去，窗戶外側的水流像蛞蝓，行動敏捷地爬過玻璃表面。綸太郎的手指沿著水流滑動，但是，他的指尖並無法透過玻璃，實際地摸到冷冷的水流。

❖

當平靜的車廂內響起了播音員的聲音——先是日語，接著以英語，告訴旅客們馬上就要到達京都時，綸太郎解讀日記的工作也正好告一個段落。久能一邊把行李從頭上的貨架拿下來，一邊稍微彎著腰問：

「完成了嗎？」

「相當困難吶！」綸太郎把用紅筆塗寫得紅通通的影印紙遞給久能看。原本幾乎只是單字的日記片段，變得有點像文章了。

⓱瀕臨絕種的動物會被保育團體列入「紅色名單」中。

一九九一年三月十日（日）

我絕對不會忘記今天……我要重新開始寫日記。

（空白？）

……空白的第一頁。

我羞紅了臉頰，簡直就像十八歲的時候。

那是令人懷念的……情不自禁地詳細記錄下……一舉一動。

（空白？）

這種……沒有用電腦，用手寫的關係吧……最近都用電腦。

信？……也許我想要寫信。

寫給那個人。

一定是的。然而，……勇氣也沒有，……以前那樣寫日記……吧！

「『給那個人』？」久能充滿感慨地說。「不知道清原奈津美的『他』，是怎麼樣的人？」

巨大的白色象棋，不，是在雨中冒著煙的京都鐵塔，慢慢地接近右手邊了。雖然京都人對鐵塔的評價貶多於褒，也認為這座鐵塔並不適合當作京都的大門象徵，但是和東京的新都廳比起來，京都鐵塔還是優雅多了，而且來到京都卻沒有去看這座鐵塔，會讓人覺得好像沒有來到這裡。此時，沉重的煞車聲響起，列車的速度變慢了。時間是十一點三十四分，列車按照預定時間，準時抵達京都車站。

14

因為沒有事先通知京都府警新幹線到達的時間，所以京都府警並沒有派人來接他們。等他們在地下街的美食區用過午餐後，就在車站前叫了計程車，前往位於上京區的京都府警本部。計程車從由南到北貫穿市區的烏丸通北上，穿過因為午餐時間而顯出活力的辦公大樓區，掠過右手邊被石牆和高大茂密的行道樹包圍的京都御苑，看見「烏丸下立賣」的牌子之後往西轉，就可以看到新町通西側的府警本部，那是一棟相當有歷史的歐式建築物。司機把車子開到靠近步道的地方才停下車子。一下計程車，像被篩子篩過的綿綿雨水立刻撲到臉上。

因為是來出差進行調查工作的，所以久能警部先去刑事部的搜查互助課打聲招呼。這段時間，綸太郎在大廳裡等著。大約過了十五分鐘後，久能回來了。

「有什麼收穫嗎？」

綸太郎問。但是久能搖搖頭說：

「只是去打個招呼，就像到任何地方都要先去拜碼頭一樣。」

「原來如此。」

「我和搜查一課的課長談過了。他說這個事件是由川端署管轄，要知道詳細情形的話，就必須去那裡問。關於我們的行動，他們好像不想過問。另外，我也提起你的事了，但是他們一點反應也沒有，一副警視廳愛怎麼做就怎麼做的樣子。」

「因為逃亡中的兇手自殺了，所以他們大概覺得這個案件已經沒有處理的必要了吧！」綸太郎說：「不過，對我們而言，或許這樣反而方便。」

京都府警派車送他們到川端署，開車的是一位隸屬交通課，和刑事案件無關的年輕警員。一聽說他們是東京警視廳搜查一課的警部，年輕的眼睛便露出憧憬又尊敬的眼光。綸太郎坐在後座，像一個基層的普通警員一樣，無聊地看著窗外的風景。因為他不是第一次到京都，所以對京都的地理方位已有相當的概念。車子行駛過因為下雨而水位高漲的鴨川，在丸太町通與東大路的交叉路口轉向南方。坐在駕駛座上的年輕警員說這一帶是「新左翼過激分子餘黨的巢穴」，所以機動隊一年到頭都會在這裡進行搜查。不過，綸太郎並不覺得這個地方有那種緊張的氣氛。塗成綠色的市公車一輛接一輛地走走停停。雖然是下雨天，但是路上的腳踏車、機車還是相當多。老式的建築房舍櫛比鱗次地排列在不是很寬敞的道路兩旁。

川端署位於從蹴上注入鴨川的琵琶湖疏水道的河畔，就在東大路與冷泉通的交叉口上。左右兩邊分別是加油站和賣酒的酒舖，是一棟看起來草率完工的三層樓水泥建築物。為了保留停車的空間，面對東大路的一樓全都往後移，並且好像為了方便地方上的居民向警察投訴般，正面的牆壁幾乎全部使用玻璃。不過，是否會有效果令人懷疑。川端署好像已經從府警本部獲得消息，他們的車子一停，就有兩位川端署的刑警迎上前來。其中一位年約四十歲左右，個子不高，圓圓的臉上表情嚴肅，三七分的頭髮好像抹了水似的，服服帖帖地貼在額上。

「我是搜查一課的奧田。」迎上來的刑警用帶著關西腔的口音自我介紹。「遠道而來，路上辛苦了。」

他們在大廳裡簡單地交換了情報。根據奧田刑警的說法，昨天（十六日）上午九點十五分，蹴上發電所的職員跑去川端署管轄的南禪寺派出所報案，說：「有個女人倒在發電所的鐵管之間，好像是從制水門上掉下來的。」蹴上發電所的制水門在離派出所約四百公尺的南下位置，於是派出所立刻派人察看，發現那個女人已經死了好幾個小時。

收到南禪寺派出所的通報後，包括奧田本人在內的川端署搜查人員馬上前往現場，查看女人的遺體。可是，遺體身上找不到可以證明那個女人身分的遺物，只在她的衣服口袋裡尋獲飯店的鑰匙。從鑰匙得知那個女人投宿在岡崎的商務旅館——京都旅人飯店。到京都旅人飯店查問後，櫃台人員說那個女人以「桂由美子」的名字登記住房，住址是福井縣福井市，她是在十四日星期一的下午check in，預定停留三天，但是只有第一個晚上在那裡留宿，她在第二天傍晚離開飯店之後就沒有再回來過。

於是，他們便請飯店的人打開女子投宿的房間，檢查她隨身攜帶的行李，才發現她check in登記的「桂由美子」是假名。從行李內的存摺等證明物件上，發現她的真名是葛見百合子，這才知道她就是警視廳發佈要尋找的人物——從十三日起就行蹤不明，為發生在世田谷區女性上班族命案的重要關係人。接著他們進行遺體特徵的檢查，確認她確實就是警視廳發佈要找的人。之後京都府警便向警視廳通報說找到通緝中的嫌犯屍體了。

「後來才知道，葛見百合子登記的住址是她福井老家的住址。」奧田翻著手中的記事本說：「桂由美子這個假名，應該是從真名變化出來的⑱。」

「死者的身分確實正確無誤嗎？」久能謹慎地再問一次。

「發現她是通緝中的嫌疑犯之後，我們馬上聯絡了她的家人。她的父母昨天晚上就搭乘『雷鳥號』特快列車來這裡，並且立即前往認屍。他們說死者確實是他們的女兒百合子沒錯。昨晚他們也投宿在京都旅人飯店，今天應該還在京都。」

「雖然沒有留下任何遺書，但是很明顯是從上往下跳下去的，所以已經排除她是失足從制水門摔死的可能。通往制水門的通道上有防止跌落的柵欄，除非是自己越過柵欄，否則不可能從那裡掉下去。另外，附近也沒有年輕女性會在深夜時獨自去散步的場所。也就是說，百合子一開始就打算自殺，所以選擇不會有人接近的蹴上發電所，當作自殺的地點。」

「至於自殺的動機，那就更沒有疑問了。」奧田接著說：「百合子星期一離開東京，藏身到京都來，是因為已經無路可走了，而且前途茫茫，未來一點希望也沒有。一來是她沒有勇氣自首，再加上殺害好友的內疚感，讓她終於在殺人後的第三天晚上——也就是星期二晚上，興起了自殺的念頭。從飯店的工作人員口中可以證明這一點。飯店的人說百合子一整天都待在飯店裡沒有出去，除了去一樓的餐廳用餐外，一直把自己關在房間裡；吃飯的時候也一直低頭沉思，一點精神也沒有，完全無視周遭人的存在，因此大家都覺得她很奇怪。但是，當天晚上的深夜時分，有人看到她離開飯店時的樣子。那時她顯得神清氣爽，好像心中已經了無牽掛的樣子。還有，根據櫃台的說明，百合子曾經打了兩次電話，都是從房間裡打出去的。一次是住進飯店的當天深夜，那是一通市外電話。另外一通電話是她要離開飯店前打的，這次則是市內電話。不過，兩通電話都沒有留下對方電話號碼的紀錄。」

奧田很隨意地說著。從他的語氣可以聽出，他似乎並不重視百合子離開飯店前打的市內電話。久能順著奧田說的內容問：

「百合子離開飯店的正確時刻是什麼時間？」

「九點十分左右，她獨自一個人離開飯店。好像沒有對櫃台的人說什麼就出去了。最近的飯店都不會要求客人在離開飯店時，要把房間的鑰匙留在櫃台了。」

「做過司法解剖了嗎？」

「今天早上在特約的醫大進行司法解剖了。葛見百合子從蹤上發電所的制水門往下跳到二十公尺深的地方，所以她的死因是全身撞擊而引起的內臟破裂及頭骨碎裂。發生在她身上的撞擊有兩次，一次是縱身跳下時撞到鐵管造成的撞擊，另一次是從鐵管反彈到水泥地面時造成的撞擊。以她的情況來說，應該是當場就死亡了。頭骨的碎裂應該是反彈之後撞擊到地面時造成的，撞擊力不像縱身跳下時那麼大，所以她臉部的傷並不明顯，也降低了確認身分時的困難度。」

「推定的死亡時刻呢？」

⑱葛見百合子的發音是KA-TSU-MI-YU-RI-KO，桂由美子的發音則是KA-TSU-RA-YU-MI-KO。

「綜合發現屍體時的現場檢驗與解剖的結果，推定出來的死亡時間應該是十五日星期二的晚上九點半到十二點之間。從京都旅人飯店到蹴上發電所的距離並不算很遠，走路大約二十分鐘就可以到達，所以她到達現場的時間大約是九點半左右。由於入夜以後，幾乎不會有人在那附近走動，所以找不到所謂的目擊證人，死亡時間也只好抓得寬鬆一點。另外還有一件事，不過不知道這件事和東京的命案有沒有關係——」

「什麼事？」

「解剖遺體後，發現了一件事情。」奧田故弄玄虛地看了看久能，又看了看綸太郎，然後才壓低了聲音，說：「這件事情，我們還沒有對她的父母說。葛見百合子有接受過墮胎手術的痕跡。那個痕跡還很新，所以應該是這一個月內發生的事情。」

一定是三木達也的孩子。綸太郎直覺地這麼認為，心情顯得更沉重了。是三木得知她懷孕後，要她把孩子拿掉的？還是她自己知道未婚夫不可靠，所以在沒有告知三木的情況下，就自己決定拿掉孩子呢？不管怎樣，不難想像他們兩個人的關係會因為這件事而更加惡化。不，說不定當時三木的心早就已經飛到清原奈津美的身上了，知道百合子懷孕後，為了避免以後的麻煩，便找了種種理由哄騙百合子去墮胎。

至於百合子自己想不想把孩子生下來，就沒人知道了。當然，為了繼續從事編輯工作，或許是她自己決定要墮胎的。可是，墮胎這種手術所帶來的精神上與肉體上的打擊，卻全部加諸在她一個人的身上。如果一定要問百合子殺死奈津美的動機到底是什麼，那麼答案必定和墮胎所帶來的心理壓力有關係。綸太郎這麼想著。不論現代的人工墮胎手術有多麼發達，免不了都會對母體的健康有不良影響。先不用說手術的後遺症所造成的肉體傷害，短時間內，百合子的心裡一定也難逃墮胎的罪惡感。然而，她動完墮胎手術後，應該在她身旁支持她的男人卻移情別戀，整顆心都放在好友奈津美的身上。這種事情不管是誰都難以接受。在殺死奈津美之前的幾個星期裡，百合子的心理失去平衡，陷入隨時都可能精神崩潰的狀態，只要出現導火線，就會讓她的人格完全失控。累積在她內心的反面情緒，終於像火山熔岩一樣地噴發出來，痛苦的情緒瞬間化為不正常的攻擊行為，怨恨的矛頭也指向最親近的朋友——清原奈津美。情緒不穩定的葛見百合子，因為一時衝動而殺死了長年和自己生活在一起的好友，並且殘忍地燒毀了死者的臉。如果是熟悉臨床案例的心理學家，一定會這樣分析吧！按照心理學家的模式，不只被殺死的清原奈津美是犧牲者，葛見百合子也是這個事件的犧牲者。也就是說，發生在陽光露台雙海的悲劇，其實是一樁典型的情殺事件。

錯不了的，事情的真相應該就是這樣。但是，在那樣的說明裡，還缺少了一點什麼東西。對綸太郎而言，這個事件還有一個重要的核心，那就是讓百合子犯行的契機，而這個契機恐怕就是奈津美寫在日記裡的某件事。被寫進日記本裡的那件事不是三木的背叛，而是完全無關的另一件事。正因為那件事，百合子才會來到京都，並且還讓她產生走向死亡的力量。就是那個看不見的磁場的極點，讓百合子犯下了殺人的惡行。奈津美寫在日記上的文字，藉著撒在白色紙張上的碳粉浮現出來，那是指出事件核心的命運磁力線。吸引綸太郎千里迢迢地來到京都的，就是那個磁場所散發出來的力量，他想要一探那個看不到的極點。只要那個極點之謎沒有被解開，已經死去的兩個女人的臉，就會像沒有五官的面具，永遠是空白的。

久能輕輕轉頭看綸太郎。綸太郎決定晚一點再把百合子曾經墮胎的事情向父親報告，他的視線回到奧田的臉上，換了一個問題：

「葛見百合子應該帶著被害人的日記，或是日記的影本。在她投宿的飯店房間裡或者其他地方，有找到那樣的東西嗎？」

「沒有。」奧田冷漠地搖搖頭，說：「關於這件事，警視廳也不斷地在問，所以我們也特別留意了。可是，完全沒有看到類似日記或日記影本的東西。」

「奇怪了。應該不會這樣才對呀！」

綸太郎洩氣地歪著頭說。於是奧田帶著一點點不服氣的眼神，但是語氣卻非常委婉地問他們兩個人：

「葛見百合子的身邊有日記這件事是確實的嗎？不會只是猜測的吧？我們也問過東京那邊那本日記本是否有什麼特點，可是他們也說不出個所以然來，只回答我們應該有日記本或影印的日記。我的說法或許比較失禮，可是，我認為關於日記這件事，會不會只是一種不確定的期待？」

「你說對一半。」久能苦笑地回答。「可是，今天早上已經掌握到確實有日記的證據了。」

接著，久能便把在北泮社找到的日記影印給奧田看，還大概地說明了北澤署如何拿到這個證據的來龍去脈。奧田顯然對久能的說明無法提出異議，但是仍然堅持已經死亡的百合子並沒有帶著日記或日記影本之類的東西。

「我們非常認真地找過了，不論是她死亡的現場還是飯店的房間裡，都沒有那樣的東西。我不認為我們的搜索有疏忽之處，所以我至少可以斷言，葛見百合子的身邊沒有日記本或日記的影印本。」

奧田並不是在固執己見，而是基於搜查員的立場作了如此的解釋。綸太郎稍微思考了一會兒後問：

「她遺留下來的物品中，有沒有類似寄物櫃的鑰匙之類的東西？」

「沒有。」

奧田很快就回答這個問題。由此看來，他們的調查行動確實應該是沒有疏漏之處。奧田像在尋求妥協般，提出了另外的意見：

「我覺得隨身帶著犯罪的證據行動，基本上是很危險的行為。會不會是百合子也意識到這一點，所以主動銷毀了日記或日記的影本呢？」

「不，應該不會。」久能說：「我不敢說日記絕對沒有被銷毀，但是影本一定還在她的手邊。如果她打算銷毀日記的話，當初就不會去影印了。」

奧田雙手抱胸，身體向後仰，椅子因此發出軋吱的聲音。他的眼睛看著天花板，鼻子裡發出像打鼾一樣的聲音，陷入沉思之中。久能拿起放在桌子上的日記影印紙，用手任意把玩著，並沒有看內容。綸太郎語氣平淡地問奧田：

「發現百合子的屍體時，她的鞋子呈現什麼樣的狀態？」

「左腳的鞋子掉在地上。」奧田漫不經心地回答。「應該是撞到鐵管時掉落的吧！右腳的鞋子則要掉不掉的，有一半還套在腳趾頭上。」

「可是，通常要自殺的人都會把鞋子脫下來，排在旁邊之後，才赤腳往下跳的，不是嗎？」

「不一定是那樣吧？不過，跳水自殺的人，確實大多是赤腳跳水的。」奧田說著，然後突然站起來，看著綸太郎的臉說：「你剛才說的話，有什麼涵義嗎？」

「我覺得葛見百合子的死與第三者有關。」

「怎麼可能！」奧田雖然這麼說，但是表情卻明顯僵硬起來。久能也停下把玩日記影印紙的動作，詫異地注視著綸太郎。

「百合子應該是帶著清原奈津美的日記本來到京都的。」綸太郎對他們兩個人說：「但是，現在卻無法在百合子的身邊找到日記本或日記影本。我認為與其說是她銷毀了那兩樣東西，還不如說是有人拿走了，或者是等百合子死了以後，有人從她死亡的現場拿走了那兩樣東西。」

奧田以懷疑的口氣再度問道：

「你該不會想說，百合子的死不是自殺，而是他殺吧？」

「現階段我還不至於認為這是一樁殺人案件。但是，當天晚上去蹴上發電所的人，除了百合子以外，或許還有別人。我認為這種可能性相當高。百合子在離開飯店前，好像打了一通市內電話，那通電話的內容或許就是和某人約定，要在蹴上碰面的電話吧？如果是，那麼百合子的目的應該就是把某個人約出來，並且讓那個人看奈津美的日記。可是，在九點半到十二之間，他們兩個人之間發生了一些事情，最後百合子從制水門上掉了下去，那個人便拿走了百合子留下來的日記本和日記影本，然後離開現場。依照我的推測，那個人拿走日記的原因，一定是因為日記裡記錄了他不願讓別人知道的事實。」

「你說的那個人——」久能豎起了耳朵，臉上的表情也變得嚴肅起來。「莫非就是奈津美日記裡的『那個人』？也就是茹貝兒化妝品公司內部謠傳的，奈津美在京都的秘密情人？」

綸太郎看著久能，牽動右臉微微一笑，然後慢慢地站起來，催促目瞪口呆地看著他們兩人對話的奧田：

「麻煩你了，能不能請你帶我們去葛見百合子死亡的現場？」

❖

當他們在前廳討論案情的時候，外面的雨勢已經漸漸減弱，變成不撐傘也無妨的細雨了。送綸太郎與久能來川端署的府警本部派車已經回去了，所以奧田刑警便開著川端署的豐田MARK II載兩人去百合子死亡的現場。車子南下到東山仁王門後，便改變方向朝東行駛，沿著疏水道走。東山群峰宛如屏風一樣矗立在眼前，讓人更深刻地明瞭到京都的盆地地形。現在是秋意正濃的時節，深綠色的山巒被紅葉染紅，像仙女羽衣般的白色雨霧，籠罩著山脊。國立近代美術館、塗著朱漆的欄杆、雄偉地聳立在神宮道上的平安神宮大鳥居、岡崎動物園、斜坡軌道的小船碼頭，一一從左手邊通過，道路大幅度地向右轉之後，來到了南禪寺的參拜道路。派出所就位於交叉口西邊的地方，那是一棟日式的小屋。剛才奧田說的南禪寺派出所就是這裡吧！

奧田等號誌燈亮後左轉，把MARK II開進南禪寺的參拜道路。路的兩旁是一間接著一間、掛著「湯豆腐」招牌的店家，觀光客信步走在參拜道路上，計程車和觀光巴士穿梭其間。穿過用白色字體書寫的「大本山南禪寺」中門門牌後，從茂盛的樹林枝頭之間，可以看到兩層樓、左右都有山廊⑲的禪宗式建築的山門，感覺自己好像是來觀光似的。奧田把車子的方向盤向右切，來了個急轉彎。路上都是觀光客，車子只能慢行。經過金地院的門之後，道路兩旁變成白瓦頂的泥牆，車子直線前進了一會兒後又右轉。左手邊的白瓦頂泥牆中斷了，取而代之的是天然岩石堆砌起來的石牆。這裡好像是私人的土地。在石牆的前方是非常靠近山麓的斜坡，坡面上生長著潮濕的混合林，阻礙了視野。道路盡頭的斜坡軌道像是防波堤一樣，以南北向橫躺在那裡，阻擋了前進的去路。紅磚堆積的短隧道從那下面穿過，可以通到連結三條與山科的幹線道路，但是，車子不能從那裡經過，只能迂迴繞過南禪寺，所以車子必須做大大的U字迴轉，才到得了目的地。開車的奧田如此說明著。

方向盤向左切，在鋪著水泥的車用路面上往上坡前進了二十公尺左右，車頭就在靠近寫著「禁止進入」的圍欄前面停止了。MARK II停車了。一位穿著作業服、拿著一大把鑰匙的電力公司職員站在圍欄的這一邊，問奧田：你是川端署的刑警吧？從車子裡下來的三個人中，奧田是他之前唯一見過的人。為了再次進入現場，奧田在離開川端署之前與發電所的人聯絡過了。

電力公司的職員拆下鎖頭，拔起門，打開門。一下車，就聽到隆隆的水流聲。電力公司的職員帶頭，沿著鐵管走上坡度平緩的鋪設路面。從路的左邊到鐵管的寬度，大約是一個人伸開手的長度，路肩的護欄隔出了勉強可以讓人走動的空間。每當有風從山谷那邊吹過來，樹梢就會隨之搖動，細雨也會打在臉和肩膀上。

「蹴上這個地方正好在左京區、東山區和山科區的交界上。」奧田一邊走，一邊想到什麼似的說著。「斜坡軌道屬於東山區，如果發現屍體的地方稍微偏西一點，那麼這起案件的搜查工作就會由松原署來負責了。」

這句話聽起來的意思好像是：自己就可以不必陪這麼麻煩的傢伙來這裡了。本來以為是自殺的案件，卻被指稱有他殺的可能性，這大概讓奧田覺得很困擾吧！在對此產生氣憤的情緒之前，他似乎還沒有決定好要怎麼處理這個問題。就好像固若金湯的要塞般，眾人的眼前聳立著非常堅固的制水門。奧田指著離鐵管數公尺的地面，像在半空中劃一個圓似的，指著那個地方說：

「命案現場就是那裡。因為被鐵管擋住了，所以從這裡看不到。不過，屍體就趴在那一邊的兩根鐵管之間。」

綸太郎轉頭看上面。在接近垂直的角度往上看的情況下，不容易掌握到距離的遠近，不過，如果利用紅磚砌起來的堤壩高度來推算的話，從制水門到這裡的距離應該有五、六層樓高吧！綸太郎指著橫切過水門的聯絡通道，問奧田：

「人是從那裡掉下來的嗎？」

「是的。」

從那麼高的地方掉下來，肯定會當場死亡吧！綸太郎轉頭問電力公司的職員，確認自己是否可以越過鐵管去看看，得到的答案是ＯＫ。奧田潑冷水似的提出忠告說：

「我沒有想阻止你的意思。不過，昨天我們調查的時候，真的什麼也沒有看到，而且今天早上的雨也把地面上的痕跡都沖掉了。」

「沒關係。」綸太郎說。「我只是想親自看看現場而已。」

於是他把上衣脫下來交給久能，然後捲起襯衫的袖子。久能笑咪咪地看著綸太郎，看樣子他並不想動。綸太郎跨過護欄之後，本想一鼓作氣地爬上眼前的鐵管，但是鐵製的粗大圓筒鐵管不容易抓牢，再加上雨水的關係，才一踏上鐵管，就一個不小心地失去平衡滑了一跤。他的腦子裡一邊想著如果穿的是膠鞋就好了，一邊改變身體的姿勢，用背部貼著鐵管，慢慢滑落在基石地面上。

在兩根鐵管的各個接縫處，都有用半圓椎體的水泥基座固定。鐵管的直徑和綸太郎的身高差不多，綸太郎的視線正好看到鐵管的上方，所以感覺上視野變得非常窄。鐵管本身就讓人很有壓迫感了，鐵管與鐵管之間的距離又只有兩公尺多一點點，走在那樣的基石地面上時，綸太郎忍不住覺得自己很像是迷失在古代都市地下道遺跡裡的孤獨考古學家。在左右兩邊的鐵管裡滾滾流動的水聲，像是立體音響一樣地製造出回音，增加了這條走道被世界隔絕的感覺。

因為雨水沖刷的關係，腳下的基石地面上除了有警方調查時劃下的屍體輪廓外，看不到任何血液的痕跡。不過，那個輪廓就足以說明葛見百合子曾經陳屍於此了。綸太郎蹲下來，眼睛注視著四周，但是果然如奧田所說的，這裡什麼也沒有。在鐵管與水泥地基組成的冰冷空間裡，連一株雜草也沒有。綸太郎閉上眼睛，一邊默默地為因極度悲憤而殺人的兇手禱告，一邊想著：兩天前的深夜裡，是否有人像現在的自己一樣，越過鐵管，在無邊的黑暗裡，獨自屈膝尋找葛見百合子的屍體？或許那個人還帶走了清原奈津美的日記本。

「找到什麼了嗎？」

久能問道。綸太郎回頭看聲音傳來的方向，看到久能正在鐵管的上面露出臉來，看著自己。久能的肩膀左右擺動著，一定是因為兩腳踩在護欄上試圖取得平衡的關係吧！綸太郎搖搖頭，表明自己馬上就要回去了。但是，當他把手放在鐵管上面，想把身體往上提起時，發現這邊沒有可以代替護欄的踏腳處。如果緊緊抱住鐵管的話，這樣的高度並不是爬不上去，然而這樣一來衣服就會濕了。他不想讓帶著鐵鏽的雨水弄濕襯衫。支撐著鐵管的水泥基座不夠高，鐵管與基座之間只有二十公分左右的空隙，不可能從那裡爬出去。久能好像發現綸太郎的猶豫了，便指著制水門的方向。沒錯，只要踩在門壁上，上半身就不必緊抱著鐵管，也能爬到鐵管上面。綸太郎覺得可以試試看，並且想到：剛才如果也用這種方式處理就好了。

沒有發現東西是應該的，萬一發現了什麼之前沒有找到的證據，那麼川端署、甚至於京都府警，就丟臉丟到家了，而且情況一定會變得很難堪吧！看到綸太郎空手而回，奧田的臉上露出鬆了一口氣的表情，輕鬆地問綸太郎：可有找到足以推翻自殺這個推論的線索？綸太郎以僵硬的表情回答：如你所說的，那裡什麼也沒有。然後他從護欄上跳下來，從久能的手上取回外套，一邊把手伸進袖子裡，一邊抬頭看著制水門的聯絡通路。

「要上去那邊看看嗎？」

奧田問。綸太郎點點頭。制水門與崖谷的連接位置上，設有像太平梯一樣的作業用舷梯。

電力公司的職員走在最前面，奧田、久能、綸太郎依序登上鋼製的階梯。坡度愈來愈陡，不抓緊扶手的話，就會覺得腳底下很滑。爬上舷梯後，就是凸出到半空中的職員專用通道。這條通道十分狹窄，有點像工地現場臨時搭建的棧橋，與制水門的聯絡通路連接在一起。通路的周圍以尖銳的鐵條圍了起來，嚴防閒人闖入。電力公司的職員又哐啷哐啷地拿出那一大把鑰匙，打開阻隔在聯絡通路外的門鎖。

從制水門的高度和陡峻的崖谷坡度看來，外人在深夜時刻擅自越過圍欄，根本是一種不要命的行為，甚至可以說是心理有問題。現階段雖然還無法想像那個人到底是誰，但是，那個把葛見百合子從聯絡通路上推下去的人，為了拿到奈津美的日記本，一定得想辦法走到鐵管的地方。那麼，就算必須繞遠路，他也應該會從山腳下沿著作業車使用的通道迂迴走過去才對，綸太郎這麼想著。想到這裡，綸太郎便恨起雨來了。如果沒有下雨的話，那個人在攀登山腳的圍欄時，或許會留下鞋底的泥土或什麼證物。

綸太郎抓緊聯絡通路的欄杆，把身體往前探出去。眼下是兩條長長的鐵管。從高處往下看時，鐵管又平又小，和剛才親自站在地面上看到的印象截然不同。已經看不到劃在地面上的人體輪廓了。奧田走到綸太郎的身邊，也看著下面問：

「怎麼了嗎？」

綸太郎先搖搖頭，然後轉身向後。擋在眼前的高聳圍欄的另一邊，由紅磚砌成的制水門外圍，以類似橫倒的「E」的形狀聳立著。制水門旁邊附有螺旋狀的樓梯，感覺就像一座中世紀的古城城門一樣。梯子上有兩片鋼鐵製的金屬隔板被夾在三根粗厚的支柱之間，並各自標示為一號門、二號門。正中央的支柱上設有開關，以及排列著許多小燈光的控制盤，這些應該就是可以控制隔板上下滑動，和調整注入鐵管水量多寡的設備吧！當然，那裡的圍欄上也有「禁止進入」的標示。久能站在綸太郎與奧田稍遠的地方，一邊問電力公司職員專業的問題，一邊做筆記。

水聲仍然不斷傳進耳朵裡。側耳傾聽之後，會發現那不是往下奔流的聲音，而是像溪流的流水般緩慢的水流聲。往左看去，會發現水道在東邊山脈的深處被切斷了。被水門攔下來的水，好像統統流到那邊去了。綸太郎問奧田：

「那邊的水道會通到什麼地方？」

「好像是疏水道的支流吧！從這裡一路流到南禪寺境內的水路閣，再北上到鹿之谷，途中經過導水管，一直通到松之崎淨水場。順道一提，沿著疏水道的遊人徒步道一路從若王子走到銀閣寺這段路，就是因為西田幾多郎先生[20]而聞名的哲學之道。」

「你說的若王子町，離這裡很近嗎？」

「嗯，走路的話，大概二十分鐘就到了。那裡有東映電影公司的演員經營的喫茶店，是很不錯的散步路線。」

奧田以一個觀光導遊的口氣說著。綸太郎打斷他的導覽說：

「我看過今天早上的報紙了。根據報紙的報導，昨天早上好像發生了一起Ｎ氏賞作家龍膽

[20] 一八七〇——一九四五，為日本知名的哲學家。為京都大學教授，是京都學派的創始者。因為經常在疏水道的遊人徒步道散步，那段散步道因而被後人稱為「哲學之道」。

直巳被暴徒毆打的事件，出事的地點就是若王子町。」

「啊！有的，是有那麼一件事。」奧田沒有多想地回答：「所幸沒有危及性命，但是那個作家的傷勢不輕，據說需要住院一個月左右。」

「捉到那名暴徒了嗎？」

「我想應該還沒有吧！因為那不是本署負責的案件，所以我不太清楚詳細的情形。但是，那件事怎麼了嗎？」

「你是在問我那件事和葛見百合子的死，有什麼關連嗎？」

「沒有關連吧！」奧田一臉訝異的表情。「雖然那個作家被打的地點離這裡很近，兩起事件發生的時間也很接近，可是不能因為這樣，就認為──」

「我沒有那樣說。」綸太郎語氣強硬地說。「被葛見百合子殺死的室友名叫清原奈津美，她在茹貝兒化妝品公司發行的雜誌編輯部工作。那本雜誌上有龍膽直巳的連載短篇小說，而奈津美小姐正好就是龍膽的責任編輯。」

看奧田的表情，好像是聽到了什麼青天霹靂的消息一樣。

「到底是什麼樣的情形，請詳細說明一下。」

於是綸太郎便把昨天在銀座的「梅西」咖啡館裡，《VISAGE》的副主編說的話，大概地說給奧田聽。奧田顯得愈來愈困惑了。

「可是，光那樣也不能代表什麼吧？這兩件事到底有什麼關連？」

「毆打龍膽直巳的人好像是一名二十五歲左右的年輕男子。」久能聽到了他們兩個人的對話，便插話說道：「那個年輕的男子，或許就是清原奈津美每次到京都出差時都會秘密見面的男朋友呢！」

綸太郎點頭回答：

「也有這個可能。」

「可是，你剛才不是說清原奈津美和龍膽直巳有曖昧的關係嗎？」奧田說：「如果那是事實的話，龍膽就是清原奈津美的秘密情人啦！應該不會再有別的男人介入的餘地了。」

「直到昨天為止，我確實是這麼想的。但是，我現在覺得那個想法錯了。葛見百合子的未婚夫向奈津美表示好感時，奈津美以自己已經有認真交往的對象為由，拒絕了他。有婦之夫龍膽直巳應該不可能成為奈津美認真交往的對象吧？因此，我認為奈津美與龍膽的關係應該是被迫的，而她真正喜歡的對象也應該在京都。」

「可是，光是這樣的論點，也不能把毆打龍膽的人與奈津美的男友劃上等號呀！重點是她的男朋友為什麼要毆打龍膽？」

「剛才我就說過了吧！奈津美應該是被迫與龍膽發生關係的，龍膽利用自己是人氣作家的身分，強迫奈津美成為自己洩慾的工具。我認為這個謠傳的可信度很高。這麼一來，奈津美的男朋友毆打侵犯女友的龍膽，並不是什麼不可思議的事情吧？」

「可是，奈津美的男朋友怎麼會知道女友與龍膽的關係呢？奈津美已經死了呀！我不認為她會在生前親口告訴男友這種事情。」

「日記呀！」綸太郎說：「消失的日記本裡，一定記載著龍膽的事情。奈津美的男友於十五日那天的晚上，在這裡和葛見百合子見面，基於為情人報仇的心理，他一時衝動把葛見百合子從高處往下推，殺死了她，同時拿到了奈津美的日記。讀了奈津美的日記後，他當然就會發現奈津美受到龍膽脅迫的事情。知道那樣的事情後，他會產生多大的憤怒可想而知。於是他趁著天還沒有亮的時候，埋伏在龍膽的慢跑路徑途中，在四周無人的情況下對龍膽施暴。或者，奈津美生前也曾經對他說過N氏賞作家的日常作息，所以他可以伺機行動。依照這樣的推論，就可以說明從十五日的晚上到第二天早上發生的兩件事情——葛見百合子的死與龍膽被毆打的事件，是相關的事情。」

「可是，這全都是你一個人的猜測，」奧田像在打拍子似的搖著頭說。他完全不顧刑警應有的風度，頑固地否認綸太郎提出的推論。「以空穴來風的謠傳為基礎編織出來的一大堆假設性結論，無法說明任何事情。請你聽好，認為死者有寫日記這件事，根本就是不正確的想法。雖然你認為葛見百合子來京都的目的，是想讓室友的男朋友看那本日記，但是這個推論成立的前提是必須有日記的存在，才能讓他看到日記。另外，辦公室女職員之間的謠言都是無稽之談，一點根據也沒有，不能拿來當作推論的線索。以那樣的推論來否定我們的判斷，還把無關的事件牽扯進來，你不覺得太過分了嗎？」

「葛見百合子拿走被害人的日記本，並不是單純的猜測，而是不爭的事實。」久能委婉地指正說：「就如先前所說的，至少百合子拿著日記去影印這件事，是有絕對證據的事情。把日記本拿去公司影印，表示百合子對日記本有一些想法，她有可能將日記本和日記的影本分開保管。或許就像綸太郎所說的，有人從百合子的手中拿走了日記本，但是那個人一定沒想到還有影本的存在。說不定那份影本被藏在我們還沒有搜尋過的某個地方。總之，我們還是回去百合子投宿的飯店看看吧！或許能找到什麼線索。」

15

再度坐進MARK II，沿著來時路往回走，在到達岡崎的京都旅人飯店前，奧田賭氣似的一路上都不說話。以商務飯店來講，旅人飯店的地理條件並不是很好，建築物本身也差強人意，沒有什麼特色。三人走過樸素而整潔的前廳時，一個戴著銀框眼鏡、看起來像是管理階級的飯店人員，立刻和稍微有點矮胖、瞇著眼睛的櫃台年輕女性交換位置，迎上前來。他是飯店的客房部主管，胸前掛著「水原」的名牌。奧田之前好像已經和他見過面了，所以沒有亮出警察手冊，直接以公式化的語氣半命令地說：「十分抱歉，又來打擾了。可以再看看葛見百合子住過的房間嗎？」

「當然可以。可是，今天早上打掃過那個房間了。」水原好像在解釋什麼似的，接著說道：「不過，打掃之前當然向警方報備過了。」

奧田回頭，對著綸太郎和久能抬抬下巴，好像在問：這樣可以嗎？綸太郎越過奧田的肩膀，直接問客房部主管：

「打掃房間的時候，有沒有發現書籍或整疊紙張之類的東西？」

「沒有。」

「除了書以外，在那個死掉的女人的遺物裡，有沒有什麼比較引人注意的東西？」

「沒有。我們非常仔細地打掃過了，並沒有看到任何特別的東西。」

奧田聳聳肩，好像在強調水原的回答。綸太郎不理會奧田的舉動，他對久能點頭示意後，才對客房部主管說道：

「打掃過了也沒有關係。請給我那個房間的鑰匙。」

當水原去拿掛著卡片的房間鑰匙時，對那位矮胖的年輕女子講了幾句話，才從櫃台裡走出來。看樣子他是要親自帶他們三個人去百合子住過的房間。綸太郎突然想起將自己牽連進這個案件的小小鑰匙。電梯很小，塞進他們四個人就客滿了。電梯在三樓停下來，一行人從電梯裡出來後，水原便帶著他們走到走廊盡頭的房間前，房號「312」。水原打開房間的門。

和前廳給人的感覺一樣，這是一間樸實無華的單人房。起毛球的床罩、孤獨冷清的單人床、被菸蒂燒出疤痕的小桌子、櫥櫃上的小電視、恆溫熱水瓶、吊著空衣架的衣櫥、特別明亮的一體成形浴室……這是任何一家商務飯店都會有的標準配備，看起來有點冷清，讓人覺得寂寞。久能問水原一個晚上的房價是多少，得到的是一個毫不意外的標準數字，所以馬上點頭表示了解。百合子選擇這家飯店的理由是想控制支出嗎？還是只是覺得沒有必要浪費金錢？或者只是單純覺得這裡方便她接下來的行動？水原說百合子並沒有事先預約，而是直接打電話來問當天有沒有房間，然後就進房的。或許是別的飯店都沒有空房了，所以她才來住在這裡。

果然如水原所說，房間已經打掃乾淨，完全看不到百合子生前的痕跡了。這個房間就像剛換上的白色床單一樣，回歸為最原始的樣子，完全看不出百合子生前在這裡住過的任何記號。水原閒閒地環視著房間。綸太郎搖搖頭後，開始和久能分開尋找可能藏有日記影本的地方。奧田背靠浴室門站著，不僅不加入搜索的行動，還冷眼看著他們兩個人的舉動，臉上的表情好像在說：再怎麼找都是白費力氣。

沒錯，結果確實是如此。房間裡沒有日記本，也沒有日記的影本。

離開３１２號房時，久能因為期待落空而顯得非常洩氣。在蹴上時，他曾經指責奧田，所以此刻更加懊惱。綸太郎打從一開始就沒有抱著什麼希望，所以並不像久能那麼洩氣，可是想不出日記還會放在哪裡，這點讓他覺得很頭痛。擠在窄小的電梯裡時，久能好像為了打破難耐的沉默般開口說：

「會不會是兇手先來過這裡，拿走了影本？」

「怎麼說？」

「他從百合子的屍體上拿到飯店的房間鑰匙，找到這家飯店後，假裝是房客，悄悄地進入３１２號房，然後拿走日記的影本，之後再回到蹴上，把房間鑰匙放回去屍體的身上，這樣不就可以了嗎？」

「冒著被櫃台人員發現的危險嗎？」奧田有些不以為然地問著。此時電梯門剛好打開，一樓到了。「就算是深夜，飯店櫃台仍然有值班的工作人員。值班的櫃台人員看到他時，一定會問他話的。十五日那天晚上，貴飯店有員工看到房客以外的可疑人物嗎？」

奧田轉頭詢問客房部主管，主管很確定地搖了搖頭。基於治安與安全的考量，房客以外的人在深夜出入飯店時，都會被特別留意，所以只要一發現有房客以外的人在飯店內走動時，一定要馬上通知飯店的負責人員。十五日那天晚上，飯店並沒有接到這樣的通報。

在聽到水原的回答之前，綸太郎就覺得應該不可能發生那種事。久能好像是在自責似的，低聲說著：「只要百合子不說，兇手應該就不知道還有影本的存在。」他一臉洩氣地看著綸太郎，好像在問綸太郎要怎麼辦。綸太郎問水原：

「聽說她的父母也住在這裡。他們退房了嗎？」

「還沒有，他們預定再住一晚。」

「我可以和他們說話嗎？」

「當然，我也正有這個意思。」奧田說。因為看到綸太郎他們的期待落空，奧田的態度不再像剛才那麼冷淡，變得寬容起來。

於是水原從櫃台打內線電話到葛見夫婦的房間，所幸夫婦兩人都在房間裡。的確，在這種情況下，他們也不可能去哪裡。奧田從水原的手中接過電話，傳達了想和他們聊聊的希望，接著很快就掛斷電話。

「他們會來飯店前廳。」奧田一邊放下電話，一邊說著。「不過，葛見先生請我們稍微等一下。」

❖

葛見夫婦現身後，綸太郎很快就明白為什麼要他們稍微等一下的理由——葛見太太因為受到太大的打擊而面容憔悴，不方便馬上見人。夫婦倆來到前廳的時候，葛見太太緊緊依附著丈夫，好像沒有別人的攙扶就會跌倒的夢遊者似的。她的頭髮看起來有些凌亂，眼睛哭腫的部位雖然用化妝品掩飾了，但因為顏色不均，反而更凸顯了雙眼的紅腫。如果不是發生了這樣的事情，不難想像她是一個開朗、聰明而體貼的女人，並且過著雖然平凡，卻值得感謝的幸福家庭主婦生活。很顯然地，那樣的家庭主婦的臉，絕對比現在這張臉更讓人有真實感。綸太郎因此覺得有些慚愧。這個女人被從天而降的莫名不幸壓垮了，她除了在不幸的陰影下發抖之外，連詛咒降臨到女兒身上的噩運都不曾有過。

百合子的父親名叫葛見義隆，聽說在福井市開了一家會計師事務所。人們常說上了年紀之後，持續工作能讓人變年輕。大概是情緒控制得很好的關係吧！這位葛見義隆先生更讓人產生那種感覺。或許生來就是不易發胖的體質，所以他的身材保持得很好，全身上下看不到多餘的贅肉。由於前廳實在不是方便說話的地方，機靈的水原馬上空出飯店員工開會用的會議室，讓他們使用。

「令嬡發生了那樣不幸的事情，真的讓人很遺憾。」看到葛見夫婦坐定後，久能開口說話了。「非常抱歉，雖然這是讓人難過的事情，但還是要在此向兩位報告我們的搜查情況，同時也要請兩位回答我們幾個問題。」

葛見義隆輕輕搖了一下頭，說：

「請問吧！不必擔心我們。小女的所作所為給你們添了很多麻煩，真的很不好意思。不管你們問什麼，即使關係到我女兒的顏面，我們也會照實回答的。」

「別這麼說。雖說殺人確實是重罪，但是經過我們這幾天的調查，也了解到令嬡其實有值得同情的地方。如果可以的話，我們更希望百合子小姐能夠親自回答我們的問題，很遺憾地，現在她已經無法回答我們任何問題了。」

「承蒙您這麼講，我們更沒有什麼好說的了。」葛見義隆好像咬著嘴唇似的說著。

「兩位會在這裡待到什麼時候呢？」

「內人想搭今天傍晚的車回福井，我因為還要處理女兒的喪事，明天才會回去。不過，我會馬上再回來這裡看看情況。就算我四、五天不去事務所，應該也可以正常運作，不會有什麼業務上的問題，更何況現在有比工作更重要的事情。」

「您還要回來這裡的理由是什麼？」

葛見義隆微微張開嘴巴，好像想說什麼，但是卻突然輕輕搖了一下頭，壓低聲音喃喃地說：「沒有，沒有什麼特別的理由。」剛剛還說不管什麼事情都會回答的，看來事實顯然不是那樣，或許是需要什麼引子，才能讓他說出來吧！百合子的母親一直安靜地坐在旁邊，但她的心好像不知飛到哪裡去了，一副完全沒有聽到眼前丈夫與警察對話的樣子。

綸太郎看了奧田一眼。會議室裡只有他一個人站著，他的背靠著格子窗，雙手抱胸，擺出旁觀者的姿態。

「可以問那件事情嗎？」

「哪件事？」奧田反問。不過，他好像馬上想起是什麼事，便摸摸下巴說：「啊！請問、請問。全部都交給你們了。」

葛見義隆很謹慎地控制自己想問「是什麼事」的好奇心，只是揚了揚眉梢。於是綸太郎接手久能的工作，開始扼要地說明搜查的進度與狀況。他從百合子父親的反應中，發現自己在下意識當中，表現出自己十分同情百合子的態度。百合子父親對案情的了解程度似乎只限於媒體報導過的事情。作為兇手的父親，他沒有權利去詢問別人，也不能在人前表露出自己痛失女兒的感情，甚至不能對自以為正義化身的談話性節目主持人的中傷，表達反駁的意見，只能靜靜地等待議論的聲音漸漸平息，等待人們對這個事件的記憶逐漸淡薄。可是，綸太郎把身為一位兇手的父親開不了口的問題，一一地提出來解說，並且讓人覺得他完全沒有加油添醋，只是很客觀地陳述了事實。故事的真正解說人還沒有出現之前，只能耐心地坐在台前等待。這大概就是葛見義隆在此之前的心情吧！

然而，說故事者和聽故事者的立場隨時都可能轉變，這種例子尤其容易出現在扮演偵探的這個角色上。那就像鎖鍊、網眼一樣，會不斷串連出沒有止境的故事，一個一個傳下去，不會回頭。這個意思就是說：有特權的說故事者，或最後的說故事者，事實上是不存在的。所有的故事都得攤開在聽故事者的面前。所謂故事的結束，不過是因為場次的限定而不得不劃下的暫時休止符，因為下一場故事的說故事人，已經在拉下來的幕後等待了。To be continued……故事的結尾總是不斷在更新——

綸太郎以前曾遇過一位女性聽故事者，她只想聽自己要聽的故事結局，那個人就是西村海繪。她選擇了緊閉著嘴巴，不對任何人說話的反諷方法（《為了賴子》書中的情節），來為自己無可改變的故事劃下句點。但是，那種作法，就是把自己變成從高處往下看故事連接點的超級說故事者。她那樣做的目的，無非是要保住自己的優勢。正因為她是宣告故事終結的超級聽故事者，所以她要一直保持沉默，不輕易發出令人側目的言論；她最後展現的唯一休止符，就是一個共犯。而綸太郎就在出乎意料的情況下，硬被推上台，扮演了那個休止符的角色。自從被不能說的故事裡滲出來的毒素感染了之後，綸太郎從此動也不能動。事情就是那樣。

但是在現實裡，任何人都無法置身於故事之外。現實的意義就在於此。就算宣告故事已經結束了，但那其實只是一種自以為是的錯覺。她注意到這一點了吧？故事的終結，經常要藉著下一個說故事者的出現，才能跨過結束的那條線。不，那不是像文字描述的那樣可以輕易「跨過」的，人和人相遇的過程，就像手裡的念珠，是永遠也說不完的故事。即使讓自己變成像繭一樣的沉默者，然而當扮演唯一休止符的共犯不由分說地牽動了下一個連接點時，那個在自己心中已經完結了的、不能說的故事，又會變成別的故事裡不得不打開的一環。她能了解這樣的事情嗎？

現在——就像現在這樣面對著葛見百合子的父母，敘述與事件相關的種種時，說故事者就是聽故事者，聽故事者也是說故事者，角色不斷地在轉換，無法固定下來。在這個時候，在時間的流逝過程中，不管是一句交談的言語或一個交會的眼神，還是一個說不出口的芥蒂或一聲令人著急的嘆息，任何一個偶然的行為都會成為故事裡的血與肉，產生了讓故事因此能夠繼續下去的力量。偶發性的一件事情，也會成為無法重新來過的重要關鍵，成為故事的原動力，讓故事像網目一樣地無限展開。所謂的偵探，或許就是不管故事進行至哪裡，都得把自己置身於一個又一個的故事之中，將沒有結局的故事連接起來的連接點。所以說，「偵探」這個字眼，不過是「連接點」的通俗別稱。當然，誰也沒有理由一定要把自己當成連接點，因為偵探的身分是沒有依據的。認知與實踐是不同的兩件事，也是無法避免的；想要否定那種矛盾，是不可能的事情。然而即使如此，故事還是要繼續下去；而偵探這種身分的無依據性，和故事沒有終點的特質，擁有相同的意思。那就是現實。

當話題觸及已不知去向的清原奈津美的日記時，葛見義隆的眼神出現了些微的變化，好像想到了什麼似的。但是，接著說到龍膽直巳被毆打的事件時，他並沒有什麼反應。因為這些事情都還只是在假設性的階段，所以除了負責搜查的人員外，消息還沒有流出去，葛見義隆當然也是第一次聽到這些事情。最後，綸太郎直率地說到了那件事——根據川端署的解剖報告，百合子最近曾經做過墮胎手術。

葛見義隆咬著牙，視線像刺人的尖錐一樣直直盯著綸太郎背後的牆壁，一副殺氣騰騰的樣子。這或許是綸太郎把在銀座「梅西」的交談內容一五一十地說出來的關係吧！葛見義隆好像突然警覺到自己的失態一般，眼光飄向百合子的母親。百合子的母親就像一具沒有靈魂的軀殼，仍然兩眼無神，茫然地看著半空中。不知道她對剛才綸太郎講的話了解多少？綸太郎覺得她大概是只聽到聲音，卻沒有接收到聲音的內容。想必她的丈夫也不希望讓她了解事實真相吧！或許不應該讓她同席的。

「——那是三木的孩子嗎？」葛見義隆的視線回到綸太郎的身上，如此問道。他好像是努力壓抑住心中的痛苦，才好不容易地擠出這句話。

「可能吧！」

「他知道這件事嗎？」

「不知道。我也想過這個問題，但是還沒有問過他本人，所以不曉得他知不知道。畢竟這算是比較私人的問題。聽說發生命案之後，他已經單方面地提出退婚的要求了，是嗎？」

「星期二他打過電話了。」葛見義隆說。他沒有馬上接著說下去，只見他脖子裡的喉結上上下下動了幾次，好像正在努力控制自己想說話的情緒。過了一會兒，葛見義隆握緊拳頭，抖動肩膀說：「因為過錯在我女兒的身上，所以不管他說什麼，我們也只有接受的分。事情都變成這樣了，我們也沒有理由抱怨他。」

葛見義隆深深地吸了一口氣，好像在暗示自己一樣地，一邊慢慢把吸進去的氣吐出來，一邊鬆開緊握的拳頭。綸太郎不再提起三木的事情，換了一個話題問：

「奈津美小姐的親人有說什麼嗎？」

「我們曾經為了請求他們的原諒，而到她家拜訪過，但是她的父母不肯見我們。」

他又看了妻子一眼，然後眼光突然落在桌面上，並且表情僵硬地搖了搖頭。看得出來他們當時不僅遭到了閉門羹，還受到了更冷酷的打擊。

「站在他們的立場，我們受到那樣的對待是理所當然的事，被他們痛恨也無可奈何。因為兩個女孩子的交情很好，我們和清原小姐的父母早就認識了，所以當初以為他們會接受我們的道歉，是我們想得太天真了。儘管我的女兒殺死了清原小姐，但是那時我和我太太都還不是很了解女兒做的事情到底帶給他們多大的傷害。直到昨天面對百合子的屍體時，我們的立場變得和清原小姐的父母一樣了，才終於了解到那是怎麼樣的痛苦。那該怎麼說呢？只能說是報應吧！當然，雖然同樣失去了女兒，可是我們和清原夫婦的情況是不一樣的。百合子雖然死了，可是，她犯下的罪並不會因為她的死而消失。而且，清原夫婦失去的是獨生女，我們除了百合子外還有一個兒子，不管怎麼說，我們的痛苦都不及他們的一半。」

他以自虐的口氣說著，企圖藉此擺脫壓抑的痛苦感覺，但其實說的話並不是內心真正的感受。葛見夫婦的立場確實和清原奈津美的父母不一樣。兇手和兇手的家人直接面對被害人的遺族，就某種意義來說，或許可以藉此感到少許的心安，可是被害人的遺族卻有無處發洩的情緒。不能公開的痛苦像難以治癒的傷痕，只被允許隱藏在他們的內心深處。這也是一個不能說的故事。總歸一句話，他們與足以超越終點的意志是無緣的——

「我能了解。」久能說。

葛見義隆眨眨眼，繼續說下去。

「清原夫婦兩個人都是學校的老師，當唯一的女兒想去東京時，他們相當反對。去東京是兩個女孩子自己商量後決定的事。那已經是七年前的事了，不知道這個主意是誰先提出來的，總之她們突然說要一起去東京讀私立大學，畢業以後兩個人都進入出版社，做了編輯的工作。關於百合子未來的出路，我和內人基本上沒有什麼特別意見。但是，這個決定對奈津美小姐的父母而言，根本是青天霹靂的大事，他們不允許女兒離開他們的身邊，認為去東京是不知世間險惡的鄉下女孩才會有的夢想，所以強力勸阻女兒。可是，女孩們堅持自己的決定，一步也不肯退讓。平日非常溫順的奈津美為了這件事，當時還跑來我家裡住了一個星期左右。那可以說是離家出走吧！事情鬧到那個地步，我和內人只好出面去找奈津美小姐的父母，努力說服他們，並以她們兩個人同住為條件，好不容易才讓他們點頭同意。或許清原先生認為我的女兒因為有我們當靠山，所以想拐走他們的寶貝女兒；或者認為百合子為了實踐自己的想法，所以想盡辦法煽動他們的女兒。無論如何，我們都尊重孩子們自己思考過的決定，而且，實際上她們到了東京後，也確實努力地實現了成為編輯的希望，過著相當充實的生活。所以我有時會對內人說：『清原先生的擔心根本是杞人憂天！』然而，誰知道事情會變成這樣呢？一下子兩個孩子都不在了。原來那時清原先生的擔心並沒有錯！原本是為了孩子好的決定，結果卻演變成災難的種子。想到這裡，我們就更加覺得對不起清原夫婦和已經過世的奈津美小姐了。」

「——那個時候真的是鬧到不可開交的地步。」像是接續丈夫的話似的，一直沒有開口的百合子母親突然開口了。她繼續說道：「我和我先生煩惱得不知如何是好，但是兩個女孩卻像在參加畢業旅行一樣，互相穿對方的睡衣，每天晚上興奮地聊個不停。我幾乎每天都聽到她們在百合子的房裡聊天的聲音，有時還聊到快天亮，然而隔天一早仍然揹著書包，若無其事地上學去。百合子還對我說：『媽媽，不可以告訴清原老師這件事喔！老師知道的話，事情就更糟糕了。』清原先生生氣的樣子很嚇人，雖然事情後來圓滿解決了，可是當時真的擔心了很久。」

「嗯，就是啊！」

葛見義隆輕輕地把手放在妻子的手上，他臉上的表情好像已經一腳跨過現在，並且在未來的時間點上回想過去般，附和妻子說的話。此時，她嘴角的線條慢慢放鬆了，那種表情與其說是破涕為笑，還不如說是把內在的放心，表現到外在的表情上。綸太郎覺得她的眼神還是很朦朧，就像在作夢般，說話的口氣也很飄忽，好像從她嘴巴裡說出來的話，下一瞬間就會消失得無影無蹤般。

「奈津美小姐從讀高中開始，就一直是百合子最要好的朋友。她很純樸，也很實在，是一個可愛的小姐。剛認識她的時候，雖然覺得她是非常內向、害羞的人，可是卻和百合子很談得來。或許她們兩個人特別投緣吧！她的父母把她教養得非常好，那時她雖然和父母鬧意見，跑來我家住，但是住在我們家的那一個星期裡，老實說，我覺得她比自己的女兒更懂事。雖然那不是值得誇獎的行為，但就是要在這種情況下，才能看出一個人教養的好壞，不是嗎？至少我是這麼想的。當然，百合子的行為舉止也沒有什麼不好的地方，只是一和奈津美小姐相比，總是覺得人家比較好，這也是沒辦法的事。可是話說回來，因為我是百合子的母親，就算百合子沒有奈津美小姐那麼乖巧，但是我的女兒如果出去外面的話，也不會比別人差吧！但這可不是什麼自滿的話喔！

「百合子和奈津美小姐進入同一所高中後，第一年就因為座號相連，所以兩個人的座位正好一前一後排在一起。後來再加上一點機緣，讓當時十五、六歲的她們變成無話不談的知心朋友。遇到一個心靈相通、可以持續交往十年的好朋友，當然是一件幸運的事情，她們也把對方當成一生難得的好友。和男孩子不一樣的是，那個年紀的女孩常會出現一種情形，那就是外表雖然是好朋友，內心裡其實很敵視對方，把對方當成競爭的對手。這應該是女性之間常見的情形吧？但是她們兩個人或許跟別人有點不一樣，兩個人在一起的時候，根本就像一對姊妹。我是百合子的媽媽，一眼就可以看出和百合子在一起的人是不是百合子放心交往的朋友。百合子是一個藏不住情緒的人，如果不是真正放心的朋友，她的精神就會不知不覺地緊繃著。忘記是什麼時候了，有一次百合子很認真地對我說：『在奈津美的面前，我總是可以非常自然地表現出自己。』我聽到她那麼說的時候，覺得非常欣慰，心想：啊！真的太好了。因為百合子在讀中學以前，幾乎不提學校朋友的事情。她從小就很好勝，不善於表達感情。我想這一點並不像我，而是像她的爸爸。因為這個關係，她也一直是一個怕生的孩子。到了讀中學的時候，班上的氣氛好像也不太好，她非常討厭女同學們組小團體的行為，也不願意加入社團，假日的時候，也只願意在家裡和自己的弟弟玩。那個時期的她根本沒有朋友。雖然她自己不說，但我知道那時她其實很寂寞。

「百合子和奈津美小姐進入同一所高中後，第一年就因為座號相連，啊，這個剛才好像說過了。總之，因為桌子前後排在一起的關係，說話的機會自然就比較多，而且好像彼此都覺得對方是可以談得來的人。最重要的是，百合子一直很喜歡看書——我想這一點是遺傳到我的，而奈津美小姐也因為雙親都是學校的老師，所以看過的書比百合子還多，她們經常交換書看，也會毫無芥蒂地討論喜歡的書；每次共同討論過一本書後，感情好像就變得更好了。她們讀的高中有讀書社，百合子就邀奈津美小姐一起加入那個社團，說是加入那個社團以後，就可以幫學校的圖書館選購書籍，這好像就是她們加入讀書社的最大原因。除了這個原因外，還可以編輯圖書館的館刊和學校的校刊。因為文藝社長期招生不足，所以已經廢社好幾年了，而文藝社的活動，便由圖書社來填補，就是因為這樣，才剛升上高中的一年級生就可以參與校刊的編輯。她們非常賣力，奈津美小姐還把自己寫的小說刊載在校刊上，高二時製作的校刊還得到全國編輯比賽的特別獎。那真的是令人高興的事情。大概就是從那個時候開始吧！她們覺得能夠做書是很不錯的一件事，所以希望將來可以進入出版社工作，當一個編輯。為了實現這個夢想，她們非常努力。

「當百合子對我說想學習媒體或編輯方面的知識，而想考東京的大學時，我一開始也非常擔心。畢竟我也是一個媽媽，當然會擔心女兒的生活。可是，當我聽她說奈津美小姐也會一起去的時候，就覺得那就沒有問題了！和我的先生商量之後，便決定支持她的夢想。可是，奈津美小姐的父母並不同意。他們覺得如果是關西或名古屋那邊的大學的話，他們還可以接受，但如果去了東京，並且在東京找到了編輯的工作，那麼女兒就絕對不會再回來故鄉，而且也很可能錯過結婚的年齡，所以堅決反對奈津美小姐去東京。奈津美小姐因此還離家出走。可是，老實說，看到孩子們那麼強烈的決心，我反而放心了，而且還很羨慕她們。因為有了那樣的決心，到了東京後一定會努力，也會互相鼓勵，應該可以做得很好。或許是女人的第六感吧！那時她們真的如我所想的，一直表現得讓人很放心，我也覺得這樣真的太好了。

「如果只是百合子一個人的話，不知道會變成怎麼樣？真的，我真的這樣擔心過。我是百合子的媽媽，不會瞧不起自己的女兒，可是說真的，如果百合子少了奈津美這個獨一無二的好朋友，就不是現在的百合子了。以前的百合子不管做什麼事，都會藉故拖別人一起做，好像自己一個人就什麼也做不了，是一個非常膽小的孩子。不過後來她當姊姊了，下面多了一個弟弟要照顧，所以漸漸養成了被依賴的習慣，遇到知心的朋友把她當成姊姊般依賴時，就會鼓起勇氣，發揮不服輸的個性，克服困難。從學生時代開始，除了大學裡的課程外，她也積極參加出版研討會，尋找編輯助理的打工工作。她這麼勤快學習的目的，就是為了多方面嘗試各種經驗，而且和高中的時候一樣，總是帶著奈津美一起行動。她們剛到東京時，因為不習慣東京的步調，確實經歷了許多失敗，但是不管是百合子還是奈津美，都是一旦決定了之後就會努力勇往直前的女孩，所以當她們累積了相當多的經驗後，便開始對自己產生信心。從百合子的行為愈來愈成熟這件事，就可以證明這一點。不是做媽媽的我在袒護自己的孩子。我已經說過很多次了，多虧了奈津美小姐，百合子才能成長。我女兒每次回老家，經常都會說：『我不努力一點是不行的，因為奈津美靠不住，只有她一個人的時候，什麼事情也做不來。』奈津美小姐的父母對這樣的說法一定不以為然吧！可是與其計較字面上的意思，還不如說百合子藉著鼓勵奈津美小姐的舉動，也實實在在地鼓勵了自己。百合子自己很明白這一點，奈津美小姐應該也很清楚才對。去了東京後以要，她們將不再有任何後盾；兩個柔弱的女孩子離開父母與生長的地方，去東京過生活，心裡一定會感到很害怕，而度過這個困境最好的方法就是扮演好各自的角色，互相幫助、互相扶持。百合子一定有很多感到受挫、絕望的時候吧！所幸那種時候她的身邊有人告訴她：妳不是孤獨的，並且陪著她哭、陪著她笑。她們互相鼓勵，一起成長，成為彼此的支柱，再共同越過困難，逐漸長大了。所以，我和我先生衷心地感謝奈津美小姐，也希望她能一直陪伴著百合子，即使將來結婚了，有各自的家庭了，她也是百合子一輩子不變的朋友。」

好像要避開無法挽回的悲慘現實一樣，當話聊到眼前的現實時，百合子的母親滔滔不絕的敘述突然中斷，空氣變得沉默了。她說話的時候，就像作著甜美的夢一般，臉上一直掛著微笑。可是，就在她的話語中斷時，彷彿短暫的火花熄滅了，岌岌可危的平衡也崩潰了，她的臉色就像燃燒殆盡的灰燼一樣蒼白。下一瞬間，大顆的眼淚撲簌簌地從她的眼中滾下來。

「對不起。」葛見義隆以更加沉痛的表情安慰著妻子，並且說道：「她從昨天晚上起就一直在反覆這些話。一下子講起女兒小時候的事情，一下子又痛哭失聲。她還無法接受百合子已經死了的事實。」

「非常抱歉。」久能說：「不應該讓您太太也一起來的。」

葛見義隆先是垂著頭，然後又搖搖頭說：

「不。像這樣對別人談論百合子的事情，對我太太而言反而是好事。」

「──或許吧！」久能喃喃說道，綸太郎也默默點了點頭。

「我不能理解。」葛見義隆突然抬起頭來，彷彿怎麼樣也想不通地說。他好像變了一個人似的，表情十分嚴肅。「我的女兒──百合子，真的是自殺的嗎？不會搞錯嗎？我無法相信她是自殺的，她絕對不會自殺。」

葛見義隆前所未有地強烈提出自己的想法。奧田刑警嘆了一口氣，離開了格子窗，他歪著頭，臉上很明顯地露出不以為然的表情，並且好像在揣測綸太郎的反應般，看著綸太郎。綸太郎衡量著提出問題的時間，慢慢將視線移回葛見義隆身上，問說：

「是什麼理由讓您這麼肯定？」

「唔。」葛見義隆的鼻子發出哼哼的聲音，好像為剛才自己失去控制的表現感到難為情似的，以更加不一樣的口氣回答：「這件事本來是秘密，不想說的──事情發生後，我女兒曾經打過一次電話回家。」

「什麼時候？」

綸太郎想起來了，百合子在京都的旅人飯店裡時，曾經打過一通市外的電話。

「是星期一的深夜嗎？」

「是的，是我接的電話。還沒有接電話前，我就有預感那是百合子打回來的。」

「那時她說了什麼嗎？」

「她沒有說自己在哪裡，只是向我們道歉，說讓我們擔心了，並且老實承認殺死奈津美的事情。我勸她去自首，她說她會去自首，她也早就有贖罪的心理準備了。可是，她說還要過一段時間才能去自首。我問她為什麼，她就說，在去警察局自首前，一定要先去見一個人。」

「一定要先去見一個人？」

綸太郎像反芻似的問道。葛見義隆點點頭，然後說：

「她確實是那麼說的沒錯，可是並沒有說那個人是誰，我也完全猜不出那個人是誰。但是，我從她的聲音裡聽得出來，她非常認真。我想她一定有她的理由，所以也沒有多問那個人是誰。我告訴她：不管發生了什麼事，爸爸都希望妳平安地回來，不要再做出讓爸爸和媽媽傷心的事了。我要求她不可以做傻事，她也很明確地答應了。我相信她答應我的事情。然後，她也要求我不可以告訴警方她打電話回家的事情。說完這句話，她就掛斷電話了。」

綸太郎想著，葛見義隆想要暫時留在京都，並且對奈津美的日記感到興趣的原因，或許就在此吧！綸太郎再度轉頭看奧田。奧田應該明白百合子父親證詞的重要性，所以臉上的表情很沉悶。久能對綸太郎使了個眼色後，像要拉攏奧田般地說：

「剛剛提到的電話這件事，不是正好補充了他的說法嗎？星期一的晚上，百合子並沒有自殺的念頭，而且還考慮要自首。而星期二的晚上，她去蹴上的目的，就是要去見那個一定要見的人，並且讓那個人看清原奈津美的日記。這已經不是沒有根據的猜測了，百合子親口透露了那個人物的存在。也就是說，當天晚上在蹴上的人，除了百合子之外，還有別人。現在我們可以明白地講：認為她是一個人到那裡自殺的，是無視現實的粗魯論調。」

「或許是那樣。但是，星期一說不會自殺，並不表示星期二就一定不會自殺吧！啊，我不是在強詞奪理，只是你們一直在說的日記、日記呢？在找到那麼重要的日記之前，我們仍然一點辦法也沒有，不是嗎？」

這樣的反駁之詞連奧田本身也覺得牽強吧？因為他說到最後時，聲音顯得有點含糊不清。

久能聳聳肩，不再說什麼。綸太郎再度問葛見義隆：

「星期一的晚上，百合子有說到日記的事情嗎？」

「沒有，一個字也沒有。」

「關於奈津美的日記或日記的影本，您知道些什麼嗎？」

「什麼也不知道。」他想幫忙，但是卻使不上力氣似的搖搖頭。

❖

和葛見義隆的談話絕對不是毫無收穫，只是仍然無法消除對這個案子的棘手感。綸太郎和久能帶著焦急的心情回到川端署，立刻就得到警視廳打電話來的消息。川端署的署員拿了一張留言紙條給他們，紙條上寫著：回來後請馬上與法月警視聯絡。緊急！「緊急」的字還被圓圓地圈起來。

綸太郎借了電話，打了搜查一課的直撥電話，電話立刻接到父親的辦公室。

「是你呀！」法月警視說：「我剛剛才打電話去你那裡。」

「我看到留言了。您說有『緊急』的事，東京那邊發生了什麼事嗎？」

「非常大的事，而且是會讓你跳起來、你絕對想知道的事情。不過，我要先聽聽你那邊的情形。」

「爸爸，您這樣說分明就是要讓我著急嘛！請不要這樣對我。」

「讓人著急不正好是你的小說裡常用的手法嗎？而且，我也非常想知道京都的案情進展，心裡急得不得了。如果你嫌麻煩的話，就請久能來跟我說吧！」

綸太郎想像父親拿著聽筒，得意地露出微笑的模樣，忍不住「嘖」了一聲。

「我自己說。」

於是他便把中午以後發生的新事證，重點式地快速說給父親聽。但警視一一提出疑問，不讓綸太郎的報告有偷工減料的情況，彷彿警視早就知道這邊的一舉一動了。綸太郎更加心急了。

「我知道那件事情。」當綸太郎說出解剖葛見百合子的遺體後所發現的情形時，警視滿不在乎地說。「她墮胎所拿掉的孩子確實是三木的孩子。那傢伙灑淚訴苦，想博取大家的原諒，結果只是更加表現出他沒出息的一面。沒有比他更無恥的人了。和他身為同樣的男性，我真沒有臉見已經死去的那兩個女人。」

「又在追查三木了嗎？」綸太郎覺得奇怪地問。

「不是。我剛才不是說過有你很想聽到的消息嗎？」警視故意若無其事地說著。「找到清原奈津美的日記了。」

「真的嗎？」

「這種事能說謊嗎？不過，不是日記本，而是葛見百合子去公司影印的影本。」

「好像找到日記的影印本了。」綸太郎告訴站在旁邊正豎著耳朵聽的久能。然後又問父親：「在東京嗎？」綸太郎一臉詫異地繼續問道：「在哪裡找到的？」
「是個讓人意想不到的地方，在三木達也那裡。」
「怎麼會在那裡呢？」
「今天早上茹貝兒化妝品的出版文化事業部收到了一份快遞，收件人的名字是三木達也，寄件人的名字是葛見百合子。」
「原來如此，利用快遞——」
「三木中午前因為外出不在公司，等回到公司時已經超過中午了。他看到寄件人的姓名時嚇了一大跳，完全沒有檢查內容，就立刻向北澤署通報。他不敢拆封查看的理由，大概是不願被誤以為是共犯吧！不過，如果他先看過內容，就有可能不把快遞送來的物件送交警方了。被北澤署扣留下來的那個物件，是一個方形的五號信封，信封上印著百合子工作的公司名，裡面裝著一疊對摺的Ａ４影印紙。那是被百合子殺死的清原奈津美從三月十日開始，斷斷續續所寫的日記。開頭三月十日的部分敘述，與在北洋社找到的印壞的——被裁碎後再黏合起來的那張日記影本一樣，筆跡也一致。你看過那張影本了嗎？」
「嗯，在新幹線上看過了。」
「根據發貨單上的紀錄，百合子把文件送到快遞公司的時間是十五日的晚上，收貨地點是京都市岡崎的便利商店。但是，因為趕不上當天發送貨品的時間，所以業者附上的簽收單日期是翌日的日期。意思就是那個物品到達收件地點的時間是十六日，也就是今天中午以前。時間上是吻合的。當你在京都找日記的時候，日記卻在那個時間出現在這裡，這實在是很諷刺的事情。」

「十五日的晚上，也就是百合子死亡的晚上。」綸太郎說。那也是久保寺容子為綸太郎慶生的晚上。「一定是她從投宿的飯店前往蹴上現場的途中時，順路在附近的便利商店寄那份日記影本的。店家給她的單據大概被她隨手丟掉了。當然了，只要發貨單上有寫寄件人的姓名，就可以從收貨的地方知道她出現的地點了。所以，反過來想，她那個時候已經沒有想要逃亡的念頭了。寄了日記的影本後，百合子便立刻前往蹴上和某個人見面——那個人應該就是奈津美在京都的男朋友吧！百合子殺死奈津美之後藏匿起來的原因，並不是害怕被警察逮捕，而是想在還沒有被逮捕之前，找出那個人，並且和那個人見面吧！剛才百合子的父親已經證實這件事情了。因為和那個人見面的目的即將達成，所以她才會把手邊的日記影本寄給三木達也。如果太早把日記的影印本寄給三木的話，那麼警察很快就會找到她的藏身之處，她也就見不到那個人了。」

「我認為百合子一開始就想讓三木達也看到奈津美的日記，所以才會拿著奈津美的日記去公司影印。」警視說。「我稍微看了日記影本的最後一個部分。三木如果看了奈津美寫的那一部分，大概會羞愧得無地自容吧！日記裡不僅寫了百合子為了三木墮胎的事情，也把三木在公司的茶水間對她表白的事情，用相當嚴厲的語氣作了批評。而百合子對於背叛自己的男人所做的報復行動，就是把日記的影本寄給他。我能感受到死者的遺願，真想叫他在我眼前把日記的內容唸出來。」

「不必管三木了。重點是奈津美的男朋友。日記裡的『那個人』到底是誰？還有，龍膽直巳和這個事件的關係是什麼？」

「與其聽我在這裡講，你還不如自己看日記的內容比較快！現在正在傳真奈津美的日記去你那裡。因為張數相當多，你或許要花一點時間才能全部收到。不過，傳真過去的文字應該都很清楚才對。你看完日記後再打電話和我聯絡，那時我們再來討論。我有事要找久能警部商量，叫他來聽電話。」

「好，我等一下再打給您。」綸太郎對久能眨眨眼，然後把聽筒交給他，接著便不客氣地以嚴厲的口氣對奧田說：「警視廳那裡應該傳了很多張的文件來吧？」

第四部

清原奈津美的日記

搖曳的垂柳，
彷彿在向我們娓娓訴說，
曾經走過柳樹下的那條路，
如今只能從電車上遠眺。

16

一九九一年三月十日（日）

我絕對不會忘記今天這個日子。我要重新開始寫日記。此時此刻，我懷著激動而又熱切的心情，翻開新日記本（在東京車站的地下街，找到還在營業的文具店買的）空白的第一頁。

我羞紅了臉頰，簡直就像十八歲的時候。

那是令人懷念的福井高中時代，那是七年前的我。那時候，我每天都情不自禁地詳細記錄下伊人的一舉一動。

也許，如今振筆疾書的不是那個編輯生涯邁入第二年、最近終於適應工作的清原奈津美，而是一下子倒退了六年的歲月，回到當年那個內向純樸、完全沒有長大的我。

這種寫法感覺充滿了少女情懷，如果在工作時寫出這麼感傷的文章，一定會被退稿。為什麼會寫出這樣的文字呢？可能是沒有用電腦，而用手寫的關係吧！對了，好久沒有用這枝筆寫字了，筆尖稍微有點卡的感覺寫起來心情特別愉快。之前每次寫長信時，我都會用這枝筆，最近則都用電腦。

信？沒錯，也許我想要寫信。

寫給那個人。

一定是的。然而，現在的我還沒有勇氣寫信給他，連一丁點的勇氣也沒有，所以，才想到像以前那樣寫日記。也就是說，這本日記是用來磨練勇氣的嗎？雖然有點奇怪，但姑且就當作是這麼一回事吧！

日記。沒錯，遙想當年，我每天都寫日記。每天都迫不及待地寫完功課（鄉下的公立高中竟然有那麼多功課，除了預習、復習以外，還有很多功課），根本沒時間為聯考做準備。上床前換好睡衣，安頓好當天的事，調低深夜廣播的音量，像現在一樣心跳耳熱地把自己的心情寫在白紙上。不知道有多少次，當我回過神時，發現窗外已經天色大亮，一看時鐘才發現已經早上了，讓我嚇了一大跳。

當時的日記到底寫了什麼？我已經不記得細節，以前的日記全都放在老家，現在也不能回味了。如果現在重看以前的日記，可能會羞於見人、難過傷心、淚流不已或坐立難安吧！絕對會看到一半就看不下去了。以前的日記充滿了各種回憶，也有許多令人莞爾的失敗經驗，但應該還有很多其他的事。

回想當年，內心不禁悵然。因為所有都是關於那個人的回憶。雖然是七年前的事，卻好像昨天才發生，每每都覺得很不可思議，對往事不只懷念之情而已。從老家的高中畢業後，我和百合子一起來到東京，在這個房子住了六年的生活乍長還短，充滿喜怒哀樂。此刻再次翻開日記本，所有的一切都化為烏有，坐在這裡的仍然是當年純情的自己。昨天之前的我活在沉睡的夢裡，在某一天早晨突然清醒，結果發現自己完全沒有改變。難道今天的一切都是夢境，我至今仍然身處於虛無縹緲的夢境中嗎？

不過，這種事根本無關緊要，即使是夢，我也無所謂。因為，此刻的心情、此刻的激動、此刻的心動感覺和隱約的不安（那是伴隨著期待而又興奮的美妙心情）是千真萬確的。

囉哩囉唆是我與生俱來的性格。握著筆的這隻手明明雀躍不已地想要寫下今天下午發生的、難以置信的事，明明是為了寫下那猶如夢境般的邂逅，才特地去買這本日記的，但為什麼都寫一些言不及義的事？我到底在磨蹭什麼？

今天，我在京都遇見了那個人。

那個人——高三時和我同班的二宮同學。二宮良明，相隔六年重逢的初戀情人。

啊！我終於寫出來了。

光是一筆一劃地寫下這個名字，我就心跳加速，臉頰泛紅。寫「初戀」這兩個字也好害羞。我太害羞了，很想合起日記本，藏到看不到的地方——

三月十一日（一）

昨天我寫完那句話後，真的把日記本合起來，藏進書桌抽屜了，但我還是必須寫下那個人的事。今天在公司時也心不在焉、魂不守舍，根本無心工作。已經過了整整一天，和昨天相比，心情已經漸漸平靜，如果不趕快用文字記錄下來，我很擔心那會變成夢境，不留下一點痕跡。對，這是為了寫信而做的練習，是為了激勵勇氣的預演。今天，我一邊寫，一邊這麼告訴自己。

「奈津美，妳已經是獨當一面的二十四歲粉領族，不是十幾歲的小毛頭了，要振作起來！」

我彷彿聽到百合子這麼鼓勵我。

走在四條通上，偶然在馬路對面的人行道上發現他的身影時，我驚訝得無法呼吸，心跳幾乎都快停止了。我的心跳當然沒有停止，但那一剎那，眼中所有的景象都靜止了，也完全沒有聲音。匆匆一瞥，竟然可以在熙來攘往的人群中一眼就認出睽違六年的人。即使已經過了一天的時間，我仍然難以置信。他和我在相同的時間、出現在相同地方的機率只有幾百萬分之一，這簡直就是奇蹟。

如果是小說和電影情節，總是會很神奇地出現某些預兆什麼的，我卻沒有這種預感，那一刻經過那裡純屬偶然，只是心血來潮的結果。不，如果這種心血來潮就是預感，那或許我真的對這次的邂逅產生了所謂的預感。我拜訪龍膽老師位在鹿之谷的家，拿了連載的稿子，也討論完下一次的內容——老師因為約好和別人見面，所以這次花的時間比平常短——接著必須在當天趕回東京。平常我都是攔了計程車直奔京都車站，並且在新幹線上看稿子，可是昨天卻作了不同的選擇。

如果要問理由，應該就是天氣的關係。離開老師家之後，我走在午後溫暖的陽光下，微風帶來了嫩葉的清香，全身都感受到春天的氣息，心情也忍不住雀躍起來。難得的週日來到京都，既然不趕時間，隨意走走也不錯。當我站在四條通上不知道該往哪裡走時，突然想起以前曾經採訪一家環境優雅的畫廊咖啡館就在附近，於是，搭公車在河原町下車後，憑著模糊的記憶，隨著擁擠的人潮走著。我應該慶幸自己沒有方向感，所以走路的時候東張西望，否則，根本不可能匆匆瞥到馬路對面的情況。

後來聽說他也是因為被週日的好天氣吸引，所以才會出門散步。這也是巧合。所以最值得感謝的，應該就是昨天的「天公作美」。

「因為春天快來了。」

二宮這麼說著。好像春天這個季節有特殊的魔力，我和他都成為春天興之所至的魔法俘虜，上演了一齣重逢的戲碼。然而，即使是興之所至的偶然，只要次數一多，就變成了必然，至少對我來說就是這樣。春天的魔法？真的存在嗎？六年前的畢業典禮剛好也是這個季節，雖然春天的腳步近了，但那天從早晨開始，天氣就陰沉沉的，一整天都帶著寒意。我的心情也一樣。春天是離別的季節，望著漸漸遠去的背影，即使我停下腳步、即使我在內心默唸著咒語，也無法傳遞出去——你應該不知道吧？那時候的我，期望春天永遠不要來。

這種話，我永遠也不會說出口。

我還真是毫不猶豫地放聲大叫，連我都不禁佩服自己。二宮在大馬路上突然聽到有人大叫自己的名字，又在對街用力揮手，他應該也被嚇到了吧！事後回想起來，我都忍不住感到臉紅，萬一認錯人的話，那可就糗大了。這個世界上長相類似的人太多了，但我當時完全沒有想到這個問題。

我不需要思考就知道，我不可能看錯人。無論他的外形怎麼改變，無論他隱身在多擁擠的人群中，我都可以一眼認出他。雖然睽違六年，但我仍然可以一眼就看到他，這並不是因為春天的魔法。在那一剎那，我根本沒有時間瞻前顧後。他在那裡，就在只要我大聲叫喊便可以聽到的地方！就這麼簡單。我不顧一切，決定豁出去了。我把積壓在胸中的那口氣一吐為快，在此同時也叫出了他的名字。之後的發展幾乎是我不顧一切的結果。

如果是以前的我，絕對不可能這麼做。那時候，我只敢遠遠地用目光追隨他的身影，而且光是這樣就感到心滿意足。每天在同一個教室，坐在他旁邊的座位，偷瞄他的側臉，豎耳傾聽他說話的聲音。直到畢業，大家各奔東西後，才知道如此平淡無奇的日常生活中，那一幕又一幕是多麼彌足珍貴、多麼無可取代。即使來到東京，我仍然忘不了他。那時候，曾經有那麼多機會可以和他說話，我卻什麼也沒做，如今即使再怎麼後悔，也已經為時太晚。不知道有多少次，我翻開畢業紀念冊，看著他的照片哭泣到天亮。經過無數個不眠之夜，他的面容愈來愈清晰。雖然只是我的一廂情願，雖然我不知道他是否記得我，然而，直到看不到他的人，我才了解什麼是相思之苦。

來到東京那一年的夏天，在我唯一一次參加的同學會上，並沒有看到二宮的身影。不光是那一次，無論什麼時候回老家，都沒有他的消息。我沒有勇氣向別人打聽他，每次都對自己辯稱，即使知道他的下落，我也無能為力。這六年來，我一直都在為自己找藉口。所以，如果說當年的我和現在的我有什麼差別，就是這六年的時光，讓我切身體會到看不到自己心愛的人有多麼痛苦。除此以外，我完全沒有改變。昨天，我之所以能夠毫不猶豫地呼喊他的名字，並不是因為我比以前更有勇氣，而是累積了六年的後悔一起湧上心頭，給了我不顧一切隔著馬路呼喊二宮的勇氣。

對，也許這就是他提到的春天魔力。這是我現在突然意識到的事，也許是名叫「春天」的魔術師在那一瞬間借給怯懦的我力量、也許是畢業典禮的那一天，我在內心默唸的咒語終於奏效了。

果真如此的話——

當我看向時鐘時，不禁嚇了一跳！已經四點多了，我完全忘記了時間的存在。這樣真的和以前沒什麼兩樣。雖然還有很多事要想，但明天（其實已經是今天了）還要上班，而且，現在的心情也和剛開始寫的時候不一樣，我捨不得在這兩天內一下子就把所有的事都寫完，我不想這麼匆忙地為如此幸福的心情劃上句點。雖然感覺有點貪心，但如果真的這樣寫下去，恐怕這本日記根本不夠寫。今天姑且寫到這裡，續篇留到明天吧（別忘了要去買墨水）！

雖然昨天忘了寫，但是今天可不會忘記：晚安，二宮。

P.S.對不起，百合子。

三月十二日（二）

昨天和前天都樂過頭了，只寫對自己有利的內容。只顧著寫一些不著邊際的回憶，卻把最重要的事束之高閣，那是因為我害怕面對現實。其實，我根本無法發自內心地感到高興，我其實是有事要寫。我不能忘記，當初是為了這個目的才開始寫日記的。

——繼續昨天的內容。

我在高中時比現在內向幾百倍，成績也只有中等程度，在班上是最不引人注目又不起眼的學生。三年級文化祭的時候，我剛好聽到班上有一個男生問別人：「清原？我們班上有這個人嗎？」他完全沒有注意到我就在附近。不僅如此，即使快畢業時，他仍然無法把我的名字和長相連在一起。而且，我甚至沒有自信說這只是個別的情況，因為我就是這麼不起眼。當時就已經是這樣了，所以，如果二宮不記得我也是合情合理的。

但是，他竟然認得我。雖然這麼寫很愚蠢，但當他聽到我的叫聲而轉過頭，隔著馬路四目相望時，我立刻知道二宮認出了我。他立刻揮手向我回應。他的這個動作帶給我無限力量。我往四條通的斑馬線衝了過去，即使就這樣死在車輪下，也了無遺憾。

你好，好久不見了。我太激動了，完全不記得說完這句話之後，到底還說了什麼。當他出現在我面前時，我突然發現自己做了無可挽回的事，全身的血液都衝向腦袋，簡直連東南西北都分不清了。我只記得他說，他一看到我的臉，立刻就想起我是誰。我記得當時內心「嗯？」了一下，但沒有太在意，整個人輕飄飄的，繼續天南地北地聊了起來。我隱約覺得自己好像說錯話了，卻絲毫不以為意。這份天上掉下來的禮物，除了可以抵銷六年份的思念，還夠我享用一輩子，我興奮得快要爆炸了。

春天的魔法。我昨天是這麼寫的，那一瞬間，我的確中了魔法。我是灰姑娘——真正的灰姑娘在半夜十二點的鐘聲響起之前，魔法持續有效，但發生在我身上的魔法只維持不到五分鐘。名為春天的魔術師比童話世界的女巫更加壞心眼。

在路上重逢後，我忘了介紹自己的名字。我以為即使不需要特地自我介紹，二宮也會知道。也許我內心深處想要試探他。但是——我一看到妳的臉，立刻想起妳是誰，二宮這麼親口告訴我。聽到他這麼說，我鬆了一口氣，更感到欣喜若狂，並沒有進一步確認他的記憶。我作夢也沒有想到，他竟然把我和別人搞混了。

二宮誤以為我是百合子。他眼中所看到的不是清原奈津美，而是葛見百合子——

我寫不下去了。

三月十三日（三）

「葛見，等一下還有事嗎？」

聽到二宮問我這句話之前，我完全沒想到他搞錯對象了（不，事後回想起來，似乎隱約記得他之前好像也提過這個名字）。

——葛見？

我覺得腦袋好像破了一個洞，腦筋頓時一片空白。從他嘴裡說出來的名字和我本人之間的落差令我不知所措，不知道如何是好，以至於失去了及時糾正的時機。因為我們不想站在大馬路上說話，所以便和二宮一起走到附近的咖啡館，在這段路上，我懷著宛如作夢般的興奮心情，同時也感受到一絲不安。

他說的應該是奈津美（Natsumi），而不是葛見（Katsumi）吧？但是，這是不可能的事，在咖啡館聊天時，終於證實了我的疑問。我終於發現，我並沒有聽錯，他把我誤認為是百合子。

我無法責怪他。不光是高三那一年，在學校時，我和百合子總是形影不離，選擇的課程和社團都一樣，而且我們無論個子和髮型都很相似，所以班上同學總是把我們的名字連在一起叫「葛見．奈津美（Katsumi．Natsumi）」，他不小心把我們的長相和名字弄混也不足為奇。更何況當時我們穿的是制服，更容易搞錯，再加上畢業紀念冊的疏失，所以他完全沒有錯。況且，畢業都六年了，二宮還記得我的長相，我就該心存感激了。

都是我的錯。

當時，只要我說一句：「我是奈津美，是清原奈津美。」整件事就可以一笑置之，如今就不需要這麼煩惱了。但我擔心會把氣氛搞僵，所以只好假裝若無其事。我的沉默代表我承認自己是葛見百合子。當時，我原本打算在咖啡館時找個機會糾正他，然而我卻錯過好幾次原本可以澄清誤會的機會，直到最後都沒有說出自己的真實身分——只約定下次再見，就和他分道揚鑣了。

我想，我應該是害怕一旦說出我的真實身分，二宮的態度會有所改變，可見他對我有多好。如果他對我的態度冷淡，我應該會毫不猶豫地糾正他。其實他並沒有表現出很熱絡的樣子，相反地，反而算是沉默寡言，但每一句話都流露出真誠的親切——如果不是我自作多情的話——

他似乎為了能和我偶然重逢感到喜悅。他的這種態度足以讓一直在我內心冬眠的種子悄悄萌生戀愛的新芽。

我們喝了一個小時的咖啡，他說他目前是文學院的研究生，正在研究德國一位名叫施萊格爾的浪漫派學者，我也告訴他畢業後的事情和近況。雖然我們並沒有深談，不過事後我才發現，這一個小時比高中時同班一年所說的話還要多。其實應該再多聊一些的，我有好多話想要告訴二宮，但幸福的時光轉眼就過去，道別之後，內心只留下難以自處的自我厭惡和疏離感——

三月十四日（四）

我是騙子嗎？

我也不知道。

我騙了二宮，假裝自己是百合子，如果我告訴他真相，他還會用那種態度對待我嗎？想到這裡，原本的興奮心情立刻洩了氣。雖然最後變成這樣的結局，但其實我根本無意騙他。只是稍微一丁點的陰錯陽差，讓我莫名其妙地變得有點膽怯，難道這樣就該受到指責嗎？

我在二宮面前沒有說任何一句謊言，無論畢業後的情況、目前的工作，還有今天來京都的理由，除了名字以外，我都據實以告，只是隱瞞了幾件必須要澄清的事而已。

就這樣——就這樣而已，難道就必須把星期天所發生的一切當成是騙局，全盤否定嗎？

應該不至於吧！絕對不應該是這樣的。因為，從我嘴裡說出的每一句話都千真萬確。他對我說的話、害羞的微笑、在人群中認出我的眼神——能夠這樣相遇也是一種緣分，妳下次來這裡時，可不可以和我聯絡？說完，他告訴我他的電話號碼（075-761-50xx，我已經把這個數字背下來了），這些都是千真萬確的。只是當我出現在他面前時，他叫錯了我的名字

三月十九日（二）

上個週末開始，為了趕《VISAGE》五月號的內容，每天都忙得不可開交，根本沒有時間寫日記。這三天的平均睡眠時間只有兩個小時左右。這種生活每個月都得經歷一次，連我都很佩服自己的能幹。昨天一回到家倒頭就睡。事隔五天，今天才又提筆寫日記。

前面那一頁沒有寫完，因為寫到一半時，突然聽到敲門聲。我慌忙把日記本藏進抽屜，換上龍膽老師的一校稿。百合子身穿睡衣走了進來。

「妳這一陣子都很晚睡，工作很忙嗎？」

「對啊！因為星期一才剛截稿呢！」

「不要太累了，小心累壞身體。」

「謝謝，妳也一樣，怎麼這麼晚還沒睡？」

「嘿嘿！其實我一直在和達也聊天，結果睡不著，所以跑過來看妳。我可以和妳聊一下嗎？」

她得到我的同意後，便閒聊了一陣子。話題當然圍繞著三木前輩，我幾乎擔任傾聽者的角

色。約定等我完全出清稿件的星期三（也就是明天），三個人再一起去吃飯，說完，百合子便向我道晚安後回房了。我對京都發生的事隻字未提，因為內心很愧疚，所以不想繼續寫日記。週末時也埋頭工作，努力不去想二宮的事。

我特地寫下這些事情，是因為覺得有朝一日，百合子可能會看到這本日記。不過，剛才看了自己之前寫的內容之後，覺得情緒特別低落。十四號寫的內容根本是在自我辯護，感覺簡直糟透了。其實我並不想寫這些事，因為我的這份日記是寫給百合子——當然還有二宮，但最主要是寫給我的閨中密友，我是為了向百合子道歉而寫的。

平時無論遇到任何事，我都可以放心地找百合子商量。我們認識十年的這段期間一直都是這樣。如果沒有百合子，就沒有現在的我。只有這次的事不同，我根本不敢告訴她，我竟然在相隔六年重逢的二宮面前假冒成她。

我不敢告訴她是有原因的。那天，在我假裝自己是百合子的同時，內心也對好友產生了嫉妒。在咖啡館聊天時，我們曾經聊到高中時的事，二宮一次也沒有提到我的名字。我更因為怯懦而不敢提清原奈津美這個名字。不，那是因為我期待他會因為某個契機而想起我的名字。然而，清原奈津美這個名字似乎完全沒有在他的記憶中留下任何痕跡。

這件事令我感到很難過。因為太難過了，我不顧自己的怯懦，反而嫉妒起百合子，因為二宮忘了我的名字，卻記得百合子的名字——

算了，整天寫這種事，心情只會愈來愈惡劣。愈寫自己愈無法自拔，很可能會寫下更可怕的事。無論寫再多，也只是在憐憫自己，無法改變任何事，最後只會自我厭惡，把氣出在別人頭上，我不想變成這樣。

上次想要寫，最後卻沒有寫。即使二宮叫錯我的名字，那天出現在他面前的，是如假包換的清原奈津美。我比任何人都更清楚這一點。

我就是我！這樣就夠了。

我要努力向前看。

三月二十日（三）

今天和百合子、三木前輩一起去銀座的「西西里」吃飯，之後喝了點酒，現在仍然有點醉意。

每次三個人碰面時，都會讓我覺得臉上無光。三木前輩雖然很照顧我，但是該怎麼說呢——他總是不得要領，不過，我並不是那麼在意。百合子和前輩在一起時總是顯得神采飛揚，這雖然令我很羨慕，但看到他們幸福的樣子，還是很高興。

每次看到他們，就覺得自己是白操心。我當然是指二宮的事。我深深覺得，我目前的煩惱對百合子來說根本是無足輕重的事。即使我告訴她，我在京都巧遇二宮，她應該也只會回「喔，是嗎？」而已，因為百合子的心裡只有三木前輩。

不過，我並不能因為這樣就把這件事告訴百合子。在此之前，應該把真相告訴二宮，並請他不要透露我曾經假裝百合子這件事，然後再把他的事告訴百合子，這樣就沒有問題了。

沒錯，這是最佳方案。

二十四日，我又要去京都了，然後會在京都住一晚，星期一才回東京。和他見面時，一定要告訴他我的真實姓名。

三月二十一日（四）

今天是春分。昨天因為喝了點酒，一覺睡到中午。起床後，我打算和二宮聯絡，所以沒有出門，但在電話前猶豫了一整天，晚上九點多時，終於鼓起勇氣撥了電話，他卻不在家。電話鈴聲響了好幾次，都沒有人接。我不想太晚打電話給他，讓他覺得我自以為和他很熟，所以今天晚上就沒有再打（他為什麼不裝答錄機嘛）。但是在失望之餘，又覺得鬆了一口氣——喂！怎麼可以這麼膽怯？

百合子今天和前輩約會，回家後聊起他們看的那部電影。

萬一電話號碼錯了怎麼辦？

三月二十二日（五）

今天開了六月號的企劃會議。龍膽老師的連載在公司內部也很受好評，我準備下班時，副主編叫住了我，結果只好陪他去酒店喝酒，唱卡拉ＯＫ到兩點，害我不能打電話去京都。頭好痛，我要去睡了。

三月二十三日（六）

剛才終於聯絡上他了，我和二宮聊了天，心頭小鹿亂撞。他一聽到我的聲音就認出了我。雖然我很高興，卻忍不住順著他的口吻說：「我是東京的葛見。」上次是因為事情的自然發展造成的結果，這次卻是故意的。我故意壓低嗓門，小聲說話，很怕隔壁會聽到我講話。

原本以為在電話裡就可以輕易說出口，看來是我太天真了。一聽到他的聲音，我的腦袋就一片空白，只告訴他要去京都的事，其他的話根本說不出口。我心慌意亂，匆匆掛了電話。可能是打電話時看不到對方的臉，反而更加緊張吧！

我還是覺得這麼重要的事應該當面好好解釋清楚，否則，二宮突然在電話裡聽到這種事，也會覺得莫名其妙，根本無法釋懷。也許我是因為想掩飾自己的膽小，才會這麼想吧！

不過，這都無所謂。因為聽到他的聲音就讓我產生了勇氣，不再情緒低落。我們約好二十五號一點在上次的咖啡館見面。對我來說，這已經是一項大工程，不需要一次完成所有的事，只要按部就班地完成目前力所能及的事就好了。如果我找百合子商量，她一定會這麼鼓勵我。

我要預先練習一下後天要怎麼向二宮說出真相。

三月二十五日（一）

我是笨蛋。

今天也無法把真相說出口。

之前已經下定決心，前一天晚上也練習了好幾次，沒想到一看到他的臉就畏縮了，根本沒有勇氣告訴他我的真實姓名。我很擔心二宮得知我之前騙他，會怒不可遏，當場拂袖而去。想到這裡，就心生畏懼，從頭到尾只能假裝自己是百合子，雖然我明知道這種行為是卑劣的背叛。

——自我厭惡。

回程搭新幹線的兩個半小時簡直就像嚴刑拷打般漫長。即使回到家裡，也不敢正視百合子，只能推說太累了，逃也似的躲回自己的房間。我不僅背叛了二宮，也背叛了珍貴的密友。至今為止的兩個星期到底算什麼？寫在這本日記上所有的話似乎都褪了色。

我果然是騙子。

❖

這裡也有一個深受故事吸引的人。

綸太郎看著從東京傳真過來的清原奈津美的日記，不禁這麼想道。偶然的重逢、內心的思慕，還有宛如扣錯一個鈕釦般毫無惡意的誤會。雖然寫的人並無此意，但前面兩個星期的內容，似乎變成了招致半年後悲劇的序章。

聽葛見百合子的母親說，奈津美在高中時是典型的文藝少女，當時就開始投入創作。她個性內向，情緒起伏激烈，對寫作有高度的自我意識。從她日記的文體上也可以清楚感受到這種傾向。這就像她在最初的日記中承認的一樣，十幾歲時多愁善感的「少女情懷」並沒有受到世俗的影響，依然保存了下來。東京七年的生活也絲毫沒有損及她的這種心態，也許是閨中密友百合子發揮了防波堤的效果。目前無法判斷這對奈津美來說是好是壞，然而，在綸太郎被奈津美的字裡行間所透露的情感吸引的同時，也對她過度的多愁善感感到心焦。

「至今為止的兩個星期到底算什麼？寫在這本日記上所有的話似乎都褪了色。」正如她的自問自答所寫的，接下來的兩個星期（三月底到四月上旬）的記述，顯示出她對寫日記的熱忱突然降溫了，內容變得乏善可陳，每天只寫寥寥幾行字，她只記錄工作和生活中發生的事，或是看了什麼書，幾乎沒有提及二宮良明這個人。

唯一的例外，就是在四月八日寫了「打電話給Y．N㉑」，以及十日寫了兩行字（其間有寫了幾行字，但用筆塗掉了，所以什麼都看不到）而已……

「四月十日（三）

——還是無法說出口。

我看還是不要再見他了。」

㉑二宮良明的日語發音為Ninomiya Yoshiaki。

……四月十日，你清楚記得那一天。這天是你和她第三次見面，你們每次見面，似乎就更了解彼此。那天下午，你們從哲學之道的這一頭走到另一頭。當時適逢櫻花盛開的季節，雖然是非假日，但仍有很多遊客。和來往行人擦身而過時，你們的手肘和肩膀碰在一起，每次她都緊張地縮起身體。

「好像到處都是情侶。」不知道在第幾次碰觸時，她一如往常，有點唐突地打破了沉默。「這樣好嗎？你和我在一起，你女朋友不會生氣嗎？」

你回答說，你沒有女朋友。

「——騙人。」

你聳了聳肩，她再度陷入了沉默，然後，你們互看一眼，吃吃地笑了起來。她的笑容好像棉花糖，散步道旁兩排盛開的櫻花美得讓人暈眩。

「葛見小姐，妳在東京應該有男朋友吧？」

「——呃，」她有時候會露出這種無助的表情，「對不起，你剛才說什麼？」

不，沒事。你搖搖頭，認定她應該有男朋友……

……之後兩個月，奈津美似乎不再寫日記。然而，這段期間也並非完全空白，有幾篇沒有標示日期的文章。

如果可以和百合子商量二宮的事，不知道會多輕鬆。因為每次遇到這種事，百合子都是我的依靠。

如果我告訴百合子，她一定會對我說：

「妳為什麼不早說？為什麼要為這種事傷腦筋？無論自己再怎麼煩惱，如果不說出來，對方永遠都不可能知道。因為這是千載難逢的好機會，眼前明明有比中樂透更棒的好事，卻只會咬著手指，自以為是悲劇女主角，一點都不值得稱讚。我怎麼會生妳的氣或吃妳的醋呢？我已經有達也了，為什麼要去破壞妳的戀愛？妳真笨，我不是常對妳說嗎？我是妳的守護神，請叫我『守護神百合子』。二宮的電話號碼呢？妳應該知道吧！現在才十一點，所謂好事不宜遲，奈津美，妳真的是什麼事都要別人教耶！別害怕，我會先幫妳說，如果他敢有什麼意見，我幫妳好好罵他一頓。騙妳的、騙妳的啦！不過我把電話轉給妳時，妳要自己道歉，而且要明確地告訴他，妳喜歡他。他有沒有女朋友？這種事不問怎麼會知道？如果妳不說喜歡他，我就和妳絕交。喂，請問是二宮先生的府上嗎？不好意思，這麼晚打擾你，我是你高三的同學葛見百合子——」

我曾經無數次想像這樣的情景，每次都深刻體會到，百合子對我實在太好了。

好想見二宮。

好想看看他的臉。

好想立刻打電話給他，和他聊天。

——但是，我做不到。

因為我知道，在他面前，我一定又會假裝是百合子，一切又變成了謊言。

這樣下去，只會讓自己變得更可悲。

我正在看高中畢業紀念冊時，百合子走了進來，我來不及藏起來，結果被她發現了。

「妳怎麼還在看這種東西？奈津美，妳還是老樣子。」

「才不是呢！上次六月號的雜誌印好了，但是照片的位置放錯了，和下面的文案對不起來，大家都覺得很失望。因為三木前輩很難過，所以我今天告訴他，這還算是小事，我的高中畢業紀念冊更慘。」

「原來是這樣，那倒是。」

雖然百合子表示同意，但其實那是我臨時想到的藉口，當時我正在看的，並非不小心放錯的百合子和我的照片，而是二宮。自從暗自下定決心不再見他那天開始，我每天都會看畢業紀念冊。明知道這樣未免太不乾脆了，卻還是忍不住這麼做。

「我想起剛來東京那一陣子，我每天晚上都會和奈津美一起看二宮的照片。」

百合子坐在我身旁，心有所感地說。我也在想同一件事。

「對啊！」

「我想起來了，那時候，奈津美每次一提到他就哭，一副好像只有妳一個人暗戀他一樣，我也只好安慰妳。忘了是哪一次，我鼓勵妳說，既然已經來到東京，就應該忘記他，尋找比他更優秀的男人。要把這分懊惱化為動力，談一場更美好的戀愛。還記得當時妳是怎麼說的嗎？」

「──我才不會像百合子那麼見異思遷呢！是不是？」

「對啊！當時我氣得火冒三丈。因為當年我喜歡二宮的程度絲毫不亞於妳，卻不敢說出口，只能和妳一起暗戀他，結果就各奔東西了。當時我並不是感到難過，而是很不耐煩。我不想再後悔了，所以來到東京後，我決定要忘記他，改變自己，努力向前看。每次在鼓勵奈津美的同時，我也同時在心裡這麼告訴自己。我以為奈津美一定知道我的想法，沒想到妳竟然那麼說，真是把我氣得半死。」

「──那時候妳好兇喔！」

「很兇嗎？」

「對啊！應該是至今為止最兇的一次，其實我當然知道其中的道理。雖然知道，卻不知該怎麼辦。看到百合子生氣時，我終於發現，我不能一直這麼依賴妳。」

「之後，妳還向我保證以後絕對不會再哭了。」

「對，我那時候說，雖然無法忘記二宮，但從明天開始，我不會再為他流淚。」

「妳做到了。」

「其實沒有。事到如今，我才敢說出來，其實我都是背著妳偷偷哭泣。」

百合子沉默片刻後，看著照片，然後突然轉過頭，神情嚴肅地看著我。

「我有時候在想，我真的不如奈津美妳呢！」

「為什麼？」

「我也不知道為什麼，不過，理由不重要。奈津美，真對不起，那次對妳發了脾氣。因為，最終還是妳說對了，我真的很快就見異思遷了。」

「沒這回事，其實我很羡慕妳。」

「妳是指達也的事嗎？」

「不光是三木前輩，而是妳所有的一切。」

「妳真的這麼想嗎？」

「真的。」

「那我也要羡慕妳。對了，我還可以問妳一件事嗎？」

「可以啊！」

「妳現在仍然喜歡二宮嗎？」

「嗯——」

我應該在那個時候向百合子坦承一切的。因為如果要告訴她實情，那是唯一的機會，我幾乎已經快說出口了，沒想到脫口而出的竟然是言不由衷的話。

「不是，他已經成為我回憶中最重要的人了。」

我什麼時候變得這麼會說謊了？

我永遠都沒機會告訴百合子了，絕對沒有機會了。

我為什麼要這麼詳細地記錄下我們之間的對話？自從決定不再見那個人之後，我已經沒有寫日記的理由了，即使把為情所困的想法化為文字，也只會徒增心痛而已。

即使如此，我還是不由自主地翻開日記本。為什麼？為什麼？

國王的耳朵是驢耳朵。國王的耳朵是驢耳朵。國王的耳朵是驢耳朵。國王的耳朵是驢耳朵。國王的耳朵是驢耳朵。國王的耳朵——

百合子應該不像她自己想的那麼見異思遷。因為並不是只有我才會偶爾想起往事，偷偷地拿出畢業紀念冊，看著二宮的照片出神。雖然我沒有親眼看到，但在百合子和三木前輩交往之前，我去她房間時，好幾次都發現她的神色很慌張。當然，即使我發現了，也因為覺得對百合子不好意思而沒有聲張，總是假裝不知道。

也許是因為這個原因，我才沒有告訴百合子在京都遇到二宮的事。來東京之後，百合子的確變得積極外向了。離開父母後，她長大了。她看起來不像在勉強自己，也交了不少異性朋友，並且和其中幾個人有了深交，即使如此，百合子仍然沒有失去高中時代的純真。她對二宮的心意不可能就這麼輕易改變，正因為這樣，她才會和我一樣，不時地偷偷回首往事。

當然，這並不是百合子不把三木前輩當一回事，她發自內心地深愛著前輩，如果失去前輩，她一定會發瘋，甚至可能會因為絕望而當場死掉。如果沒有前輩，百合子就會活不下去，我真的這麼認為。然而，二宮以另一種方式依然深植在百合子的內心。

難道是因為我還不夠成熟，才會有這種想法嗎？不，不是，他在百合子的心目中佔有特殊的地位，是珍藏在內心最深處那無可取代的至寶。在京都和二宮重逢之前，他對我來說也具有相同的意義，否則她不可能問我：「妳現在仍然喜歡二宮嗎？」如同百合子自己曾經透露的，我是一面鏡子，反射出百合子內心的想法。

高三的時候，我和百合子交換日記。我們都喜歡二宮，所以好像在比賽誰更喜歡他似的，每天都盡情地寫上好幾頁。我們都很認真，而且天真無邪。那時候，我們迷上了戀愛的感覺，無論多麼喜歡他，都不會有任何具體的行動，因為一開始就認定他遙不可及。所以，我們絕不會因為喜歡同一個人就影響彼此之間的感情，也從來不會嫉妒或吃醋。這是一場兩人三腳的戀愛，無論缺少百合子或是我都無法成立。

然而，現在卻不一樣了。記得我長相的二宮不再是七年前的他，不再遙不可及。至少無論我說什麼，無論我說的話再無趣，他都會回應。當我打電話給他說想要見他時，他也會不厭其煩地和我見面。

所以，如果百合子知道二宮的事，一定會對我產生強烈的嫉妒心，這和她愛三木前輩是兩回事。即使重逢是偶然，但如果百合子知道我隱瞞她，而且假冒她的名字持續和二宮密會，或許會覺得我獨佔了他，也會覺得我奪走了她的名字，甚至覺得我偷走了她珍藏在內心的回憶。因為事實就是如此。如果換作是我，我也會生氣，如果百合子有這種想法，我沒有自信可以和她繼續當好朋友。

我也差不多，不僅為對好友說謊感到愧疚，也對百合子產生了嫉妒心。我仍然很介意二宮把我的名字記錯這件事，之所以決定再也不和他見面，或許也是因為內心的某個角落無法原諒他忘記我的名字。

不，不是這樣的，這不是二宮的錯。

但是，他每次望著我的時候，看到的都不是我，而是名叫葛見百合子的另一個人。他至今仍然對此深信不疑。想到自己只是百合子的替身，我就懊惱得忍不住想哭。我羨慕一無所知的百合子，也對她充滿嫉妒。

百合子明明是我的好朋友，這十年來，我們是分享彼此的喜悅和悲傷、痛苦和歡樂的好朋友，我對她竟然有這種想法。

真是夠了。

女人真是自私的動物。

有一天晚上回家時，發現二宮在家裡。我嚇了一跳，難以相信他就出現在我面前，問他為什麼會來這裡，二宮面帶微笑地回答說：

「這兩個月都沒有接到葛見小姐的電話，我一直很擔心，不知道出了什麼事。之前我都沒有問妳的地址和電話，所以只好找出高中時的舊名冊，打電話到老家問這裡的地址，因為思念心切，所以迫不及待地趕過來了。」

聽他這麼說，我的驚訝變成了喜悅，我也不再掩飾自己的真心，撲進他的懷裡。

「我也很想見你，一直都很想見你。」

「不，我不是來看妳的。」

他這句冷漠的話讓我雙腳僵在原地，百合子從敞開的門外走了進來，站在他身旁。他們深情款款地相互凝望後，二宮對我說：

「葛見把真相告訴我了，清原，原來妳一直都在騙我。」

清原！

聽到自己名字的那一剎那，我狼狽不堪，魔法消失了。眼前一片黑暗，我根本無法站立，整個人癱坐在地上。他們面不改色地低頭看著我，輪流說：

「我和妳之間已經完蛋了。」

「再見，奈津美。」

「再見，清原。」

兩個人手牽著手，面帶笑容，飄然地轉身離去。我想要追上去，他們卻推開我的手，快步消失在門外。

「不要走！不要留下我一個人！」

無論我怎麼哭喊，他們都聽不到我的聲音。門在我面前關上，室內再度恢復一片漆黑——我終於醒了。

那是一場夢。然而，即使在夢醒之後，我仍然獨自在黑暗中哭泣。

在她突然失去聯絡的這兩個月裡，你不知所措，只能翹首盼望她的來電。那時候，你還不知道她住在哪裡，也不知道她的電話號碼。偶然重逢的那天，臨別時，你告訴了她自己的電話號碼，但因為她並沒有主動留下電話，所以你也不好意思勉強問她，如今卻為此感到遺憾。不過，她連續打了兩次電話來，你們在短時間內又見了面，所以你一直很樂觀，覺得不需要特地問她，可以等她主動告訴你。

她不想再見面了嗎？第三次見面時，從她的行為中絲毫感受不到這一點，你們像以前一樣，依依不捨地笑著道別。然而，她不時露出難解的表情和彷彿靈魂出竅般凝望遠方的神情，那並不是你多心。

她在東京果然有男朋友嗎？難道是因為最後一次見面時，你問起這件事，讓她覺得尷尬，無法再以老同學的身分輕鬆見面了嗎？不，她突然提起這個話題，可能就是為委婉地向你暗示這件事預留伏筆。

果真如此的話，那也只能聽天由命了。既然她已經有了另一半，你根本就沒機會。雖然很遺憾，但這就是現實。你應該對和她的重逢感到滿足，然後揮揮衣袖，不帶走一片雲彩。雖然你努力這麼說服自己，卻還是放不下。

她和你說話時，不是略帶羞澀、聲音中透露著興奮嗎？你留電話給她時，她不是凝望著那幾個數字良久嗎？明明沒有遲到，但她不是兩次都跑著趕到約會地點，喘得上氣不接下氣嗎？當你回答說沒有女朋友時，她嘴上說著「騙人」，但臉上不是欣喜莫名嗎？

你覺得必須再見她一面，有一件事，非要當面問她不可——為了雜誌連載的稿子，每半個月就要來一次京都——你想起她曾經這麼說，於是開始掐指計算日子，在她可能來京都的日子裡，漫無目的地走在鬧區，期待可以像那天一樣，在街上巧遇她。你去圖書館查了她負責的作家的地址，還不止一次地等在作家的住處附近。然而，這些努力全都徒勞無功，你仍然沒有見到她。

季節即將變化，剛冒芽的嫩葉綠意漸濃，每次雨後，都會染上鮮豔的色彩。你無論如何都想和她取得聯絡，內心焦急萬分，卻無意向她福井的老家或是老同學打聽她的聯絡電話，也不想打電話去她工作的雜誌編輯部詢問。你不想讓她感到不舒服，也覺得這些方式太過度了，你希望採取更不露痕跡的方式，假設對方對你沒有感情，可以毫無心理壓力地無視你存在的方式。

六月中旬，你終於想到一個主意，然而會產生多少效果卻沒有把握，甚至連她是否能夠看到，也只能聽天由命。然而，至少這種方式不會過度騷擾她。如果她沒有回應，你只能告訴自己運氣不好，並就此放棄。

對，這是對你的未來下的賭注……

……綸太郎的雙眼追隨著藉由數位線路傳輸的手寫文字，不斷地強烈意識到另一個讀者的存在。葛見百合子在蹴上墜落身亡的那天晚上，從她手中拿到奈津美日記的二宮良明，他到底是帶著怎樣的心情看這些內容？相隔七十天，標明日期的記述再度復活，彷彿為了讓讀者的情緒可以隨之起伏似的。之後，奈津美又開始寫日記。故事獲得重生，再度發展下去。

❖

六月十九日（三）

今天，我在整理讀者問卷的回函時，發現裡面有一張二十多歲的男子寫的回答。我覺得很好奇，拿起來一看，發現回答如下：

「請問你為什麼會買本雜誌？」　（C）朋友的推薦
「請問你覺得本月雜誌中最棒的文章是？」　（7）龍膽直巳的「化妝故事」
「請寫下對於本雜誌內容的感想和建議」　希望「化妝故事」可以寫遠距離戀愛的主題。

我的眼睛盯著寄件人的名字，上面寫著二宮良明。

六月二十日（四）

昨晚幾乎一夜沒睡。那張明信片到底是什麼意思？遠距離戀愛？是指二宮和我嗎？他想和我聯絡嗎？或者他只是想用這種方式挖苦我？

在公司的時候，好幾次都想拿起電話打到京都，按下已經熟記在腦海的號碼，卻始終無法按到最後一個數字。

不是已經決定不再見他了嗎？不是已經發誓要以和百合子的友情為優先嗎？為什麼看到寫著他名字的回函，內心就這麼激動難平呢？實在太沒出息了。

六月二十一日（五）

我和百合子在她的房間聊天到深夜，百合子看到我一直嘆氣，覺得很納悶。如果獨自在自己的房裡，我一定滿腦子都是二宮的事，很可能忍不住打電話給他。真希望工作忙一點，讓我沒有時間想其他事。

六月二十二日（六）

我猶豫再三，最後還是背叛了自己的誓言，打電話給二宮。因為如果不這麼做，我一定會發瘋的。原本只是想整理自己的心情，沒想到忍耐了兩個月的努力頓時化為烏有。我都快二十五歲了，真是一個優柔寡斷的女人。

然而，相隔兩個月聽到他聲音的那一剎那，內心的煩惱頓時煙消雲散。

「對不起，寫了那張莫名其妙的回函卡，因為我不知道妳的地址和電話，想不到其他可以聯絡妳的方法。我一直在想，妳好久沒有和我聯絡了，是不是上次見面時，我說了什麼不該說的話。果真如此的話，我至少應該向妳道歉，所以一直耿耿於懷。」

聽他說話的口氣，就好像給我添了很大的麻煩似的。其實他根本不需要道歉，雖然我明知道不應該，雖然我完全可以騰出時間，卻謊稱工作太忙，擠不出時間，把這個當作這兩個月沒有和他聯絡的藉口。他沒有多計較，只說當然應該以工作為優先，他是學生，有大把時間，所以比較不了解上班族的辛苦。

「對了，關於你問卷調查上的回答……」

我打算不經意地提起這個話題，說到一半卻卡住了，聽起來好像別有用心。二宮說：

「喔！那是那個啦……」說到一半，卻住口了，然後，突然用嚴肅的語氣問：

「妳下次什麼時候來京都？」

「下星期二，也就是大後天。」

「如果妳方便，我們可不可以再見一面？先不管明信片上的事，應該說，我很想見妳，有話要對妳說——」

「可以啊！我打電話給你也是有這個打算。我也有話要對你說。」

我們約定在老地方見面後，才掛上電話。我再次深刻體會到，應該在看到回函卡的當天就打電話給他的。如今我才終於發現這兩個月來，我一直在等待他的召喚。不，其實一開始就不應該決定不再見他的，我發自內心地感受到，原來我這麼喜歡他。

我仍然面臨窘境，目前的情況和兩個月前一模一樣，沒有任何改善，但現在的我已經不再是兩個月前的我。見不到他，也聽不到他聲音的這段期間，我終於了解了自己的心意。雖然很對不起百合子，但我相信她可以諒解，與其整天煩惱，壓抑內心的感情，還不如讓自己變得更堅強，坦率說出自己想要什麼。下星期二，我要對他說出真相，到時候，一切都會否極泰來。如今的我不需要藉助春天的魔法，也可以做到。

六月二十四日（一）

今天接到龍膽老師的電話，他要趕其他雜誌社的稿子，所以希望把明天討論的時間挪到晚上。我優先安排了二宮的約會，和他約九點在祇園㉒見面。老師問我：「奈津美，妳該不會在這裡交了男朋友吧？不可以公私不分喔！」我顧左右而言他地否認了，真是什麼都瞞不過老師的眼睛。

明天要在京都住一晚。

六月二十六日（三）

昨天見到了他——

剛開始，我們兩個人都很不自在。可能是因為兩個月沒有見面的關係，更因為我一直在思考要怎麼把之前我假裝是百合子，沒有說出自己真實姓名的事說出口，所以完全沒有專心聽他說話。不光是我，二宮也不像平時的他，變得特別多話，而且說了一些言不及義的話，看到我反應遲鈍，又把話題縮了回去。氣氛很尷尬，好像回到第一次重逢時的感覺。我們都感受到彼此都有重要的話想說，只是在尋找適當的時機。時間一分一秒地過去，我們卻始終沒有提及星期六晚上在電話裡提到的事。

吃完飯，走出餐廳，和龍膽老師約定的時間快到了。二宮說要送我過去，當我們沿著四條大橋走向祇園的方向時，發現有好幾對情侶坐在鴨川河畔，而且彼此間隔相同的距離。我停下腳步，站在橋上的欄杆旁看著這片景象。我以前就曾經聽說過，但沒想到每對情侶之間的距離真的好像用尺量過一樣。我這麼對二宮說，他告訴我，這些情侶在傍晚時分就開始慢慢形成等距離坐定的行列。我靠著欄杆，托著臉頰，任憑河風吹亂我的劉海，凝視著映照在水面上無力搖晃的街燈倒影，聽著他說話，腦袋卻在想其他的事。必須趁現在告訴他我一直在假冒別人的名字，只有現在才說得出口了。就在我終於下定決心，抱著從清水舞台一躍而下的決心㉓準備開口時——

「上次在電話裡說的事，」他搶先說道：「實在很難以啟口，突然這樣說好像很唐突，但我不想就此和妳說再見。我有話要對妳說，才會寄那張回函卡，甚至請妳撥出時間來和我見面。葛見，這兩個月來，我一直在想妳的事。不，應該從更早之前，從高中的時候，當我們分到同一

㉒祇園是京都最著名的藝伎區。

㉓日本的諺語，用來比喻自己已下定極大的決心。

個班級的時候，我已經對妳——總之，如果不會造成妳的困擾，可不可以請妳和我交往？」

我因為太驚訝了，一時說不出話，目瞪口呆地抬頭看著二宮近在眼前的臉。在此之前，我只想著自己的事，所以愣了好一會兒才明白他的意思。我曾經在作白日夢時無數次想像過這樣的情景，卻作夢也沒有想到，竟然這麼快就實現了。二宮似乎誤會了我的反應，他移開目光，聳了聳肩，努力掩飾失望的神情，故作輕鬆地突然補充道：

「不，如果妳沒有這個意思，就請妳當作沒聽到剛才的話。別在意，就當作什麼事都沒發生吧。對了，呃，啊！前天打電話時，妳不是說也有話要告訴我嗎？是什麼事？」

我搖搖頭，無數思緒一直不斷地湧現，腦海中一片混亂，但我知道自己必須說點什麼。我一心想把自己的心意傳達給二宮，卻忘了在此之前必須先把事情說清楚，原本準備好的話頓時消失不見，我說出了完全相反的話。

「我也想要問你同樣的事。」

「啊？妳的意思是——」

「如果不會造成你的困擾，請你當我的男朋友。」

這不是我要說的話。然而說出口之後，卻已經來不及了。不，這句話本身並沒有半點虛假，那是我的真心誠意。然而，如果不消除擋在他和我之間那道由誤會築成的牆，我的真心就全都變成了虛假。消除這個誤會應該是我的首要之務，之前明明打算今天要告訴他我是清原奈津美的，如果不這麼做，如果不完成這件事，其他所有的話都變成了欺騙他的謊言。雖然聽到他的表白的確讓我樂不可支，但我為什麼會說出那種話呢？我錯過了唯一的機會。

「好、好的，我答應妳。」

二宮似乎被我的氣勢嚇到了，語氣緊張地回答道。他的回答太好笑了，我們兩個同時忍俊不禁。那一剎那，我是全世界最幸福的人，也變成了全世界最可悲的騙子。

六月二十七日（四）

一整天都在想二宮的事，我必須整理美容中心的採訪報導，腦筋卻一片空白，根本沒辦法工作。前天晚上，他突然提出要我和他交往，我回答說，我也有相同的感覺，在這之後，我們好像全身虛脫般，沒有再多說什麼。再加上和龍膽老師約見的時間已經快到了，所以沒有充裕的時間。道別時，他說：「那下次再見囉！」還伸出手來，我握住了他伸出來的手。雖然只是握手，二宮卻尷尬得手足無措，感覺像小男生一樣可愛。我握筆的手仍然可以感受到他手上的觸感和肌膚的體溫，我這才發現，這是我們第一次握手。

和他道別後一個人獨處時，我才真正意識到自己犯下了無可挽回的錯誤。當一時的興奮過去，開始自我反省後，我覺得自己好像被炫目的海市蜃樓迷惑，走進了一條錯誤的捷徑，反而迷路了。到頭來，我還是沒有把最重要的事說出口，再度重蹈覆轍。而且，每次犯下相同的錯誤，壓在身上的欺騙行為就會愈來愈沉重。我的名字叫清原奈津美，並不是他誤以為的葛見百合子，這個決定性的事實變成一道厚牆擋在我面前。雖然很高興彼此能夠了解對方的心意，但正因為知道了他的心意，我覺得自己反而陷入了更深的泥淖。我不是百合子，我的謊言玩弄了他的心。每次見到他、每次和他說話，我都在背叛他。一旦事跡敗露，二宮一定會立刻離我而去。曾經激動的心將被無盡的痛苦侵蝕，轉眼之間就變得脆弱無力，留下千瘡百孔。我討厭怯懦的自己，我痛恨百合子，下一瞬間又為自己怪罪無辜的好友感到羞愧。寫下這些內容的此刻，也產生了深深的羞愧之情。

就在和龍膽老師討論下一次的連載內容時，我也無法擺脫這種罪惡感，不知不覺中，便忍不住跟老師說了這件事，說是身邊的朋友對我傾吐了內心的煩惱。

「還真有趣呢！不，用有趣來形容，對妳的朋友來說太可憐了，我應該可以理解妳朋友的心情。雖然這麼說有點冒昧，不過剛才聽了妳這番話，刺激了我的靈感。清原，我在想，可不可以把這件事當成下期『化妝故事』的題材，妳認為呢？當然，我會更改細節的部分，描寫一個和妳朋友情況類似、陷入兩難局面的女生。」

龍膽老師出乎我意料地說出這個提議，難道老師已經發現這是我本身遇到的事？我也搞不清楚，可能是我想太多了。無論如何，我都不可能當場答應。雖然像我這種初出茅廬的編輯沒有立場對龍膽老師下指導棋，但想到二宮可能會看到這些內容，難免猶豫不決。我朋友是信賴我才找我商量，所以必須徵求當事人的同意——我用這個藉口推託後，請老師多給我一點時間再回覆。

「那請妳轉告她，我寫出來的內容絕對不會給她添麻煩，而且，並不是只有她一個人為這種問題煩惱，我認為這是可以引起所有讀者共鳴的主題。因為很多人都無法表現出真實的自己，所以別人當然無法了解真實的自己。說得更誇張一點，這是一種如何藉由和他人之間的溝通，縮小人與人之間認知落差的問題。以這種普遍存在的問題作為背景，把妳朋友的故事化為文字，這是一件很有意義的事，所以可不可以請妳說服她，務必要讓我寫？」

老師的每一句話都刺進我心裡，我只能默默點頭。兩天的時間過去了，這兩天我都在想二宮的事，我打算明天回覆老師，因為就在我寫日記的當下，我終於下了決心。

六月二十八日（五）

我打電話給龍膽老師，說已經徵得我朋友的同意，請老師按照我們之前討論的方式動筆。結果老師說：「不瞞妳說，我已經動筆了。」

我覺得老師早就已經識破了這個故事的主角，也許是看出我的猶豫，才會跟著我一起打啞謎。我這種想法是不是太過牽強附會了？我並不認為地球因我而轉，也知道凡事想太多只會弄巧成拙，所以，暫時不想為這件事煩惱。

總之，我也許可以因為老師的小說擺脫目前的困境。二宮應該都有看每一期的「化妝故事」。和他重逢的那一天，我曾經告訴他我是龍膽老師的責任編輯，再加上之前問卷調查的事，所以我相信他應該都有在看。當他看到故事中的女主角和我的境遇很相像時，一定可以察覺到我內心的痛苦。當然，他不可能看了小說後就百分之百了解情況，但可以在我對他坦承真相之前，有一定的心理準備。如果事先毫無預兆，就突然聽到我說我不是葛見百合子，二宮絕對會不知所措的。況且，如果事先用這種方式透露一點，那麼到時候說出真相時，壓力就不會那麼大了。

這樣會不會想得太美了？我用盡心機，把希望寄託在別人身上，而且還假公濟私。目前的我不知道自己還能做什麼，雖然試圖改變自己，但膽小脆弱的人不可能一下子變得堅強。有明確的目標固然很重要，但是也不能一下子對自己有太多的要求。這個世界上有很多事是無法靠自己一個人的力量解決的，也不需要為向他人求助感到羞恥。即使用盡心機、即使把希望寄託在別人身上，也都是我經過思考後決定的事，只要能夠朝目標邁進，似乎也沒什麼不好。

百合子一定會這麼告訴我，並且為我加油打氣吧！我說得對嗎？

❖

「──要不要喝咖啡？」

綸太郎聽到聲音抬起頭，看到久能警部用雙手拿著紙杯。

「有黑咖啡，還有加了牛奶的，我是在茶水間的自動販賣機買的，無法保證味道好不好。」

「謝謝，我就喝喝看囉！」綸太郎伸了一個懶腰，接過黑咖啡喝了一口，「嗯，差不多就是這個味道啦！」

久能喝著加了牛奶的咖啡，探頭看向傳真過來的日記問：「你看到哪裡了？」

「終於進入七月了。」

「你動作真快，我看了一半就放棄了。她的字寫得很漂亮，但因為是傳真過來的，所以有些字看不清楚，而且我很怕看這種太過濫情的文章。咦？你還做了很多記號嘛！」

「只是一些需要注意的地方。這是我的職業病，總覺得很像在校對稿子。」

「看在旁人眼裡，會覺得你很像編輯。說起來真諷刺，感覺角色顛倒了，居然由作家在改編輯遺留下的手稿。」

「的確如此。」聽他這麼一說，的確像這麼一回事。綸太郎玩味著久能的話，喝完咖啡，打起精神後，再度低頭看後半部的日記。

六月底到七月上旬期間雖然沒有中斷，但是又出現之前（三月底到四月上旬）那種流水式的空洞記載，當然也沒有關於京都男友的記述。所以，綸太郎認為，雖然六月二十八日後半段寫了那些內容，但奈津美還是無法擺脫某種愧疚的心情，這種愧疚成為一種枷鎖綁住了她的筆。二十六、七、八三天的敘述內容有些凌亂和重複，充分表現出筆者內心的迷茫，才會導致文字缺乏一貫性。

七月中旬後，日記的日期出現大幅跳躍，好像是用丟骰子決定幾天寫一次一樣。穿插在「二都物語」之間的流水式空洞記載幾乎消失不見了，令久能警部望而卻步的「濫情文章」也漸漸隱退，轉換為以一般日記式的文章為主。奈津美試圖利用龍膽直巳的小說間接糾正男友的誤會，而圍繞在這件事所產生的兩種感情——期待和愧疚不斷在她內心掙扎，最後使她暫時凍結自己引發的困境所帶來的感情，並將其束之高閣，這種潛意識的願望阻止她頻繁打開日記，她握筆的手或許也發揮了抑制作用。

❖

七月十一日（四）

搭早上第一班新幹線前往京都。去跟龍膽老師拿了稿子後，當天就回來東京。接過老師的稿子時，老師自己也掛保證。

「不是我自誇，這次是我至今為止最滿意的一次，感謝妳提供的題材，以後也請多幫忙。」

我在回程的新幹線上立刻看了起來，完全同意老師的意見。內容改編成內向的妹妹被別人誤以為是相差一歲的姊姊，和專心拍攝她的年輕攝影師之間發生的愛情故事，但我對女主角的內心想法感同身受，看到完美結局時，我忍不住熱淚盈眶。這分感動一定可以傳達給《VISAGE》的讀者，一旦付梓成書，二宮應該也——

拜訪龍膽老師之前，我利用上午的時間和他約在大學旁見面（因為他下午要和指導教授討論碩士論文），一起吃了午飯。這是上次他提出交往要求後的第一次見面，所以我有點不好意思，但二宮一如往常地坦率直爽，終於讓我漸漸放鬆下來。要我突然以情侶的態度和他打情罵俏，我實在辦不到，而且那種樣子也很難看。今天，我沒有很在意他面前假扮百合子這件事，也許是因為很快就可以擺脫這種困境的期待，讓我的心情變得輕鬆了。當然，內心還是有一絲愧疚，但看了龍膽老師的稿子後，那一絲愧疚也立刻蕩然無存了。

七月十九日（五）

九月號的所有稿子都出清了，各位真的辛苦了。我從來不曾這麼期待出清的日子。這個月太賣力了，大家忍不住問我：「是不是有什麼好事？」副主編也豎起小指調侃說：「一定是這個、這個。」我費了好大的力氣才掩飾過去。雖然不需要隱瞞，但我不想被這些愛聊八卦的人說我公私不分，所以暫時不打算說二宮的事。

「這個月的『本月最優秀』非妳莫屬了。」三木前輩說：「不僅美容中心的報導很扎實，最重要的是這次的『化妝故事』真的太棒了。聽副主編說，妳為龍膽老師提供了不少意見，真了不起，這代表妳已經是可以獨當一面的編輯了。」

「前輩，與其稱讚我，不如安撫一下百合子吧！你最近是不是太忙了，都沒有打電話給她？雖然百合子很體貼，但其實她很寂寞呢！」

「是是是。」

或許是因為我這麼叮嚀過前輩，今天晚上，他們在電話裡聊了很久。星期天，我也打電話去京都吧！

七月二十一日（日）

百合子和三木前輩約會時，我當了半天的電燈泡，晚餐後我先行回家，發現二宮在答錄機裡留了言。上次見面時，我終於把寫了電話號碼的便條紙交給了他——為了防止惡作劇電話，答錄機裡沒表明我的身分，所以我才敢大膽把電話留給他。如果答錄機裡錄的是「你好，我是清原」的話，他可能會以為撥錯電話。我在這方面仍然缺乏勇氣。

趁百合子還沒有回家，我立刻打電話到京都。「我打給妳吧！」二宮說。因為每次都是我打給他，他擔心我會花太多長途電話費。我每個月都有薪水可領，根本不需要在意這種小事。而且，我也沒有時常打電話給他，也不會聊個沒完，所以還不到浪費電話費的程度，因為我一直很在意隔壁房間的百合子——

我告訴他星期四要去京都，他問我能不能空出時間，一起去看場電影，我二話不說便答應了。我想看的電影剛好上演，是森山塔彥導演的「Two of Us」。這是一部在各地電影節屢次得獎的話題作品，這部「新作品」雖然之前就已經拍攝完成，但導演堅持要在暑假上演。我喜歡吉本芭吉娜（這裡應該是法月故意用吉本芭娜娜的諧音取的假名）的原著，而且從學生時代就是森山導演的影迷，一直在注意他的作品，對我來說，他們簡直是夢幻組合。我問他京都有沒有上演，他說會去查。今晚聊天的話題不斷，聊了將近三十分鐘，當然是至今為止的最長紀錄。

互道晚安掛上電話後，我反覆聽了好幾次他留在答錄機裡的聲音。「——請問是葛見小姐家嗎？我是京都的二宮，呃，妳好像不在家，那我改天再打。」「請問是葛見小姐家嗎？我是京都的二宮。」「請問是葛見小姐家——」……

真希望九月號趕快出版。

七月二十五日（四）

期待已久的「Two of Us」無法看到最後。並不是因為我的時間問題。我和龍膽老師的討論提前結束，特地擠出時間，但二宮似乎不喜歡那部電影。不過，人說塞翁失馬，未知是福是禍。電影開演後不久，我就發現他不太對勁。他為了我努力克制，但不到三十分鐘，他便說了聲「對不起」，起身走了出去。我跟著他來到大廳，發現他垂頭喪氣地坐在椅子上，臉色看起來很差。

「你還好嗎？」

我問，二宮點點頭。

「我只是有點不舒服。機會難得，妳不用在意我，進去看吧！我在這裡等妳。」

雖然他叫我不要在意他，但我總不能回答他「好」，然後真的進去繼續看吧！我買了兩罐果汁，遞給他一罐，在他身旁坐了下來，拉開拉環。

「謝謝。」

「你還好吧？」

「還好，這是心理方面的問題，很快就好了，不用大驚小怪。」

「該不會是因為電影太無趣了吧？」

「不是。」

二宮吞吞吐吐地回答。他好像把果汁當成了清醒劑，喝了幾口後，解釋說：

「我不知道是這種電影，也沒有看過原著。」

「這種電影？你討厭看日本電影嗎？」

「不是。該怎麼說呢？我從來不看這種妻離子散的故事。」

「為什麼？」

我戰戰兢兢地問，二宮遲疑了一下，緩緩地說：

「可能是因為我爸媽離婚的關係吧！我並不想裝憂鬱，但我無法正視這種故事。無論是小說還是電影，都無法覺得純屬虛構，總是會情不自禁地對照自己。」

我十分驚訝，忍不住直接開口問了：

「你父母離婚了？」

「對。在我讀幼稚園之前就離婚了，所以自從我懂事之後，就一直是我媽把我帶大的。」

「對不起，這麼重要的事，我完全不知道——」

聽他這麼說，我覺得似乎有跡可尋。高中的時候，我和百合子都發現二宮比班上的其他男生感覺更成熟，渾身散發出和其他男生不一樣的感覺。現在回想起來才發現，我們迷戀他的原因之一，或許正是因為我們莫名其妙地愛上了他這種特殊的氣質。當然，我們並不光是因為這一點喜歡他，也無意完全歸咎於他父母的離婚。

（好像又寫太長了，時間不早了，很想明天再接著寫，但現在心情仍然很激動，根本睡不著，所以還是再寫一下吧！）

「妳不用擔心。」

二宮說。

「以前我討厭別人戴著有色眼鏡來看我，所以儘可能不告訴別人家裡的事，因此妳當然不知道，我想大部分的高中同學都不知道吧！雖然是單親家庭，但我媽是珠寶鑑定師，我爸也有付教育費，所以經濟上並沒有問題。而且，我也經常和我父親見面，跟別人的成長過程沒有太大的差別。不過，如果有人說我有戀母情節，我可能無法否認吧——啊！對不起，聊這些會不會很無趣？」

「完全不會。」

「是嗎？不過，明明是我邀妳看電影的，卻因為我的關係而破壞妳期待已久的樂趣，我要向妳道歉。對不起，妳真的不用介意我，既然已經買了票，還是去看完吧！」

我搖搖頭。

「不用了，因為電影可以隨時一個人去看，但半個月內只有一次可以這樣和你聊天的機會。我們走吧？呼吸一下新鮮空氣應該會比較舒服，而且如果你不介意，我還想聽你的故事。」

離開電影院後，我們漫無目的地走向鴨川的方向。沿著河畔的路走了一會兒，我們也像之前某個夜晚在四條大橋欄杆旁看到的那些情侶一樣坐在河畔，聊著上高中之前的孩提時代的回憶。這個話題可以讓我毫無顧慮地暢談真實的自己，而且我們在相同的土地長大，有很多交集的部分，聊得特別開心。最令人高興的是，我聽到很多他少年時代的事，那是我以前不知道的。河面反射著夏天的烈日，刺得眼睛都張不開了，比起錯過的電影，比起吉本芭吉娜的小說，我覺得我們更像「Two of Us」這個故事的主角。

唯一的遺憾，就是雖然我們聊到夕陽西下，卻仍然覺得無法盡興。愈了解他，對他的好感就愈深，我從來沒有這麼強烈地體會到，原來喜歡一個人的感情是沒有上限的。我好想更進一步了解你，好想比現在更加、更加喜歡你。

（註）或許可以說是無巧不成書，綸太郎和這部電影也有密切的關係。十七歲的瑪麗亞和離婚的父親住在一起。一個暴風雨的夜晚，因為時空的錯位，她迷失在平行世界中，遇見了十二年前車禍喪生的異卵雙胞胎哥哥阿悟。在那個世界裡，十二年前死去的不是阿悟，而是瑪麗亞自己！——飾演女主角的偶像歌手畠中有里奈在電影即將開拍的九〇年二月，被懷疑殺害了電台工讀生，把她逼得自殺未遂，綸太郎和他父親法月警視證明了她的清白。那年秋天，電影順利殺青，綸太郎也是在調查這起案件的過程中和久保寺容子重逢。詳細情況請參考《再度赤的惡夢》。畠中有里奈已經決定主演森山塔彥導演的下一部作品，目前正在緊鑼密鼓地進行拍攝的工作。

八月一日（四）

九月號的樣書到手了。要到下週一，也就是五號才會在書店上架。當我重新閱讀已經付梓的「化妝故事」後，發現我不能抱著太樂觀的心態。上次見面時，我故意聊起工作的事，告訴他下一次的故事很好看，請他務必要看。我相信他會看，但也許他並不知道故事是在影射我的心情。也說不定他已經察覺到了，對我一直矇騙他一事感到不諒解，就決定再也不跟我說話了。

不，他不是這種人。我知道這是杞人憂天，然而，當我開始具體思考如何在他面前坦承自己的真實姓名時，之前的數次失敗變成一種壓力，令我感到退縮。若是如此的妙計都無法成功，那真的是一切都完了。

龍膽老師的小說十分引人入勝，但小說畢竟是小說，不可能百分之百符合我的心情。正因為這樣，我必須用自己的話語正確傳達內心的想法，我知道這是關鍵所在。我很希望下次和他見面時可以好好談這件事，但見到他時，我又沒有自信可以解釋清楚——當我因為這些問題而理不出頭緒時，突然靈機一動，想到可以寫信給二宮。

為什麼以前沒有想到這麼簡單的事？就算面對面時無法啟齒，寫信應該就沒有問題了。況且，我在這本日記的第一頁就寫過，寫日記是為了練習如何寫信給他。只要把原本寫在日記上的真實想法寫在信紙上，裝進信封，丟進郵筒就好。七月號的問卷回函上有他的地址，至於投進郵筒的勇氣，只要到時候自我激勵一下，應該不是太大的問題。

八月四日（日）

花了三天的時間，終於完成一封很長很長的信，多虧這本日記幫了大忙。

封了口、貼上郵票的信封就在我面前。寫上二宮的地址後，我猶豫了很久，不知道該怎麼寫寄件人的名字。考慮再三，寫下「清原奈津美」這幾個字，心情頓時感到暢快不已。

八月五日（一）

我把信寄出去了！

寄信的時候，我緊張得忍不住發抖，最後只好閉上眼睛，摸索著把信投進郵筒。寄出之後，仍然心跳不已。

也許他無法原諒我的謊言，想到這裡，就覺得坐立難安。不過，與其像以前那樣曖昧不清、繼續欺騙他，還不如把話說清楚。

今天是九月號出刊的日期，我看到《VISAGE》已經上架了。我已經盡力而為了，接下來就聽天由命吧！

神啊，請祢把我的心意帶給二宮——

八月八日（四）

簡直難以置信。一進家門，竟然在信箱裡發現寄給二宮的信被退回來了。而且，信封上還蓋了一個「該地址查無此人」的紅色印章。一想到萬一百合子先回家看到這封信，我就不寒而慄。我急忙核對了地址，發現並沒有抄錯。我搞不懂是怎麼一回事，打電話到京都，一直找不到人。

為什麼？為什麼？

八月九日（五）

二宮的電話一直打不通，他該不會搬家了吧？不，應該是利用暑假期間回老家探親了，他之前好像有提過這件事。

這麼一來，就算我後天去京都也見不到他了。我情緒低落，惴惴不安，整個心都快要爆開了。他為什麼不打電話給我？

八月十一日（日）

去向龍膽老師拿了十月份的稿子。這次的主題是遠距離戀愛，但並不是我積極推薦的題材。老師的朋友也對這個月的故事大加讚賞，所以他心情很好，我卻沒有精神應付他。結果還是無法聯絡到二宮，所以我馬上就回東京了。在新幹線上看稿子時，也完全看不進去。

回家之後，為了芝麻小事和百合子吵了一架。看來我們兩個人的心情都很惡劣，真是禍不單行，今天可能是我的大凶日。因為二宮的事，總覺得對百合子有所虧欠，所以主動向她道歉，終於和好如初，但我覺得百合子今天晚上脾氣很暴躁，很不像她平時的作風。難道她和前輩吵架了？

八月十五日（四）

今天是終戰紀念日。那天之後，我每天晚上都打電話到二宮的家裡，但他一直不在家。一定是回老家過中元節了，可是他明明可以在老家打電話給我的，到今天為止，已經整整三個星期都沒有聽到他的聲音了。明天就要開始做十月號的雜誌了，心情好沉重。

我整天都在想那封被蓋上「查無此人」後退回來的信。難道是二宮看了「化妝故事」後，發現我假冒他人的名字？他覺得我背叛了他，感到心痛欲絕？（難道是我想得太天真？他根本無法原諒我？）會不會他看了之後，想起了我真正的名字，又剛好看到我寄出的那封信的寄件人姓名，所以連拆都沒拆，就知道信裡寫了什麼內容？他對此根本不屑一顧，就直接把信退回了郵局？果真如此的話，信封上那個紅色的印章就是向我表達絕交的意思。

——但是，我不認為二宮會做這種事，一定、一定是郵局搞錯了。我很希望是這麼一回事。

八月二十日（二）

昨天校完了十月號的稿子，因為注意力無法集中，連續出現了好幾個不必要的失誤，真是糟糕透了。雖然三木前輩幫我改過來了，但還是被副主編罵了一頓：「上個月的『本月最優秀』

只是僥倖嗎？」不過，這些事都已經是過去式了，所以我完全不介意。我忙得沒時間打電話，所以情緒十分惡劣，今晚終於有時間打電話到京都了，二宮很快接了電話。

一問之下，才知道他果然在中元節假期時回老家十天左右，因為剛好是我要出清的忙碌期間，他擔心會影響我，所以沒有打電話。搞什麼嘛！我小心翼翼地問了他的地址，他說因為是寄宿，必須寫上房東的名字（請西田先生轉交）才能收得到。由於問卷調查的明信片欄位太小寫不下，所以他就省略了。聽了他的解釋，就覺得根本沒什麼，一切都是我太多慮了。或許是因為聽了他的解釋感到鬆了一口氣，當他問我：「妳特地寫信給我，到底寫了什麼？」我竟然脫口回答說：「不是信，是暑中問候㉔。」——

算了，隔了這麼長一段時間，終於又和他通上話，不要煩了。下次去京都時，親手把這封信交給他就好了。下個星期就是我期待已久的暑休，我打算回老家時，順便在京都住兩、三天。我還沒告訴他，不知道他到時候會不會嚇一跳。

八月二十二日（四）

最近百合子有點反常，難道是身體不舒服嗎？她月底原本要請假和三木前輩出國旅行的，竟然臨時取消了。今年我特地不跟她一起出國，把機會讓給前輩，百合子之前也說很期待這次的

㉔日本人在酷熱的季節會互寄明信片相互問候，稱為「暑中問候」。

旅行，難道是發生了什麼事？

明天開始，我要離開東京一個星期，把百合子一個人留在這裡讓我有點擔心。

八月三十一日（六）

今天我從福井回來，回程的電車擠滿了攜家帶眷的旅客，把我累壞了。明天再休息一天，星期一就要上班了。難得回老家，爸媽一直催我相親。前天是我生日，我已經滿二十五歲了。百合子仍然委靡不振，休假時整天都窩在家裡。我說這樣很不健康，但她對我不理不睬。

我二十三日、二十四日住在京都兩晚，星期五晚上和龍膽老師討論結束後，星期天去了嵐山和電影村，當然是和二宮一起去。如果是我生日那天去，應該更有意義。雖然他幫我慶生，但晚上我們並沒有同住。

我還沒有告訴他真相，所有的事都無法如願，想到就心煩。

九月一日（日）

結果，我還是無法把信交給他，就這麼連同行李一起帶回老家。在曾經度過十八年歲月的房間內住了幾天，翻看高中時的日記，最後忍不住打開了那封信。看著看著，漸漸悲從中來，為了怕被別人發現，連同信封撕成碎片燒掉了。煙跑進了眼睛，眼淚忍不住掉下來。連我自己都不知道為什麼會做這種事。

——原本的期望統統落空了。星期六下午見到二宮的時候，我不經意地問他有沒有看這個月的「化妝故事」，他滿臉歉意地搖搖頭。

「對不起，發行那天忘了買，所以來不及看。後來回想起來時，書店已經賣完了。」

聽到他的回答，我無言以對。手上握著口袋裡的那封信也沒有機會交給他，所以他也沒有看到。也許從那一刻開始，我的內心發生了變化。

第二天是星期天，我一整天都和他在一起，盡情向他撒嬌。我逗著害羞的二宮，大膽地挽著他的手，走過渡月橋；一起吃冰棒，眺望著遊河的觀光客，好像畢業旅行的學生情侶一樣，在電影村挑選成雙成對的禮品，藉由這種方式努力忘記「我不是葛見百合子，而是清原奈津美」這個事實。這一切都是為了在他面前繼續圓謊。

「——百合子？」

在回程的公車上，當他這麼叫我時，我毫不猶豫地應了一聲，然後才發現這是他第一次叫我的名字，忍不住羞紅了臉。聊了一些無關緊要的話後，才意識到那不是我的名字，我不應該為了掩飾害羞故意表現得很興奮。那一刻，謊言已經不再是謊言，我已經在不知不覺中變成另外一個人，變成了葛見百合子。

——我到底想怎麼樣？如夢似幻的一天結束，我一邊沉浸在宛如京都酷暑的餘韻中，一邊和他道別。獨自坐在回老家的電車上時，我認真地思考這個問題。曾經在龍膽老師的連載中看過這樣一篇故事：女主角發現自己罹患了不治之症，活不了多久，便決定再也不見最愛的男朋友了。在此之前，她花了一整天的時間，暫時拋下一切，和他共度無比歡樂的時光，只為了留下美好的回憶。然後，沒有告別就從男朋友面前消失了。難道我這兩天的行為是為了留下和二宮之間最後的回憶，然後瀟灑地從他面前消失嗎？我才不要。我很清楚，即使我下決心再也不見他，也不可能做到。我無法像故事裡的女主角那樣斬斷情絲，我沒有那麼堅強，因為我是更脆弱、情感更豐沛的人。因為我喜歡他，沒有他，我就活不下去。

——我知道，其實我知道自己想要做什麼，所以才會回老家，把那封信燒掉。我要忠於自己的脆弱，我相信這種脆弱正是我之所以為我的證明。像現在這樣就好，我可以繼續當葛見百合子，扮演虛假的我。因為我不想失去他，因為我不想繼續欺騙他。因為謊言說了一百遍，就可以變成真的。一旦打從心底相信自己的謊言，就不再是謊言了；就像聽到他叫我百合子時，會忍不住臉紅耳熱心跳地凝視著他一樣，那一刻我的心意沒有半點虛假。不斷累積之後，就可以變成一個全新的我。

我想好好呵護這段有如虛幻夢境般短暫的愛，這種愛的方式才適合脆弱的我。我不想再考慮以後的事了。

九月二日（一）

昨天寫的統統是騙人的，我做不到，我不可能一直說謊下去。總有一天會露出破綻，總有一天會露出狐狸尾巴。

但是，那又怎樣？我到底該怎麼辦？

九月五日（四）

百合子說她不舒服，所以向公司請假。

我很擔心，所以下午提前下班回家照顧她。沒想到一回到家，發現她一臉若無其事地在房間裡看錄影帶。她笑著說已經好多了，可能是剛放完假，身體還無法適應吧！

但是，百合子的樣子還是很不對勁。前一陣子我就覺得她有點怪怪的，還有她竟然會取消出國計畫，賴在家裡，我認識她這麼多年，從來沒有發生過這種事。

難道百合子——

九月八日（日）

不好的預感成真了。

百合子懷孕了——

最近，我們都沒有機會好好聊天，所以我決定和百合子親密地共度一天。一早起床，天氣很不錯，上午洗衣服、打掃後，我們去附近的餐廳吃午飯，然後買了很多東西回家，花了一整個下午準備煮一頓大餐。和百合子分工合作準備晚餐時，心裡不再胡思亂想，心情顯得格外愉快。

百合子中途起身衝進廁所，破壞了一桌好菜和一整天的好心情。我覺得事有蹊蹺，去看百合子，發現水槽裡留下她嘔吐的痕跡。

「妳還好嗎？」

「沒事，奈津美，妳不用擔心。」

百合子突然用拒人千里的語氣回我，接著打開水龍頭沖水。據我這幾天的觀察，百合子不可能沒事，所以我鼓起勇氣問她：

「妳懷孕了嗎？」

百合子充耳不聞，將手在睡衣上擦了擦，沒有回答，也沒有看我一眼，但我發現我們的眼神在鏡子中相遇了。她緩緩地關上水龍頭，轉頭對我說：

「妳發現了嗎？」

「我猜的，有沒有去過醫院？」

「有，醫生說已經三個月了。」

「是前輩的吧？」

「對。」

「恭喜妳。應該可以說恭喜吧？」

百合子頓時臉色大變，我發現自己說錯話了。

「妳告訴前輩這件事了嗎？」

「沒有。」

「為什麼？」

百合子沒有說話。我不知所措，突然想到也許不應該繼續追問。但我們是住在同一個屋簷下的好朋友，怎麼可能就這樣視而不見？

「所以，妳有什麼打算？」

「什麼意思？」

「妳要生下來嗎？」

百合子似乎思緒萬千，突然嘆著氣，用一副快哭出來的表情吐出一句：

「不可能，我不可能生下這個孩子。」

「所以，妳要拿掉嗎？」

「可能吧！」

「為什麼？」

「因為這樣很不光彩，我也想繼續工作，況且，他也——」

「前輩嗎？妳不是還沒有告訴他嗎？這麼重要的事，妳不和他商量就自己決定，他一定會生氣的。」

百合子想要反駁，但最後還是搖著頭說：

「奈津美，妳根本不懂。」

「不懂什麼？」

百合子狠狠地瞪著我。

「妳根本什麼都不懂！」

她說完這一句就把我推開，躲進自己的房間。我在門外叫了她好幾次，她都沒有回答，只聽到裡面傳來壓抑的啜泣聲。

百合子，我也想哭啊！妳為什麼不早和我商量？妳和三木前輩之間發生了什麼事嗎？妳說我什麼都不懂是什麼意思？我不懂，妳不告訴我，我當然不可能懂。我這麼不可靠嗎？我們不是一直相互扶持嗎？無論是歡樂還是痛苦，我們不是都一起分享、一起承受嗎？我們十年的友情就這樣一筆勾銷了嗎？無論在任何時候，我都相信妳是我最好的朋友，百合子，難道妳不這麼認為嗎？妳把這麼重要的事埋在心裡，獨自一個人忍受煎熬，我太難過了——

不對，我也一樣，我也和百合子一樣。就好像有什麼重要的東西即將崩潰似的，我好害怕。

九月九日（一）

早晨起床見到百合子時，氣氛很尷尬。她的眼睛佈滿血絲，昨晚似乎沒睡。我的樣子應該也和她差不多。

「對不起，把氣出在妳頭上。我會自己想辦法，妳忘了我昨天說的事吧！」

百合子客氣地說道，我對她點點頭，但我不可能不管這件事。下班的時候，我把百合子的事告訴前輩，前輩一臉不耐煩的樣子，心情似乎很不好。他可能覺得這件事就像是青天霹靂，但我沒想到他的反應這麼冷淡。

「是她叫妳來轉告我的嗎？」

「不是。百合子不想告訴你這件事，說她會自己解決。但我看了於心不忍，所以我多管閒事，自作主張地告訴了你。」

「是嗎？謝謝妳告訴我。明天妳要搭下午的新幹線，在京都住一晚嗎？」

「對。」

「等明天晚上我和她見面的時候再問她。我們會好好談一談後作出決定，妳只要把心思放在龍膽老師的稿子上就好了，不用擔心，這是我和她之間的問題。」

「前輩，拜託你，千萬不要罵百合子或是傷害她。因為這陣子，她的情緒一直很低落。」

「我知道，妳不用擔心，我向妳保證。」

回到家時，百合子在泡澡。我趕緊打電話給二宮向他道歉，說明天實在擠不出時間和他見面。我覺得在百合子遇到困難時，我不能以一副優哉游哉的樣子和二宮見面，所以才說謊騙他。二宮說，雖然很遺憾，但也沒辦法，叫我別在意。然後，我們聊了一陣子，直到百合子洗完澡為止。和他說幾句話，就可以感到極大的安慰。我得以在短暫的通話時間內變成葛見百合子，忘記所有沉重的心理負擔。

我洗澡的時候，三木前輩好像打電話給百合子。我吹頭髮的時候，百合子拿著罐裝啤酒問我要不要喝。我們面對面坐在廚房裡乾了杯。百合子很豪氣地喝了一大口說：

「剛才他打電話給我，說有事要問我，約我明天晚上見面。奈津美，妳把昨晚的事告訴他了嗎？」

「對。」

「我就知道。」

「對不起，可能是我多管閒事，但是我不能袖手旁觀。」

「奈津美，妳不需要道歉。其實都是我不好，我不該瞞妳的，而且，謝謝妳的細心。其實我真的不知道該怎麼辦，我很怕告訴他；想要自己解決，但又沒有勇氣。」

「妳應該早一點和我商量的——」

「我不太想告訴妳，因為我不想把妳捲進來。」

「什麼叫把我捲進來啊！妳太見外了。」

「是啊！可能我太逞強了。」

百合子低著頭，舉起手，搖著喝剩的啤酒。

「妳該不會想生下前輩的孩子吧？」

「怎麼說呢？其實我自己也不太清楚。」百合子無助地小聲說道：「妳告訴他我的事時，他有什麼反應？」

「該怎麼說？就好像青天霹靂的感覺，總之，他很驚訝。不過，他向我保證會好好和妳談，絕對不會虧待妳，也絕對不會傷害妳。」

「是嗎？那就好。」

說著，百合子嘆了一口氣。

「我這麼問，妳不要生氣。妳最近和前輩鬧得不愉快嗎？」

「不，不是這樣，只是我們最近常發生誤會和嫌隙，所以有點不愉快。因為這樣，我才找不到機會說這件事，也不好意思見他。」

「那就好。」

百合子雙手抱著頭，面色凝重，好像對自己說的話也產生懷疑似的。回想起前輩冷淡的反應，我更加不安，但又覺得不應該過度插手他們的事。我默默地喝完剩下的啤酒。

「奈津美。」百合子突然叫我的名字，然後用眼神示意我去她身旁。我一走過去，她立刻用手抱著我的背，像小孩子一樣把頭埋在我懷裡。

「奈津美，妳是我的朋友，對不對？妳絕對不會背叛我吧？」

「嗯。」

「絕對喔！奈津美，我們一言為定喔！」

我不知道發生了什麼事，連連點著頭，摟著百合子的肩膀，緊緊抱著她。我們已經有多少年沒有這麼做了？不，以前每次都是百合子安慰我。從十年前讀高中的時候開始，我們就這樣相互激勵、相互扶持。我們是無可取代的好朋友，我永遠是百合子的盟友。我不該再說謊，等後天從京都回來後，我第一件事就要向她坦承二宮的事。

九月十一日（三）

我在龍膽老師家裡等到傍晚，卻只拿到一半的稿子，老師會在這一、兩天內用傳真把剩下的部分傳真過來。因為我從沒拿過傳真的稿子，所以內心感到不安。我搭新幹線直奔家裡，回到家時已經十一點多了，百合子卻還沒有回家。當時我以為她也和三木前輩見面商量以後的事。

百合子十二點多回家時醉得不省人事，平時堅強的態度蕩然無存。我想去扶她，她卻推開我的手，搖搖晃晃地走進自己的房間，倒在床上。

「妳還好嗎？怎麼會喝成這樣？根本不像妳。前輩也真是的，喝多了對身體不好，他應該阻止妳的。」

我嘀咕道，百合子把頭埋在床上，拚命搖著頭。

「妳是一個人去喝酒的嗎？為什麼？昨天不是和前輩見了面嗎？孩子的事，他是怎麼說的？」

百合子停頓了很久才回答，而且聲音很小，根本聽不到。我小心翼翼地又問了一次，百合子的身體突然僵住，聲嘶力竭地大叫：

「我想一個人靜一靜，妳出去！」

我好像突然被甩了一個耳光似的，愣在那裡。我遭到了徹底的拒絕，連一句話都說不出來，只能垂頭喪氣地離開百合子的房間。原本打算今晚向她坦承二宮的事，結果又揮棒落空了。不過，目前是緊急狀態，根本無暇顧及這種事。

我可以想像前輩昨天和百合子說了什麼，我明明再三叮嚀他不可以傷害百合子的，前輩真是一個大騙子。百合子太可憐了，我必須為她做點什麼。愈是這種時候，我愈要幫助百合子。但我只能心急，不知道該怎麼辦。

九月十二日（四）

早上了，百合子仍然躲在房裡，即使叫她，她也不出來。最後，我根本沒有和她說到話就去公司了。三木前輩假裝很忙碌，其實是想避開我。下班後，我等在一旁，才終於逮到他。

我單刀直入地問他前天的事，前輩果然叫百合子拿掉孩子。當時，百合子也接受了，表示同意。我難以相信，他竟然說這也是沒辦法的事，她應該也很清楚。或許前輩說得沒錯，百合子並不是真的想生下孩子，但這是很敏感的問題，前輩的態度應該可以更體貼、更溫柔一點。看到百合子昨天的樣子，我怎麼可能保持冷靜？前輩一定沒有認真聽百合子說話，就劈頭命令她拿掉孩子，完全沒有顧及她的感受。前輩太麻木不仁了，這種態度未免太過分了，怎麼會有這麼過分的男人？

百合子似乎在等我回家。沒想到她看起來一派輕鬆，若無其事地說，她已經決定聽他的話，拿掉這個孩子了。這似乎是她向公司請假一天考慮後的結論。

「這樣真的好嗎？」

「嗯，我原本就是這麼打算的，但還是舉棋不定，結果醜態百出。奈津美，對不起，讓妳擔心了。明天開始，我又是正常的我了。」

聽到她這種自我激勵的話，我當然什麼話也說不出口。我覺得她好像在說：正因為我喜歡他，這點小事根本沒什麼，所以隻字未提對前輩態度產生的疑問。然而，我覺得百合子好像在硬撐，似乎也對我有所隱瞞。是因為我太敏感了，所以才會這麼想嗎？

我好想見二宮。

九月十四日（六）

今天百合子去醫院墮胎。聽說前輩陪她去，還在同意書上簽了名。我事先完全沒有聽說，搭末班車回到家時，看到百合子躺在房裡，突然聽到她親口說出這件事，我嚇了一大跳。

「——我原本以為這種事更嚴重的，沒想到這麼簡單，讓我覺得好失望。」

百合子對手術的事只提了這麼一句，雖然她可能在逞強，但聽起來完全不是這麼一回事。她說因為麻醉的關係，所以有點昏昏沉沉，起床也會感到渾身無力。她的臉色很差，身體不停地發抖。百合子說，原本以為解決了麻煩事，本想忘記一切，好好睡一覺的，卻怎麼也睡不著。我只能握著她的手，在床邊陪伴她，最後，連我都忍不住淚汪汪的。

九月二十日（五）

今天終於把十一月號的稿子出清了。龍膽老師後半段的稿子寫得很匆促，真讓人遺憾。再加上我很擔心百合子的身體狀況，感覺比平時累一倍。或許是心理作用，總覺得肩膀痠痛遲遲不見好轉。三木前輩整天嚷嚷沒有時間，忙壞了，完全不理會百合子。出清的時候或許真的分身乏術，但只要有心，應該可以找時間打電話（偷偷說一下，星期三晚上，我推說是加班需要調適心情，在公司打電話給二宮，向他發了一頓牢騷）。想到前輩一定是沒臉見百合子，所以故意冷落她，就覺得既然他既有今日，又何必當初，如果之前仔細考慮一下，現在就不需要這麼愧疚了。前輩真是蠢到家了！

百合子從連續假期結束的星期二之後，每天都準時去上班，也都弄到很晚才回家。她說埋頭工作可以避免自己想太多，其實是在勉強自己。她似乎沒有告訴公司的人她去墮胎，只休息了兩、三天，身體怎麼可能這麼快恢復？而且，我更擔心她的心理狀態。雖然她沒有說什麼，但我發現百合子因為這次的事深受傷害，有點自暴自棄了。她其實可以更依賴我的，不過，這幾天對我很見外，看來靠我一個人的力量根本幫不了她。

如今，百合子最需要的就是重新確認前輩對她的愛。戀人的甜言蜜語絕對是治療心靈創傷的特效藥。雖然有點不甘心，但眼下只能由我去拜託前輩，請他想辦法安慰百合子。

九月二十三日（一）

今天是秋分。為了化解百合子和三木前輩之間的嫌隙，我使出渾身解數，安排了久違的三人共進晚餐的飯局，結果卻慘不忍睹。前輩滿臉不悅，不停地看手錶，百合子也很不高興，一直對我發脾氣。他們似乎各有心事，卻沒有說出口，只有我一個人在他們之間瞎忙一場。我真搞不懂百合子和前輩到底在想什麼。

九月二十四日（二）

打電話給二宮，確認了明天約會的時間。雖然有打電話聯絡，但已經一個月沒有見到他了，在講電話時，內心就已雀躍不已，也許可以因此擺脫這幾天的煩躁心情——才掛上電話，正在這麼想時，剛洗完澡的百合子沒有敲門就開門走了進來，問我剛才在和誰講電話。

「和誰講電話？喔，妳是問剛才的電話嗎？是和外包的寫手聯絡下個月採訪的事。」

我脫口掩飾說，百合子似乎看出我的慌張，露出狐疑的眼神看著我說：

「是嗎？但妳的聲音好像很興奮。」

「妳剛才在偷聽嗎？」

「怎麼可能？我想喝點東西，打開冰箱時，剛好聽到妳的聲音，我並沒有惡意。」

百合子岔開話題，語氣顯然意有所指，我還來不及反應，她就砰地關上門走了出去。聽到二宮的聲音才好不容易恢復的平靜頓時消失得蕩然無存。

雖然百合子說她沒有偷聽，但無論是她進門的時機，或是咄咄逼人的態度，都代表就是那麼一回事。難道他發現了我和二宮之間的事？應該不可能，絕對不可能。不過，我覺得百合子的確開始注意我有什麼秘密，一定是因為墮胎手術的後遺症和對前輩的不信任，導致她神經過敏，我以後要更加小心。如果和二宮的事現在敗露了，真的會雪上加霜，百合子絕對不會原諒我的背叛。

九月二十六日（四）

在京都住了一晚後回到東京。和龍膽老師討論的時候，曾經考慮找他商量百合子和前輩的事，也許老師會給我良好的建議。不過，因為是我生活周遭發生的事，不能輕易告訴別人，所以我拚命克制，好不容易才忍住不說。由於龍膽老師認識前輩，不能像以前那樣謊稱是虛構的朋友。而且，之前告訴老師和二宮的事時，他似乎已經察覺我根本就是在講自己的事。不過，他之後並沒有主動提起過，看來一定是我太多慮了。

我和二宮在星期三下午見了面，約在飯店大廳碰面後，一起吃了午餐，散步去鹿之谷。中途喝了茶，時間一晃就過去了。我們並沒有做什麼特別的事，只是散步、聊天，但我猛然發現自己對他滿滿的感情幾乎快把胸膛撐破了。我經常屏住呼吸，深情地凝望著他。他每次都直視著我，迎接我的目光。即使不需要說一個字，也可以從彼此的呼吸中感受到心靈是相通的；即使不需要說肉麻的話，也可以體會到他完全接受我無法估量的感情。我愛這一刻，愛到無法自拔。比起那些不顧他人眼光卿卿我我的情侶，我更喜歡這種自然的親密方式。

「——我常常在想，因為我不習慣這種事，所以雖然已經年紀不小了，卻還是只會用這種像高中生一樣的方式約會。對於在東京當編輯的人來說，會不會覺得很枯燥無味？」

二宮突然神情嚴肅地這麼說道。我覺得他就像是在說我一樣，慌忙搖頭說：

「沒有這回事。我和男生交往時，常常很緊張。該怎麼說呢？以前讀書的時候，覺得大家交往時總是很輕鬆，也覺得他們進展得很快。即使現在，我仍然覺得談戀愛應該按部就班，否則好像很吃虧。想要裝成熟，也很快會露出破綻。所以，即使現在也不會為時太晚，我想從高中生那種臉紅心跳的青澀感開始慢慢感受，一步一步地經歷每一個過程，把遺忘的東西統統找回來。這就是我最近的想法。」

「妳真的這麼認為嗎？」

「當然這麼認為啊！」

「是嗎？百合子，妳真的很乖巧。」

「我當然很乖巧，朋友還常說我很一板一眼。不過，我覺得你也差不多，因為男孩子通常不會對女孩子說這種話。」

「是嗎？那我們可能算是物以類聚，不過，我會努力不讓妳這麼說我。」

「你看，你會這麼說，就代表你也很乖啊！呵呵呵！你真的很有趣。」

聽到我的反駁，他顯得有點傷腦筋，最後露出「算了」的表情，開始聊其他的事。我喜歡他笨拙的坦率，也包括這種時候有點害羞、有點內向的舉動。

我光著腳，伸進陽光下的河水，享受著水流清洗肌膚的舒服感覺，沉浸在喜悅的心情中，感受著透明的溫暖團塊漸漸填滿靈魂的水岸，對東京的匆忙生活感到疲累、為周圍的人際關係感到煩惱而耗損的心也得到撫慰。這樣的戀情似乎更適合初秋淡然、清澈的陽光，而不是燃燒般的盛夏豔陽。

我已經習慣在二宮面前假扮葛見百合子了。至少和他在一起的時候，不再像以前那麼介意這件事。不，老實說，在和他道別之後、見到龍膽老師之前，我完全忘記自己是清原奈津美。難道是因為太久沒有和二宮見面的關係？我並不是刻意在演戲，而是好像不知不覺中變成了雙重人格，當時覺得心裡有點毛毛的。

我想，這應該和百合子有關。最近百合子在看我的時候，眼神很奇怪。老實說，好幾次都讓我感到害怕，常常擔心她是否隔著那道門，屏氣凝神地窺探我在房間裡的動靜。因為家裡不大，如果每天都得忍受她這樣的視線，也許我會變得有點神經兮兮的。有時候我甚至覺得，自己在二宮面前之所以能徹底變成另一個人，是因為真實的自己被逼得走投無路，快要被擊垮了，所以用這種方式逃避現實。

九月二十七日（五）

我知道昨天最後寫的那番話，只是躲避一時的藉口，也知道這只是在進一步欺騙自己、欺騙戀人和朋友，更加深了自己背信的罪孽。然而，我在承認這一點的同時，對欺騙二宮這件事愈來愈沒有罪惡感也是事實。和他相處的時間愈久，我所扮演的葛見百合子這個人格就愈接近真正的我，也就是清原奈津美。

如今的我們已經不再只靠七年前高中時代的回憶而結合，這半年來發生的每一件事，都是我和他之間所發生的。我最清楚我不是百合子這件事，目前和二宮交往的也是我。既然真正的我和他心靈相通，無論他用什麼名字叫我，不是都無所謂嗎？

？？？？

不，不是這樣的。這些都是假的，都是愚蠢的謊言。

即使我用這種歪理說服自己，也無法改變欺騙二宮的事實。如果被他發現了，我到底該怎麼解釋？即使沒有被他發現，我已經為漸漸失去自我而產生一種難以消除的不安——但事到如今，又該如何解決目前所面臨的困境？總是詞不達意的交談、彼此交換的眼神、這半年來所發生的事，和他共度的那些無可取代的時光，全都已經綁縛住了我的心。既然已經走到這一步，就根本不可能再往後退。無論未來將面臨多麼悲慘的結局，我也只能儘可能維持眼前的狀態。

因為，我不願意像百合子那樣。

因為，我不願意失去二宮。

——對目前的我來說，只有一個地方可以毫無顧忌地做自己，那就是日記本中的空白頁。這裡的我沒有一絲虛假，真真實實、鉅細靡遺地記錄下自己鑄下的大錯。真希望我說過的謊言、犯下的背叛和內心的歉疚，以及不安和自我厭惡都能埋藏在每一頁的文字中，讓我可以藉此自我淨化。

九月二十九日（日）

百合子下午出去了。她雖然沒說什麼，但我猜想是和前輩見面。看她回家時的表情，不難猜出他們談了什麼。目前的情況，已經不允許我插嘴了。我的心情好沉重，明天真不想去上班。但是，百合子為什麼用這麼可怕的眼神看我？我好想搬家。

十月二日（三）

三木達也是笨蛋、笨蛋、笨蛋，是無賴。

——簡直令人難以相信。今天我在公司加班時，他突然在茶水間向我示愛。之前才為百合子的事鬧得不愉快，他到底在想什麼？把女人當傻瓜嗎？自從進公司後，我一直和他一起工作，他很照顧我，我也尊敬他這個前輩，但我不知道他竟然是這種人。這種傢伙，我連話都不想跟他說。

他說和百合子交往後，發現她有很多缺點，即使如此，仍然很忍耐。與此同時，卻反而對我產生超越好感的感情。這分感情日益成長，兩者的比重終於逆轉。誰會相信他的鬼話！他根本是因為百合子懷孕的關係，鬧得不愉快，覺得這分感情很麻煩，所以才會移情別戀。雖然前輩說不是這麼一回事，他之前就已經暗示過我了，和墮胎沒有關係。可是對我來說，根本就是青天霹靂，即便真是如此，也不能以為他這種孩子氣的任性可以暢行無阻，他根本就是大錯特錯。別以為我是女人就小看我。

不過，想到百合子，我就不由得為她感到心痛。難怪她這陣子看我的眼神那麼冷酷無情，她一定懷疑我搶走了前輩。但我根本完全沒有這個意思，難道是前輩這麼告訴百合子嗎？果真如此的話，那還真的是無妄之災，不，簡直是糟糕透了。我應該把今天的事和盤托出，消除百合子的誤會嗎？如果可以，我很想這麼做，但在這個節骨眼上，我根本不敢告訴百合子，前輩變心了。

即使前輩再沒出息，對百合子來說，仍然是無人可取代的男友，他們已經訂婚了。她順從地照前輩的指示去做，這一陣子始終悶悶不樂，在在證明她深愛著前輩。正因為我知道這一點，所以很希望前輩能夠回心轉意，回到百合子身邊。我真的這麼想，在我拒絕前輩時，也是抱著這種心態。我不想破壞和百合子之間的多年友情，對我來說，這是最重要的。我告訴前輩，我不想背叛好朋友，試圖讓他冷靜下來。雖然目前變成這種局面，但在我的生活中，都無法沒有前輩和百合子。

而且，我明確地告訴他，我已經有喜歡的人了，不可能和其他男人交往。說出口之後，才發現自己太多嘴了。萬一前輩把這件事告訴百合子怎麼辦？當然，我立刻再三叮嚀他不能透露半點風聲，也沒有說出二宮的姓名。可是萬一百合子因此知道二宮的事——在三木前輩的事情上，我對百合子沒有半點愧疚，但如果她知道二宮的事，我就百口莫辯了。她會原諒我嗎？我不奢望目前的百合子會原諒我，因為我是借用她的名字和二宮交往，我的所作所為，簡直就和搶走好友戀人的行為沒有兩樣。況且，我之前也曾經寫過，二宮在百合子心目中有著特殊的地位，我明知道這一點，還一直隱瞞她。

我有資格指責三木前輩嗎？也許我的行為和前輩一樣，也是在背叛百合子。不，正因為我比任何人都更了解百合子的心意，所以對她造成的打擊不亞於前輩。

——我痛恨自己，很希望可以忘記一切，把所有的事都抵銷。但我知道根本不可能做到。

十月四日（五）

我發現放在抽屜裡的日記本被人動過了。是我多心嗎？剛才回家時，我看到百合子慌慌張張地跑回自己的房間。她該不會擅自跑進我房間，偷偷地調查吧？她可能以為我和三木前輩有染，所以想在我房間找證據。幸虧我的日記鎖起來了，如果現在被她看到就完蛋了。不過，光是知道有這本日記的存在就大事不妙了，我最好把日記放到其他地方。

下班的時候，前輩說有事找我，想為前天晚上的事道歉。我當然拒絕了，這種伎倆太明顯了，我才不會上他的當。自從那天之後，他一直找機會想和我獨處，這段時間除了工作上的需要以外，我都盡量避免和他說話。在他和百合子重修舊好之前，絕對不能讓他有可乘之機。

這個星期和百合子說話的次數屈指可數。無論在公司還是回家，都無法放鬆心情。好想見二宮，即使只是聽聽他的聲音也好，但一想到百合子可能豎著耳朵聽，就不想在家裡打電話。如果京都就在東京旁邊，那就好了。

十月七日（一）

前輩仍然對我糾纏不清，真不要臉，公司裡已經出現了耳語。我想在公司打電話給二宮，但前輩總是在我身邊打轉，我根本找不到機會。真是煩死了。

今天百合子似乎也來過我的房間。如果我把日記本藏到其他地方，等於承認我有秘密，反而會不打自招吧！必須趕快想想辦法。

——對了，今天是百合子的生日。

十月十日（四）

我現在是在京都的飯店寫這篇日記。平時我不會把日記本帶在身上，但我擔心不在家的時候，百合子會偷看，所以，出門的時候就順手放進了皮包裡。總覺得這樣比較安心。

今天是不得了的一天，我太激動了，躺在床上也睡不著。像這樣寫寫字，心情應該可以慢慢平靜下來。在這裡寫日記不需要在意百合子的目光，長夜漫漫，我可以不必顧及任何人，盡情地寫。

和二宮相隔半個月的約會一如往常，在樓下大廳相約去吃飯後，又和他一起去散步。或許是因為之前聊了那些話題，雙方都有點在意，如果走路的時候不小心碰到了手，就會吞下原本想說的話，也脹紅了臉。事後回想起來，這也許是戀人之間踏出下一步的預感，或者說是前兆……從神宮道走向疏水路時，我突發奇想，想去看看以前在電視節目中看過的蹴上斜坡軌道，他說就在附近，二話不說就帶我去參觀了。我們從岡崎渡船口遺跡出發，沿著原本專門用來載船的台車所行駛的軌道往上走，來到山丘上的蓄水池。告示牌上寫著：蹴上水壩是明治時代最大的水力發電廠。二宮說，嚴格來講，這樣的說明並不正確，算了，反正對我而言都沒差。蓄水池周圍是一片公園，因為適逢體育節，天氣也不錯，有許多攜家帶眷的遊客、一群小學生，還有穿著便服的情侶。我們在樹蔭下找到一個視野良好的長椅，撥開落葉，坐了下來。雖然市區近在眼前，卻有一種在郊外野餐的氣氛——早知道就不要去餐廳吃飯了，帶便當來吃感覺更好。在開始染上秋色的滿山綠意包圍下，我不止一次地深呼吸，吸入滿滿的午後清新空氣。

雖然是第一次來這裡，可是從山丘上環顧左京的街道時，卻產生一股懷念之情。難道這就是所謂的似曾相識的感覺嗎？可能是和以前我在福井母校的屋頂，眺望從小長大的城市時所看到的風景有幾分相似吧——讀高中的時候，每次遇到這種秋高氣爽的日子，我和百合子就會在放學後跑到頂樓露台（學校的圖書館在校舍的頂樓，沿著圖書館旁的樓梯往上走，就可以到露台），怔怔地看著街景直到太陽下山。那裡是我們的秘密基地，我們經常在那裡暢談未來的夢想和二宮的事。對了，以前曾經有好幾次看到二宮也出現在那裡。他通常都獨自站在圍牆旁托著臉頰，凝望著遠方。有時候也會看書，每次都在看《藍色的花》。每次看到他，我們都會躲到門後，屏住呼吸，目不轉睛地盯著他帶著憂愁的側臉，我們還特地去查圖書目錄，才查到作者諾瓦力斯

（Novalis）的名字。

這些事彷彿昨天才發生似的，我頓時感到心頭一陣抽痛——之前都是和百合子在一起——如今，在他身旁欣賞同樣令人懷念的風景，讓我幸福得感到心痛，已經別無所求，希望這充實的一刻可以永遠持續，但是百合子不在這裡，我獨佔了屬於我們兩個人的回憶。而且，這種行為就等於在破壞百合子曾經到手的幸福。我明知自己無能為力，卻怎麼也無法擺脫這分愧疚感，這無比幸福的一刻將被吞噬，我不再是我自己，所有的不安一下子在腦海中翻騰，再加上這陣子睡眠不足，我感到一陣暈眩，腳下好像被抽空，整個人倒了下來。

「妳還好吧？」

有人輕輕搖我的背，我小心翼翼地張開眼睛，看到他擔心的臉近在眼前。他的背後是一片紅色的天空，他的雙手緊緊抱住了我。無盡的不安頓時化為烏有，我忘記了自己的體重，好像浮在水面上，再度閉上眼睛。我並不是在期待什麼，一切都是自然的發展。我感受到他的手稍稍用力，然後，我們的嘴唇慢慢地碰觸在一起——他一副笨手笨腳的樣子，感覺很生疏，但我就是喜歡他的笨拙，可以感受到他在保護我。不可思議的是，我的心跳沒有加速，節奏反而緩慢而平穩。即使他的嘴唇抽離後，手臂仍然沒有放鬆。我再度張開眼睛。

對不起。他說。我目不轉睛地看著他，搖了搖頭。他全神貫注地看著我，突然好像想起什麼重要事情似的問我：「妳還好嗎？」

「嗯。」

他扶著雙腿無力的我坐在長椅上，用力深呼吸。我也學他的樣子，但他比我這個女人更手足無措，讓我覺得很好笑。他一臉嚴肅，好像要忘記剛才接吻的事。

「妳怎麼了？剛才就覺得妳不太對勁，所以一直注意觀察，妳是不是有什麼心事？」

二宮原來都看在眼裡，想到這裡，我再也忍不住了，把自己捲入了百合子和前輩的紛爭，生活完全失去了節奏的事一五一十地告訴了他——當然，我說的是大學同學和她男朋友，也沒有說名字。因為我不可能把自己的名字冠在百合子頭上，但我沒有隱瞞前輩向我表白，希望我和他交往的事，二宮聽了也沒有生氣。

「妳怎麼回答他的？」

我據實以告。我說我已經有喜歡的人了，我和他是認真的，不可能和其他男人交往——

「妳是說我嗎？」

「對。」

他一言不發地摟著我的肩膀，緊緊抱著我。我把臉埋進他的胸膛，隱約聽到他心跳的聲音。

「東京太遠了，如果東京就在京都旁邊，我們就可以每天見面，我也可以隨時保護妳。」

我聽到他輕聲這麼說道。已經沒關係了，只要像現在這樣，我就可以變得堅強、無所畏懼。風有點冷了，心卻是暖暖的，我一直躺在他懷裡，不再介意別人的目光，直到太陽下山。

（十月十日的日記寫到這裡似乎暫時擱筆了，右側那一頁的下半部留下一大片空白，但翻開下一頁，發現有關那天晚上的記述還有很長的後續。之前的日記中，從來沒有在一天之內寫過這麼長的內容，筆跡也很凌亂，感覺就好像不是她寫的一樣。綸太郎看著這些日記暗自想道，那天晚上，清原奈津美在京都的飯店裡應該一整晚都沒睡，拚命寫個不停。）

我去鹿之谷找龍膽老師拿十二月份的稿子，老師像往常一樣想把我拉去臥室。之前我都乖乖順從，但今天卻不一樣了，我用盡全身的力氣反抗他。老師用力吸我的嘴唇時，我也拚命搖頭、咬緊牙齒，絕對不讓他的舌頭伸進來。如果不這麼做，和二宮的那個吻就會變得不真實。我不顧一切地咬老師的手指，他似乎對我的抵抗感到很驚訝，原本想推倒我的手臂也放鬆了力氣。我推開他抓著我的手指，拿起桌上的稿子就往門外衝。老師沒有追上來，直到那一刻，我都沒想到自己會有這種勇氣。

——之前，我曾經多次和龍膽直巳上床。每次出差去京都拿稿子，或是美其名說是討論作品時，我都被迫和他上床。儘管我根本不願意，卻仍然屈服於作家和編輯之間的關係。以前我經常聽到這種事，也知道龍膽在這方面的傳聞，可是我根本沒想到這種事竟然會發生在自己身上。跟著副主編第一次去見龍膽時，雖然隱隱覺得他們兩個男人之間似乎交換了異樣的眼神，但我以為會發生這種事，都是因為女人讓對方有可乘之機，所以作夢都沒有想到自己也會遇到這種事。我太天真了，當初以為公司是肯定我的工作能力，才派我擔任龍膽的責任編輯，完全不知道自己一開始就被當成了祭品。

去年年底，我第二次獨自造訪龍膽的家時，就不由分說地被迫和他發生關係，我終於發現自己身為女人的脆弱和無力。龍膽說，像他那樣的作家，如果不和編輯裸裎相見就寫不出好作品。妳是奉獻給文學大神的聖女，如果只有半吊子的決心，根本不可能勝任。而且，總編對這件事也了然於心——初出茅廬的編輯當然不可能違抗龍膽的命令。因為我背負著身為獨當一面的編輯應負的責任，和讓優秀作品問世的機會，所以雙重的枷鎖把我困住了。一旦拒絕龍膽的要求，在編輯部內就會遭到冷凍，只因為我是女人。事後我才想起副主編事先再三叮嚀我這些事，原來背後隱藏著這樣的用意，但已經為時太晚了。更令人悲哀的是，那一次是我身為女人的第一次。

當時，被龍膽說破這件事時，我感到很丟臉，然而最令我懊惱的就是產生這種想法的自己。我覺得自己是因為被龍膽看穿了這種羞恥心，才會屈服於他。因為太不合理了，覺得一切都愚蠢之至，我懊惱不已，懊惱得連眼淚都流不出來。獨自一人的時候，為了平息這種懊惱，我一味地告訴自己，這是為了工作必須做的犧牲，所以才會發生這種事，絕對不能告訴任何人，也絕對不能讓別人察覺這件事——除了編輯部的上司和同事以外，也不能讓百合子知道。現在回想起來，那只是騙得了一時、騙不了一世的欺騙行為。然而，當時我卻覺得那是維持身為女人最低限度的自尊心所做的奮力抵抗，也是唯一聰明的方法。而且，我做到了，我認為我騙過了周圍所有人。不，總編和副主編或許已經察覺到了，但我為自己的言行穿上堅固的盔甲，不露出絲毫破綻，也絕對不讓別人用這種眼光來看我。至少三木前輩和百合子並沒有發現我的變化。

不久之後，龍膽以我當時的羞恥情緒為題材，改編成一篇第三者嗅不出任何異樣的小說，成為「化妝故事」的第一篇，我也因此有了身為獨立自主的女人的心理準備。和龍膽多次發生關係後，雖然覺得自己被他玷污了，但我會認為沒有嚴正拒絕龍膽、任憑龍膽玩弄的並不是自己。我積極地讓自己變成雙重人格，把代表自我的心靈和肉體當成不同的兩個東西。和龍膽在一起的時候，我努力阻隔感情的迴路，就算已經習慣這種行為後，內心仍然完全沒有接受他。和龍膽上床時的女人只是物品，是沒有名字、沒有血肉，也沒有長相的人偶。我努力這麼告訴自己，繼續對「我就是我」這件事感到驕傲。

——但是，那最終只是自我欺騙。因為這本日記就是最好的證明。之前我曾經寫過，只有在日記本中的空白頁，我才可以毫無顧忌地做自己，這裡的我沒有一絲虛假，真真實實。九月二十七日。但其實寫在日記上的這些話也是不符合真相的謊言，在今天之前，我隻字未提自己和龍膽有肉體關係，這並不是因為我怕別人看到，比方說被百合子看到。是我以為這件事和真實的自己沒有關係，是不值得一寫的事，所以才沒有提及的。我比任何第三者更害怕自己。不，也許我是為了欺騙自己才把日記當作擋箭牌，好保護虛構的「真實的自己」。

我永遠不會忘記三月十日在四條通的人群中和二宮重逢的那一刻，讓我壓抑在內心的想法爆發了。為什麼那一刻我不敢說出自己的真實姓名？為什麼不敢說自己叫清原奈津美？沒錯，現在的我可以毫不諱言地承認自己設下的欺騙圈套，因為和他重逢後，之前努力在腦海中建立的心靈和肉體的分裂對我形成了威脅，所以我才會隱瞞自己叫清原奈津美的真相，不想拿掉葛見百合子的假面具。因為我無法直視自己被龍膽玷污的肉體。無論表面的理由如何，我都無法忍受名叫清原奈津美這個女人的真實面貌，因為不願意面對這樣的自己，才用百合子的名字包裝赤裸裸的自己。我對他說謊的原因全都源自於此，兩個不同的名字所產生的矛盾，其實是我的心靈和肉體穿上了不同的衣裳所造成的。我在他的面前假裝是百合子，試圖藉此否定自己的肉體。

我是因為不願正視自己的欺騙才開始寫日記的。為了相信自己有一顆與肉體分離的純潔心靈，相信真實的自己的確存在，用虛假掩飾虛假，說服自己去相信，努力忘記原本的虛假。這實在是精心設計的手法，雖然至今為止所寫的一切都是真實的，卻忽略了最巧妙的謊言，假裝這件事根本不存在。這本日記隱藏了足以讓我自我催眠、迷失自我的雙重玄機。

謊言、謊言、謊言、謊言，虛假的「真實的自己」。也許我內心希望永遠處在這種溫吞的狀態，因為和二宮之間的關係，也是靠和自己保持距離才能勉強維持平衡，我很樂意見到他不急著為我們的感情加溫。他的純樸和龍膽的行徑完全相反，我也才能維持虛假的自己。即使如此，我竟然想利用龍膽的小說，試圖讓他發現這件事！我多次嘗試把自己的真名告訴他，其實我在無意識中極力排除這種可能性。比起我謊報姓名，我更害怕面對無法斷絕和龍膽之間關係的脆弱自我，不，更害怕面對自己的肉體。

但是，今天傍晚在公園和二宮接吻時，這種自欺欺人的詭計完全失效了。無論是那個藕斷絲連、持續和龍膽發生關係的我，還是和二宮接吻的我，都是同一個身體、同一個心靈，獨一無二的清原奈津美。我用整個身體，沒錯，好像一股電流貫穿整個身心般地了解到這一點，並且實際感覺到這一點。他的吻摧毀了侵蝕我肉體的脆弱，打破了雙重的假面，我找回了自我，不顧一切地拒絕了龍膽；生性膽怯，從來不曾動粗的我拒絕了龍膽。這一次，我真正做到在日記本上寫下真真實實的我，真誠地面對自己，每一行字都是全新的我發出的吶喊，宛如新生兒發出的啼哭。我獲得了重生，二宮，這一切多虧有你。謝謝你，我是清原奈津美，我愛你。我只想把這分心意傳達給你，我才不管別人。啊！好安靜，我的心情好久沒有如此平靜了。黎明的微光隔著窗簾灑進屋內。

——早晨了。

十月十一日（五）

我睡到快要退房的時間，才搭新幹線回東京，並且若無其事地去公司，處理好稿子的事。京都方面似乎沒有任何動靜，龍膽不是那種會自我反省的男人，可能他認為我只是一時想不開吧！不過，怎樣都無所謂，我已經下定決心了。如果有人為這件事指責我，我就打算遞辭呈。三木前輩一本正經地對我說，他星期天約了百合子，準備再好好談一談，叫我也一起去，我嚴詞拒絕了。事到如今還想藉助別人的力量，太不像男人了，我鄙視他。

我想和百合子談談，但她沒有打開房門。

十月十二日（六）

二宮良明先生。

之前我都騙了你，隱瞞了自己的真實姓名。我並不是你所以為的葛見百合子，也許你已經忘記了，我是和你高中三年級時同班的清原奈津美。

現在，我把和你巧遇後這半年多所寫的這本日記寄給你，相信你看了之後，就會對所有的事恍然大悟。我相信你會在最後才看到這一篇，但我不想對日記的內容作任何解釋或辯解，寫完這篇簡短的附記後，我就會拿去便利商店，用宅急便寄給你，這一次我一定會寫上請西田先生轉交。

——這裡所寫的一切，包括虛假的詭計，都是我內心最真實的一面。你一定會十分驚訝，覺得無言以對，也許會氣得臉色發青。我對騙你這麼久感到很抱歉，你一定不會原諒我吧！不過，這也無所謂，只要你能夠了解我深愛著你、發自內心地感謝你，我就心滿意足了。如果你不原諒我，即使從此再也不和我見面也沒有關係。但是，如果你不嫌棄這樣的我，都請你告訴我你願意原諒我，不管用電話、寫信，或是其他的方法都可以。我並不奢求你可以馬上原諒我，無論多久，我都會等。

17

日記到這裡就突然中斷了。所謂的「簡短的附記」沒有寫完，之後就是沒有寫任何字句的白紙，就好像電影在出現END字樣前突然中斷了，空轉的投影機在銀幕上投下刺眼的空白一樣。你知道沒有寫下去的原因。那天晚上，在蹴上的山丘上，百合子給你看日記本的同時，向你解釋了最後一幕……奈津美在寫日記時，我破門而入。因為奈津美總是故意把日記本藏起來，所以我只能趁她不備，利用她寫日記的時候當場逮住她。奈津美立刻驚慌地把日記收了起來，但事已至此，再藏也無濟於事。沒想到她動作俐落地鎖上日記封面的鎖，還把鑰匙吞進了肚子裡。我從奈津美手上搶過日記，掰開她的嘴，想讓她把鑰匙吐出來。奈津美抵死不從，以前她從來不曾違抗我，沒想到那時候竟然大叫說：「拜託妳不要看！」我用力打她，試著讓她住嘴。因為情況緊急，所以我毫不留情地用力打她。奈津美當場癱在地上，但她並沒有死，只是昏過去而已……

你根本不想聽這些事，你的腦筋一片混亂，看到這個自稱為葛見百合子的女人的臉，再聽到她的聲音就感到暈眩。你希望有時間可以讓你在腦海中整理一下到底發生了什麼事。然而，她毫不理會你的心情，繼續滔滔不絕地說著……我用螺絲起子把鎖撬開，開始看日記。之前奈津美不在家的時候，我曾經有過一次偷看日記的機會，但沒想到她卻突然回來了，無奈之下，我只好作罷。因為我想看她到底寫了達也的什麼事。達也是我的未婚夫，不，是我的前未婚夫，現在已經是陌生人了，他也是奈津美公司的前輩。如果你知道我喜歡那種男人，而且還為他墮胎的話，一定會笑死吧！其實一切都是奈津美的錯，是她破壞了一切。雖然她裝出一臉無辜的表情，但我早就懷疑她欺騙了達也，也是導致我們分手的元兇，只是一直找不到證據。就算我逼問她，她也一定死不承認。當我得知奈津美又開始寫日記後，我就打算找出讓她啞口無言的證據，要求她放過我們。我只想要求她收手而已，也可能會和她絕交，但在看日記之前，我無意殺她。所以，我沒有錯，全都是她的錯。因為，奈津美不僅騙了達也，甚至把二宮，把對我來說最重要的你也搶走了！看了日記後，我才知道這件事，才知道奈津美居然假冒我的名字，一直和你碰面。沒錯，你也被她騙了吧！她騙了所有人。她背叛了我。我是她的好朋友，她竟然背叛了我兩次。不，達也的事已經無所謂了。二宮，二宮，我愛的是你。很久以前，從讀高中的時候開始，我就只喜歡你。我比奈津美更加、更加愛你，也從來沒有忘記過你。只有我才配做你的女朋友，因為，我才是如假包換的葛見百合子。雖然原本只是小誤會，但她竟然利用這點誤會一直欺騙你，把我排除在外，整整隱瞞了半年。我不能原諒奈津美，不能原諒春風得意的她，所以我才殺了她，因為只有這樣才能導正錯誤，誰叫她背叛了我，那是她的懲罰。二宮，請你看這本日記，上面寫得一清二楚，只要你看了就知道了。這裡和這裡，還有……

你背對著路燈的燈光，看著她翻開的日記。『二宮誤以為我是百合子。他眼中所看到的不是清原奈津美，而是葛見百合子——』。你的暈眩愈來愈嚴重，好不容易才能夠看清眼前的文字，然而根本無法理解內容。還是說，其實你已經理解了，只是內心拒絕承認？夠了，你搖著頭，試圖藉此表示拒絕，她以為你這個動作代表對她的諒解，繼續用熱切的語氣乘勝追擊……上面是不是都寫得很清楚嗎？你應該已經明白了，她一直在騙你。你千萬不能輕信她寫的那些好像真有那麼一回事的藉口和自我辯解。她可以騙過自己的良心，卻騙不過我的眼睛。她是個騙子！不要臉！當我看完日記時，奈津美終於醒了，她看著鎖被撬開的日記和我的臉，又開始她擅長的自我辯護，淚流滿面地開始表演。她說她不想騙我，好幾次都想要向我坦承一切，卻沒有勇氣說出口。她說了一大堆理由，但都是在敷衍我。我根本不想聽她的胡說八道，用這雙手掐住她的脖子。我完全不覺得害怕，也沒有半點猶豫，只覺得自己是在做理所當然的事。這一次，她沒有反抗，只是輕聲地說，對不起，都是我不好，請妳原諒我。我點點頭，卻無意原諒她。於是，奈津美就在我手上斷了氣……

她陷入歇斯底里的激動，情緒顯然已經失控。更何況三更半夜突然把人叫到偏僻的水壩附近，坦承自己殺人的過程，根本不是正常人會做的事。而且，她對自己所犯下的罪行完全沒有感受到絲毫的罪惡感，以為你理所當然會接受她的解釋，就好像你從很久之前就是她親密無間、心靈相通的戀人。她還在繼續說道……我怔怔地看著奈津美死去的臉龐好一會兒，想到她在日記上所寫的事，再度火冒三丈。我要討回她背著我和你交往半年所欠下的債。她盜用了我的名字，所以我要奪走她的臉，因為二宮你記住了她的長相，可以從人群中分辨她。這件事令我恨之入骨，光是殺了奈津美，導正這個錯誤，還是不足以洩恨。我把她拖到廚房，把她的臉放在瓦斯爐上，點了火。一開始是頭髮燒焦的味道，之後是肉被烤焦的臭味。我目不轉睛地看著奈津美的臉冒著煙，燒得面目全非的模樣。只要想到這麼一來，奈津美的臉終於從這個世上消失了，不會再有人把我和奈津美搞錯了，才終於感到鬆了一口氣。

關了瓦斯後，我猶豫了很久，不知道該不該把屍體藏起來。那時我突然想到如果讓背叛了我，打算和奈津美交往的男人最先看到這一幕，那一定會成為最激烈的報復。所以，我把奈津美的屍體就這麼放著，打算讓那個男人也嘗嘗相同的痛苦。當我換好衣服出門時，並沒有鎖門。然後我就搭新幹線，代替奈津美來到京都。二宮，這一切都是為了趕快見到你。只有見到你，才能把真相告訴你。為了讓原本屬於我們卻故意被扭曲的時光撥回到正常的軌道，我根據日記上寫的電話號碼，在飯店裡撥了好幾次，一次又一次。看了奈津美的日記，你明白了吧！和妳見面的那個人是一個滿口謊言的騙子，我才是貨真價實的葛見百合子。二宮，請你回想一下高中時的事、請你回想一下當年的我……

你想不起來。不知道是否因為缺少那一段記憶的關係，你只覺得眼前的女人是第一次見到的陌生人。她的懇求讓你覺得強人所難，出乎常軌，對你來說那只是噪音。她可能察覺了你內心的想法，突然緊緊抱著你的手臂。你下意識地退了一步，她踉蹌了一下，目不轉睛地盯著你的臉，開始一步、又一步地走向你……二宮，你為什麼拒絕我？因為我殺了奈津美嗎？但我也是被逼的，我只是在導正錯誤而已，是她阻礙了我們。她也承認一切都是她的錯，我根本沒有錯。不，如果你叫我去自首，我就會去，現在就去警察局。但是，在此之前，請你說你愛我，說你愛的不是奈津美，而是葛見百合子。請你說這半年來所發生的一切都錯了，她只是我的替身。而且，你也要在這裡吻我，就像之前在這裡吻奈津美一樣。只要你這麼做，我就可以不計前嫌，原諒奈津美、原諒她的背叛，不再有任何遺憾。拜託你，再吻我一次……

她不顧一切地整個身體撲向你。你推開她的手，側著身體，沿著山壁的邊緣，慢慢地向後退。她毫不退縮，把你逼到水壩的通道處，彷彿逐漸收起撒向獵物的網。陌生女人的臉步步逼近，你背對著通道的階梯，把腳後跟踩在階梯上，回頭看著背後欄杆外的一片漆黑。下方隱約傳來流入鐵管的水聲，這時，你難道完全沒有想要為死去的女朋友報仇嗎？——不管這個女人是誰，一旦越過這個欄杆掉下去，就一命嗚呼了——你已經厭倦了這種有如幻燈片般的扮鬼遊戲，你在通道正中央停下腳步，調整呼吸，注視著步上通道的女人的臉，然後……

……這不是根據邏輯作出來的推理，而是大膽運用作家的想像力重新建構出的情節。綸太郎看完最後一頁傳真的內容，用力長嘆了一口氣。讀完被害人的日記需要投入大量的感情，是一項難以一言蔽之的辛苦工作，藉由這份日記，終於了解了這起案件的全貌，尤其是葛見百合子殺害閨中密友的來龍去脈。陽光露台雙海慘劇看似典型的三角關係引起的情殺，其實還隱藏著另一層三角關係。新三角和舊三角擁有共同的底邊兩端（葛見百合子．清原奈津美），頂點卻移到了京都。

二宮良明曾經是百合子和奈津美高中時的同學，也是她們共同的暗戀對象，這個人正是綸太郎之前預感到的事件核心，也是看不見的磁場極點。當二宮良明這個磁場極點成為故事的中心時，百合子和奈津美的長相與名字就顛倒了，如同她們在畢業紀念冊上的照片。最初只是不經意的誤會和記憶的混亂，沒想到最後卻像雪球般愈滾愈大，最後變成無可挽回的背叛，也導致了致命的裂痕，使兩個人十年的友情在轉眼之間崩潰。當然，如今已經無法得知百合子是否不曾對二宮良明忘情；也許她根本不相信奈津美，日記的內容剛好提供了她最佳的藉口。奈津美的日記內容的確只會對百合子的怒火火上加油。不論如此，這些都是次要的原因，只要一考慮到百合子的精神狀態，就不難發現那的確是最糟的時機。

十五日深夜，百合子曾經在蹴上和二宮良明見面這件事無庸置疑。她應該是在離開京都旅人飯店之前，用房間的電話撥打市內電話和二宮相約見面。至於決定在蹴上見面的理由，當然是受到奈津美十月十日前半部日記的刺激。奈津美在日記中寫到她在那裡和二宮接吻，這件事一定對百合子造成了強烈的衝擊，而且，奈津美還提到，在山丘上看到的街景和在高中屋頂上看到的風景很相似。由於是主觀的記述，實際情況如何不得而知，但百合子會想要在這種環境下說出真相的心情，也不是無法理解。

接下來，就是要趕快找出二宮良明，才能證實相關情況，而且也還有好幾個問題需要他來解答。奈津美日記上所寫的都是事實嗎？日記本在他的手上嗎？葛見百合子臨死前是怎樣的情況？他對百合子的死有沒有責任？十六日黎明時，在哲學之道上襲擊龍膽直巳的是不是他？

關於最後的疑問，綸太郎已經確信就是二宮所為。不難想像，他看了十月十日後半段的記述，對龍膽的卑劣行為產生了極大的憤慨——關於這一點，在看到日記之前就已經可以預測到了，所以並不會因而感到高興。在出版界，依然存在著歧視女性的陋習，奈津美成為下流作家手下的犧牲品這點令人感到同情。雖然綸太郎不在意法月警視對三木達也的批評，但自己也算是同業的「男作家」之一，所以他覺得愧對清原奈津子。二宮良明看了日記的這一部份，不知道有什麼感想？他原諒了奈津美嗎？如果奈津美沒有被閨中密友殺害，如願把日記送到二宮良明的手上，他對發自奈津美內心的傾訴會作出如何的反應？這種假設或許很空虛，但綸太郎很希望見到二宮良明後，聽他親口回答這個問題。

尋找二宮良明的下落並不難，奈津美的日記（三月十四日）上記錄了他的電話號碼。只要像葛見百合子一樣，打這個電話給他就好。奧田應該已經在處理這件事了。

❖

奧田的回報卻違背了綸太郎的期待。

「即使打這個電話也找不到這個名叫二宮良明的人，不是電話號碼錯了，就是二宮擔心被人發現自己和蹴上的事件有關，所以假裝我們打錯電話。我們已經向日本電信電話公司照會過了，沒有查到用二宮良明這個名字登記的任何電話。」

「除了刊在電話簿上的名字以外，你們也查過那些不願公開的申請人姓名嗎？」

「當然，」奧田說：「而且，還查了市內有開設德國文學碩士班的各個大學，也沒有發現這個人的下落，所有大學的名冊上都沒有這個名字。」

綸太郎偏著頭思考。根據奈津美的日記，二宮良明的房裡有自己的電話，並不用由房東轉接或是共用電話。日記中提到的那個號碼的登記人到底是誰？綸太郎正想問奧田，久能警部似乎想到了什麼，開口說道：

「——不瞞你說，我覺得這本日記有一個疑點。」

綸太郎吞下原本想說的話，問道：

「你的意思是？」

「我沒有從頭看到尾，只是粗略地看了一下，或許根本沒資格說東道西的，但我還是覺得有問題，」久能微微聳了聳肩，「我原本以為自己會看到一半就放棄，是因為文章中包含了太多的感情，後來才發現不是這麼一回事。那是因為日記的內容本身很不自然，不足以讓人採信。」

「不自然、不足以讓人採信？」

「你沒有發現嗎？在三月份的記述中曾經提到，二宮良明雖然記得清原奈津美的長相，卻把她的名字和葛見百合子搞錯了。」

「這正是所有一切的源頭。」

「但是，我認為不可能發生這種情況。以常理來說，二宮良明不可能沒有向奈津美確認姓名，就忽然把她誤認為是葛見百合子。」

「我也覺得這點很奇怪，」奧田說：「如果是第一次見面也就罷了，他們之前就認識，而且男方還記住了對方的長相——」

「這沒什麼好奇怪的，」綸太郎把那疊傳真拿到自己的面前翻了起來，「世上到處存在著長相和名字對不起來這種事，而且，他們高中畢業後已經有六年的時間沒有見面了，關於這一點，奈津美也在日記中解釋了。比方說，在三月十二日曾經有這麼一段——

「『我在高中時比現在內向幾百倍，成績也只有中等程度，在班上是最不引人注目又不起眼的學生。三年級文化祭的時候，我剛好聽到班上有一個男生問別人：「清原？我們班上有這個人嗎？」他完全沒有注意到我就在附近。不僅如此，即使快畢業時，他仍然無法把我的名字和長相連在一起。而且，我甚至沒有自信說這只是個別的情況，因為我就是這麼不起眼。當時就已經是這樣了，所以，如果二宮不記得我也是合情合理的。』

「接著，在第二天十三日又寫道：『不光是高三那一年，在學校時，我和百合子總是形影不離，選擇的課程和社團都一樣，而且我們無論個子和髮型都很相似，所以班上同學總是把我們的名字連在一起叫「葛見．奈津美（Katsumi．Natsumi）」，他不小心把我們的長相和名字弄混也不足為奇。更何況當時我們穿的是制服，更容易搞錯，再加上畢業紀念冊的疏失，所以他完全沒有錯。況且，畢業都六年了，二宮還記得我的長相，我就該心存感激了。』

「就連她自己也這麼承認了，在別人眼中，一定會覺得她們是極為相像的雙人組。所以當二宮良明看到清原奈津美時，腦海中就浮現出葛見百合子的名字，並就此認定是這麼一回事，這種反應也是很正常的。」

「但是，二宮向奈津美提出交往時，不是曾經說在高中的時候就喜歡她了嗎？」奧田插嘴說道，似乎支持久能的意見，「這是她在日記上寫的。或許他們的確過了好幾年才見面，但二宮會搞錯自己喜歡的人的名字嗎？」

「六月二十六日吧？」綸太郎把奧田說的那部分唸了出來：「『葛見，這兩個月來，我一直在想妳的事。不，應該從更早之前，從高中的時候，當我們分到同一個班級的時候，我已經對妳——』。那是奈津美憑記憶重現前一天的對話，姑且不論二宮良明實際上是不是這麼說的，但這看起來很像是從過去的歲月尋找目前感情的根源，這種說法感覺就像是事後才填補回去的記憶。也就是說，順序顛倒了，如果二宮的確是這麼想的，那不就代表過去的記憶是可以被改變的嗎？」

「不，我說的不是這個意思，」久能有點不耐煩地說：「我覺得有問題的只有一個地方，就是畢業紀念冊的事，也就是畢業紀念冊留下的不愉快回憶，以及百合子和奈津美的照片排錯這件事。」

「二宮良明正因為這樣的關係，把兩個人的長相和名字搞錯了。」

「剛好相反，」久能斷言道：「如果不曾發生這件事，七年後重逢時，或許還會認錯人，但正因為畢業紀念冊上的照片排錯了，二宮才更不可能搞錯老同學的名字。百合子和奈津美也許在高中時是不起眼、又很相像的雙人組，但在發生畢業紀念冊照片誤植事件後，反而會使同學對她們留下深刻的印象。」

久能的這番話說中了綸太郎的盲點，令他恍然大悟。久能說得沒錯，即使兩個事物有相似的特徵，也不代表每個人都會把兩者混為一談。只要兩者之間有一個明確的差異，其他的相似性就會遭到忽略。相反地，即使沒有什麼相似的特徵，如果沒有可以明確區分兩者的差異，就很容易會把兩者搞混。如果因為某種機緣而明確地分辨了原本很難區分的兩者時，這個機緣本身就發揮了相當於「差異」的功能，有助於區分兩者。在這種情況下，反而會很小心地辨別兩者，不容易發生混淆。

葛見百合子和清原奈津美的情況又是如何？兩個人在畢業紀念冊上的照片感覺的確很相像，但並不至於像到有如同一個模子刻出來的。而且，如果奈津美日記上所寫的屬實，高中時代的她們因為意氣相投，消除了彼此的差異，就連在班上也變得很不引人注目。直到高中畢業，開始在東京生活後，性格和行為模式才出現了差異。也就是說，當時的她們屬於第二種情況，如果就這樣順利畢業，經過數年後，班上同學很可能會搞錯她們的名字。

然而，畢業前夕某個諷刺的意外，使得兩個不起眼的人突然成為矚目的焦點。不用說，那個意外當然就是畢業紀念冊上的照片誤植事件。這件事使班上同學對她們的認識變成了第三種情況。奈津美和百合子的同學每次翻開畢業紀念冊，就會想起她們的照片印錯了。正因為她們原本並不起眼，關於她們的記憶就會集中在這件事上。二宮良明當然也記得這件事，不可能忘記。

因此，如果二宮良明相隔數年後在街頭巧遇清原奈津美，最先浮現在他腦海中的，應該是想起她就是印錯照片的其中一人。而且，一旦腦海中有這樣的印象，下次遇到時，為了避免混淆，一定會特別注意這個問題。然而，根據奈津美的日記來看，二宮一看到她的臉，就說知道她是誰，而且不假思索地叫出葛見百合子的名字。這也未免太令人起疑了，通常遇到這種情況，為了安全起見，都會確認對方的名字。而且奈津美經常提到，二宮良明是個性謹慎而內向的人，可是他居然在最重要的時刻一點都不謹慎。如此就不免讓人覺得，二宮良明會輕率地以為她就是葛見百合子這件事本身就啟人疑竇。這就像久能說的，奈津美的日記內容本身就缺乏真實性——

奈津美詳細記錄的三月十日所發生的一切，是真正發生過的事情嗎？綸太郎在內心自問，重新檢討自己推理的基礎。清原奈津美真的和二宮良明重逢了嗎？

「警視廳法月警視來電。」

這時，川端署的警員走過來叫他。綸太郎帶著滿腦子的疑問，拿起話筒，按下保留鍵，他父親立刻迫不及待地說：

「綸太郎嗎？你看了日記沒有？」

「看了，我原本以為事實就像她日記上所寫的——但我們根據日記上寫的電話號碼打了過去，卻找不到二宮良明這個人，他的名字也沒有在日本電信電話公司登記。而且久能警部還發現了最根本的矛盾，讓我開始懷疑日記的可信度，我們剛好在討論奈津美的記述是否為真。要不要我向您解釋矛盾點？」

「現在沒時間討論這些，」警視好像老年人一樣嘆了一口氣，「早知道就不要把你扯進來，每次只要你加入，事情就會變成這樣。我已經搞不清楚到底是怎麼一回事了。」

「怎麼了？」

「我相信你們應該也注意到了，日記的內容全都是謊話連篇。不僅前後矛盾，而且沒有一個部分是真實的。」

「為什麼這麼說？」

「我們這裡也在進行調查。為了了解二宮良明這個人的相關消息，我們向他們念的那所高中打聽情況。因為之前曾經打聽過畢業紀念冊的事，所以調查過程進行得很順利。我們請對方查畢業生名冊，發現二宮良明目前的地址是空白的，因為紀錄顯示他已經死了。」

綸太郎一開始以為自己聽錯了父親的話。

「——您剛才說什麼？」

「紀錄顯示他已經死了，」警視咬牙切齒地說道：「你鎮定一點聽我說，我相信應該是哪裡搞錯了，我們透過福井縣警向二宮良明的母親確認，發現他的確已經死了。剛好是六年前的秋天，大學一年級那年的十月，他在京都的租屋處服用大量安眠藥死了。聽說那年的夏天之後，他就有憂鬱和失眠的問題，所以持續就診和進行藥物治療，沒想到他卻服用了超過醫生處方的劑量。當時以意外致死處理，但聽他母親說，似乎是自殺的。據說還發現了相關報導的剪報，那裡的警方應該留有離奇死亡案件的紀錄。六年前已經死的人怎麼可能在街上閒逛，還和清原奈津美重逢呢？這根本是不可能發生的靈異事件，之後的事就更不用說了。所以，那本日記上所寫的內容，至少關於二宮良明這個人的部分——」

父親仍然喋喋不休，綸太郎卻已經充耳不聞。二宮良明六年前就死了，根本已經不在人世。他握著話筒的手無力地垂了下來，目瞪口呆地站在原地，在一旁待命的久能警部探頭看他的臉，小聲地問他發生了什麼事。

「——把我埋起來吧！」綸太郎自言自語地嘀咕道：「因為所有的事都弄顛倒了。」

❖

……沒錯，你根本不存在。

你在六年前的秋天服用安眠藥死了。那是自殺。誰都不知道自殺的動機，只有你知道。活著的人只能悼念你的死，這是難以動搖的現實，事實根本不容否定。

你的真實身分是這個世界裡所不存在的幻影，你只能在由過去的記憶所建立的故事中呼吸，那是別人腦中從無到有所編織出虛幻的、海市蜃樓般的夢幻，宛如朝露般的夢境和現實無法相容。你只是生活在虛構故事中，沒有實體的角色。

真正的你——二宮良明在很久之前就死了，已經不在人世了。曾經屬於你的身體已經化為灰燼，靜靜地躺在故鄉的墓碑下。你的肉體已經不復存在，所以，你無法漫步在早春的街頭，別人也不可能在人潮中看到你；你既不可能遇見老同學並與之聊天，也不可能寄問卷調查的回函卡或是打電話。根本不可能。你不可能歡笑、哭泣，不可能羞紅臉頰，也不可能心跳加速；不可能在傍晚的公園和女友接吻，也不可能在臨別時，依依不捨地不停揮手；不可能看別人的日記，也不可能對別人見死不救，更不可能因為激動而失手打人。

那些都是夢中的事，是故事中的虛幻。當夢醒時分，故事靜靜地陷入沉睡時，你已經無法再愛那個無可取代的人，也無法為她的死哀悼——

你已經死了。

故事已經在夢境的盡頭劃上句點。

你根本不存在。

你知道這一切嗎？

第五部

眞相

當時的生命態度，
希望你不要忘記，
因爲你就是我的青春。

18

他走在繁華市街的雜沓人群中，沿著人行步道往西行。雙手插進夾克口袋中的他，微微低著頭踽踽獨行，毫無目標地茫然向前走。

今天是星期五的上午，時間是無法稱之為清晨、也尚未到中午的尷尬時分。雲層在前一晚時已經散去，到了黎明時分終於放晴了，如今已是一片透明的藍天。清澈的陽光照遍視野的各個角落，大街的街景宛如明亮水彩畫的素描，馬路上沒什麼車輛，空氣中也沒有都市特有的混濁，只有令人為之振奮的清晨氣氛還殘留在原地，人行道上路人的腳步似乎也受到這種氣氛的感染。

路上還沒有可以稱之為人潮的行人，只有看到幾個跑外務的業務員和身穿工作服、感覺很俗氣的女性上班族。距離午餐還有一段時間，在路人的臉上找不到優閒的表情。每個人都行色匆匆，一下子就融入了範圍廣大的商業地區複雜的交通系統，那些東張西望地尋找公車站的觀光客和一群參加畢業旅行的學生，感覺就好像來錯了地方。已經有幾家商店剛打開鐵捲門，站在店門口叫賣的夥計還無暇招徠客人，正忙於陳列商品。只有蹺課來這裡玩的學生，和在家裡閒得發慌、出門搭敬老公車打發時間的老人信步走在街上。然而，差不多再過一個小時，街上就會擠滿以百貨公司購物客為首的各種不同目的、不同打扮、不同長相的人潮。不久之後，這分清澈的空氣中將充斥著煤煙和人群散發的熱氣，宛如明亮的水彩風景畫被塗上了濃烈的油性顏料，星期五午後特有的喧囂和活力漸漸為期待已久的週末作好準備。

即使如此，此刻仍然可以隔著淡妝看到白皙的素顏。他用外來者的目光欣賞著眼前的街景，從河原町來到四條通後，是一片和其他都市相差無幾的鬧區景象，但仍然可以感受到屬於這片土地獨特的乾淨氣氛。比起一般人只認為這裡是有著一千兩百年歷史的古都，或是日本自古以來文化的中心，他更覺得京都這片土地是一個極其乾淨透明的地方。更不可思議的是，只要聽到京都這個地名，他總是會想起坂口安吾㉕。他喜歡安吾在戰爭期間和戰後所寫的散文與自傳小說（但對於偵探小說的見解小有歧見），經常在陷入瓶頸，不想做其他事的時候看他的作品，每次都有一種通體舒暢的感覺，然後就莫名其妙地產生了動力。這種通體舒暢的感覺和對京都的印象，在他內心緊密地結合在一起，他也不知道為什麼會這樣，因為他本來對京都並不熟悉，可能是安吾的散文中經常出現京都，才會讓他產生連結吧！

每當安吾在東京的生活遇到瓶頸時，就會直奔京都，在那裡認真思考，重新自我檢討。在充分考慮，得出結論後，再度回到東京，一切重新開始。觀察安吾的生涯，發現他一直重複這樣的過程。比方說，在《日本文化私觀》中便詳細記錄他寄了一封絕交信給交往五年的戀人矢田津世子，和昭和十二年初冬至翌年初夏滯留京都期間的事，這段期間也剛好和創作《吹雪物語》的時期重疊。「如同垃圾般被丟棄在沒有一個熟人的百萬都市，孑然一身，一切都是那麼冷漠無情、漠不關心。在這分孤獨中，我埋沒大半輩子投入造墓的工作，然後衷心祈願可以在此獲得重生。」安吾毫不猶豫地選擇了京都這片土地，進行這項孤獨的工作。

即使不需要提起西田幾多郎這些戰前的京都學派來佐證，也可以發現京都的確存在所謂的

㉕坂口安吾（一九〇六—一九五五），日本小說家與散文家，是「無賴派」的作家之一。

知性風土（但安吾曾經抨擊西田和黑格爾的想法荒謬之極，假裝成熟，玩什麼冥想）。雖然並非適合定居或深耕的地方，卻是遠離煩瑣的現實，徹底埋頭思索的絕佳場所——他曾經好像中毒般一次又一次閱讀〈二十七歲〉、〈三十歲〉等短篇，經常覺得在不久的將來，自己也會遇到這種困境，必須在孤獨中，埋沒半輩子投入造墓的工作。這種時候，他最先想到的就是京都這個城市。這種對解脫的憧憬和放眼望去淨是一片透明、空曠，又有乾爽的風吹拂的沙漠，感覺十分相像。

——沙漠。他對從這個環境解脫產生難以克制的渴求。令疲憊不堪的旅人雙眼迷惑的綠洲的海市蜃樓。夢境的盡頭。他在陌生人來往穿梭的街頭徘徊，宛如被埋入透明的流沙中，像無言的修行僧般默默地往前走，專心一志地思考著清原奈津美的日記。三月十日下午，奈津美在四條通看到了什麼樣的海市蜃樓？她遇見了六年前死去的男人亡靈嗎？果真如此的話，糾纏奈津美的亡靈也會出現在葛見百合子面前嗎？

二宮良明的幻影迷惑了那兩個人的雙眼，把她們逼上絕路，他很希望此刻可以回到自己身上，所以才會漫無目的地踽踽獨行。希望那片海市蜃樓趕快出現，說出逝去的春天魔法的玄機吧！

❖

落在車道上的影子突然變淡了。被風吹散的雲朵碎片從太陽面前掠過，像一縷薄紗般使陽光變得朦朧，街景則像拉長了身影般變得扁平。可是，這只是一瞬間的事情。同樣的風驅走了雲，路面上的影子恢復了原先的濃度，眼前的景色輪廓變得清楚，色彩也鮮明了起來。

「法月！喂，綸太郎！」

這時，一個熟悉的聲音突然傳入耳中。綸太郎回過神，停下腳步，就在他懷疑這個聲音是不是幻聽的同時，將視線投向聲音的方向。

不是幻聽，久保寺容子在馬路對面的人行道上向他揮手。容子為什麼會在京都？綸太郎也對她揮了揮手，指著旁邊的斑馬線，意思是說自己會過馬路去找她。他不等號誌燈改變，就衝到容子身旁。

「妳不要這麼大聲叫我的名字，好像在叫小狗一樣，真丟臉。」

「不然要怎麼叫你？」容子穿著舊夾克和牛仔褲，也沒有搽口紅，或許是微服外出吧！完全感受不到一點女人味。「況且，你也搖著尾巴跑過馬路來找我啦！不是很像小狗嗎？綸太郎，握手，坐下。」

「妳再敢亂叫，小心我咬妳。妳為什麼會在這裡？」

「工作啊！窈窕淑女目前正在全國展開巡迴演唱，今天在京都公演，後天要去大阪城音樂廳，我上次不是告訴過你嗎？」

容子來家裡慶生的那天，好像的確曾經提起過。綸太郎當時完全沒想到自己會來京都，所以完全沒有放在心上。

「是喔！所以我老爸——」

「你父親怎麼了？」

「不，沒事，和妳無關。」

原來是因為這個原因，所以當前天晚上綸太郎決定跑一趟京都時，法月警視才會那麼有興趣，甚至追根究柢地打聽容子的事。夠了，真是夠了。綸太郎偷偷地在心裡嘆氣。老爸還以為我來京都是為了追以前的老同學。說什麼「想到這個事件的性質，你不覺得很巧嗎？」這些意味深長的話，其實只是繞著圈子在探我的口氣。老爸，真是讓您操心了，竟然想逮住品行這麼端正的兒子的小辮子！

「我昨晚搭新幹線到這裡，今天下午三點開始要試音，但東京的其他工作人員和朋友託我們買一些土產，因此每到一個地方，就要到處去張羅土產。這次的籤被我抽中，所以其他樂團成員都還在飯店睡覺，只有我，一大清早要帶著睡意，穿成這樣出門採購。話說回來，這也剛好可以讓我在緊湊的行程中喘口氣。倒是你，為什麼會來京都？你之前沒說要來京都吧？什麼時候來的？」

「昨天白天的時候，跟著其他人一起來這裡出差調查命案。就是妳之前來我家時，我老爸提到的世田谷公寓的女性上班族命案。」

「對對，」容子點頭，「今天早晨，我有看到談話性節目在談這起命案。電視裡好像說，那個失蹤的室友在京都找到了，但已經畏罪自殺了。」

「命案的真相沒這麼簡單，比乍看之下更加複雜，根本不知道該如何著手。我這麼說妳應該也聽不懂，但目前面臨了難題，真是傷透腦筋。」

「是喔！難怪我叫你的時候，你一臉陰沉的表情，低著頭在走路。」容子說，「之前提到

『一碼』的牌子，真的是日記的鑰匙嗎？」

「對，已經找到被害人的日記了，但是，日記的內容卻成為新的煩惱來源──」說到這裡，綸太郎突然發現一件事。

像這樣在四條通的人潮中巧遇容子，並且在街上聊天的情況，簡直就是奈津美日記一開始所記錄的三月十日的翻版。當然，自己前不久才見過容子，不像日記中所寫得那麼富有戲劇性，卻仍然能感覺到充滿各式機緣。真的是無巧不成書。雖然知道這種想法不合邏輯，但他仍然試圖從中解讀出某些富啟示性的意義。

至少父親沒有說錯，久保寺容子和這起命案有密不可分的關係。而且，當初也是容子第一個想到日記本的可能性。

「妳東西買好了嗎？」綸太郎問：「如果妳有空，可不可以陪我一下？」

容子強忍著笑說：

「你這種邀請方式，簡直就像那些外國人。可以打擾妳一下嗎？妳相信上帝嗎？上帝只有一個，沒有其他的上帝。」

「不要開玩笑了，我是認真的。可不可以一起和智慧共舞？」

「哈，又說這種奇怪的話了，」容子好像打拍子般輕輕拍著右腿，「而且，你也知道我不會跳舞。」

「我不是叫妳不要再開玩笑嗎？我是在拜託妳聽我說相關情況，整理一下這起命案的謎團，一起腦力激盪一下。因為我覺得妮基．波特式的女人直覺在這個案件中是關鍵。」

「原來如此。」容子說的話有點冷漠，卻露出得意的笑容，「既然這樣，你就不要和我繞圈子，一開始就直截了當地說嘛！你不適合裝模作樣。」

「真是對不起啊！妳有空嗎？」

容子拉起袖子看了一眼手錶說：

「我有空，如果不嫌棄，我很樂意協助你。我對這起命案很有興趣，況且，這種情況就叫作頭已經洗到一半了吧！為求保險起見，我還是去問一下瀧田先生。」

「誰是瀧田先生？」

「就是前面那個在櫥窗前側身背對著我們抽菸的男人，他很貼心地說要迴避，所以走去那裡。他是我們樂團的經紀人，掌握了財政大權，所以來監督我——瀧田先生，我和這位名偵探有事要稍微聊一下，其他的東西可以由你負責去買嗎？別擔心，我會準時回去的。」

瀧田先生感覺像是玩貝斯出身的（？），這個四十歲左右的帥氣男人感覺很酷，心胸也很寬大。能夠擔任「窈窕淑女」的經紀人，當然是精通世故、很有手腕的人。綸太郎和他打了招呼。他和容子說話時，綸太郎看著他下巴線條俐落的側臉，不禁暗自懷疑今天容子外出買東西真的是抽籤決定的嗎？因為從他們簡單的交談中，可以隱約感受到超越工作信賴關係的、更進一步的親密氣氛。綸太郎突然有預感自己也會在不久的將來，在京都住上一陣子，並且寫下《吹雪物語》。

「——一點之前都沒有問題。」容子一臉燦爛的表情抓著綸太郎的手臂，「我剛才已經吃過早午餐了，所以，你只要請我吃巧克力香蕉船當成指名費就好。機會難得，我們要去最豪華的咖啡廳。」

綸太郎用眼神向瀧田行了一禮，接著便被容子拉著手臂，邁開輕快的步伐。這和奈津美的日記相差太遠了。《災難之城》㉖和《日本文化私觀》都是在一九四二年發表的，也許，艾勒里·昆恩也是為了治療失戀的痛苦才造訪萊維爾鎮？

❖

走進容子挑選的咖啡廳，店內播放著輕鬆的D小調交響樂。端上桌的水果香蕉船宛如前衛的插花作品，讓容子忍不住感歎說：「真不愧是京都。」真不知道她到底是狀況內還是狀況外。綸太郎把在川端署簡單裝訂的奈津美日記影本遞給容子，在她翻閱期間，向她說明了之後的偵查情況。

「──喔，」容子長嘆一聲，翻過日記的最後一頁，抬起頭說：「我很能夠理解，男人看了之後，或許會覺得為什麼連這麼簡單的話都無法說出口，覺得都是一直說謊的女人的錯，都是她自作自受，但其實絕對不是這麼一回事。而且，不管是三木達也或是龍膽直巳，錯的都是男人。不光是遭到殺害的奈津美，百合子也很令人同情。我並不是女性主義者，不過，每次聽到這種事，就強烈覺得上野千鶴子和小倉千加子㉗的言論很有道理。雖然我不想說，但在我們這個行

㉖《災難之城》是艾勒里·昆恩的作品之一，主要描述在萊維爾鎮發生的家族故事。
㉗上野千鶴子為東大社會學教授，是日本著名的女性主義者；小倉千加子為心理學家，專攻女性學和心理學。

業裡，更露骨、更過分的事都是家常便飯，我平時也很忍耐。」

「瀧田先生有家室吧？」

聽到綸太郎的問話，容子露出空洞的眼神。雖然綸太郎之前就隱約察覺，卻是第一次問出口。終於，容子無地自容地垂下雙眼，不停地轉動著插在香蕉船冰淇淋上的湯匙。

「這種事果然瞞不住。」容子說話的語氣很無助，和平時的她判若兩人，「他有一個讀國二的女兒，正處於叛逆期，令他很煩惱。其實我覺得現在這樣也沒什麼不好，也努力這麼說服自己。不過，獨自一人的時候，有時候會覺得快發瘋了，卻又不能打電話到他家裡。今天我還特地穿成這樣，也不搽口紅，但即使在這些小事上逞強也無濟於事。唉！對不起，竟然和你聊這些，法月，我對你感到很抱歉。」

「妳不必道歉，不好意思，是我不該問這些事。」

一陣沉默，容子的目光盯在桌子上，把玩湯匙的手也不知道什麼時候停了下來。綸太郎交替拿起咖啡杯和水杯，連續喝了好幾口。

「對啊！」容子突然說：「就當作你什麼也沒問吧！這樣不像是我的作風。嗯，就這麼辦。」

她緩緩抬起頭，挺直腰桿，這個動作表示她已經調適好心情了。我就是被她的這種個性所吸引，綸太郎這麼自我安慰道。容子很快恢復了平時的樣子說：

「但是，聽你剛才說的，我認為你的問題並不算是煩惱。百合子來京都見到二宮良明後，把奈津美的日記拿給他看。然而，他在得知真相後，並沒有改變心意，反而指責百合子的罪行，把她逼上了絕路。得知心愛的人已經死去的二宮並沒有因此平息內心的怒氣，決定制裁羞辱奈津美的龍膽直巳。這樣的說法是否可以解釋這一連串的事呢？」

「我原本也是這麼認為的，卻發現了意想不到的事實，完全摧毀了這種解釋的基礎。聽我說，二宮良明在六年前已經死了，根本已經不在這個世上了。」

容子瞪大了眼睛，綸太郎把川端署當年所留下的筆錄概要告訴了容子。

「——二宮良明的老家在福井，他的父母對兒子死亡一事感到很羞恥，所以只有很親密的朋友和親戚才知道這件事，葬禮也只有少數幾個至親的人參加。雖然沒有特別隱瞞，但其他人並不知道他已經死了，所以，住在東京的奈津美和百合子也不知道他的死訊。」

容子戰戰兢兢地搖搖頭，露出困惑的眼神看著日記的影本。

「你的意思是……這裡所寫的事，包括他們偶然相遇，和持續柏拉圖式交往的同時確認彼此心意的過程，都是奈津美杜撰的嗎？」

「關於這點，我想了一整晚，雖然還不完整，但總算有了結論。該怎麼向妳解釋呢？總而言之——」綸太郎停了下來，考慮該從何說起，「對了，妳應該聽過松任谷由實的〈畢業寫真〉這首歌吧？」

「那當然，那是由實最受歡迎的歌，算是我們這個世代的懷舊歌曲，即使不用看譜，我也可以彈奏。」

「歌詞也記得嗎？」

「呃，等一下。」容子哼著那首歌的旋律，終於漸漸唱出歌詞。之前好像也曾經有過這樣一幕，綸太郎想起去年二月在東京電台的第七錄音室和容子展開相隔數年的重逢情景，傾聽著她的歌聲。

每當遇到悲傷的事，就會翻開皮革的封面，
畢業照裡的那個人，眼神總是那麼溫柔。
在街頭遇見的時候，什麼話都說不出口，
只因畢業照裡的容顏，仍然一如以往。

你不時在遠處，斥責我在人群中隨波逐流的改變。

搖曳的垂柳，彷彿在向我們娓娓訴說，
曾經走過柳樹下的那條路，如今只能從電車上遠眺。

當時的生命態度，希望你不要忘記，
因為你就是我的青春。

「這首歌是解開這起案件的關鍵嗎？」容子唱完最後的副歌後，問道：「我可以理解二宮良明這個人的確就是奈津美的青春。」

「奈津美在三月十一日的日記中這麼寫道：『如果是以前的我，絕對不可能這麼做……我之所以能夠毫不猶豫地呼喊他的名字，並不是因為我比以前更有勇氣，而是累積了六年的後悔一起湧上心頭，給了我不顧一切隔著馬路呼喊二宮的勇氣。』

「但是，我還是認為二十四歲的奈津美和高中時代並沒有差別。『在街頭遇見的時候，什麼話都說不出口，只因畢業照裡的容顏，仍然一如以往』。六年後的她在街頭看到當年的同學時，並沒有勇氣不顧一切地叫他的名字，她和由實歌中的女主角一樣，什麼都說不出口。這正是她不幸的開始。」

「但你搞錯了前提，」容子提出異議，「因為二宮良明六年前就已經死了，已經不在人世了，所以她根本不可能在街上遇見他。奈津美的日記從第一頁開始就是謊言。」

「關於二宮良明的部分，妳說得沒錯。但是，如果三月十日下午，她在四條通看到的人是和二宮良明十分相像的另一個人呢？」

「另一個人？」

綸太郎點點頭，

「奈津美那天在四條通的人潮中發現了高中時代的同學，發現了暌違七年的單戀對象。雖然事實上他只是和她單戀對象十分相像的另一個人，但她誤以為就是那個人。這是最重要的關鍵。奈津美知道他念了京都的大學，但是並不知道他在半年後就死了，所以，在行人如織的四條通誤以為看到了老同學也是很正常的事。對她來說，真的是『天上掉下來的禮物，除了可以抵銷六年份的思念，還夠我享用一輩子』。但如果奈津美天生的內向和畏縮個性令她裹足不前，使她沒有出聲叫他，最後再也看不到他的蹤影呢？」

容子似乎慢慢理解那是怎麼一回事了。

「那就等於她讓一生只有一次的機會從指尖流失了，她對於這件事的悔恨使她開始把內心的願望寫在日記上——」

「我並不認為奈津美日記上所寫的從頭到尾都是虛假的，」綸太郎繼續解釋說：「在東京所發生的事，應該是她根據事實做的紀錄，至少百合子為三木達也墮胎，或是十月二日，她拒絕三木求愛的相關記述都確有其事，因此，只有京都的相關記述需要確認真實性。

「首先，關於龍膽直巳的部分，我基本上相信奈津美的記述。東京的搜查總部已經問了《VISAGE》的編輯部，把奈津美的日記和出差日期、業務報告核對後，發現兩者並無矛盾。而『化妝故事』九月號所刊登的故事也和她七月十一日的記述相同，是有關『內向的妹妹被別人誤以為是相差一歲的姊姊，和專心拍攝她的年輕攝影師之間發生的愛情故事』。問題在於十月十日後半部的記述，也就是龍膽直巳強迫奈津美和他發生肉體關係這一點，目前還無法證實。《VISAGE》的回答是不予置評，警方目前則尚未約談龍膽，但他一定會否認吧！從龍膽直巳這個人的性格和奈津美在公司的傳聞，以及《VISAGE》副主編的可疑態度，我認為應該確有其事。奈津美不是處女這個事實也可以加強這個事實的可信度。目前還不知道他和案件的因果關係，但在百合子死後數小時，龍膽就遭人攻擊受傷這件事，恐怕很難認為是偶然的巧合。另外，我等一下會向妳解釋，如果考慮到奈津美開始寫日記的心理動機，就可以發現，龍膽直巳的卑劣行為將成為這起案件背後的關鍵。」

「不用多談性騷擾作家的事了，」容子輕蹙著眉頭，不耐煩地說道：「還是回到奈津美男朋友的話題上吧。」

「好，剛才我已經說過，清原奈津美在人潮如織的四條通看到和二宮良明長得一模一樣的人，但她並沒有叫住對方加以確認。如果她有出聲叫對方，立刻就會發現自己認錯人了，所以，結果她並沒有發現。在看不到他的蹤影的那一刻，奈津美開始為自己的膽怯極度懊惱，在回程的新幹線上也一直在思考，那時候自己為什麼不敢叫他？在自責的過程中，她在內心更加確信自己的確看到了老同學。『那可能是二宮』的可能性逐漸變成了『絕對就是二宮』的信念。」

「我想應該是，所謂的後悔就是這麼一回事。」

「那時候，奈津美已經在龍膽直巳的威脅下，持續和他發生屈辱的關係。如同十月十日後半部的記述所說的，去年年底剛開始時，她曾經反抗，但之後每次出差到京都，都會發生相同的事。三月十日也沒有例外，不難想像，這件事對奈津美的內心造成了很大的傷害。她就像是被關閉在沒有出口的精神牢房中，承受著無止境的拷問。她的心靈不夠強韌，無法輕易接受不合理的醜惡現實，卻又無法向外傾吐內心的糾葛，或是加以消除。總之，她當時的精神狀態絕對不夠健全，在街頭看到二宮良明這個人物的幻影，便成了這種無處宣洩的鬱積感情的一個出口。

「奈津美內心的後悔在自己的妄想中找到了絕佳的發洩管道。她一到東京，立刻去文具店買了一本嶄新的日記本。上了鎖的日記本是為了死守『真實的自己』所構成的堡壘。她一回到家，立刻關在自己房內，翻開第一頁——

「三月十日的日記上，奈津美這樣寫道：『昨天之前的我活在沉睡的夢裡，在某一天早晨突然清醒，結果發現自己完全沒有改變。難道今天的一切都是夢境，我至今仍然身處於虛無縹緲的夢境中嗎？』她這一段內容意外地坦承這本日記是虛幻的，是為了逃避現實進行的創作。同一天的日記幾乎都是遭到美化的高中時代的記憶，通篇都談及『十八歲清純的自己』，也證明她是為了把自己從不合理的醜惡現實中拯救出來，才開始寫這本日記的。

「同時，她還記述了內心真實的願望。因為，奈津美期待可以再度在京都見到二宮良明。她確信自己見到了二宮，她希望下一次在街頭和他擦身而過時，可以鼓起勇氣毫不猶豫地叫他。『然而，現在的我還沒有勇氣寫信給他，連一丁點的勇氣也沒有，所以，才想到像以前那樣寫日記。也就是說，這本日記是用來磨練勇氣的嗎？雖然有點奇怪，但姑且就當作是這麼一回事吧！』我認為這種想法正是她的真實想法。」

❖

綸太郎停頓下來，又續了一杯咖啡。容子也點了一杯，她十分投入這個話題。

「法月，這的確可以解釋奈津美開始寫日記的動機，但你的說明無法解釋之後的問題吧！如果她是為了逃入虛幻的世界，而向自己的膽怯和目前的境遇妥協，那為什麼要在那個世界中加入自己被誤認為是百合子這個要素？在我看來，虛構的日記內容反而把她逼入了死胡同，令她窒息。」

「我也有同感，我的想法還不是很完備，但也並非毫無參考價值。佛洛伊德曾經提出『謬誤的訂正』，當不小心說錯話時，為了加以修正，會在無意識中犯下類似的錯誤，使自己的行為合理化。我是不是也可以認為奈津美在日記中也做出了類似合理化的行為？

「值得注意的是前面兩天，也就是三月十日和十一日並沒有類似的記述。正確地說，十一日最後那一行充滿暗示性的話『P.S.對不起，百合子。』，也可能是第二天補上去的。據我推測，她應該在十二日重新回味前兩天的記述，當最初的狂熱冷靜下來之後，便漸漸產生了明辨事理的反省狀態。

「也就是說，光看前面兩天的記述，會覺得這種缺乏節操、只為了滿足自己願望，而用真實姓名寫下彷彿真有那麼一回事的日記，根本是病得不輕。如果是十五、六歲愛作夢的高中女生，或許還可以說那是一種少女情懷，但奈津美已經二十四歲了，無論她多麼內向、無論她是否有著『有朝一日，王子會來接我』的灰姑娘式自卑情結，然而再怎麼說，她都是有辨別是非能力、獨立自主的成年人。而且，因為編輯這種職業，應該更讓她熟知過度陷入虛構故事而無法自拔的危險性。然而，她的心卻被虛構的故事包圍，渴望在現實中受到的傷害能夠癒合。這是兩件完全相反的事，為了向兩者妥協，她選擇了維持虛構的架構；為了避免自己不自覺地陷入其中，她在虛構的內部結合了模擬的情感糾葛，並得以和虛構的故事保持安全距離。當她翻開日記，記錄她在想像的世界中和二宮良明的對話時，也可以自我辯解說：這是一種創作，我並沒有無法區分夢境和現實。之所以會在日記中寫下對方搞錯自己和好朋友百合子的名字，而產生無法說出真名的這種煩惱，當然是因為畢業紀念冊上兩人的照片被排錯的記憶發揮了作用。奈津美在寫日記的時候，一定翻開了畢業紀念冊，看著二宮良明的照片。所以，她會想到對方搞錯名字這個橋段，或許也是很自然的發展。以此類推，所有故事都是建立在這個以模擬情感糾葛為基礎的創作上。比方說，八月五日寄出那封坦承一切的信會因查無此人而遭到退回，也是她早就料想到的，況且，她可能根本就沒有寄那封信，也從來沒寫過那封信。」

「你想得還真複雜，」容子用難以理解的語氣說道：「但是，雖然她想得很周到，卻似乎沒有解決任何問題。」

「她並沒有設想周到，而是在不知不覺中就這麼做了，」綸太郎翻著日記影本，指著接近最後的部分，「我先聲明，這不是為了說明而說明，因為我剛才講的並不是我一個人考慮的結果，而是引用奈津美自己在日記中所寫的內容。

「妳看十月十日後半段的記述，『我永遠不會忘記三月十日在四條通的人群中和二宮重逢的那一刻，讓我壓抑在內心的想法爆發了……無論表面的理由如何，我都無法忍受名叫清原奈津美這個女人的真實面貌，因為不願意面對這樣的自己，才用百合子的名字包裝赤裸裸的自己……兩個不同的名字所產生的矛盾，其實是我的心靈和肉體穿上了不同的衣裳所造成的……我是因為不願正視自己的欺騙才開始寫日記的……用虛假掩飾虛假，說服自己去相信，努力忘記原本的虛假。這實在是精心設計的手法』。

「不用我多說明也知道，奈津美其實是藉由寫下這些內心世界的獨白，再度用相同的手法欺騙自己。雖然她毫不掩飾自己的缺點，卻仍然持續著最初的重大謊言，也就是三月十日和二宮良明重逢之後持續交往的虛幻故事。『這一次，我真正做到在日記本上寫下真真實實的我』，但其實這個『真真實實的我』根本就不存在。因為她在總結之前所寫的日記都是虛構的同時，這種自我批判的態度，也就等於超乎常人的自我意識正在發揮作用，設計出新的虛構故事。妳了解我的意思嗎？『這本日記隱藏了足以讓我自我催眠、迷失自我的雙重玄機』，其實，真正的玄機有三重。

「正如我剛才所說的，奈津美開始寫這本日記的心理背景，其實隱藏著和龍膽直巳之間的肉體關係如此現實的契機。也就是說，日記上所寫的假想柏拉圖式愛情，其實是她不願正視屈辱的現實所創造出的避難所，二宮良明這個虛構的角色也是由這個隱藏的現實所衍生出來的。因此，在日記中承認和龍膽之間的關係等於是回溯到故事的出發點，也是足以摧毀整個故事的最大禁忌。正因為這樣，她必須小心翼翼地排除暗示這種關係的記述。然而，在十月十日後半部的記述裡，現實和虛構的主從關係就像克萊因瓶㉘一樣顛倒了。這時，奈津美為了堅信二宮良明的確存在，不惜暴露出夢幻世界的外在成立條件和現實的悲慘，努力維持故事內在的自律性和無矛盾性。或者，在這個時間點，故事本身開始有了意志，連奈津美也無法阻止。由於她太投入自己編織出來的故事，最後竟在不知不覺中遭到吞噬。」

「你不必繞圈子說話，其實意思就是用謊言掩蓋謊言後，最後連自己也搞不懂說謊的理由了。」容子以一臉事不關己的表情總結說：「但是，奈津美為什麼要做出這種反覆無常的告白？是什麼把她逼到了這一步？」

「這是因為她周圍的現實生活發生了巨大的變化，這種變化當然就是因為百合子和三木達也的失和而把她捲入了三角關係。三木在十月二日向她提出交往的要求，在這之後直到她去京都

㉘克萊因瓶（Klein bottle），這是數學中一種特殊的無定向性平面，是一個沒有內、外部之分的瓶子。

出差的一個星期中，無法擺脫墮胎手術後遺症的百合子整天用充滿嫉妒的眼神看她。所以，原本二宮－奈津美／百合子的虛構三角關係只是一種模擬的糾葛，在那一刻卻和三木－奈津美－百合子這種現實中的三角關係重疊在一起。這件事模糊了現實和虛構的界限，使完整的故事空間出現了裂痕。由於夢幻世界中甜蜜的秘密基地遭到威脅，她的精神狀態在維持了半年的穩定後逐漸失衡，最後終於在出差到京都時情緒爆發，拒絕了龍膽的要求，接著拿著稿子奪門而出，做出了不計後果的事。在這一剎那，夢幻世界的外在成立條件已經暴露無疑，虛構故事的基礎也就隨之崩潰了。

「那天的記述是在京都飯店所寫的。這個事實十分重要，她無法像在東京的家中寫日記時那樣，藉由兩個城市之間的空間距離，區隔現實的自己和虛構的故事。那天的前半部記述，就是在描述她在蹴上的山丘上毫無預警地和二宮良明接吻的場景，也是她拚命阻止虛構故事露出破綻的產物。然而，故事空間所產生的裂痕極其嚴重，根本不是這點努力可以挽回的。正因為如此，她才會不顧禁忌，不惜顛倒現實和虛構的順序，想要修補裂痕。

「我認為，在她眼中，現實生活已經在不知不覺中淪為補強虛構故事真實性的材料了。由虛構故事所投射出來的『化妝故事』九月號的內容就是最顯著的例子，奈津美自己也這樣寫著：『雖然至今為止所寫的一切都是真實的，卻忽略了最巧妙的謊言，假裝這件事根本不存在』。披上真實外衣的謊言更有真實感，因此，奈津美所看到的現實淪為故事中所引用的片段。她在日記中頻繁提到『真實的自己』這個字眼，其實情況也差不多。故事中所需要的日記主人，只是如同鏡像般投射在紙面上的投影而已。奈津美太執著在虛構中追求真實，自己的真實性也被故事吸乾了。她在日記最後，對根本不存在的男朋友呼喊，我愛你，請你原諒我，並宣稱要用宅急便把日記本寄給他。然而，即使當時葛見百合子沒有阻礙她，她真的能夠寄出去嗎？最後，她也會對著因為查無此人而被退回的日記本，像之前一樣自問：『簡直難以置信……為什麼？為什麼？』然後，又會想出新的藉口，在沒有破綻的故事中作繭自縛。每次都會捏造出四重、五重的『真真實實的自己』，永遠永遠持續下去。她的故事宛如迷失在對照鏡中，已經找不到起點，也沒有終點，只有不可預期的中斷。這種中斷，其實就是讓已經變成空殼、靠生命維持裝置存活的故事安樂死——」

綸太郎沒來由地想起西村海繪，想到那部描述亡童故事的本格偵探小說㉙，最後不禁不寒而慄，說不出話來。容子垂眼靜聽，發現他陷入沉默，於是抬頭看著他。

「我好像有很多話要說，卻不知道怎麼講，」容子像是在激勵自己，輕嘆一聲，「我並不會因為看了杜撰的日記，浪費了我的感情，就指責寫下通篇謊言的奈津美，但不知為什麼總覺得很悶，覺得很不甘心——不知道葛見百合子在看的時候是否也有相同的感受？不，她是當事人，得知二宮良明根本不存在時，那種失望一定和我現在的感覺有著天壤之別。因為，百合子相信了日記上所寫的事，一心想要見二宮良明，才會來到京都，不是嗎？」

「沒錯。」

綸太郎甩開突然湧現的想法，調整自己的心情，點頭回答。他喝完剩下的咖啡，又把杯子

㉙西村海繪為《為了賴子》一書中的主角。

裡的水一飲而盡。幸好容子並不急著馬上離開。

「百合子相信日記的內容是理所當然的事。因為有關東京發生的事全都是真的，有關三木達也的言行，也符合她的想像。而且，奈津美的日記是設定在假借百合子的名字和二宮交往這個主題下，所產生的內心糾葛。為了不讓別人看到這番內心告白，奈津美還鎖起日記本，試圖藏起來。百合子基於對閨中密友的嫉妒而偷看日記後，怎麼可能懷疑奈津美日記中所記錄的背叛和罪惡感，乃至二宮良明是否真的存在？如果不是這樣，即使百合子的精神狀態再不穩定，也不可能因為未婚夫變心就殺害獨一無二的密友，並且將屍體毀容。這是她對奈津美背叛自己的懲罰，是為了讓臉和名字恢復正確的連結所舉行的儀式。百合子來京都的目的就是如妳所說的，是為了從死去的奈津美手上奪回二宮良明，也就是奪回自己的名字。因為根據奈津美的日記來看，只有擁有『葛見百合子』這個名字的自己才有資格被二宮所愛，卻絕對不是清原奈津美。」

「百合子用不同於奈津美的方式被這個故事吞噬了，」容子說道：「奈津美死在自己創作的故事裡，然而，故事並沒有結束，原本是虛構的故事附身在百合子這個讀者身上，即使在作者死後，仍然活在現實中。」

「目前還無從得知百合子是如何得知二宮良明的死訊，也許她根本不知道他在六年前已經死了，但是很顯然地，即使撥打奈津美寫在日記上的號碼，也找不到二宮良明。百合子一定在電話簿上查二宮的名字，發現並沒有他的名字。這點就足以讓她懷疑奈津美日記的真實性，因為百合子很清楚奈津美的個性。她可能憑直覺就領悟到剛才我說的那番話。

「不難想像，當百合子得知奈津美和二宮的交往都是根本不存在的虛幻情節時，她一定陷入極度的自責。因為，她完全相信了日記上所寫的內容，才會殺了唯一的好朋友奈津美。雖然這是毫無意義的行為，但奈津美的死已經無法挽回。而且，想要見二宮良明的想法成為支持正在逃亡的百合子的精神支柱，只要完成這個心願，她打算自首。然而，二宮根本不存在。百合子來到京都後萬念俱灰，她原本相信的立足點徹底崩潰了。百合子溜出飯店，情不自禁地被奈津美日記中所寫的地名吸引，於是她來到蹴上，然後從通往水壩的通道縱身一躍——」

「劇終。」容子小聲說道：「但是，故事真的就此劃上了句點嗎？」

綸太郎搖搖頭，再度拿起水杯想要喝水，但水杯已經空了。容子貼心地把自己的水杯遞給他，綸太郎喝了之後，嘆著氣說：

「不，我不滿意這個結論，我煩惱的是之後的問題。如果按照這種解釋，有兩個無法解決的矛盾點。第一，就是龍膽直巳被毆的事件。根據他的證詞來看，現實世界中必須有一個和二宮良明差不多的人物存在。另一點，就是奈津美的日記不知去向。由於不在百合子手上，一定是被別人拿走了。除了二宮良明以外，還有其他人會做這種事嗎？然而，他的的確確已經在六年前死了，已經不在這個世上了！」

容子努了努嘴，看著天花板，露出很有女人味的眼神。然後，再度拿起日記影本，用好像在表演前檢查樂譜是否齊全的動作，一頁一頁翻了起來。綸太郎用手托著下巴，腦袋放空，只是看著她手指的動作。

「等一下！」容子突然叫了起來，抓著綸太郎放在桌上的手，害他的鼻子差點撞到咖啡杯，「法月，你忘了最重要的事。」

「什麼最重要的事？」

「你應該站在葛見百合子的立場思考一下，星期三晚上，百合子應該去見了龍膽直巳。」

「百合子去見龍膽？為什麼？」綸太郎坐直身體，不等容子回答，自己就搶先繼續說道：「我明白了。妳的意思是說，攻擊龍膽的是百合子。同樣身為女人，她去制裁羞辱奈津美的男人，希望至少可以稍微減輕因為誤會而殺害親友的罪行——雖然我能理解，但沒有這種可能。因為，她已經在毆打龍膽的數小時前死了。驗屍結果明確證明了這個事實，除非改變物理法則，否則，百合子是不可能攻擊龍膽的，我也不相信靈異現象或是鬼神之類的東西。」

「我不是這個意思，」容子不耐煩地嘟著嘴，「再回到剛才的話題，百合子因為發現電話號碼是錯誤的，或是電話簿上沒有二宮良明的名字，而開始懷疑日記的真實性，這個部分應該就像你說的那樣。但是，無論百合子再怎麼了解奈津美的個性，也無法立刻認為有關二宮良明的記述完全都是謊言，百合子應該也會期待事實不是這麼一回事。所以，當她得知無法聯絡到二宮良明時，想要用其他方法確認奈津美在京都的行蹤，了解日記內容的真偽也是合情合理的事。」

「對，這倒有可能，所以呢？」

「如果我站在百合子的立場，會馬上去見龍膽直巳，讓他看日記，問他上面寫的內容是否屬實。因為日記中提到住在京都的人，除了二宮良明以外，就只有龍膽。百合子自己也是編輯，應該有方法可以找到作家的聯絡方式，運氣好的話，還可以從龍膽口中問出奈津美男友的相關線索。也許百合子找他去了蹴上，只要說自己是奈津美的好朋友，稍微透露十月十日後半部的記述，說有事想和他私下談，龍膽就會因為作賊心虛，而不敢斷然拒絕。」

「龍膽看了奈津美的日記——」

「沒錯，」容子得意地說：「假設龍膽直巳經由百合子那裡聽了奈津美的故事，再假設他和百合子一樣，以為二宮良明真有其人的話——」

「原來是這樣，」綸太郎微微站起身，「這麼一來，所有的事都有了合理的解釋。我真笨，竟然連這麼簡單的事也沒有想到。」

容子清了清嗓子說：

「所以我的建議立了大功？」

「妳是優秀的舞伴，不，是偵探馬戲團的明星、空中鞦韆的美女。妳實在太棒了！妳的建議太中肯了！但是，不好意思，我現在沒時間陪妳了，魔術師要登台表演了，改天再好好請妳，今天我要先走一步。」

「等一下，」容子拿起帳單甩了甩，莞爾一笑，「我們不是約好你要請客的嗎？當然，我的打工費要另付。」

19

奧田敲了敲病房的門，房內一陣慌亂，過了好一會兒，護士才探出頭。她那張臉，一看就知道男女關係很隨便。

「這裡是龍膽直巳先生的病房吧？」

「呃，是啊！」

「我是川端署的奧田，想針對前天的事向龍膽老師了解一下相關的情況。請問龍膽老師醒了嗎？」

「對，」護士就像忍著打嗝的菜鳥主播，一臉尷尬地說：「但三點以後才能面會。」

「我們已經向外科主任堺醫生打過招呼了。」

奧田彬彬有禮地說完，便大步走進病房。綸太郎和久能也緊跟在後。

這間有著特殊待遇的個人病房所費不貲，病床周圍放滿了各家出版社送來的慰問花束和水果籃。病床上的重傷病人若無其事地假裝在看文庫本，但手上的書卻拿顛倒了。他一定是利用單人房，和年紀可以當他女兒的白衣天使在這裡翻雲覆雨。「平成的無賴派」這個封號果然不是浪得虛名，他的生命力實在令人佩服。

奧田再度自報姓名後，告訴他有關這起暴力事件的偵查負責人已經換人接手了。龍膽直巳緩緩地把書放在床邊的架子上，好像在強調傷勢的疼痛和身體的不適般皺著眉頭，抬頭看著一行人。他頭上包著伸縮繃帶，從水藍色病人服的領口可以隱約看到固定胸部的石膏。他的樣子簡直就像逃離戰場的老弱殘兵，非但沒有讓他原本冷酷的帥氣變得滑稽可笑，反而像是鍍了一層金，感覺更有男人味。即使他不需要刻意營造，也會自然而然地散發出這種氣氛，這的確是他天生的才能。他只要挑一挑眉毛，就可以讓涉世未深的護士對他言聽計從。

奧田拉起窗簾，午後的陽光灑滿室內，龍膽瞇起靠近陽光那一側的眼睛。奧田背對著窗戶說：

「聽說你的傷勢嚴重，要休養一個月，但看到你比想像中有精神，真是太好了。」

「可能是因為醫生不准我喝酒，才會感覺還不錯吧！別看我這樣，我斷了兩根肋骨，鎖骨也有裂痕，直到今天早上還排了血尿。醫生說要一個月左右才能正常走路，出院後，也有很長一段時間需要用枴杖。我不知道是招誰惹誰了，但醫生說，能夠撿回一命就算是賺到了。」

「那還真是傷腦筋。」

「即使這樣，每家出版社都不願意延長我的截稿期，這就是我們這一行的無奈。」龍膽完全沒有畏縮，反而好像在誇示自己的傷勢，「我太天真了，還以為可以利用這個機會好好休息一下。來探病的所有編輯都異口同聲地說，寫字的手沒有受傷，不會影響寫作。而且，還有兩家要我寫住院體驗，工作量反而增加了。算了，反正在病床上躺一個月也很無聊，我正在考慮要找幫我整理口述的助理。對不起，向刑警先生抱怨這些事也沒有用，其他兩位也是川端署的嗎？」

「不，」奧田輕輕搖頭，向他介紹了其他兩人。「這位是警視廳搜查一課的久能警部，這位是推理作家法月老師。」

「你們特地從東京趕來的？辛苦了。」龍膽打量著綸太郎，似乎在掂他的分量，「不好意思，我很少看推理小說，沒有發現你是同行。你是來京都採訪嗎？」

綸太郎哼了一聲，點點頭說：

「是啊！」

「但是為什麼警視廳的刑警會來這裡？」龍膽對綸太郎並沒有太大的興趣，立刻將目光移回奧田身上，「難道已經鎖定了攻擊我的歹徒嗎？」

「當然囉！」

奧田回答後，久能接著說了下去。

「在詳細解釋前，首先要請你看一張照片。這是以前拍的，可能和現在有點差距，但臉部特徵應該沒有改變，不知道和你看到的人是否一致——」

龍膽略微緊張地點頭。綸太郎打開皮包，拿出清原奈津美的畢業紀念冊，翻開三年E班那一頁交給久能。角落的學生姓名欄已經用紙貼了起來。久能走到病床旁，指著葛見百合子的照片問龍膽。

「你見過這個人嗎？」

龍膽並沒有特別明顯的反應。或許因為左臉頰貼著ＯＫ繃的關係，難以察覺他微妙的表情變化。他抬起頭，注視著久能良久。

「你們可能搞錯了，她不是女生嗎？但打我的是男人啊！」

久能好像沒有聽到他說的話似的搖了搖頭，龍膽再度露出納悶的表情，轉頭看著窗邊的奧田，似乎希望聽他解釋，但眼前宛如豎起一道無言的牆，讓他不知道該看哪裡。雖然想要說些什麼，卻又說不出話。

「再請你看一下旁邊的照片，」久能說：「你應該認識這個人吧？」

「喔！」他半張著的嘴終於發出聲音，「這是清原，臉上還充滿稚氣。清原奈津美是《VISAGE》雜誌的編輯，負責我的連載。」

久能點點頭問：

「你應該知道上週六晚上，她在世田谷的家中遭人殺害的事吧？」

「當然。」龍膽露出難過的表情，「聽到這個消息時，我也很受打擊。她每半個月都會為了和我討論工作而來京都一次，她是負責來拿稿的，我把她當成自己的女兒，所以對我的打擊更大。她還年輕，前途無量，只能說她太可憐了。雖然她沒什麼經驗，但領悟力很強，對工作也充滿熱情，完全不比其他出版社的編輯老手遜色，也不乏女性的體貼入微，我在她身上學到不少東西。《VISAGE》的總編也感嘆痛失了一個好人才。我是在『化妝故事』這個連載時和她合作的，那是一個和商品結合的企劃案。她不會墨守成規，每次創作，都讓我士氣大振，讀者的反應也很好。不久之前，《VISAGE》才決定要把連載延長，也打算把之前的內容集結成冊，她走了，我的動力似乎也一下子就消失了。但我覺得還是應該努力振作，繼續創作，把完整的一本書供奉在清原的墓前，那是我們活著的人應盡的義務。」

龍膽閉上眼垂下頭，發出默禱般的嘆息。當他張開眼睛時，看著久能的臉問：

「我聽說兇手是她的室友，已經遭到逮捕了嗎？」

「兇手在我們逮捕之前就死了。星期二深夜，從蹴上水壩跌落致死。她叫葛見百合子，就是最先給你看照片的那個人，她來京都了。」

龍膽狐疑地瞇起眼睛，再度仔細看著畢業紀念冊上的照片，似乎在沉思什麼。或許是難掩內心的不安，他神經質地連續眨了好幾次眼睛。

「那為什麼要給我看她的照片？難道東京的命案和攻擊我的人有什麼關連嗎？」

「沒錯，」久能說，「你應該發現了，無論是葛見百合子的死亡時間和死亡地點，都和你的行兇事件很接近吧？你真的不認識她嗎？」

「到底要我說幾次？埋伏在那裡攻擊我的絕對是男人，而且，我從來沒有見過照片上的這個女人，」龍膽瞪著奧田，不耐煩地用沒好氣的語氣說道：「這到底是怎麼回事？你們不是來調查攻擊我的男人嗎？如果不是，請你們改天再來吧！我可是身受重傷的被害人呢！」

「對了，龍膽先生，」綸太郎用若無其事的語氣叫他的名字後，離開牆邊，走到房間中央，「你知道清原奈津美有寫日記的習慣嗎？」

「日記？」龍膽心虛地反問後，搖了搖頭，「——不，我不知道。」

「根據她的記述，去年年底，你強暴了奈津美，之後十個月期間，都強迫她和你發生肉體關係，這些情況屬實嗎？」

龍膽臉色大變，血氣漸漸從臉上消失，沒多久又突然逆流，右臉頓時脹得通紅。

「你太失禮了，說話要注意分寸！」

「你否認嗎？」

「那當然，胡說也該有個限度。」

「但她寫得一清二楚，這裡有她的日記影本。」綸太郎把影本遞到龍膽眼前，「要不要看一下？『之前，我曾經多次和龍膽直巳上床。每次出差去京都拿稿子，或是美其名說是討論作品時，我都被迫和他上床。儘管我根本不願意，卻仍然屈服於作家和編輯之間的關係。以前我經常聽到這種事，也知道龍膽在這方面的傳聞——』」

「住口！一定是搞錯了。」

龍膽把頭轉到一旁。他並不是受到良心的苛責，而是為了避開站在門旁的護士充滿敵意的視線，她就好像把壓抑在內心的不悅一吐為快似的問：
「呃，要不要我迴避？」
「不，不需要！」奧田搖頭挽留了她，但語氣接近命令。護士留了下來，但滿臉怒氣地低下頭，完全不看任何人。
綸太郎把日記影本丟在床上，龍膽瞥了一眼，卻沒有伸手拿起來。綸太郎看著他的側臉說：
「多虧了這本日記，讓我們了解清原奈津美遭人殺害的原因。今年三月，她畢業六年後，在京都街頭巧遇曾經單戀的高中同學，卻因為一點誤會，他——二宮良明誤以為奈津美是她相交十年的好朋友，也曾經是同班同學的葛見百合子。內向的奈津美沒有糾正他的誤解，用好友的名字開始和二宮交往，同時向同住在一個屋簷下的好友隱瞞了這件事。這本日記詳細記錄了這七個月的交往過程。百合子因為其他原因對奈津美產生了不信任，搶了這本日記後，得知了真相，在衝動之下殺了奈津美。因為百合子以前也暗戀同一個人。她來到京都，希望見到二宮良明，然後揭露奈津美說的謊言，準備自己成為二宮的戀人——當然，這些對你而言都是班門弄斧的虛構故事，因為這是你也很熟悉的情節。」
龍膽仍然低著頭，卻沒有回答。他顯然有聽到，只是在自己周圍築起一道肉眼看不見的牆。
「你看了這本日記，」綸太郎緊咬不放，繼續說道：「葛見百合子讓你看了日記。她給你看的不是影本，而是奈津美親筆寫下的日記。

「星期二晚上，她從住宿的飯店打電話給你吧？櫃台紀錄顯示，她曾經打過一通市內電話，百合子是編輯，可以輕易查到你的電話。當然，你根本不知道打電話給你的是何許人也。照理說，你不可能應陌生人之邀，在三更半夜獨自出門，但百合子是清原奈津美的好朋友，手上有你的把柄。她一定在電話中暗示你曾經強迫奈津美和你發生關係這件事，你只能答應她見面。或許為了避人耳目，所以你選擇在蹴上的水壩見面。

「看了日記後，你陷入了窘境。因為奈津美在日記上赤裸裸地記錄了你的卑劣行為。葛見百合子應該質問你這一切是否屬實，你無法否認。不，這種醜聞對你來說簡直就是家常便飯，根本不會因此受到良心的苛責。過去一定曾經多次發生類似的事情吧！而你不是用金錢解決，就是背地裡動手腳，讓對方只能忍氣吞聲。你去見百合子時，原本也打算這麼做，卻發現這次的情況完全不同。因為對方是殺害奈津美的兇手。你和命案被害人的關係一旦曝光，別人就會猜測你和命案之間的因果關係，而成為媒體爭相追逐的八卦新聞。雖然你自稱是『平成的無賴派』，然而一旦遭到輿論的抨擊，恐怕會影響你N氏賞作家的地位和名聲。正因如此，你認定百合子是為了跑路費而向你恐嚇勒索。

「然而，當你們實際見面後，你對她的行為感到難以理解。百合子的目的不是恐嚇，而且，她根本不在意你的立場。你一定搞不清對方到底想要幹什麼，而陷入了恐慌。你感受到無以名狀的恐懼，一怒之下，就將她從制水門推了下去，把她殺了。」

「不對。」龍膽下意識地抬起蒼白的臉看著綸太郎，用力搖著頭，「我沒有殺她，我甚至沒見過她。」

綸太郎冷冷地充耳不聞，繼續說了下去。

「我並沒有說你一開始就有殺機，應該是臨時起意，但你無意報警，為此負起責任。你拿回了奈津美的日記，因為上面有你的名字。然後，在沒有任何目擊證人的情況下離開命案現場。葛見百合子是遭到通緝的殺人兇手，不可能事先告訴別人她和你見面的事。事實上也是如此。而且，你之前根本不認識百合子，和東京的命案也完全沒有任何瓜葛。所以只要你不說，假裝不知道，根本不會有人懷疑你——當然，這種情形必須建立在沒有日記影本的前提下。

「你得知這本日記還有影本後，事情就變得複雜了。百合子應該不小心說出她影印了日記，也早晚會交給警方。她並不是想要威脅你，只是在陳述事實，然而，你卻無法忽略這句話。一旦警方拿到日記影本，不僅會讓你對奈津美所做的一切曝光，更可能根據記述的內容進行推測，調查百合子之死和你的關係。你不得不採取預防措施，防止這種情況發生，同時為了重新考慮百合子找你的目的，所以一回到家，就立刻看了奈津美的日記，終於得知東京和京都之間這段搞錯對象的戀愛以悲劇告終的來龍去脈。

「當你得知有二宮良明這個人後，一定感到欣喜若狂。因為你猜想百合子來到京都的主要原因是為了見高中時代的單戀對象二宮良明，並且認為百合子一定會告訴他，自己才是如假包換的葛見百合子。事實上，百合子並沒有見到二宮。但你認為一旦她見到了二宮，會向他坦承自己殺了奈津美一事，而二宮發現女朋友遭到殺害後，也完全有殺害百合子的動機。因此，你想到可以把殺害葛見百合子的罪行嫁禍給二宮良明。

「然而，光靠奈津美的記述，就把殺害百合子的罪行嫁禍給二宮還太牽強了。不用說，當然需要動一點手腳，才能把罪行推給二宮。於是，你發揮了奇妙的邏輯思考，也就是說，你認為二宮良明看了奈津美的日記是他殺害百合子的必要條件。這本日記中記錄了你玩弄清原奈津美的肉體，所以，身為奈津美男友的二宮在看了日記後，不僅對百合子感到怒不可遏，也會對你產生憤怒的情緒，否則未免太不自然了。因此，二宮良明一定會對龍膽直巳也做出某種制裁——這個邏輯反過來說就是這麼一回事——如果你在百合子死後不久遭到他人攻擊，那麼攻擊你的人就是二宮良明。這個攻擊行為可以間接證明他看了奈津美的日記，他也是殺害百合子的兇手。

「於是，你在黎明時分像往常一樣去慢跑，確認四下無人後，就傷害自己的身體，偽造實際上根本不存在的暴力案件。當警方發現日記的影本有二宮良明這個人，也發現你和這起命案有關時，你就可以胸有成竹地指認他是攻擊你的人，而把所有罪行都嫁禍給他。因為根本就沒有年輕男子攻擊你這回事！所以，星期三清晨的暴力事件是你要推卸殺害百合子的罪責所杜撰出來的騙局。」

「——喔！我想起來了。」龍膽突然叫了起來，用好像識破魔術玄機的觀眾般的眼神看著綸太郎，「法月綸太郎，我之前就聽說有些作家因為看太多推理小說，分不清現實和小說的界限，原來就是你，很榮幸見到你。」

綸太郎無聲地笑了起來。並不是覺得龍膽垂死掙扎的樣子很滑稽，只是覺得很好笑。

「龍膽老師，分不清現實和小說界限的，不正是你嗎？」久能用淡然的語氣說道：「因為你和葛見百合子一樣，完全相信了奈津美日記的內容。你為什麼沒有撥日記上寫的電話號碼？只要打那個電話，就會知道真相了。」

龍膽翻著白眼，驚慌失措，動作生硬地縮起身體，難以置信地搖著頭。

「——我完全聽不懂你們在說什麼。」

「你只有一件事不知道，」綸太郎好像打算撕下龍膽的厚臉皮般咄咄逼人地說：「日記的其中一部分完全都是虛構的。二宮良明在六年前就死了，已經不在世上了。他是清原奈津美受傷的心創造出來的一個住在夢幻世界的人。龍膽先生，你的證詞是缺乏基礎的海市蜃樓，這個世界上不存在的人不可能攻擊現實中的人，並且造成重傷。」

「我聽不懂你在說什麼，」龍膽深深吸了一口氣，頑固地重複相同的話，「你說我為了把殺人罪嫁禍給別人，所以設計了一場騙局？太荒唐了，根本不值得一聽。我和你剛才說的事毫無關係，這本日記我也是第一次看到，什麼二宮、什麼百合子，我既沒有看過，也沒有聽過這些名字。況且，你沒有看病歷嗎？我差點小命不保，我自己怎麼可能造成這麼嚴重的傷勢？你們有時間在這裡說這些蠢話，還不如專心調查攻擊我的男人。」

「龍膽老師，你真是不到黃河心不死啊！」

奧田在窗邊咬牙切齒地說道。龍膽呆呆地看著他的表情，似乎終於承認自己的一敗塗地。

「你們是認真的嗎？」如果這是他的演技，那他真的是一個好演員，但是他下台的身段不夠漂亮，讓人覺得是一齣拖棚的歹戲，「太可笑了，我要怎麼解釋，你們才聽得懂？」

沒有人回答。門外的走廊上，傳來有人經過的腳步聲。龍膽垂死掙扎般的視線在病房內徘徊半天後，終於停留在剛才就翻開放在床邊、已經被人遺忘的畢業紀念冊上。

龍膽六神無主地低頭看著三年E班那一頁的照片，突然抓起紀念冊，猛然抬起頭。他整張臉都亮了起來，和剛才判若兩人。

「——就是他！」龍膽的手指著那一頁上的某一點，好像用釘子釘住一樣，「絕對錯不了，就是這個男人。當然現在年紀比較大，但就是他把我打成這樣的。」

綸太郎看到龍膽態度驟變，忍不住探頭看著畢業紀念冊。他手指著的就是二宮良明的照片，但事先已經用紙蓋住姓名欄，即使他知道二宮的名字，應該也無法猜到他的長相。

綸太郎轉頭問奧田，川端署的人是否曾經給龍膽看過二宮的照片，奧田立刻回答說：

「只有這本畢業紀念冊上有他的照片。」

「那怎麼可能知道就是他？」

「因為我親眼看到的！」龍膽氣得發抖，大聲咆哮道：「相信我！我看到的絕對就是這張臉！」

❖

走出病房，回到走廊時，三個人好一陣子沒有說話。綸太郎盯著自己的鞋尖陷入沉思，彷彿只要目光稍微移開，腳下就會崩潰似的。

「龍膽說的話可能是真的，」久能打破沉默說道：「他強迫清原奈津美和他發生關係應該確有其事，但是設下騙局的說法卻有點站不住腳。姑且不論二宮良明的照片一事，他的表情不像是在說謊。」

「我也有同感，」奧田回應，「至少他的傷勢是真的。說他是殺害百合子的兇手，可能有點牽強。」

綸太郎仍然看著鞋尖搖頭說：

「但是，二宮良明已經死了，根本不可能攻擊龍膽。」

久能和奧田交換了眼神，紛紛搖頭表示無法苟同。綸太郎把頭轉到一旁，定睛看著牆。龍膽的騙局說一旦遭到否定，他精心建立的破案邏輯也就瓦解了。難道對缺乏基礎的海市蜃樓信以為真的不是龍膽，而是自己嗎？自己不得不承認這一點嗎？

然而，這根本不可能——

20

聽到門鈴聲，打開門一看，發現一個陌生男人站在門口。男人穿著樸素，感覺像是地方報社的職員，年紀大概比自己大五歲左右。原本以為他按錯門鈴了，因為他看起來不像是傳教人士或上門推銷的業務員，但除此以外，根本不會有人上門找自己。

「請問是西田知明先生嗎？」造訪者問：「敝姓法月，不好意思，突然不請自來，但有事想要向你請教。你知道本週二晚上，名叫葛見百合子的女子從蹴上水壩的制水門跌落致死的案件嗎？」

我一時答不上話，但沉默的態度等於承認了這一點。不，我並不打算作無謂的掙扎。該來的終於來了，我可以神奇地保持平靜，也許是因為那個自稱是法月的人明明已經看透了一切，卻露出悲傷的眼神。

「——你是警察嗎？」

「不。」法月似乎有點難為情，微微搖了搖頭，「因為一點偶然的關係，我目前在協助警方調查這個案件，但我本身不是刑警。只是因為某種因素，或者說是個人興趣參與了這起案件，但並沒有任何法律權限，你可以把我當成路人甲。當然，等一下你必須去警局說明相關情況，不過，我感興趣的地方和他們不同。該怎麼說，我只是想看到因為陰錯陽差而沒有完結的故事的續篇。」

「故事的續篇？不是故事的結局嗎？」

我訝異地反問。法月點點頭，吞吞吐吐地說：「我從事的工作和龍膽直巳一樣。」這個男人對一切了然於心。我察覺到這一點，同時覺得自己似乎就是在等待他的出現。這種想法絕對沒有半點突兀。

「——好吧！」我用不同於親切或安心，而是好像在向醫生訴說病情時毫無保留的態度迎接他，「站在玄關說話不方便，家裡很小，請進屋裡坐吧！」

法月微微點頭，似乎用肢體語言向外面的人打了暗號之後，便關上門，脫下鞋子。我帶著他走過廚房旁一坪多的房間，來到裡面三坪大的房間，拉開緊閉的窗簾，晌午的散漫陽光從窗戶的毛玻璃滲了進來，一人住的單調又狹小的房間感覺像是令人窒息的獨居牢房，況且，已經很久沒有邀別人進來家裡了。

法月好像在熟人家裡一樣彎下腰，在地毯上盤腿而坐。我很難適應別人這麼理所當然地出現在我面前，這不是感覺的問題，而是好像有異物碰觸到了黏膜。我無所適從，假裝整理房間，把東西移來挪去，但看了不順眼，又放回原來的位置，簡直不知道到底誰才是這個房間的主人，又覺得不應該這麼焦慮不安，於是就面對著他跪坐下來，望著他的臉。客人默默地歪著頭，看著書架上的書，突然轉過頭像閒聊似的說：

「你在研究所念的是德國浪漫派吧！難怪有這麼多看起來很費解的外文文獻。你研究的是浪漫派的哪一位作家？」

「菲德烈．施萊格爾，主要是研究他在耶拿時代對菲希特哲學的影響。」

「原來是這樣。」法月煞有介事地附和說：「說到施萊格爾，菲德烈的哥哥奧古斯特．威廉（August Wilhelm von Schlegel）也是初期浪漫派的主要成員，和弟弟一起創辦了季刊雜誌《雅典娜神殿》。威廉和菲德烈不同，不是那麼激進的理論家，而是更低調的學者，也因為翻譯莎士比亞全集的德文版而名留青史——其實這些都是現學現賣的知識，我剛才繞去圖書館偷看了德國文學史的書。」

「你怎麼知道是我？」

我終於忍不住主動問道，法月緩緩閉上雙唇，拿出一本簡單裝訂的影本。我接過來一看，發現那是我已經深深烙進腦海的筆跡，自從星期二晚上之後，曾經一次又一次翻閱，幾乎已經可以背出來的日記內容。那是我死去的女友的日記。當我確認這份影本從第一頁到最後一頁完全沒有遺漏後，深呼吸了一次，改變了問題。

「這是哪裡來的？」

「葛見百合子影印了奈津美的日記，」法月解釋說：「但她應該沒有告訴你這件事，因為她是出於其他目的才這麼做的，和你見面完全沒有關係。百合子為了報復背叛自己的未婚夫，把這份影本寄去他的公司。」

「——三木達也？」

法月點點頭。我很自然地說出這個名字，也代表我已經招供了，但這點對我們來說並不重要。

「你應該知道，日記上有你的電話號碼。不過，我們還是繞了一大圈，才終於找到你。前天打電話來確認時，你是不是不假思索地假裝是別人？我們上了你的當，其實應該馬上注意到這個問題的，因為在十月十二日的日記中，已經提到『請西田先生轉交』這件事。」

「我告訴她我是寄宿在房東家裡，讓她以為這是房東的名字，否則，信沒有收到就會變得很奇怪。」

「嗯。但是在向你的老家確認之前，誰都沒有想到這件事，還以為那是胡亂寫的號碼，所以沒有繼續追蹤下去，這也成為我們初步的失誤。當然，也因為我們對二宮良明這個名字太執著，而且也沒有向福井縣警解釋清楚。」

「我無意隱瞞，只是被問到時就——」我搔著頭，站了起來，走到書架前面，拿出藏在德文資料後的日記本。「就是這本日記。」

法月攤開手帕，好像在拿珠寶似的小心翼翼地翻開封面，就連翻閱的時候，也避免手指直接接觸到。對他來說，這本日記是重要證物。他翻完內容後，用彷彿謹慎地刺出一根冰冷長針般的語氣說：

「我必須問你星期二晚上拿到這本日記時的情況。葛見百合子——或許你還不習慣用這個名字稱呼她，是你把她從通道上推下去的嗎？是你幹的嗎？」

……是你幹的嗎？這個問題好像遠處的雷聲般，在耳朵深處回響了好幾次。是你．是你．幹的嗎．是你？但是，當別人已經叫出我的名字後，我已經無法問已經不存在的你這個問題。我在無法忍受「我是我」的這件事面前啞口無言……

「——不知道。」

「不知道？」法月的期待似乎落空了，露出落寞的表情。

「不，我不是這個意思，」我甩甩頭，擺脫在腦袋裡回響的聲音，努力把話說清楚，避免引起誤會，「我當然要對她的死負責，這點我承認，但如果你問是不是我親手把她推下去的，我真的想不起來了。」

「可不可以請你把星期二晚上發生的事完完整整地告訴我？」法月問，「星期天是你哥哥七週年忌日的法會，你離開京都三天，那天下午你離開福井老家，傍晚回到這裡。你回到這裡後不久，就接到了葛見百合子的電話嗎？」

「因為旅途的勞累，我整理完行李，就昏昏沉沉地睡著了，之後被電話鈴聲吵醒。差不多九點左右，對方說她是葛見百合子。可能我有點睡迷糊了，以為是我認識的那個百合子，所以和她聊了一陣子。聊著聊著，我感覺有點不太對勁。她說她已經來到京都了，但她的聲音或說話的感覺和以前完全不一樣，我們的談話也沒有交集。她叫我去看報紙，還叫我去蹴上水壩那裡，說有話要告訴我，說完之後，就掛上電話。在老家的時候，我沒什麼看電視，對發生了什麼事毫無頭緒，於是翻了我出門那幾天送來的報紙，才知道東京發生了命案。被害人的照片正是葛見百合子，我的女朋友，但報導上寫的是清原奈津美這個我從來沒有聽過的名字，所以我想一定是搞錯了。應該說，我不願相信報導的內容。然後我開始納悶打電話給我的那個女人到底是誰。因為受到命案的打擊，再加上腦子亂成一團，我根本分不清那到底是夢還是現實，左思右想了半天之後，決定按照打電話給我的女人說的，去蹴上聽她怎麼講。」

「當時你沒有想到要報警嗎？」法月插嘴問道。

「沒有，完全沒有。一方面是因為她這麼叮嚀我，但即使她沒有說，我應該也不會報警。對我來說，最重要的就是了解到底發生了什麼事。於是我換好衣服出門，等我到蹴上的公園時，已經差不多快十點了。她已經到了，坐在山丘上可以俯瞰街景的長椅角落等我。就是十月十日的日記上所寫的那張長椅，但坐在那裡的女人不是百合子。除了我們以外，並沒有其他人，她一看到我，就叫了一聲：

——二宮！

她叫著跑了過來。即使在路燈下看到她的臉，仍然覺得很陌生。我根本不認識她，但她似乎對我很熟悉，表現出既懷念又熱絡的態度。我不知道該怎麼辦，但這種曖昧不明的態度似乎惹惱了她。

——二宮，是我。你回想一下，我是葛見百合子。

說完這句話之後，她就像決堤般滔滔不絕地說了起來。因為我自己也一片混亂，一開始根本不知道發生了什麼事。這個女人是誰？我在自問的同時漸漸發現，報紙上的報導是真的。我的百合子——不，可能真如這個女人所說，她的真名叫清原奈津美——她已經死了。

——妳殺了她嗎？

女人說了半天，我這麼問她，她很乾脆地承認了。她說她搶走了十年好友的日記，得知了我的事，一怒之下把百合子……不對，就把奈津美殺了，還把她的臉給毀容了。她語帶自豪、鉅細靡遺地把我根本沒有問、也不想聽的事告訴我。她那一副滿不在乎的態度，好像一開始就認定我會原諒她。然後，她拿出這本日記證明她說的話都是真的。我在路燈下看了她指給我看的地方，雖然一下子無法相信，但事後回想起來，覺得似乎有跡可循，我不得不承認，我以為是葛見百合子而交往了半年的對象，其實是另有其名的人。但我並沒有像那個女人說的有一種受騙上當的感覺。相反地，只要一想到自己做的事，反而覺得鬆了一口氣。不過，我已經無能為力了，即使得知她的真實姓名，也無法讓死去的她活過來，一切都為時已晚了。無論她叫什麼名字，對我來說在這個世上獨一無二、不可取代的女朋友已經不在人世，被眼前這個女人殺了——這是我當時唯一確定的事。」

「你當時沒有想要為死去的女朋友報仇嗎？」法月問。

……你當時沒有想要為死去的女朋友報仇嗎？我當時沒有想要為死去的女朋友報仇嗎？

我有這麼想。我當然會這麼想！

「『請你說你愛我，說你愛的不是奈津美，而是葛見百合子。請你說這半年來所發生的一切都錯了，她只是我的替身。而且，你也要在這裡吻我，就像之前在這裡吻奈津美一樣。』

「那個女人這麼說。我退向制水門的方向，試圖拒絕女人的要求。最初只是對女人擠過來的身體有一種難以形容的厭惡感，想要甩開她的手臂。但是，當我瞥到制水門通道欄杆外的一片漆黑時，就好像剖開了我同樣空洞而黑暗的內心一樣，對女人的憎恨難道沒有像閃電般閃現，而形成了強烈的殺機嗎？我在通道中央停在腳步，宛如枯朽的樹木般迎接那個女人。我沒有阻止女人伸手抱著我，還把嘴唇貼在我的嘴唇上，但也沒有積極回應她的行為。我像木偶般聽任她的擺佈，就好像被憎恨的冷冽閃電感光了一樣，身心都漸漸凍結起來。

「女人終於後退，抽離嘴唇，用戰慄的眼眸凝望著我。她的目光好像看著死人一樣昏暗而空洞，驚恐的表情好像被灰泥封住般凝固了。從某種意義上來說，她的反應很正常。因為出現在那裡的我並不是在這個世上活生生的人，只是不復存在的你，亡者的替代品而已。

「『我根本不知道七年前的回憶。』我終於拋開舉棋不定的態度，以自己的身分開了口，『今天是我第一次見到妳，而我所愛的不是妳的名字。不管是百合子還是奈津美，叫什麼名字根本不重要，我愛的是她，愛的是她這個人。妳奪走了對我來說無可取代的人。』

「『誰？』女人問：『你是誰？你不是二宮？』

「『對，我不叫二宮良明，那是我哥哥的名字，是從小被拆散的雙胞胎哥哥的名字。雖然對妳有點於心不忍，但我哥哥二宮良明六年前自殺，已經不在人世了，妳不知道這件事嗎？』

「女人抱著我手臂的手頓失依靠，無力地滑落，她已經沒有任何理由糾纏我了。

「『──騙人。』

「女人只說了這句話。我不知道這句話是什麼意思，即使現在，仍然不知道。因為她應該可以立刻領悟到我所言不假。她緩緩轉身，握著欄杆，甚至沒有確認我到底叫什麼名字。那是我最後一次看到她的臉。我之前就預料到女人會這麼做，我一動也不動，眼睜睜地看著她跨過欄杆，讓身體隨著重力墜落。

「就這樣，我殺了她……」

❖

當自己的聲音停止的那一剎那，我才發現自己把腦海中宛如沸騰般不停冒泡的話都直接說出了口。眼前的聽眾彷彿沙地吸收了水分，靜靜地傾聽著，完全沒有插嘴發問。但是，坐在那裡的是名叫法月的人，他是活人，不是已經不在人世的你。我在心中建立出來的鏡像變得支離破碎，我和他之間完全沒有任何隔閡，我不得不承認，我是我，你是你。你絕對聽不到我的聲音，但我終於從你、你的你、你的你的你、你的你的你的你……如此沒有界限的第二人稱中獲得解放，我終於從漫長而空洞的夢境中清醒，終於找回了像岩石般堅硬、像石頭般冰冷、像沙子般粗糙的現實感。

法月緩緩調整姿勢，再度拿起日記本向我確認：

「這裡和這裡有撞擊的痕跡，當葛見百合子從通道上跳下去時，也帶著這本日記嗎？」

「對，我發現後，立刻下去撿回來。我走到山腳下，越過禁止入內的圍籬，當時她已經氣絕身亡了。但是，我這麼做並不是為了湮滅證據。那是我只看了一半的日記，也是我女朋友留下的唯一遺物，最重要的是，我想了解她，想了解清原奈津美，當她假冒別人的名字和我見面時，心裡到底在想什麼。我認為我有權利把這本日記帶回家仔細看。」

「的確如此，」法月表示同意，「這也是奈津美的期望，雖然日記沒有以她原先想的方式送到你手上，但最終日記還是交給了你。雖然說起來有點諷刺，但在這件事上，你必須感謝葛見百合子。」

「我就在這個房間裡，熬夜把日記從第一頁看到最後一頁，也深刻地了解她的感受。我後悔不已，痛恨自己為什麼沒有察覺這一點？我後悔不已，也氣憤不已。不是因為她對我說謊，而是對造成了這一切的自己無法原諒——」

我說不出話。明明有很多話要說，卻無法解釋清楚。我試圖把內心的想法告訴別人，就像努力打開糾結在一起的線團，卻怎麼也打不開一般，最後只能用這麼平凡無奇、這麼口拙的方式表達。這樣的我太悲慘，讓我無地自容。法月隨手翻著日記，用淡然的語氣說：

「當我們得知二宮良明早在六年前去世時，忍不住懷疑這本日記裡有一大半是奈津美的幻想，甚至覺得她寫的都是完全不存在的幻影。沒想到奈津美提到有關男朋友的部分都是事實——除了你的名字以外。」

「她直到最後都深信我就是二宮良明。我從頭到尾都騙了她，包括我的謊言在內，全都是如她所寫的。」

「可不可以請你談談你哥哥的情況？」

法月催促道，我點點頭，但再度開口需要一點時間。此時，施萊格爾未完成的小說《盧辛德》（Lucinde）的副標題「笨人的告白」突然掠過腦海。法月很有耐心地默默注視著我。

「──良明和我是雙胞胎，而且是長相一模一樣的同卵雙胞胎兄弟。但我們共同生活的時間很短，在我們大約兩、三歲時，父母就離婚了，也就是說，在我們還不懂事之前，就被拆散了。從來沒有人告訴我當時的詳情，但應該是母親和父親家裡的關係惡劣，鬧得不可開交，最後協議離婚。後來決定我跟父親，良明跟母親，所以，我和他才會有不同的姓氏。

「我從小就體弱多病，當母親離開後，在祖母──也就是父親的母親溺愛下長大。父親是普通上班族，算是當地望族的遠親，本家那裡還有人在縣議會當議員。因為這種家世的關係，祖母的排他性很強，所以我父母離婚的真正原因，應該是祖母不中意長媳，把長媳趕了出去吧！父親是獨生子，從小被捧在手心，根本不敢違抗祖母。不，其實我也繼承了父親的這種個性，從小就很怕生，長大以後也不太會和朋友出去玩。雖然自己說有點不好意思，但我是典型的被祖母溺愛的孩子。」

「那時候你經常和母親還有哥哥見面嗎？」

「不，我相信應該是被祖母設法阻止了吧！我和他們有很長一段時間完全沒有來往。在家裡完全不能提及母親的事，至於良明，我甚至不知道自己有一個雙胞胎兄弟。祖母把我當成獨一無二的孫子，從來沒提過還有另一個孫子的事。至於父親，也不知道為什麼，直到很久以後都沒有提起這件事。我們就讀不同的學校。其實我應該對生活在同一個屋簷下的童年時光留有模糊的記憶才對，但因為當時年齡太小，還無法區分自己和哥哥，所以只留下曖昧不清的印象。我經常有一種坐立難安的感覺，好像自己的一部分遺忘在其他地方，總之，因為周遭的大人莫名其妙的想法，讓我這整整十五年來都不知道自己還有一個雙胞胎哥哥。」

「在他自殺之前，你都不知道有雙胞胎哥哥嗎？」

「不——在祖母的喪禮上，我第一次見到哥哥，不，應該說是重逢。在我高二那年冬天，祖母罹患了結腸癌。守靈的那天晚上，哥哥和母親一起出現。因為大人們後來才告訴我，所以當時我並不知道他是我的親人。我記得看到哥哥的臉那一瞬間，我十分驚慌失措。看到無論長相和身材都和自己一模一樣的少年，簡直就像在鏡子裡看到了自己，唯一的不同，就是我們代替喪服所穿的制服長得不一樣，如果不驚訝才有問題。我們的目光只交會過一次，但他似乎知道我。就在我還在猶豫要不要叫他的時候，他們燒完香——不，可能只有良明燒了香，就匆匆離開了。在場所有人都尷尬地不出聲，不敢看父親。之後，他們也沒有出席告別式，等做完頭七後，父親才第一次告訴我離婚的母親和雙胞胎哥哥的事。」

……不久之後，我就出了問題。我之前就有自閉症的傾向，可能再加上受到祖母的死和遇見你的雙重震撼的影響，讓我的病情加重了。我不知道自己是誰，完全不肯說話，無法和別人溝通，也無法上學。雖然還能升級，但最後在三年級的時候休學了一整年。雖然我有去醫院拿藥，但我幾乎都沒有吃，只是茫然地躲在自己的房間裡發呆，有很長一段時間都沒有出門，就好像孤獨地住在漆黑的深井井底似的。剛好是那個時候，你突如其來地上門造訪……

「突如其來？」

法月確認般問道，我終於喘了口氣，對他點頭。然後，一邊對自己的口若懸河感到驚訝，一邊來不及整理不斷湧現的話語，再度娓娓訴說起來。

「哥哥可能輾轉得知了我的病情，有了一些想法。在五月連續假期時，他突然獨自上門，一派輕鬆地說：『好久不見，你的另一半來看你了，趕快把這頭亂髮整理一下，我們出去散步吧！』我好像中了邪似的點點頭，乖乖地和良明一起出去呼吸新鮮空氣。我像是影子般和哥哥走在一起，並且在附近散步，無論我還是良明都一臉凝重，幾乎沒有說話。那時剛好是端午節，鯉魚旗在五月的晴空下飄揚。我們散步差不多一個小時，再度回到家門口時，他對我說：『改天見。』然後就騎著腳踏車回家了。」

那次之後，每逢假日，我們就會一起出門。一開始，總是你來家裡找我出門散步，慢慢地，也會騎腳踏車到我就讀的學校。你來到我從小長大的地方，在透過說話交流之前，努力讓心靈的波長同步，用心地感受著我的成長過程。你每次發問，我都用點頭或搖頭回答，努力讓你多了解我。雖然我們經過相當長一段日子後才開始交談，但即使不說話，雙胞胎的確可以在精神上產生共鳴，這件事是真的。事實上，我們就是如此。雖然我們形同陌路，在不同的地方生活了十五年，卻完全沒有隔閡……

「但是，父親似乎不願意看到我們來往。剛開始的時候，因為覺得對我的病情有幫助，所以也就睜一隻眼、閉一隻眼，然而久而久之，他就對良明上門一事感到不悅。那時候，我的情況已經稍有好轉，可以獨自出門後，他不再上門來找我，不是我去他家，就是約在外面見面。父親內心應該對良明感到歉疚吧！而且我忘了說，在祖母去世的前一年，父親在朋友的介紹下和另一個女人再婚了。後母文靜婉約，也很關心我，但感覺很客套，從來不覺得她是家人。不，問題應該在我身上。因為我去良明家時曾經和親生母親聊了幾次，也有類似的生疏感。只有在良明身上，我才真正感受到血緣關係有多麼神奇。」

「他也和你分享了他的成長過程嗎？」

「對，我們就像在玩兩人三腳似的。等走完我的十五年後，我再度跟著良明踏上或許我也有機會走的另一條路，也就是我哥哥走過的十五年。在良明的引導下，我漸漸找回了說話的能力和笑容，聽著他幼年時代的回憶，內心的空洞似乎也漸漸填滿了。」

……沒錯，就是和她一起去看「Two of Us」那一天，我們中途離開電影院，在河畔的路上散步時，我聊的那些事。其實，在你說那些回憶時，有些部分和我的記憶混在一起，所以，已經不完全是你的回憶了。但父親在離婚後不久那段時間，曾經悄悄去見你的事是你告訴我的……

「——我無法把那部電影看完的理由，有一半就像我對她說的那樣，但我更覺得電影情節好像在影射我的謊言，很擔心她會發現我的雙胞胎哥哥已經死了。我不是二宮良明，所以感到很不安。」

「我想也是，」法月用充滿玄機的低沉聲音回答，「對了，你應該看過《VISAGE》九月號吧？清原奈津美為了讓你了解真相而主動提供題材寫成『化妝故事』，內容是說相差一歲的妹妹被誤認為是姊姊的故事。你不僅沒有發現她試圖藉由這部作品想要表達的真相，還把誤認身分的姊妹故事套用在自己身上，為了避免被她察覺你假冒哥哥的名字，所以故意說自己沒有看。結果，就這樣白白浪費了奈津美為了向你坦誠真相而煞費苦心準備的機會。我應該沒有說錯吧？」

法月說得完全正確。我無言以對，心如刀割地點點頭。法月突然露出嚴厲的眼神，想要說什麼，但又改變心意，把話吞了下去。他神情嚴肅地努了努下巴，示意我繼續說下去。

……暑假期間，我們幾乎每天見面。你是考生，每天都來我家附近的圖書館，我也會心血來潮去自修室找你，時而向你請教因為休學而落後的課業，時而翻閱架上的書，直到傍晚時分，都和你在一起。我們也常提前離開圖書館，去遊樂場和電影院。或許是因為圖書館的地點比較偏僻，所以沒有遇見你們學校的學生。那時候，我們已經用「你」、「我」相稱，輕鬆地聊天。你說：「我們是雙胞胎，而且很長一段時間都沒有住在一起，所以我們之間是平等的，絕對不要叫我哥哥。」所以，我叫你的時候總是直呼其名，或是稱呼「你」。現在也是如此。我們不像是兄弟，而像是獨一無二的好朋友，只要我們齊心協力，就可以無所畏懼。我本來就不擅長交朋友，你應該也差不多吧？也許因為我們是雙胞胎，所以很相像，也很合得來，但因為雙方都過了一段只有一個人生活的時間，所以在重逢後，彼此的結合更加緊密。

現在回想起來，仍然覺得那時候是最快樂的時光。當聯考逼近，你整天忙於模擬考和補習後，也經常美其名為散心來和我見面，我們天南地北地聊天。因為我還在休學期間，所以每次你推薦我有趣的書，我就會去找來看。對，你喜歡諾瓦力斯的《藍色的花》，那也是我最愛的一本書。我現在會研究浪漫派，就是受到你的影響。對當時的我來說，你是我和外面世界接觸的唯一窗口，如果你沒有向我伸出援手，我不知道自己是否能夠在一年之後就復學。我想，應該會花費更長的時間吧……

「翌年春天，良明順利考取第一志願的大學，出發前往京都。離開福井的那天，他問我：『你一個人也沒有問題吧？』我有點逞強地挺起胸點點頭，約定明年也要去京都——這是良明活著的時候，我最後一次看到他。誰都沒有想到會發生那種事。」

「那年十月，他因為服用過量的安眠藥死了，」法月立刻用公事化的口吻說道：「聽說是自殺，你知道原因嗎？」

「——不，我什麼都不知道，」我只能咬著嘴唇搖搖頭，「我不知道他在京都的半年期間到底發生了什麼事。他暑假的時候沒有回來，入學後不久，他參加了學校裡類似義工團體的社團，很熱心地參加活動，有可能在那裡遇到了什麼麻煩。等我進入大學後，曾經找了幾個當時和良明同一個社團的成員和系上的同學了解情況，都沒有得到滿意的答覆。那年的九月之後，良明就沒有去學校，大家都在納悶他最近怎麼了，沒想到就出事了。其他同學都覺得事情太突然了，每個人都很驚訝，不知道到底發生了什麼事。他也向大家隱瞞了自己正在就醫、服藥治療的事。」

「難道他身邊沒有可以和他聊這些事的朋友嗎？」

「不知道。如果良明要找人商量，我應該是第一人選——事後我才想到，良明可能遇到了和我一年前相同的情況。我們是雙胞胎，個性應該也大同小異，所以即使相隔一年後發生相同的情況，也沒什麼好奇怪的。或許哥哥也是天生就有容易陷入這種狀況的細胞因子，所以當他開始在京都獨立生活，生活發生巨大改變後就發生了。」

「可能吧！」法月低頭嘆了一口氣後，抬頭問道：「你沒有注意到他的變化嗎？雖然你們沒有機會見面，但不可能整整半年都沒有聯絡吧？」

「我們有持續通信，事後才發現的確有徵兆，只是我忙於自己的事，忽略了這些徵兆。是我太大意了，起初三個月，他的信中充滿活力，積極向我介紹校園的感覺、京都的街道，以及新交的朋友和生活周遭的事，簡直就像剛被派到海外的特派員一樣充滿熱情。對和比我小一歲的同學一起重啟高中生活的我來說，良明的來信勝於一切，帶給我極大的鼓勵。但是，在大學即將進入暑假時，信的內容就開始發生了變化。」

「怎麼回事？」

……那時候，你的信中開始夾雜著自傳式的內容。起初是描述幼年期模糊的印象，之後，對成長過程的詳細回憶佔據了一大半的內容。有些部分和之前重逢後不久聽你說的往事重疊，橫式信紙上用鋼筆密密麻麻地寫上記憶的細節，使記憶更加綿密和鮮明。每次收信時，我就發現信的厚度和重量不斷增加，但描述近況的文字卻呈反比地減少，在秋風吹起的季節，連一行描述近況的內容都看不到了。但我絲毫沒有感到驚訝，每次都像看週刊的小說般樂在其中。中途看到我也出現在其中時，更對透過你的觀察所看到的我感到一種奇妙的興奮。

不，你應該把它當成一個故事在寫吧！雖然看不到任何加工的痕跡，但文章似乎經過推敲，頁數也不少，八月和九月期間，你應該整天都在住的地方寫這些信吧——十月初，你自殺前一個星期的來信成為最後一封信。你高中畢業，離鄉背井，從前往京都的列車車窗向在月台上的我揮手的畫面，成為最後一幕。

然而，你的故事就到這裡結束了嗎？不，我相信你更想寫的是續篇，你留下的那些信只是漫長的序章。在京都的半年期間，你到底發生了什麼事？你一定有什麼事想要告訴我，也許在向我求助，那封信或許是被什麼東西逼入絕境的你向我發出的ＳＯＳ。然而，我沒有注意到，為了完成那天在車站月台上和你的約定，我忙於自己的事，完全沒有想到你已經面臨這種狀況。收到你的最後一封信時，我正忙於模擬考，看完信後，還沒有找到時間給你回信，就突然收到你的訃聞。一年前，你救了我，我卻無法向你伸出援手，甚至沒有察覺你陷入了困境。我以為我對你的了解不亞於你，實在是個大笨蛋。我背叛了你，背叛了這個世上獨一無二的盟友。

你死之後，我造訪了你住的房子，尋找是否留下了什麼遺言。我翻遍你的房間，沒有找到任何東西。你在服用足以致死的藥劑前，一定把寫到一半的故事草稿全都處理掉了吧？連同我寄給你的信，一起處理掉了吧？因為，我寫給你的信也全都不見了。你為什麼要這麼做？你對自己感到失望嗎？還是對我失望？該不會一切都是我的錯吧？為什麼？我真懊惱，我永遠都不知道你為什麼走到這一步卻選擇放棄，你無法回答我。我們曾經那麼心靈相通，你從來沒有告訴我，你很痛苦或是難過，這一點最令我懊惱，也最痛恨你……

「──我在良明自殺的房間內，從書架一角找到他高中的畢業紀念冊，看到上面的照片，才第一次看到葛見百合子。不，我以為我看到的是她。」

「等一下，」法月舉起手，打斷了我的話，「他的信中完全沒有提到畢業紀念冊上的照片出錯的事嗎？」

「我想應該是良明認為這件事對單戀的對象來說是不好的事，所以故意省略掉了。我看到畢業紀念冊時，並沒有發現勘誤表之類的東西。而且，良明也從來沒有具體描述過葛見百合子的容貌。不僅如此，他甚至完全沒有提到和百合子形影不離的好朋友名字，我根本不可能知道照片印錯的事。我對畢業紀念冊上的錯誤深信不疑，因此把清原奈津美當成了良明暗戀的對象，一有機會就翻開這本紀念冊，不厭其煩地凝視著她的笑容。

「所以，半年前的某一天，也就是三月十日星期日，當我在四條通的人潮中看到那張多年來熟悉的笑容時，我的腦海中很自然地立刻浮現出葛見百合子這個名字，也完全沒有發現當我叫出這個名字時，她臉上出現的困惑表情。當時的我欣喜若狂，根本沒有懷疑她的話，一直信以為真。在星期二晚上，聽到真正的葛見百合子告訴我這件事前，我完全沒有想到她冒用別人的名字。」

「你誤把清原奈津美當成葛見百合子，並不是你的錯，」法月說：「因為這是不可抗拒的因素，問題在於你在她面前一直自稱是二宮良明這件事。因為從結果來看，你不認為是你這種優柔寡斷的態度引發了這次的命案嗎？你為什麼要說這種謊？奈津美看到你的臉，把你誤認為是你哥哥也是情有可原的，因為你們是同卵雙胞胎，當然長得很像，況且，奈津美根本不知道他已經死了。那不是她的錯，為什麼你當場沒有告訴她真相？」

「你說得沒錯，我無意為我的行為辯解，但無論如何，我真的做不到。」

「為什麼？」聽到我說出不成回答的這句話，法月緊盯著我湊了過來。

「──無論我怎麼解釋，你可能都無法理解，」我結結巴巴，但還是努力表達自己的想法，「我只能說，當她用我哥哥的名字叫我時，在我內心沉睡的良明復活了。有關良明的記憶和他的感情頓時甦醒過來，絲毫沒有褪色，佔據了我的身體。不，說佔據我的身體並不恰當，因為我並沒有放棄我自己，而是主動接受了良明的記憶，因為這樣就可以讓哥哥的感情繼續活在這個世上。六年前，我無法拯救良明，如今，這是我唯一的補償方式。這不是優柔寡斷的問題，因為一旦我把真相告訴她，良明就會在那一刻死去。我怎麼可以再一次殺死終於回到我身旁的哥哥，又怎麼可能完全抹殺他的記憶？」

法月似乎無法接受這番說詞，他不發一語，豎起膝蓋，把手肘放在上面，托著額頭陷入了沉思。我屏住呼吸，一動也不動地注視著他。尷尬的沉默持續了好一會兒，牆外的馬路上，傳來不知道在大喊還是吵架的高亢聲音。這個聲音就彷彿是暗號似的，法月放下托著額頭的手，緩緩地開口說：

「星期三早晨，是你在哲學之道上攻擊龍膽直巳的嗎？」

「任何人看了日記，都會情不自禁地這麼做吧！」我坦承不諱，「這個傢伙太過分了——我看著日記，不禁愈來愈生氣，感到忍無可忍。我經常聽她聊龍膽的事，知道他有在清晨慢跑的習慣。之前她一度和我失去聯絡時，我曾經查到龍膽家的地址，在他位於鹿之谷的家前等候，希望可以與她巧遇。所以，那天我也在附近埋伏，跟蹤身穿慢跑服的龍膽實在易如反掌。

「但我不打算殺他，只想發洩內心無處宣洩的憤怒。這是我有生以來第一次對別人施暴，連我都很驚訝自己居然真的做到了。」

「先不談百合子的自殺，你必須對龍膽的傷害罪負起刑事責任。當然，龍膽有錯在先，所以你應該可以獲得酌情減刑。」

「我已經作好心理準備，而且至今我仍然不認為自己做錯了。」

「你這麼做真的只是因為對龍膽感到憤怒嗎？」法月突然用鉤爪般的銳利眼神看著我的眼睛問道：「你內心無處宣洩的憤怒是針對你自己吧？我覺得龍膽直巳只是你的替代品而已。」

在話題已經轉移後，他突然來了這記回馬槍，令我手足無措。我沒有這麼想過，在毆打龍膽後，也從來沒有感到愧疚。然而，我知道法月想要說什麼，也許他說得對。我假冒別人的名字矇騙清原奈津美，做出這種事的我又有什麼資格指責龍膽直巳？龍膽玩弄了奈津美的肉體，我也玩弄了她的心。我和龍膽又有什麼不一樣呢？不僅如此，我的罪孽比他更加深重。奈津美無法說出自己的真名，並不是因為她內向，而是我虛有其表的舉止在不知不覺中讓她無法說出口。是誰屢屢摘除了她奮力鼓起的勇氣之芽？我知道，我知道一切都是我的錯。如果我更早說出自己的真實身分，不，如果奈津美沒有認識我，她應該不會死得那麼悽慘。

……所以，其實是我逼死了奈津美。我才是引發如此悲慘命案的罪魁禍首，像我這樣的罪人根本沒有權利制裁葛見百合子，也沒有立場指責三木達也。但是，我無法忍受「我是我」這件事，因為不願意面對，才會把葛見百合子逼上絕路，把憤怒轉嫁到龍膽直巳頭上。自我欺騙的詭計一開始就很明顯了，我卻始終忘記這件事，或者說是假裝忘記了，都是因為我把自己的所作所為用「你」這個第二人稱進行替換，儘可能把第一人稱的自己降低為零。在我利用你的記憶當作隱形衣的同時，其實也玷污了你純潔的想法。我再度背叛了你。

如果我是你，如果我是二宮良明，我現在就可以抬頭挺胸地面對她，不會這麼心生愧疚。我希望成為你，希望成為二宮良明。如果我不是西田知明，不知該有多好。不，如果六年前死的不是你，而是我的話，不知該有多好。

看著奈津美留下的日記，我想起你的信。六年前，你死的時候也一樣。當我發現時，一切都為時太晚，已經無法挽回了。如果我更機靈，一定可以避免不幸發生，我總是背叛自己所愛的人，就算事後再怎麼懊惱，也只是在自我毀滅而已。我曾經發誓再也不犯這種錯誤，為什麼這一次又是這樣？為什麼我所愛的人都匆匆消失在我伸手不可及的地方……

「我認為你剛才在說謊，」我聽到法月說話的聲音，「——不，我是和這次的案件毫無關係的外人，所以或許沒資格這麼說。但是我實在忍不住了，所以還是讓我說出來吧！你——西田知明——難道不愛清原奈津美嗎？不管叫什麼名字都無所謂，你不是你死去哥哥的替身，而是你自己，這半年多來，難道你不曾認為她是無可取代的人嗎？如果你不曾如此認為的話，那麼無論是奈津美還是自殺的百合子，都會死得不甘心。如果你忠實地活在二宮良明的記憶中，為什麼在蹴上對葛見百合子見死不救？百合子才是你哥哥暗戀已久的對象，你偏偏親手摧毀了他的『藍色的花』。也就是說，違背他的記憶才是你真心追求的。老實說，我覺得你太膽怯了，你一直假冒你哥哥名字的真正理由應該和奈津美一樣，害怕一旦說出真相，女朋友就會離你而去。你為什麼這麼不相信她？」

「不對，不是這樣的。」

不，其實法月說得沒錯。我愛她，西田知明愛上了清原奈津美，不想失去她。其實，我或許對死去的雙胞胎哥哥也產生了嫉妒。我想要吶喊，想要放聲大哭，但更不願意承認他說的話。

我痛不欲生，說出了連自己也覺得不合邏輯的話。

「我無能為力。不，從我們相遇的那一刻開始，一切就已經注定了。如果我不是在春天遇見她，如果是在其他的季節，就不會發生這種誤會。我們上當了，我們落入了春天這個季節設下的圈套。」

法月突然站了起來。在他銳利的視線注視下，我抬眼看著他，整個人都僵住了。

他說：

「你——不，你們太拘泥於過去了。為什麼你們不敢在還來得及之前對自己坦誠呢？應該曾經有很多機會才對。你們完全可以用西田知明和清原奈津美的身分，再度確認彼此的心意。只要稍微鼓起勇氣，就可以正視無可取代的、真真實實的現在。」

「正視什麼？」我無法不問這個問題，「到底是什麼？」

法月沒有回答。我繼續說道：

「無論如何，已經為時太晚了，我失去了一切，這次是真的失去了一切。我的故事結束了。我已經心灰意冷，一無所求。我終於發現了一件事，我天生受到詛咒，像我這種人不應該和任何人有牽扯，不應該渴望和別人有交集。沒錯，我決定了，從今以後我再也不會愛任何人——」

「不，只要你活在世上，你的故事就不會結束。無論你墜入多麼黑暗的絕望深淵，即使失去了所有希望，你仍然無法不作夢。」法月搖搖頭，把手輕輕放在我的肩上，「走吧！川端署的刑警等在外面。」

❖

「很久很久以前，有一對名叫西田知明和清原奈津美的年輕男女。雖然他們不知道對方的真實姓名，但在相遇的第一天，就墜入了情網——」

參考文獻

本書參考以下著作：

・平野嘉彥・山本定祐・松田隆之・薗田宗人譯《ドイツ・ロマン派全集　第十二巻　シュレーゲル兄弟》（國書刊行會）
・小川超〈十九世紀──小說の時代〉　佐藤晃一編《ドイツ文学史》收錄
・西村清和〈イロニーの精神・精神のイロニー〉　神林恆道編《叢書ドイツ観念論との話　第3巻　芸術の射程》（ミネルヴァ書房）收錄
・山岡良夫《化粧品業界》（教育社新書）
・《トレンド情報》（南北社マーケティング局）
・宮崎哲弥〈「小泉今日子の時代」の終焉〉《宝島30》一九九四年五月號（宝島社）收錄
・中上健次《輕蔑》（朝日新聞社）
・《坂口安吾全集》（ちくま文庫）

如有引用錯誤或其他相關責任，都由作者（法月）負責。
標題及文中引用的歌詞為〈畢業寫真〉（作詞・荒井由實）。
日本音樂著作權協會（出）許可第九七〇七一八二－七〇一號。

新書版後記

【NON NOVEL書系初版】

"Hello, hello, hello, how low?"

——科特・柯本（Kurt Cobain）

各位久等了，為大家獻上法月綸太郎系列最新的長篇小說。

這是為大家獻上繼《再度赤的惡夢》後，相隔兩年三個月，全新完成的新長篇。原本預定去年七月出版，但整整兩年的期間，我陷入了幾乎可能危及作家生命的極度低潮與精神危機，根本無法創作，所以才會拖延這麼久。雖然勉強寫完本書，但仍然沒有擺脫低潮。我甚至覺得，這也許並不是低潮，而是我的正常狀態。果真如此的話，或許該必須認真地重新思考日後的打算。不過，在這裡寫這些也只是無聊的牢騷，同一件事連續說了好幾次，自己也覺得厭煩了，我不會再寫了。

本書是根據十年前學生時代在京大推理社雜誌上刊登的短篇〈兩個人的失樂園〉為基礎，在將它發展成長篇時，參考了艾勒里・昆恩於一九六三年以後的多部作品（之前題材的反覆使用！）和米歇爾・布托爾（Michel Butor）的小說。最值得一提的是，本書是從一九九二年至目前的迷茫和混亂的個人紀實。"I hate myself and want to die."——這聽起來已經不再是美麗的夭折之歌，請告訴我有什麼方法可以延續我們的瘋狂?!

感謝在本書執筆過程中，曾經提供協助的諸位。

山田雅也先生，謝謝你的「Time Fades Away」和「在海邊」的錄音帶，以及美國影集「粉紅與藍色的繩子」錄影帶，不好意思，這麼久才向你道謝。笠井潔先生，餃子真好吃。增田順子小姐，感謝妳寫了這麼誠懇的評論。野崎六助先生，感謝你指名我當解說者。池上冬樹先生，謝謝你的文庫版解說。北村薰先生，我借用了你的「和智慧共舞」這句話。有栖川有栖先生、若竹七海小姐，感謝你們不時的溫馨激勵。

小野裕康先生，這次給你添麻煩了，作品終於完成了。各出版社的責任編輯，真的很抱歉，我整天說謊，總是滿嘴藉口，無法遵守約定。京大推理社的學長、學姊，以及學弟、學妹們，我總是在你們面前說一些洩氣話，讓你們擔心，但你們仍然給我很多幫助，不時鼓勵我，萬分感謝。北村昌史先生，恭喜訂婚。杉谷慎一先生，恭祝新婚愉快。

另外，衷心感謝寫信鼓勵我的讀者朋友。我有將近一年左右無法寫信，無法給諸位寫回信，真的很抱歉，藉此機會表達無上的感謝。謝謝你們的支持，也謝謝你們的關心。

——科特・柯本

一九九四年六月

"All in all is all we all are."

文庫版後記

以下文章曾刊登在《京都新聞》（一九九四年四月二日晚報）的「書籍禮讚」專欄，也許並不適合放在這裡，但剛好是我在寫本系列第五部作品時發表的文章，感覺就像是單曲專輯的附贈曲，我就厚著臉皮，姑且當作是一首額外奉送曲吧！

即使現在，有時候仍然會很想一死了之。這種時候，我就會看坂口安吾的書，尤其是〈不良少年和基督〉，是介紹為情而死的太宰治的追悼文。一看這篇文章，想死的念頭頓時煙消雲散，好幾次都在緊要關頭救了我一命。對我來說，這本書發揮了「完全自殺防治手冊」的功能。

很難說那是無懈可擊的優秀作品，而且漏洞百出。他原本就是在結構和文章方面不拘小節的作者，然而這篇文章的結構特別凌亂，簡直讓人懷疑是不是中途醉得唏哩嘩啦，後半部是流著淚在醉醺醺的狀態下完成的。但思路的發展很扎實，即使有一些驚人的跳躍，也沒有陷入感傷或流於平淡。文中準確地道出了作家太宰的長處和短處，也同時批判了日本的近代文學。即使現在閱讀，也完全不會覺得落伍。不僅如此，讀了之後，彷彿展開了一場健康而不陰沉的知性翱翔，從來沒有其他作者可以讓我有此感受。

寫了「不可能對一個人簡單下結論」這句話後的最後幾頁，是整篇散文最出色的部分。幾乎有點自暴自棄，或者說不像是正規的日文，只能說勉強像是俳句或短歌之類的文體。可以說，和所謂的優美日語完全相反。然而，我認為這正是日語散文最優美扎實的文章之一。宛如一場出鞘之刀的知性和語言的交戰，到處充滿血濺四方的句點。

徹底思考時，最後總是會陷入重複使用贅詞的情況。只要使用語言，任何作者都無法避免這一點。安吾並不是沒有察覺這種自相矛盾，但我從來沒有看過其他如此清晰記錄思考和言語之間的惡戰苦鬥，毫不敷衍的文章。

安吾對哲學和思想體系不屑一顧，卻並不排斥知性本身，他只是排斥隱藏在哲學和思想深處的不合理處。「學問是有限的發現，我為此而戰。」這句結語絕對不是「必須排除極端，保持中庸」的天真處世訓。我想起卡謬在《薛西弗斯的神話》開頭引用的品達（Pindar）的詩句。「啊！我的靈魂啊！不必渴望生命不朽，只求竭盡此生，於願足矣。」只求竭盡此生，於願足矣就是戰鬥的同義詞。

我之所以煞有介事地寫得這麼誇張，是因為要激勵自己，振作根本就不存在的動力，使本書得以順利完稿。然而，當書稿變成鉛字的翌週，我得知了超脫樂團（Nirvana）的科特・柯本自殺的消息，再度陷入恐慌（尤其看到日後公開的遺書最末引用了尼爾楊（Neil Young）的歌詞時），所以，NON NOVEL書系版的後記才會寫得這麼凌亂。

現在回顧當時，陷入那種錯亂狀態的人竟然可以寫完一本長篇，實在堪稱為奇蹟。事實上，寫這本書的過程中，我陷入隨時都可能因為一點陰錯陽差就上吊的狀態。為什麼會變成這樣？因為我生病了。

總之，這本小說是病人寫的。所以，也許可以從中找出從另外的角度對本格推理小說的看法。但這不是我要做的事，況且，至今已經三年了，應該再度模仿坂口安吾，加上這麼一句：「我已經好了。」

說到安吾，本書中曾經提到《吹雪物語》，日後，我借用這個書名作為章名，寫了兩百頁左右的小說。那是笠井潔先生和東京創元社攜手企劃的接力小說的一部分，執筆的成員有笠井潔、岩崎正吾、北村薰、若竹七海、法月綸太郎和巽昌章。

我犯下了停筆將近兩年的滔天大罪，去年一月，勉強完成了這兩章的內容，把接力棒交給了最後一位選手。編輯部計畫在今年秋天出版，不久之後，應該就可以和讀者見面了。在這本書中，法月偵探似乎有點荒唐，但我也無力對此負起責任。

順便再宣傳兩本書。分別是以合著的方式參加的評論書《一百部最佳本格推理／1975～94年》（東京創元社）和《本格推理的現況》（國書刊行），這兩大企劃終於實現了，將在九月之前依次推出。不要說什麼「評論太無聊，多寫一點小說」，也希望各位讀者有機會拿起來看一下。因為對我來說，兩者都是相同重要的工作。

一九九七年六月
法月綸太郎

密室的安魂曲

岸田瑠璃子◎著

榮獲第十四屆鮎川哲也賞！
推理大師島田莊司大力推薦！

由加用右手指著那幅骸骨揚著旗子的圖，左手摀著嘴巴，連連後退，臉色蠟白地倒坐在椅子上，並指著畫家麗子大聲叫：「把我老公、把我老公交出來！」
由加是我高中同學，她的老公鷹夫在五年前離奇的從自家別墅中消失，從此音訊全無！而知名畫家麗子是我的大學同學，我很確定她和由加、鷹夫毫無交集！更令我毛骨悚然的是，沒過多久，失蹤現場的屋子裡又出事了！這次是密室殺人案，而且受害者還在持續增加……

再見，妖精

米澤穗信◎著

令人難以忘懷的邂逅與心願物語！
日本超人氣新星米澤穗信成名作！

為什麼有人在雨天跑出門，卻不撐開手中的雨傘？為什麼象徵吉祥的紅白豆沙包被放在墳墓前？為什麼兩個射箭實力相當的同學，同樣射中兩箭，老師卻稱讚一個、對另一個生氣？瑪亞，就像隻拿著放大鏡的好奇貓般，一邊觀察生活一邊不停詢問：「這有什麼哲學上的意義嗎？」剛開始我覺得她真是想太多了，但漸漸的，我發現自己也跟著她當起偵探來……

活屍之死

山口雅也◎著

榮登1975~1994本格推理小說Top100第一名！日本亞馬遜網路書店讀者四顆半星超高評價！

全美各地頻頻發生「死人復活」的怪現象——被斧頭劈死的屍體睜開眼睛，帶著新鮮的傷痕跳窗逃走……而如此詭異的氣氛，也彌漫至看似僻靜詳和的墓碑村。在當地經營墓園致富的巴利科恩家族，大家長史邁利病重快要去世了，卻遲遲未公佈遺囑。此時，史邁利的孫子葛林被毒死，然而緊接著——他竟又活了過來！葛林懷疑自己的死與遺產之爭有關，於是他決定，在自己的「遺體」開始腐壞前，他要繼續偽裝成活人，找出殺了自己的兇手……

十一字殺人

東野圭吾◎著

你以為的「答案」，永遠只是真相的冰山一角！東野圭吾充滿懸疑動感的本格推理絕妙力作！

我的男友川津雅之被殺了！他先被毒死，接著後腦勺遭到重重一擊，最後被棄屍在港口。兇手到底有什麼深仇大恨，要這麼殘忍地殺害他呢？我想起不久前，他曾害怕地說自己「被人盯上了！」而且有人從他的遺物中偷走了某樣資料……身為推理小說家的我，決定自己來追查真相，沒想到我接觸過的人也一個接著一個被殺了！而他們死前，都收到了一張白紙，上面只有十一個字：「來自於無人島的滿滿殺意」……

□集滿4個印花贈品（二款任選其一）：

A：【推理謎】LOGO皮質燙銀典藏書套一個
（黑色，25開本適用，限量1000個）

B：【推理謎】吉祥物『獨角獸』圖案
皮質燙金典藏書套一個
（咖啡色，25開本適用，限量1000個）

□集滿8個印花贈品（二款任選其一）：

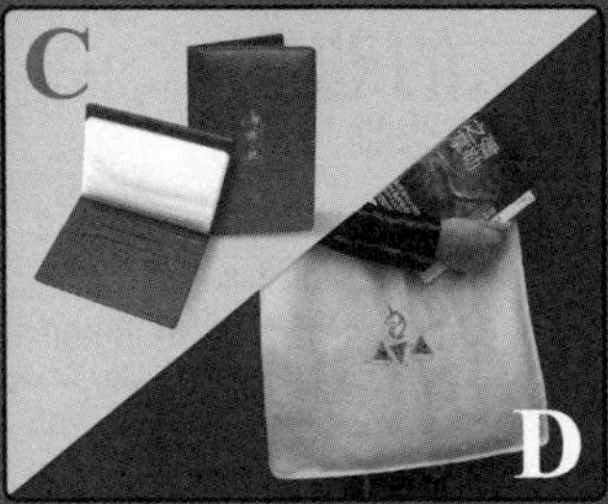

C：【推理謎】LOGO皮質燙金證件名片夾一個
（紅色，11.5cm x 8.6cm，限量500個）

D：【推理謎】吉祥物『獨角獸』圖案環保購物袋一個
（米色，不織布材質，41.5cm x 38.6cm，限量1000個）

□集滿12個印花贈品（二款任選其一）：

E：【推理謎】LOGO不鏽鋼繩鑰匙圈一個
（限量500個）

F：【推理謎】吉祥物『獨角獸』圖案馬克杯一個
（白色，320cc容量，限量500個）

【注意事項】
◎本活動僅限台灣地區讀者參加。
◎贈品兌換期限自2008年1月1日起至2009年12月31日止（以郵戳為憑）。
◎贈品圖片僅供參考，所有贈品應以實物為準。
◎所有贈品數量有限，送完為止。如讀者欲兌換的贈品已送完，皇冠文化集團有權直接改換其他贈品，不另徵求同意和通知。贈品存量將定期在【推理謎】官網上公佈，請讀者在兌換前先行查閱或直接致電：（02）27168888分機114、303讀者服務部確認。
◎皇冠文化集團保留修改或取消謎人俱樂部活動辦法的權利。辦法如有更動，將隨時在【推理謎】官網上公佈。

國家圖書館出版品預行編目資料

二的悲劇 / 法月綸太郎 作 ;郭清華、王蘊潔譯.
-- 初版. -- 臺北市：皇冠, 2009.04 面；公分.
--(皇冠叢書；第3848種 推理謎；17)
譯自：二の悲劇
ISBN：978-957-33-2532-1 (平裝)

861.57 98004374

皇冠叢書第3848種
推理謎 17

二的悲劇

二の悲劇

作　　者—法月綸太郎
譯　　者—郭清華・王蘊潔
發 行 人—平雲
出版發行—皇冠文化出版有限公司
台北市敦化北路120巷50號
電話◎02-27168888
郵撥帳號◎15261516號
皇冠出版社(香港)有限公司
香港灣仔駱克道93-107號利臨大廈1樓
電話◎2529-1778　傳真◎2527-0904
出版統籌—盧春旭
責任編輯—盧春旭・丁慧瑋
版權負責—莊靜君
外文編輯—許秀英
美術設計—許惠芳
行銷企劃—李育慧
印　　務—林佳燕
校　　對—鮑秀珍・陳秀雲・丁慧瑋
著作完成日期—1994年
初版一刷日期—2009年4月

讀者服務傳真專線◎02-27150507
電腦編號◎511017
ISBN◎978-957-33-2532-1
Printed in Taiwan
本書定價◎新台幣350元/港幣117元

謎人俱樂部贈品兌換卡

我要選擇以下贈品（須符合印花數量）：□A □B □C □D □E □F

1	2	3	4
5	6	7	8
9	10	11	12

◎請沿虛線剪開、對摺、裝訂後寄出。

我的基本資料

姓名：________________

出生：________ 年 ________ 月 ________ 日　性別：□男 □女

職業：□學生 □軍公教 □工 □商 □服務業

□家管 □自由業 □其他 ________________

地址：□□□□□ ________________

電話：（家）________________（公司）________________

手機：________________

e-mail：________________

□我不願意收到皇冠新書edm或電子報。

◎請沿虛線剪開、對摺、裝釘後寄出。

我對【推理謎】系列的建議：

寄件人：

地址：□□□□□

北區郵政管理局登
記證北台字1648號
免貼郵票
〔限國內讀者使用〕

10547
台北市敦化北路120巷50號
皇冠文化出版有限公司 收